Marcia Muller
Niemandsland

Kriminalroman

Aus dem Amerikanischen von
Monika Blaich und
Klaus Kamberger

Fischer Taschenbuch Verlag

Deutsche Erstausgabe
Veröffentlicht im Fischer Taschenbuch Verlag GmbH,
Frankfurt am Main, August 1992

Die amerikanische Originalausgabe erschien unter dem Titel
›Where Echoes Live‹ im Verlag The Mysterious Press, New York

Umschlaggestaltung: Manfred Walch, Frankfurt am Main
Umschlagabbildung: Loh Productions
Gesamtherstellung: Clausen & Bosse, Leck
Printed in Germany
ISBN 3-596-10912-4

Wenn auch der Tufa Lake und das Städtchen Promiseville erfundene Orte sind, haben doch der Mono Lake und Bodie in Kalifornien der Autorin als Vorbild gedient. Sie möchte hiermit allen, die sich selbstlos für die Erhaltung solcher Naturschätze und Geschichtsdenkmäler einsetzen, ihre Dankbarkeit ausdrücken.

Besonderer Dank gilt Collin Wilcox und Citabria 11659 für ihre wertvolle Unterstützung.

Für Virginia und William Campbell Gault

*E*rster *T*eil
*T*ufa *L*ake, *K*alifornien

1

Der Tufa Lake liegt im wüstenähnlichen nordostkalifornischen Hochland, nur wenige Meilen von der Grenze zu Nevada entfernt. Die Landschaft zeigt vulkanische Formationen. Berge aus dunklem Basalt begrenzen den See an drei Seiten. Die vierte besteht aus einer Kette von Kratern voller Asche und Bimsstein. Vom Fuß der Berge erstreckt sich bis zum Seeufer eine Kalisalz-Ebene, bedeckt mit Beifuß und Tundragewächsen. Aus dieser erheben sich geisterhaft die weißen Tufa-Türme, stumme Zeugen des habgierigen Mißbrauchs der Natur durch den Menschen.

Diese knorrigen Zinnen sind versteinerte Vegetation. Mineral- und kalkreiche unterirdische Quellen speisten den See, der sie einst vollständig bedeckte. Sie wurden in dem Maße sichtbar, wie die Zuflüsse des Sees in die Wasserleitungen und Swimmingpools Südkaliforniens abgeleitet wurden. Sie stehen zu Hunderten über die Ebene verstreut. Andere bilden Inseln, auf denen ins Land gezogene Möwen, Seetaucher und Regenpfeifer nisten, brüten und sich am Überfluß der Garnelen in dem salzigen See gütlich tun. Die vielen Farbtöne des unbeständigen Wüstenhimmels spiegeln sich in dem fast immer unheimlich ruhigen Wasser, von dem die Vögel auffliegen.

Trotz des nahen Highways und der unweit am See gelegenen Stadt Vernon herrscht an diesem Ort große Stille. Steht man am Ufer, wie ich, als ich an einem Oktobertag zum erstenmal in diese Gegend kam, kann man sich leicht vorstellen, wie es hier vor hundert Jahren ausgesehen haben mag oder in hundert Jahren aussehen wird. Und wenn eine Möwe schreit und sich steil zur Sonne aufschwingt, dann werfen die Berge rundum die Laute wie Gewehrschüsse zurück.

Es ist ein zeitloser Ort – ein Ort, an dem Echos lebendig werden.

Ich wandte mich vom See ab und ging den steinigen Hang hinauf zu den Hütten der Feriensiedlung. Es gab im ganzen sechs davon und ein Empfangsgebäude. Sie waren aus dunkelbraunem Holz, hatten grüne Dächer und Fensterläden und lagen in einem Wäldchen aus Pappeln und Weiden. Zwischen ihnen und den unbebauten Hügeln verlief der Highway. An den unteren Hängen der Hügel wuchsen dichtgedrängt gelbblätterige Espen. Sie sahen aus wie geborstene Goldadern, die sich über den Boden ergossen hatten. Bei meiner Ankunft eine Stunde zuvor war es warm gewesen – viel zu warm für diese Höhe im späten Oktober. Doch jetzt war die Sonne hinter den hohen Gipfeln verschwunden, und es wurde regelrecht frostig.

Ich stieg die Stufen hinauf und betrat über die Veranda die am weitesten links gelegene Hütte. Das kleine Wohnzimmer sah aus wie alle Sommersitze auf dem Lande: ein Rattansofa und Sessel mit plattgesessenen, verblichenen Polstern mit Blumenmuster; in einer Ecke ein Kanonenofen zum Verfeuern von Holz; vor der Tür, die zur Küche führte, eine Eßgruppe aus Resopal und Metall. Auch der Geruch war überall gleich: modrig von vertrockneten Küchenresten, abgestandenen Kochgerüchen, verbranntem Holz und Alter. Ich trat an eines der Fenster zur Veranda und schob es am Griff hoch. Es ächzte müde, und ein leicht fischiger, aber frischer Lufthauch zog langsam herein.

Als ich mich umdrehte, sah ich Anne-Maries Nachricht vom Kaffeetisch zu Boden flattern. Ich hob den Zettel auf und las ihn. »Bin in Lee Vining, um mit Leuten vom Mono-Lake-Komitee zu reden. Bin gegen halb sechs zurück. Wir treffen uns dann bei Zelda's.«

Ich mußte lächeln, weil meine Freundin keinerlei Erklärung, was es mit Zelda's auf sich hatte, und nicht einmal eine Adresse aufgeschrieben hatte. Natürlich wäre ihr nie in den Sinn gekommen, daß es einer Privatdetektivin nicht gelingen sollte, dergleichen in einer Stadt mit weniger als 200 Einwohnern und nur wenigen Straßen herauszubekommen. Und tatsächlich hatte sie sich diese Mühe mit Recht gespart: Ich hatte das Restaurant schon auf der Hinfahrt durch Vernon erspäht.

Es war erst kurz nach vier, aber ich entschloß mich doch, erst in Anne-Maries Büro vorbeizuschauen – für den Fall, daß sie früher zurück war. War sie es nicht, würde ich von mir aus ein wenig auf Erkundungstour gehen. Durch einen Bogen mit Vorhang ging ich in eines der beiden Schlafzimmer, holte mein grünes Lieblings-Sweatshirt aus der Wochenend-Reisetasche und zog es über das leichte T-Shirt. Ich bürstete mir die Haare, band sie wieder zu einem Pferdeschwanz, griff nach meiner Tasche und den Wagenschlüsseln und kletterte den Abhang wieder hinunter zu meinem MG, den ich vor dem Lodge geparkt hatte.

Mrs. Wittington, die Besitzerin des Willow Grove Lodge, schnitt gerade ein paar Chrysanthemen zurück, die in einem Faß neben dem Eingang des Hauptgebäudes wuchsen. Sie sah mich, richtete sich auf, schob sich eine schmutzige Baseballmütze aus der Stirn und stemmte die Hand mit der Gartenschere gegen die gutgepolsterte Hüfte. Sie lächelte mich an, wobei sich ihr sonnengebräuntes Gesicht in freundliche Falten legte.

»Alles in Ordnung mit Ihrer Hütte?« fragte sie.

»Ja, einfach prima.«

Sie nickte zufrieden. »Sie finden hier rundum keine besseren – und bestimmt keine saubereren als meine. Und außerhalb der Saison sind sie fast geschenkt. Ihre Freundin war richtig angetan von unserer Vereinbarung. Natürlich war ich auch froh, sie als Mieterin zu haben. Sie lassen es über ihren Rechtsanwalt laufen. Für mich sorgen solche Leute dafür, daß dieser Ort nicht herunterkommt.«

Mit »solchen Leuten« waren die Umweltschützer von der California Coalition for Environmental Preservation gemeint. Meine Freundin und frühere Kollegin Anne-Marie Altman hatte sich auf unbestimmte Zeit von unserer Anwaltskanzlei, der All Souls Legal Cooperative in San Francisco, beurlauben lassen, um ihnen als Chefberaterin zu dienen.

Ich sagte: »Ich dachte, das Problem um die Ableitungen des Wassers ins L.A. Basin wäre nahezu gelöst, so wie am Mono Lake.«

»Die Ableitungen? Ja, sicher. Wahrscheinlich wird der Staat jetzt L.A. das Wasser bezahlen, das sie uns stehlen wollten.« Sie schnaufte verächtlich. »Nein, das ist nicht mehr das große Problem. Es ist die Goldschürferei.«

»Die Goldschürferei?«

»Draußen im Stone Valley.« Sie schwenkte die Gartenschere

nach Osten, Richtung Nevada. »Gab dort Ende des vorigen Jahrhunderts einen Boom – in Promiseville. In den Zwanzigern ging es mit der Stadt dann zu Ende. Seitdem hat es im Tal immer ein paar Goldschürfer gegeben, hauptsächlich Leute, die verdammt in Ruhe gelassen werden wollen. Aber jetzt hat sich eine fremde Gesellschaft die Schürfrechte gesichert und will auf die große Tour loslegen.«

»Und die Einwohner hier wollen das nicht?«

»Verdammt, nein. Wissen Sie, was das für uns hier bedeutet? Der Krach. Die Verfahren, die sie anwenden – damit würden sie die Luft verpesten. Gottes Schöpfung zerstören. Dann wäre es bald auch egal, ob wir den Kampf um die Erhaltung des Sees für die Vögel und die Leute, die ihn lieben, gewinnen. Uns bliebe nichts, und eine Bande von verdammten Fremden bekäme das Gold.« Sie sah sich um und verzog das Gesicht in traurige Falten. »Jede Nacht bete ich, daß es nicht passiert, aber ich bin nicht sicher, daß Gott mich hört. Wäre das nicht ein Unding, wenn wir uns das Wasser zwar erhalten, aber doch alles verlieren?«

»Ganz bestimmt«, pflichtete ich ihr bei und genoß beides – die Ironie der Situation und ihre seltsame Mixtur aus religiösen und recht profanen Sprüchen.

Wahrscheinlich waren das Auftauchen dieser fremden Goldschürfer und ihre Pläne der Grund dafür, daß Anne-Marie mich gebeten hatte, an diesem Wochenende zu ihr herauszukommen. Bei ihrem etwas eiligen Anruf am Donnerstag – also gestern – hatte sie nur gesagt, ein paar Dinge beunruhigten sie, und ihr wäre wohler, wenn ich sie überprüfte. Als ich ihr sagte, ich hätte nur dieses Wochenende Zeit für sie und keinen Resturlaub mehr, hatte sie gelacht und gemeint: »Ich bin sicher, dein Boss wird ein Auge zudrücken, wenn ich dich noch über den Sonntag hinaus brauche.«

Dessen war ich mir auch sicher: Hank Zahn, mein nomineller Chef bei All Souls, war zufällig Anne-Marie Altmans Mann.

Mrs. Wittington sah mich ängstlich an, als erwarte sie ein paar beruhigende Worte. Ich sagte: »Ich bin sicher, die Coalition wird die Zerstörung des Tufa Lake nach all den Anstrengungen, ihn zu erhalten, nicht zulassen.«

»Gute Vorsätze...« Sie zuckte mit den Schultern und wandte

sich wieder ihren Chrysanthemen zu. »Also dann. Wenn Sie drüben in Ihrer Hütte etwas brauchen, lassen Sie es mich nur wissen.«

Ich sagte, das würde ich tun, und ging zu meinem MG.

Den roten MG besaß ich schon seit Jahren, seit meinem ersten Arbeitstag bei All Souls. Sein Äußeres konnte gerade noch als ansehnlich durchgehen, aber dafür hatte ich mir im September selber ein Geburtstagsgeschenk gemacht und den Motor überholen lassen. Die Fahrt zum Tufa Lake war seitdem die erste lange Strecke gewesen. Die ganze Zeit – von San Francisco über Stockton, durch das flache Central Valley bis an den Fuß der Sierra Nevada und durch den Yosemite Park – hatte ich das Verhalten des kleinen Wagens genau beobachtet. Die Reparatur hatte sich meiner Ansicht nach gelohnt, was bei einer äußerlichen Verschönerungsaktion nicht der Fall gewesen wäre. Bei meiner Art von Arbeit ist ein schicker, Aufmerksamkeit erregender Sportwagen eine eindeutige Verpflichtung.

Ich nahm den Highway und fuhr nach links Richtung Vernon. In anderthalb Meilen Entfernung verlief die Bergkette, die hier einen Bogen nach Osten machte, so daß das Flachland zwischen ihr und dem Seeufer breiter wurde. Am Ortsrand fuhr ich an einem Wohnwagenpark und einer Ansammlung von kleinen Häusern, größtenteils aus Fertigteilen, vorbei. Dann kamen auf beiden Seiten der Straße Geschäfte: ein paar Tankstellen, ein Verbrauchermarkt, ein Waschsalon, ein Laden mit Pizza zum Mitnehmen und ein Motel, das in dieser Jahreszeit geschlossen war. Ungepflasterte Wege mit weiteren kleinen Häusern zogen in Kurven hügelan. Einer endete vor einer Kirche mit einem weißen Turm. Hinter einem Bootsverleih sprang eine Landzunge ins Wasser vor. Dort lag Zelda's – Cocktails, Steaks, Meeresfrüchte – und dahinter eine Art Gewerbekomplex – mit Versicherungsagentur, Buchhaltungsservice, Bohrunternehmen, Grundstücksmakler. Er bestand aus großräumigen Wohnwagen, die planlos auf einem großen, gepflasterten Platz geparkt waren. Ich stieg am Straßenrand aus dem MG und suchte nach dem Wagen, der als derzeitiges Hauptquartier für die Coalition for Environmental Preservation diente.

Er war leicht zu finden, weil an einer Seite des Wagens eine Fahne mit dem Emblem der Coalition hing – eine leuchtendorangerote California-Mohnblume. Auf der einen Seite führten Eingangsstufen in den Wagen, auf der anderen parkte ein alter, gut erhaltener Morgan. Anne-Maries Subaru war nirgends zu sehen. Ich beschloß trotzdem, hineinzugehen und nach ihr zu fragen. Als ich näher kam, hörte ich von drinnen laute Stimmen. Die Worte waren nicht zu verstehen, aber der Ton klang wütend. Die Tür sprang auf, und eine Frau stürzte so schnell heraus, daß sie die Balance verlor und die Stufen hinabstolperte.

Sie war klein, Mitte bis Ende Dreißig und trug grobe Jeans, Arbeitsstiefel und ein schweres Wollhemd. Das braune Haar war kurz geschnitten. Ihr rundes Gesicht war braungebrannt, die Haut rauh von Wind und Wetter. Trotz ihrer geringen Körpergröße zeigte die Art, wie sie nach dem Geländer griff und sich an ihm aufrichtete, ihre Kraft und Drahtigkeit. Sie wirbelte zu der noch offenstehenden Tür herum, ballte die Faust und schrie: »Du *Arschloch*!«

In der Tür tauchte ein Mann auf – sehr groß, schlaksig, lockiges Haar. Amüsiert sagte er: »Lily, du wirst mir zu kultiviert für meinen Geschmack.«

»Leck mich, du Scheiß-Bäumefetischist!«

Der Mann schüttelte den Kopf. »Was sagst du mir doch immer für süße Sachen.«

Die Frau bebte vor Wut. Sie stampfte mit dem Stiefel auf, drehte sich um und ging mit langen Schritten über das Pflaster zur Straße. Als sie an mir vorbeiging, hörte ich sie murmeln: »Gottverdammter Hurensohn!«

Ich sah wieder zum Wohnwagen. Der Mann stand noch immer in der Tür und grinste. Zu mir sagte er: »Wie sie mit der englischen Sprache umgeht, alle Achtung!«

»O ja. Wer ist sie?«

»Miss Lily Nickles. Die Tiger-Lily, wie man sie hier nennt.«

»Und worum ging es?«

»Nichts Besonderes. Lily ist nur ein bißchen... kampflustig. Wenn man sie etwas näher kennt, merkt man, daß alles Fassade ist. Sie glaubt, ein Goldschürfer muß hart sein.«

»Sie ist Goldschürferin?«

»Ja, es gibt keinen zäheren Goldschürfer im Stone Valley als Lily.«

Ich sah zum Highway hinüber. Lily Nickles kletterte in einen braunen, verstaubten Jeep, der wenige Meter von meinem Wagen entfernt stand.

Der Mann fragte: »Suchen Sie jemanden?«

»Anne-Marie Altman.« Ich trat bis an die Stufen. Aus der Nähe sah ich, daß er ungefähr mein Alter hatte und auf seine Art attraktiv war – mit seiner Raubvogelnase und seinem herabhängenden Schnurrbart. Die blonden Haare hingen ihm in Locken bis über den Kragen seiner Wildlederjacke, die schon bessere Tage – nein, Jahre – gesehen hatte, und der intensive Ausdruck seiner braunen Augen paßte zu seinem scharf vorspringenden Profil.

Er grinste wieder. »Sie müssen ihre Freundin, die Detektivin, sein. Sharon McCone, stimmt's?« Als ich nickte, setzte er hinzu: »Anne-Marie ist noch nicht aus Lee Vining zurück.«

»Das hatte ich mir fast gedacht.«

Der Mann trat aus dem Wohnwagen, zog die Tür zu und schloß ab. Während er die Stufen herabkam, fragte er: »Sie wissen, daß sich Anne-Marie mit Ihnen bei Zelda's treffen wollte?«

»Ja, sie hat mir in der Hütte eine Nachricht hinterlassen.«

»Gut. Sie möchte unter vier Augen mit Ihnen sprechen. Nach dem Essen sehen wir uns dann alle hier.«

»Alle?«

»Also, das sind Sie, Anne-Marie, ich und Ned Sanderman. Das reicht als notwendige Basisinformation.«

Seltsame Ausdrucksweise, dachte ich. Wie er es sagte, klang es, als handele es sich um eine geheime Regierungssache. »Können Sie mir nicht schon jetzt etwas darüber sagen?« fragte ich.

»Anne-Marie sollte Sie informieren. Außerdem habe ich schon seit fünf Minuten eine Verabredung.« Mit langen, lockeren Schritten ging er auf den Morgan zu.

»He«, rief ich, »wie heißen Sie?«

»Heino Ripinsky.«

O Gott, dachte ich, kein Wunder, daß er sich nicht vorgestellt hat!

Ripinsky mußte solche Reaktionen gewohnt sein, denn er blieb neben seinem Wagen stehen, wandte sich um und drohte mir mit dem Zeigefinger. »Nicht lachen«, warnte er »Daß Sie nicht *wagen* zu lachen!«

Ich behielt meine zuckenden Mundwinkel unter Kontrolle und streckte die Hände weit von mir. »Ich? Warum sollte ich?«

Da lachte *er* und stieg in den Morgan. Über das Brummen seines Motors hinweg schrie er: »Sie können Hy zu mir sagen.«

Ich sah ihm nach, wie er auf den Highway röhrte, und entdeckte auf der hinteren Stoßstange einen Aufkleber: »Der Tufa Lake den Vögeln.«

Was wohl als nächstes kommen würde, fragte ich mich. Ich war kaum über eine Stunde hier und hatte bereits drei ziemlich exzentrische Typen kennengelernt. Allerdings weiß ich nicht, warum ich noch immer auf der meist völlig falschen Vorstellung beharrte, Kleinstädter müßten ganz gewöhnliche Leute sein. Dabei hatte ich schon eine Menge Zeit an solchen Orten verbracht und längst herausgefunden, daß die Bewohner von Kleinstädten genauso eigenwillige Leute waren wie die Großstädter.

Ich sah auf die Uhr. Es war erst halb fünf. Die nächsten fünfzig Minuten würde ich Touristin spielen, mich dann mit Anne-Marie treffen und von diesem Fall hören, der so ernst war, daß nur vier Leute für die »notwendige Basisinformation« in Frage kamen.

2

Als erstes wollte ich die Kalisalz-Ebene mit den Tufa-Türmen am Südende des Sees erforschen. An der Tankstelle gegenüber dem Gewerbekomplex erkundigte ich mich nach dem Weg und folgte dann dem Highway stadtauswärts. Nach ungefähr vier Meilen zweigte eine nicht beschilderte und unbefestigte Straße nach Osten ab und führte im Bogen um die aschgrauen Krater.

In einem kürzlich erschienenen kalifornischen Reisemagazin hatte ich gelesen, daß diese »feuerspeienden Berge« nach Ansicht der Geologen mit großer Wahrscheinlichkeit innerhalb der nächsten fünfzig Jahre aktiv werden könnten und eine Katastrophe wie beim Ausbruch des Mount Saint Helens 1980 bevorstehe. Ein offizielles geologisches Gutachten von 1982 über mögliche vulkanische Aktivitäten hatte zu einem Aufschrei in der Gegend geführt, vor allem bei Geschäftsleuten. Die Drohung einer Eruption, deren Größe und Zeitpunkt nicht vorauszusagen ist, lastet nun wie eine dunkle Wolke über den Kratern.

Nach ungefähr einer Meile schwenkte die Straße wieder nach Norden und endete in einer felsigen Schleife, etwa hundert Meter vom Seeufer entfernt. Ich ließ den MG stehen und ging zu Fuß weiter. Weißer Staub bedeckte hier den Boden. Er war feiner als Sand. Meine Turnschuhe wirbelten kleine Wolken davon auf, und nach kurzer Zeit waren meine Jeans eingestaubt. Jetzt konnte ich den See riechen: fischig und nicht unangenehm beißend. Ein frischer Wind war aufgekommen und kräuselte das Wasser. Ich schien der einzige Mensch hier zu sein, aber dann hörte ich aus der Ferne das leise Brummen eines Automotors auf der unbefestigten Straße.

Vor mir ragte ein versteinerter Wald von verdrehten, surrealen Gestalten auf. Einige standen allein und reckten ihre knorrigen Glieder zum Himmel. Andere bildeten ineinander verschlungene Gruppen. Sie waren zwei, drei, vier Meter hoch und leuchteten pink- und goldgesprenkelt in der untergehenden Sonne. Zu ihren Füßen lagen Büschel verdorrter Pflanzen. Zwischen ihnen flitzten Backenhörnchen hin und her. Beifuß und Disteln rauschten im kalten Wind. Er wirbelte weiße Staubwölkchen auf und pfiff und seufzte in den Rissen und Spalten der Türme. Die Tuffsteinformationen waren tatsächlich so schön, wie ich erwartet hatte, aber sie wirkten auch grotesk und unheimlich. Mir fuhr jedenfalls ein Schauer über die Schulterblätter, der nicht vom Wind kam.

Wie ein Kind, das den Zauberwald im Märchen betritt, begann ich meine Wanderung durch den Tuffwald. Als ich einen Stein berührte, der wie ein hockender Gnom aussah, scheuerte die kalkige Oberfläche an meiner Haut. Ich zog die Hand schnell zurück, als hätte ich mich verbrannt. Aber dann lachte ich über meine übertriebene Reaktion. Das Echo hallte von allen Seiten zurück – hoch, hohl und viel zu laut in dieser weiten Stille.

Das Ufer war bald erreicht. Die Sonne war schnell hinter der westlichen Bergkette untergegangen, und das Wasser war jetzt indigoblau, von blaß-pinkfarbenen Streifen durchzogen. Wasservögel schaukelten auf der gekräuselten Oberfläche und waren in der zunehmenden Dunkelheit bloß noch als Silhouetten erkennbar. Die Inseln draußen im See hoben sich wie dunkle, turmbewehrte Burgen gegen den Himmel ab.

Ich kniete mich hin und tauchte die Finger in den See. Er war eiskalt. Ich zog sie wieder heraus und hielt sie an die Zunge. Sie schmeckten sehr salzig und bitter. Ich stand auf, sah mich um und versuchte mir vorzustellen, wie die Landschaft wohl ausgesehen haben mochte, bevor der Mensch mit seinem typischen Mangel an Weitblick damit begonnen hatte, das Wasser der Zuflüsse abzuleiten. Wo ich stand, mußte der Seeboden gewesen sein. Alle Tuffsteingebilde rundum hatten sich unter Wasser befunden, und das Ufer war irgendwo draußen am äußeren Rand der Kalisalz-Ebene gewesen –

Bei meinem Rundblick nahm ich eine rasche Bewegung etwa fünfzehn Meter entfernt neben einem buckligen Riesenstein wahr. Ich spähte hinüber, sah aber nichts in dem schnell abnehmenden Tageslicht. Zuerst hörte ich nur das Seufzen und Klagen des Windes. Dann kam ein anderer Laut hinzu – sich eilig über den weichen, pulvrigen Grund entfernende Schritte.

Ich rannte um den Stein herum. Sah niemanden, nur ein noch größeres Gebilde, das mir total den Blick versperrte. Die Schritte waren nicht mehr zu hören. Nur die Disteln und der Beifuß bewegten sich, bogen sich im Wind.

Ich runzelte die Stirn und sagte mir, daß ich wohl über eine allzu blühende Phantasie verfügte. Dann hörte ich die Tritte wieder. Sie kamen jetzt weiter westlich aus dem steinigen Labyrinth.

Ich lauschte, bis die Laute erstarben. Als ich eine ganze Minute lang nichts weiter hörte als die Stille, zuckte ich mit den Schultern und machte mich auf den Weg zurück zu meinem Wagen. Vielleicht ein Wanderer, dachte ich, der hergekommen war, um die Einsamkeit zu genießen, und überrascht feststellen mußte, daß noch jemand anders die Gegend unsicher machte. Vielleicht einer von den Leuten, die laut Mrs. Wittington »verdammt in Ruhe gelassen werden wollen«. In einer Gegend wie dieser –

Das Aufheulen eines Motors zerriß die Stille.

Zuerst wußte ich nicht, woher es kam. Dann merkte ich, es kam von Westen, also aus der Richtung, in der Schritte verklungen waren. Ein eckiges Fahrzeug – ein Gelände- oder Lieferwagen? – schoß hinter einem Stein hervor und raste über die Ebene zur Einmündung der unbefestigten Straße in den Highway. Es fuhr ohne Scheinwerfer. Nicht einmal mit Standlicht.

Ich rannte zu meinem Wagen. Aber als ich ihn erreichte, war das andere Fahrzeug schon nach Norden auf den Highway eingebogen. Eine Verfolgung war zwecklos. Wozu auch? Wer immer mich im Schutz des Tufa-Turms beobachtet hatte, hatte nichts Bedrohliches oder Verbotenes getan. Und was immer ihn hatte flüchten lassen, es hatte wahrscheinlich nichts mit mir zu tun.

Oder war diese Angelegenheit, um die ich mich hier für Anne-Marie kümmern sollte, ernsterer Natur, als ich angenommen hatte?

Zelda's war eine Mischung aus Taverne und Restaurant. Es war ein gewaltiges, architektonisch belangloses Gebäude aus astigem Kiefernholz, das auf der Spitze der Landzunge lag. Da es inzwischen dunkel geworden war, hatte man die rotgoldene Neonschrift auf dem Dach eingeschaltet. Der Parkplatz füllte sich schnell mit Personenwagen, Jeeps und Lieferwagen. Nachdem ich in der Stadt kein anderes Restaurant entdeckt hatte, war dies wohl Vernons offizieller Treffpunkt.

In dem höhlenartigen Inneren des Hauses mit seinen freiliegenden Dachbalken ging es laut zu. Verspiegeltes Glas gab den Blick über den See frei. An den Wänden Bierleuchtreklamen. Nach links ging es in einen Speisesaal mit Tanzfläche. Die Instrumente auf der Bühne waren abgedeckt. Rechts befand sich eine Lounge, in der die Leute in Dreierreihe um die Bar standen. Dort fand ich auch Anne-Marie, die den zweiten Stuhl an ihrem Tisch gegen andere Interessenten verteidigte. Ihr gertenschlanker Körper steckte in Jeans und einer Denimjacke. Ihre langen Beine ruhten auf dem Sims unterhalb des breiten Fensters. Sie hatte für mich schon ein Glas Weißwein bestellt.

»He«, rief sie, als ich auf sie zukam, »ich hatte dich schon fast aufgegeben.«

»Tut mir leid.« Ich rutschte auf den leeren Stuhl. »Ich habe Touristin gespielt und mich hinreißen lassen.«

»Das dachte ich mir. Wie geht es dir?«

»Nicht schlecht. Und dir?«

»Müde, aber sonst bestens. Ich befinde mich auf einem Kreuzzug, und du weißt, was das für mich bedeutet.«

Anne-Marie ist Veteranin der ersten Stunde in der Frauenbewegung und zugleich beim Krieg gegen die Armut in den siebziger Jahren. Am glücklichsten ist sie, wenn sie mit aushekken kann, wie die herrschenden Verhältnisse gestürzt werden könnten. Doch in den letzten Jahren hatte sie als Steueranwältin bei All Souls vor sich hin geschmachtet – ein Spezialgebiet, dem sie sich eher im Interesse unserer Kooperative gewidmet hatte als in ihrem eigenen. Dieser Sonderurlaub hatte ihr sichtlich gutgetan: Ihr freches blondes Haar war vom Wind zerzaust. Das schöne, feingeschnittene Gesicht strahlte vor Gesundheit. Die blauen Augen glänzten. Letztes Jahr noch war sie immer ausgemergelter und hohläugiger geworden. Jetzt hatte sie etwas zugenommen, und die zusätzlichen Pfunde standen ihr gut. Als ich sie jetzt so sah, wurde mir klar, wie depressiv Anne-Marie gewesen war, bevor sie ihren Sonderurlaub angetreten hatte. Natürlich hatte es auch schon früher in ihrer Ehe mit Hank Probleme gegeben, aber sie hatten sie immer wieder glattgebügelt. Nachdem dann im vergangenen Sommer auf ihn geschossen worden war und er fast ums Leben gekommen war, hatte sich eine Nähe zwischen ihnen gebildet, die selbst bei glücklich verheirateten Menschen selten ist.

Ich sagte: »Dann erzähl mir von deinem Kreuzzug. Ich bin heute nachmittag beim Wohnwagen der Coalition gewesen und habe einen von den Leuten kennengelernt. So wie er sich verhielt, muß es ziemlich mysteriös sein.«

»So? Wer war es?«

»Heino Ripinsky.«

»Ach, Hy. Das ist so seine Art.« Ich wollte noch mehr über Ripinsky erfahren, aber sie setzte hinzu: »Wir reden nach dem Dinner darüber. Jetzt möchte ich erst einmal hören, wie es dir geht und was zu Hause los ist.« Bevor Anne-Marie an den Tufa Lake gekommen war, hatte sie einen Monat im Hauptquartier der Coalition in Sacramento verbracht und war nur für ein Wochenende in »der City« gewesen, wie wir egozentrischen San-Francisco-Bewohner unsere Stadt nennen.

»Also, da gibt es nicht viel zu erzählen«, sagte ich. »Natürlich ist Hank ein ziemlicher Miesepeter, wenn du nicht in der Nähe bist. Wir alle muntern ihn immer wieder auf. Rae –«

»Was im All Souls los ist, weiß ich. Ich telefoniere jeden zweiten Abend mit Hank. Ich will wissen, wie es *dir* geht.«

»Du meinst, George und mir.«

Sie nickte und lächelte verschwörerisch.

Seit Juli traf ich George Kostakos, den Psychologieprofessor an der Stanford-Universität und mit großer Wahrscheinlichkeit die Liebe meines Lebens, wieder. Sechs Monate hatte er mit dem seelischen Zusammenbruch seiner – jetzt früheren – Frau und um ihre Rekonvaleszenz gekämpft. Dieses halbe Jahr bis zu seiner Rückkehr war schlimm gewesen. Ich hatte nicht nur an Georges Vorsatz zu zweifeln begonnen, daß er überhaupt zu mir zurückkommen wollte, wenn er sein Leben in Ordnung gebracht hätte. Ich hatte auch zu zweifeln begonnen, ob ich selbst bereit war, ihn wieder in mein Leben zurückkehren zu lassen. Aber der Neubeginn unserer Beziehung hatte meine Vorbehalte zerstreut. Nun war ich glücklich wie seit langem nicht. Zwar waren am Horizont ein paar dunkle Wolken geblieben...

»Also?« sagte Anne-Marie.

»Also... er will, daß ich zu ihm ziehe.«

»Und?«

»Ich weiß nicht, ob ich das kann.«

»Shar, warum nicht? George ist ein wunderbarer Mann.«

»Ich weiß nicht... Ich glaube, ich brauche meine eigenen vier Wände.«

»Ich bin sicher, in seiner riesigen Wohnung ist für euch beide Platz genug.«

»Aber da ist mein eigenes Haus – gerade habe ich es endlich so hergerichtet, wie ich es mir wünschte. Und Ralph und Alice –«

»Deine Katzen? Du opferst George einem Paar *Katzen*?«

Ich sah sie an. Was einem Katzen bedeuten können, gehört zu den wenigen Dingen, die wir verschieden sehen. Sie ist gegen Katzen allergisch und empfindet die Atemnot und das Niesen, das sie ihr verursachen, als persönlichen Affront. »Ralphie und Allie gehören für mich zur Familie«, sagte ich bestimmt.

»Dann nimm sie mit. George liebt Katzen, oder?«

»Ja – im Unterschied zu anderen Menschen, die ich kenne. Aber wir reden über zwei Katzen, die es gewohnt sind, draußen zu leben. Georges Wohnung liegt im ersten Stock, und sie können nirgends frei herumlaufen, bis auf einen Hof, in dem sie nur die Blumenbeete aufbuddeln würden. Wenn sie aber eingesperrt sind, werden sie verrückt, und dann würden sie *uns* verrückt machen.«

Anne-Marie zog die Augenbrauen hoch und seufzte. »Ich habe das Gefühl, nicht die ganze Story geliefert zu bekommen.«

»Was soll das heißen?«

Sie starrte mich nur an und wartete.

»In Ordnung.« Ich senkte den Blick und fummelte an meiner Serviette herum. »Er hat auch angefangen, vom Heiraten zu reden.«

»Und was ist daran so schlimm?«

»Im Grunde nichts. Ich habe nichts gegen die Ehe.«

»Bei anderen Leuten.«

»Nein, das gilt auch für mich, wenn die Bedingungen stimmen. Aber... genau da liegt das Problem: Ich bin ziemlich sicher, daß er gern ein Kind hätte, eine Art Ersatz für die Tochter, die er verloren hat.«

»Aha.« Anne-Marie lehnte sich schwer in ihrem Sessel zurück. Ihre Abneigung gegen Kinder stand gleich an zweiter Stelle hinter ihrer Abneigung gegen Katzen, und sie ist der Meinung, alle anderen kinderlosen Erwachsenen denken genauso.

»Verstehst du?« sagte ich. »Ich bin zu alt und zu egoistisch geworden, um noch ein Kind zu wollen. Ich genieße die Freiheit und meine Arbeit zu sehr. Was sollte ich denn mit einem Baby anfangen? Es mit zu All Souls schleppen und in einer Ecke meines Büros abstellen? Im Auto mitnehmen, wenn ich raus muß?«

»Es gibt Tagesmütter. Und George.«

»Mach mir nicht weis, daß er die Hauptbezugsperson spielen könnte. Seine Karriere wird einen Knick nach oben machen, wenn jetzt sein Buch herauskommt.«

»Tagesmütter«, wiederholte sie.

»Na gut, ich suche also Ausreden! Verdammt, es ist ja nicht so, daß ich keine Kinder mag. Ich habe elf Nichten und Neffen, und ich liebe sie alle, wenn sie das einem auch manchmal äußerst schwer machen. Jahr für Jahr schreibe ich zweiundzwanzig Weihnachts- und Geburtstagsschecks für sie aus. In regelmäßigen Abständen fallen sie bei mir ein, futtern mir die Haare vom Kopf und lassen sich in die Marine World einladen. Sie fragen mich – natürlich per R-Gespräch – um Rat bei Problemen mit ihren Eltern, Lehrern, Freunden und Freundinnen. Ich erfülle bereits meine Pflichten für die nächste Generation!«

Anne-Marie lächelte wohlwollend. »Da stimme ich dir hundertprozentig zu. *Mir* gegenüber brauchst du dich nicht zu rechtfertigen.«

»Ich weiß«, sagte ich. »Und ich weiß auch genau, wem gegenüber ich mich eigentlich zu rechtfertigen versuche.«

Beim Dinner – golden gebratene Forelle Müllerin Art – erklärte Anne-Marie mir, was sie und nun auch mich an den Tufa Lake verschlagen hatte.

Ich wußte, daß die California Coalition for Environmental Preservation eine Art Umweltfeuerwehr war. Ungefähr fünfundzwanzig Gruppen gehörten ihr an. Eines ihrer Ziele war, sich den gesetzgebenden Körperschaften mit der Formulierung einer landesweiten Umweltpolitik als einstimmige Front entgegenzustellen. Anne-Marie war mit Forschungsarbeiten zur Unterstützung dieser Politik betraut gewesen – bis zur vergangenen Woche, als sie in einem Anruf von den »Freunden des Tufa Lake« um Hilfe gebeten worden war. Nachdem es so aussah, als könnten dabei auch juristische Probleme ins Spiel kommen, hatte die Coalition sie zusammen mit Ned Sanderman, einem ihrer besten Leute auf dem Gebiet, nach Vernon geschickt.

»Dann geht es wohl um die fremde Goldschürfer-Gesellschaft, die im Stone Valley die Schürfrechte erworben hat«, sagte ich.

Sie zog die Augenbrauen hoch. »Sehr gut für jemanden, der erst seit ein paar Stunden in der Stadt ist.«

Ich lächelte bescheiden, hatte aber nicht vor zu gestehen, daß ich rein zufällig von der Schürferei erfahren hatte.

»Ja«, fuhr sie fort, »das ist tatsächlich das Problem. Seit den zwanziger Jahren ist droben in der Mesa, dem Plateau oberhalb von Promiseville, nicht mehr geschürft worden. Doch moderne Methoden der Goldgewinnung, mit denen man dem Gestein das

Gold entziehen kann, haben die Schürferei wieder profitabel gemacht. Und Transpacific kontrolliert nicht nur die Schürfrechte. Ihr gehört auch das Land selbst.«

»Ich dachte, das Land hier wäre zum größten Teil Bundeseigentum«, sagte ich und erinnerte mich an die Schilder mit Hinweisen auf den »Toiyabe National Forest«.

»Das stimmt auch. Aber die Transpacific – das ist eine US-Gesellschaft, hinter der großes Geld aus Hongkong steckt – hat ungefähr dreitausend Acre Land aus Privatbesitz aufgekauft. Es gehörte dem Nachkommen jener Familie, die ursprünglich Besitzerin der Goldmine von Promiseville gewesen war. Auch die anderen siebenhundert Acre dort waren in privater Hand, und man hat sie erst vor einem Jahr der Bundesregierung abgekauft.«

»Wie kann man staatseigenes Land erwerben?«

»Das ist ein komplizierter Vorgang und hat mit dem Eintragen von Claims für das Goldschürfen beim Landvergabebüro zu tun. Ich möchte dich jetzt nicht mit Einzelheiten langweilen. In meiner Hütte drüben habe ich eine Akte über den technischen Ablauf. Es reicht, wenn ich dir sage, daß es völlig legal ist.«

»Was kannst du dann unternehmen, um sie zu stoppen?«

»Meine Aufgabe ist es, das Geschäft mit einem ganz feinen Kamm auf ein gesetzliches Schlupfloch durchzukämmen. Oder auf irgendeine sittenwidrige Transaktion, die so lange Schatten wirft, daß Mono County die endgültige Vergabe der Schürfrechte doch noch verweigert.«

»Nach Mrs. Wittington oben im Lodge sind die Leute hier in der Gegend ganz massiv gegen die neuen Schürfpläne.«

»Ach, da gibt es auch eine ganze Reihe, die sich eine Belebung der Wirtschaft erhoffen, aber das sind kurzsichtige Leute. Es wäre nur ein vorübergehender Aufschwung, der mehr Probleme mit sich bringen als lösen würde. Von den intelligenten Leuten hier wollen die meisten einfach keinen großangelegten Tagebau im Stone Valley.« Anne-Marie legte die Gabel zur Seite. Ihr Gesicht war gerötet, die Augen glänzten. Sie befand sich tatsächlich auf einem Kreuzzug.

»Der Abbau über Tage ist nicht nur lärmintensiv und verschandelt nicht nur die Landschaft«, fuhr sie fort. »Das Auswaschen mit Hilfe von Zyanid vergiftet Luft und Grundwasser. Außerdem gibt es im alten Promiseville eine Reihe historischer Gebäude, die die ›Freunde des Tufa Lake‹ unter Denkmalschutz gestellt sehen möchten. Die Sprengarbeiten in der Goldmine würden sie in Mitleidenschaft ziehen und am Ende zerstören.«

Ich nickte und schob einen Zweig Petersilie auf meinem Teller hin und her. »Okay«, sagte ich. »Aber du hast mich doch nicht hergeholt, damit ich dir bei deinen juristischen Expertisen helfe. Was ist sonst noch los?«

Anne-Marie schaute sich um, als fürchte sie sich vor Lauschern. Dann beugte sie sich vor und senkte die Stimme. »In der Woche, die ich jetzt hier bin, habe ich ein paar Dinge herausgefunden, die einfach nicht zusammenpassen. Einige kommen mir regelrecht verdächtig vor. Ich brauche einen Menschen mit einer guten Spürnase, der mir da Sinn hineinbringt.«

»In Ordnung, leg los.«

Sie zählte die Punkte an den Fingern auf.

Erstens: Auf Anfrage beim Landvergabebüro in Sacramento erfuhr die Coalition, daß ein Mann namens Franklin Tarbeaux den 700-Acre-Vertrag abgeschlossen hatte. Tarbeaux hatte einen Claim abgesteckt und Schürfrechte beantragt, dann mit geeigneten Gutachten die erforderlichen Unterlagen für die Eintragung ergänzt – bezahlt hatte er bloß $ 10 pro Acre.

Zweitens: Nach den Akten des Mono County hatte Tarbeaux das Land praktisch sofort an die Transpacific Corporation weiterverkauft – für $ 700 000 bzw. $ 1000 pro Acre. Obwohl seine Gewinnspanne schon beachtlich war, lag der Preis pro Acre doch noch um das Zehnfache unter dem, der für ähnliche Verträge üblich war.

Drittens: Die zusätzlichen 3000 Acre, die auch die ursprüngliche Promiseville-Goldmine einschlossen, hatte man Earl Hopwood abgekauft, einem Nachkommen der Familie, die sie einst besessen hatte. Transpacific hatte Hopwood nur $ 10 pro Acre bezahlt – also den Preis, den das Landvergabebüro für Regierungsland in Rechnung gestellt hatte, und viel weniger, als auf dem freien Markt zu erzielen gewesen wäre.

Viertens: Als Anne-Marie und Fred Sanderman sich bei den Bewohnern der Gegend nach Franklin Tarbeaux erkundigten, wollte ihn keiner kennen. Die ›Wüstenratten‹, die im Stone Valley lebten, behaupteten, nicht gemerkt zu haben, daß jemand auf den 700 Acre auf der Ostseite der Mesa über Promiseville, wo sich die alte Mine befand, schürfte.

Fünftens: Earl Hopwood war so etwas wie ein Einsiedler. Er wohnte in einer Hütte am äußersten Ende des Stone Valley und schürfte den Fluß entlang, der dort vorbeifloß. Als Hy Ripinsky, der Hopwood seit seiner Kindheit kannte, sich nach ihm erkundigte, stellte sich heraus, daß den alten Mann seit zwei Wochen oder mehr niemand mehr gesehen hatte.

»Das war, als Transpacific mit ihrer Vermessungstruppe angerückt kam, das Land einzäunte und Bodenproben nahm«, fügte Anne-Marie hinzu.

»Das wär's?«

»Nein. Jetzt kommt etwas sehr Merkwürdiges: Ein paar Tage nach Neds und meiner Ankunft wurde sowohl in Hys Haus als auch in den Wohnwagen der ›Freunde des Tufa Lake‹ eingebrochen – er steht neben unserem. Und einen Tag später fanden Ned und ich Spuren, daß man auch in unsere Hütte oben in der Feriensiedlung gewaltsam eingedrungen war.«

»Was wurde gestohlen?«

»Soweit wir sehen konnten, nichts.«

»Viel Kriminalität hier in der Gegend?«

»Ganz wenig – meistens Trunkenheit am Steuer oder Angeln ohne Angelschein, wie man hört.«

Ich legte die Gabel hin und wartete, bis die Kellnerin abgeräumt hatte. Als sie mit dem Kaffee heraneilte, fiel mir die Person ein, die mich in dem Tufa-Wald beobachtet hatte. Gehörte das auch zu den »Seltsamkeiten« hier?

Die Kellnerin ging, und ich sagte: »An einem Ort wie diesem weiß wohl jeder alles von jedem.«

»Du hast es erfaßt.«

Ich nippte an meinem Kaffee und dachte weiter nach. »Was hat, wenn überhaupt, Lily Nickles mit der Sache zu tun?«

Anne-Marie sah mich überrascht an. »Die Tiger-Lily? Soweit ich weiß, nichts. Außer, daß sie draußen im Stone Valley schürft. Wo bist du ihr begegnet?«

»Sie hatte einen Streit mit Hy, als ich zum Wohnwagen ging. Er schien nicht wütend oder aufgeregt zu sein. Aber sie.«

»Hy wird nicht so leicht wütend. Aber wenn, dann nimm dich in acht.«

»Erzähl mir von ihm. Er hat dauernd halbmilitärische Ausdrücke in unser Gespräch einfließen lassen. Und woher hat er um Gottes willen diesen schrecklichen Namen?«

Sie lächelte schwach. »Von seinen Eltern, wie üblich. Seine Mutter war Deutsche, daher der ›Heino‹. Sein Vater stammte aus einer russischen Familie, die vor Generationen über die Aleuten nach Alaska eingewandert war. Geboren ist er im Central Valley, aber aufgewachsen ist er hier in Vernon nach der Scheidung und Wiederverheiratung seiner Mutter. In den Siebzigern war er ein paar Jahre weg. Manche behaupten, er war bei der CIA, und so, wie er spricht und denkt, glaube ich das auch.«

»Und keiner fragt ihn?«

»Er ist kein Mann, den man nach seiner Vergangenheit fragt.«

»Vom CIA-Agenten zum Umweltschützer ist es ein langer Weg. Wie ging das vor sich?«

»Das wenige, was ich weiß, stammt von Rose Wittington. Als Hy zurückkam, lebte er zuerst sehr zurückgezogen draußen auf einer kleinen Schaf-Ranch an der Straße ins Stone Valley, die er von seinem Stiefvater geerbt hatte. Er schien viel Geld zu haben: baute das Haus aus, fuhr einen teuren Wagen, besaß ein Flugzeug. Aber er suchte keine Gesellschaft, nicht einmal die alter Freunde, und man sah ihn selten in der Stadt.«

»Wodurch wurde das anders?«

»Er lernte Julie Spaudling kennen, eine Umweltschützerin, die ein paar Jahre vorher hergezogen war und die ›Freunde‹ gegründet hat. Sie hat ihn Schritt für Schritt aus seiner Isolation gelockt und ihn in die Geschichte hier hereingezogen. Ungefähr ein Jahr danach heirateten sie. Vor etwa drei Jahren ist sie an multipler Sklerose gestorben. Ihr Vermögen – sie hatte von ihrem Vater, einem Großzüchter im Kern County, geerbt – hat sie testamentarisch in eine Stiftung umgewandelt, die Umweltorganisationen unterstützt, vor allem die ›Freunde‹. Als deren Direktor hat sie Hy bestimmt.« Anne-Marie brach ab und sah mich nachdenklich an. »Rose Wittington hat das gleiche wie du gesagt: daß es eine ziemliche Wandlung war vom CIA-Mann – wenn er es denn gewesen ist – zum Umweltschützer.

Aber sie hat Hy nicht auf die Art beobachtet, wie ich das getan habe. Hinter diesem zurückgenommenen Äußeren ist er noch immer gefährlich.«

»Inwiefern?«

»Also, wenn man sich ansieht, wie er arbeitet, auch im Rahmen des Umweltschutzes. Er ist... Wie soll ich das beschreiben? Kennst du die ›Earth First!‹?«

Ich nickte. ›Zuerst die Erde!‹ – das war eine Organisation, die sich an die Taktik der direkten Konfrontation hielt. Manche redeten von einem »Öko-Terrorismus«, mit dessen Hilfe sie ihre Ziele durchzusetzen versuchten. Während die meisten an diesem radikalen Ende des Spektrums es als nicht weiter schlimm fanden, Markierungen von Baustellen verschwinden zu lassen oder Ölbohranlagen zu sabotieren, betrachteten es einige wenige unter ihnen sogar als läßliche Sünde, zum Beispiel Bäume zu »präparieren« – das heißt, versteckte Nägel in Baumstämme zu schlagen, so daß es die Kettensägen zerriß und der herumfliegende Stahl die Holzfäller verletzte oder sogar tötete. Als der ›Earth Day‹ begangen wurde, hatte ich eine Meldung mitbekommen, nach der ›Earth First!‹ diese Taktik von sich gewiesen habe. Aber mit meinem gewohnten Zynismus hatte ich mich gefragt, was sie wohl zu dieser Distanzierung bewogen hatte. Später gab es Berichte darüber, daß zwei ihrer Anführer bei einer Explosion verletzt worden seien, und zwar möglicherweise durch eine selbstgebaute Bombe. Das nahm ich als eine Bestätigung meiner zynischen Unterstellungen.

»Hat Hy mit ihnen zu tun?« fragte ich.

»Nein, er ist viel zu sehr Einzelgänger, als daß er sich irgendeiner Gruppe anschlösse. Der einzige Grund, warum er mit den ›Freunden‹ zu tun hat und mit der Coalition zusammenarbeitet, liegt darin, daß sie an der Spaulding Foundation hängen. Und ich bezweifle, ob er überhaupt mit der Stiftung etwas im Sinn hätte, wenn er sich nicht durch Julies Testament verpflichtet fühlte. Und doch ähnelt Hy in gewisser Weise den Leuten von ›Earth First!‹: Er ist im Grunde ein verrückter Kerl, der gegen jeden auf jede denkbare Art losgeht, damit er ihm nur zuhört.«

»Ein Kreuzzügler wie du, hm?«

»Viel schlimmer. Hy pfeift auf Gesetze. Und er hat vor nichts Angst – auch nicht vor Cops und Hilfssheriffs mit Prügeln und

Schrotgewehren. Als die Kampagne zur Erhaltung des Tufa Lake auf dem Höhepunkt war, hat er eine Menge Zeit in verschiedenen Gefängnissen verbracht. Kaum hatte er eine Strafe abgesessen, hatte er sich auch schon den nächsten Ärger eingehandelt und saß wieder hinter Gittern. Er behauptet, von Martin Luther King und Gandhi beeinflußt zu sein. Ich würde noch die Kamikaze-Flieger und Dschingis Khan dazuzählen.«

»War seine Frau noch am Leben, als das alles passierte?«

»Zunächst schon, aber viel schlimmer wurde er noch, als sie tot war. Ich glaube, sie hatte einen besänftigenden Einfluß auf ihn. Rose Wittington sagt, Julie sei den größten Teil ihres Lebens an den Rollstuhl gefesselt gewesen, aber das habe sie nicht daran gehindert zu tun, was sie tun wollte. Sie reiste in Kalifornien herum und unterstützte die verschiedensten Gruppen persönlich und mit Geldgeschenken. Als sie an den Tufa Lake kam, war ihr klar, hier wollte sie sich ansiedeln. Sie war eine Kämpferin, genau wie Hy. Als die ›Freunde‹ in L.A. die Wasserwerksverwaltung blockierten, war sie dabei. Und auch bei den Sit-ins in Sacramento. Aber Julie hatte sich immer unter Kontrolle. Bei Hy war das für lange Zeit nach ihrem Tod nicht so.«

»Und jetzt?«

Sie zuckte mit den Schultern. »Er hat sich gebessert, doch manchmal glaube ich, es ist nur die Verantwortung für die Stiftung, die ihn davon abhält, loszuplatzen und... na ja, Gott weiß was für Dinge zu tun.«

»Da hat ihn Julie Spaulding also aus sehr gutem Grund zum Direktor ihrer Stiftung gemacht.«

»Das nehme ich an.«

»Ist er schon mit der Transpacific zusammengestoßen?«

»Nein, er ist nur einmal bei der Goldmine gewesen. Das war anläßlich einer Public-Relations-Tour, zu der die Gesellschaft Leute eingeladen hatte, die sich Sorgen machten. Andererseits hat Transpacific sehr große Zurückhaltung geübt und sich geweigert, mit Umweltschützern ins Gespräch zu kommen. Ehe sie das nicht tun, gibt es keine Konfrontationen.«

»Und dann?«

»Das ist eine Frage, auf die ich die Antwort gar nicht erfahren möchte.«

»Ich frage mich, worüber Hy und die Nickles sich heute nachmittag gestritten haben.«

Anne-Marie sah auf die Uhr und schob ihren Stuhl zurück. »Wir haben jetzt mit ihm und Ned eine Verabredung im Wohnwagen. Frag ihn doch selbst.«

3

Zehn Uhr. Ich unterdrückte ein Gähnen und versuchte, mich auf das zu konzentrieren, was Ned Sanderman sagte.

Fast drei Stunden saßen wir nun schon auf den unbequemen Stühlen in diesem gemieteten Wohnwagen, und er hatte fast die ganze Zeit nonstop geredet. Im Moment ging es darum, welche Verluste es für Transpacific bedeuten würde, wenn es den Umweltschützern gelänge, die Vergabe der endgültigen Schürfrechte zu blockieren. Das wären die Kosten für das Land, für Kapitalerhöhungen und die bis dahin angefallenen Ausgaben für Probebohrungen, meinte Ripinsky ein wenig ärgerlich. Nein, widersprach ihm Sanderman, es kämen noch Verwaltungs- und Gerichtskosten hinzu, außerdem möglicherweise Profitverluste. Der Wert einer Goldmine, sagte er, messe sich am Wert des Goldes, abzüglich der zuvor genannten Aufwendungen. Dann belegte er seine Ausführungen mit Beispielen, die er seinem Computer entlockt hatte. (»Den habe ich überall bei mir«, hatte er mich – ungefragt – wissen lassen.)

Ned Sanderman gehörte zu der neuen Generation von Umweltschützern: logisch denkend, nicht emotional, mit der neuesten Technologie ausgerüstet und mit einem Blick für das Wesentliche. Auch das hatte er mir erzählt nebst dem größten Teil seiner Lebensgeschichte, und das alles in den ersten zehn Minuten unserer Bekanntschaft. Über Ned Sanderman wußte ich so mehr als über manche meiner eigenen Verwandten, und in erster Linie wußte ich, daß er langweilig war.

Klein und schmächtig, mit glattrasiertem Babygesicht und blonden Haaren, die so drapiert waren, daß sie eine kahle Stelle auf dem Kopf verbargen, hatte er mich doch mit der Enthüllung überrascht, daß er sechsundvierzig war. »Meine Midlife-crisis hatte ich vor sieben Jahren mit neununddreißig«, sagte er. »Ich habe Computer gebaut im Silicon Valley. Eines Tages wachte ich dann auf und merkte, daß es noch mehr im Leben gab, als einen Berg Aktien anzuhäufen und teure Spielsachen zu kaufen. Ich hatte meine Karriere gemacht, und nun brauchte ich mehr Sinn in meinem Leben. Ich brauchte einen Basisbezug zu den Ergebnissen meiner Arbeit.«

»Und so machte er sich auf und ging zu den Umweltschützern wie andere Leute zum Zirkus«, war Anne-Maries Kommentar gewesen.

Sanderman hatte ihr einen verwirrten Blick zugeworfen. Er war ein absolut humorloser Mensch, und da er den Verdacht hatte, diese Bemerkung könnte lustig gemeint sein, wußte er offensichtlich nicht, was er damit anfangen sollte. Ebenso offensichtlich war seine gewaltige Egozentrik. Die einzige Frage, die er mir gestellt hatte, war, ob ich mit der Hütte in der Feriensiedlung zufrieden sei. Auf meine Antwort, sie sei nett, hatte er dann geringschätzig die Mängel aufgezählt. Vor allem die Küche hatte es ihm angetan. »Ich würde mir dort nicht einmal Wasser heiß machen. Gott weiß, was für Bazillen da überall auf der Lauer liegen«, klagte er.

Inzwischen war er irgendwie beim Zyanid angelangt, das durch das Auswaschen frei werde, und so leierte er die Gefahren für die Umwelt herunter. Was das im einzelnen bedeutete – vergiftete Fische, Vögel und sonstiges Wild, ganz zu schweigen vom ungenießbaren Wasser und der verpesteten Luft –, war entsetzlich genug, aber das hatten wir schon alles durchgenommen. Es war wenigstens sein zwölfter Versuch, das Ganze durchzuhecheln. Bis zum fünften oder sechsten hatten Anne-Marie und Ripinsky probiert, ihn wieder auf das Thema unserer Besprechung zu bringen. Doch schließlich hatten sie es aufgegeben.

Ich sah Anne-Marie an. Sie hatte einen glasigen Blick bekommen. Ripinsky saß nach hinten gekippt in seinem Sessel, die Füße auf einem der billigen Metallschreibtische, und starrte zur Decke. Seinem Gesichtsausdruck nach streifte sein Geist irgendwo draußen durch die Stratosphäre. Ich ruckte ungemütlich auf meinem Sessel hin und her und gähnte diskret.

Ripinskys Blick wanderte von der Decke zu mir. Er grinste,

zwinkerte und nahm die Füße vom Schreibtisch. Vielleicht hatten seine Gedanken doch nicht Meilen über der Erde geschwebt.

»Die Zeit ist um, Ned«, sagte er. »Ich muß euch allen noch ein paar Dinge sagen.«

Sanderman sah ihn verstört an und runzelte die Stirn. Er machte den Mund auf, schloß ihn wieder und verschränkte die Arme. Ich hatte den Eindruck, daß Ripinsky ihn schon oft so unterbrochen hatte – und noch um einiges abrupter.

Mit einem Kopfnicken in Richtung Anne-Marie fuhr Ripinsky fort: »Als du hereinkamst, wolltest du von mir etwas über den Besuch wissen, den Tiger-Lily mir heute nachmittag abstattete. Ich hatte noch keine Gelegenheit, dir zu antworten, weil Ned hier gleich mit seinen Selbstauskünften losgelegt hat.«

Sanderman lief rot an, sagte aber kein Wort.

»Mit Lily hatte ich kein allzu nettes Gespräch«, fuhr Ripinsky fort. »Als wir fertig waren, war sie vielmehr ziemlich geladen. Was nichts Neues ist. Die Frau hat etwas gegen mich, seit ich die Avancen, die sie mir nach Julies Tod machte, zurückgewiesen habe. Aber das ist eine andere Geschichte und gar nicht so interessant. Interessant dagegen ist die Geschichte, die sie heute nachmittag zu erzählen hatte.«

»Und?« fragte Sanderman gereizt.

»Anscheinend ist Lily oben in der Mesa einigen Dingen nachgegangen. Sie behauptet, daß dort schon seit Wochen Ruhe herrscht – eine so große Ruhe, daß sie noch nicht einmal Bodenproben genommen haben konnten. Also beschloß sie, den Dingen nachzugehen. Und was findet sie heraus? Es gibt gar keine Untersuchungsmannschaft, keine Geologen, nur eine aufs Nötigste reduzierte Wachtruppe. Und keine Bohrgeräte, keine Schaufelbagger, keine Lastwagen, nichts.«

»Dann sind sie eben fertig mit der Probenentnahme.«

Ripinsky schüttelte den Kopf. »Das kann nicht sein. Sie hatten gerade erst angefangen.«

»Dann haben die Proben eben gezeigt, daß das Erz nicht gehaltvoll genug war und weitere Tests sich nicht lohnten. In dem Fall –«

»Das kann nicht sein. Als ich ihre kleine Public-Relations-

Tour gleich nach dem Erwerb des Grundes mitmachte, hat ihr leitender Geologe mir erzählt, sie seien todsicher, mit modernen Schürfmethoden mindestens eine halbe Million Unzen Gold aus der Mesa herausholen zu können, ehe die Mine ausgebeutet wäre. Das sind bei dem derzeitigen Goldpreis zwanzig Millionen Dollar brutto.«

Sanderman stand auf und ging an seinen Computer. Er holte ein paar Zahlen auf den Schirm und sagte: »Das stimmt.«

»Na also, ich habe eben auch einen Computer – mein Gehirn. Jedenfalls versuchte Lily von den Sicherheitsleuten zu erfahren, was los sei. Aber sie hat nichts herausbekommen. Hat sogar versucht, einen von ihnen zu bestechen, und zwar mit ... ihrem nicht unerheblichen Charme. Aber nichts zu machen.«

Wir alle schwiegen eine Zeitlang. Dann fragte ich: »Warum kriegte sie so eine Wut auf Sie?«

Er grinste und fuhr sich mit einem Finger über den schlaffen Schnurrbart. »Lily ist ein bißchen paranoid, und eine Rassistin ist sie in gewisser Weise auch noch. Anscheinend sind ein paar von den Wachleuten Chinesen. Also fing sie mit ihrer Theorie von der ›Gelben Gefahr‹ an – von diesen üblen Asiaten, die uns das Land abnähmen. So ein Gerede ist einfach der absolute Schwachsinn, und das habe ich ihr auch gesagt. Da ist sie hochgegangen.«

»Wie hat sie Sie noch genannt? Einen Bäumefetischisten?«

»Unter anderem. Lily haßt Umweltschützer.«

»Ich dachte, sie wäre auf Ihrer Seite.«

»Nicht die Tiger-Lily. Das einzige, was sie von der Umwelt will, ist Gold. Nachdem sie davon nichts findet, hält sie sich an Wild und Forellen und Brennholz. Aber sie kümmert sich einen Dreck um die unberührte Natur oder um die Erhaltung von Promiseville. Wenn sie könnte, würde sie alle historischen Bauten im Tal abreißen und in ihrem Holzofen verheizen – bis auf das Haus, in dem sie selbst hockt.«

»Warum ist sie dann zu Ihnen gekommen?«

Er zuckte mit den Schultern. »Weil sie sonst keinen kannte, an den sie sich wenden konnte. Und hinter ihrer vorgespiegelten Tapferkeit verbirgt sich ein Stückchen Angst.«

Anne-Marie klopfte mit einem Stift auf ihren Tisch. »Was wir brauchen, sind mehr Informationen über Transpacific.«

Ich fragte: »Wo haben die ihre Zentrale?«

»In der City.«

»Dann kümmere ich mich um sie, wenn ich wieder dort bin.«

»Gut.«

Ripinsky stand auf und reckte seinen langen, schlanken Körper. »Ich weiß nicht, wie ihr das seht, aber für mich war es ein langer Tag. Und Miss McCone hat eine lange Fahrt hinter sich. Wahrscheinlich will sie ins Bett.«

Ich stand dankbar auf, und Anne-Marie tat es mir nach. Wir verabredeten uns für den nächsten Morgen, damit ich meine Pläne vortragen konnte – falls ich bis dahin welche hatte –, und dann gingen Ripinsky, Anne-Marie und ich zusammen hinaus.

Als ich wegfuhr, sah ich Sanderman durch das erleuchtete Fenster des Wohnwagens. Er spielte wieder mal an seinem Computer.

Ich folgte Anne-Maries Subaru in die Feriensiedlung und hielt neben ihr am Rand des Wäldchens. Sie stieg aus und sagte: »Tut mir leid, daß Ned sich so benommen hat. Ich glaube, er wollte vorführen, daß er die Situation voll im Griff hat und dich eigentlich gar nicht braucht.«

»Ich nehme an, er wollte niemanden von draußen dabeihaben.«

»Dazu wäre es auch nicht gekommen, wenn Hy es nicht gewollt hätte.«

»Haben die beiden etwas gegeneinander?«

Sie holte eine kleine Taschenlampe aus der Tasche und leuchtete damit den Weg zur Hütte ab. »Eher so etwas wie Konkurrenzgefühle, zumindest bei Ned. Anfangs war er sehr höflich ihm gegenüber, aber jetzt ist ihr Verhältnis ziemlich gespannt. Die letzte halbe Stunde konnte ich nur noch denken, wie gern ich jetzt hinausgehen und einen Brandy trinken würde. Zum Glück habe ich einen in der Hütte. Kommst du mit auf einen Schlummertrunk?«

»Aber gern.«

Wir stiegen die Stufen zur Veranda hinauf. Sie schloß auf, griff durch den Türspalt und schaltete eine Deckenlampe an – zwei nackte Birnen, die an einem hufeisenförmigen Gestell aus getriebenem Metall hingen. Sie verbreiteten ein grelles Licht, das die offensichtlichen Mängel des Raums noch betonte.

»Au weh«, sagte sie und knipste eine Tischlampe an. »Machst du bitte das Deckenlicht aus? Der Brandy ist im Küchenschrank rechts von der Spüle. Ich bringe den Holzofen in Gang – es ist *kalt* hier.«

Ich tat, worum sie mich bat, und ging dann durch die Schwingtür in die Küche. Das Licht über der Spüle ließ sich über eine Zugkette einschalten. Die Küchenschränke waren aus astigem Kiefernholz. Der Boden war mit abgetretenem grünem Linoleum ausgelegt, die häßlich orangefarbenen Kacheln der Küchenbar hatten zahllose Sprünge. Die Küchengeräte waren so alt wie im All Souls – fünfziger Jahre. Trotz allem, wenn Sandermans Küche so sauber war wie diese, mußte ich seine Behauptung von den herumwimmelnden Bazillen doch sehr in Frage stellen. Wahrscheinlich waren seine Klagen nur noch ein Symptom dafür, wie unglücklich er sich hier fühlte.

Ich fand den Brandy und zwei Gläser, die aussahen, als wären ursprünglich Oliven oder Maraschino-Kirschen darin gewesen, und trug sie ins Wohnzimmer. Anne-Marie stand mit dem Rücken zu mir an einem der Fenster, die zur Veranda gingen. Sie drehte sich halb zu mir um, und ich sah, daß ihr Gesicht wie erstarrt war.

Ich stellte Flasche und Gläser schnell auf den Kaffeetisch. »Was ist passiert?«

»Das Fenster. Deswegen ist es so kalt hier.«

»Oh, das tut mir leid. Ich hatte es geöffnet und vergessen, wieder zuzumachen, als ich ging.«

»Aber das Fliegenfenster hast du doch nicht abgenommen, oder?« Sie zeigte auf die Stelle, wo es eigentlich eingehakt sein sollte. Der Haken hing noch in der Öse. Er war vom Rahmen des Fliegengitters abgerissen.

Sie wollte noch etwas sagen, aber ich hob die Hand und lauschte. In der Hütte war es völlig still – doch solche Stille kann täuschen. Ich ging zum Ofen, griff nach dem Schürhaken und ging zu den Schlafzimmern.

Ich schob den Vorhang zum Gang beiseite, der in mein Zimmer führte. Nichts außer der billigen Ahornkommode und dem Nachtschrank zwischen den beiden Betten. Einen Schrank gab es nicht, in dem sich jemand hätte verstecken können. Meine Wochenend-Reisetasche stand auf der Kommode. Ich warf einen Blick auf sie, als ich auf das Badezimmer zwischen meinem und Anne-Maries Zimmer zuging. Die Tasche sah so aus, wie ich sie zurückgelassen hatte.

Ich griff ins Badezimmer und schaltete das Licht ein. Stieß die Tür auf, den Schürhaken schlagbereit in der Hand. Wieder nichts – nur das angeschlagene weiße Porzellan der Badezimmereinrichtung. Ich wiederholte mein Manöver an der Tür gegenüber. Nur Anne-Maries ordentlich gemachtes Bett, ihre sorgfältig zusammengelegten Kleider und ihre Kosmetika begrüßten mich.

Ich ging zurück ins Wohnzimmer und legte den Schürhaken zurück, ein wenig verlegen über mein theatralisches Herumfuchteln damit. Anne-Marie stand noch immer am Fenster. Sie sagte: »Noch ein Einbruch.«

»Sieht so aus.« Ich ging zur Tür und trat auf die Veranda hinaus. Das fehlende Fliegengitter lehnte am Geländer.

Durch das offene Fenster sagte sie: »Ich frage mich, warum er das Gitter nicht wieder angebracht hat, damit es nicht auffällt.«

»Entweder ist es ihm egal, ob wir es merken, oder es hat ihn etwas vertrieben.«

»Hat er etwas mitgehen lassen?«

»Ich glaube nicht. Aber wir sollten besser beide nachschauen.«

Ich befestigte das Gitter wieder, so gut ich konnte, schob es zu und schloß das Fenster. Anne-Marie ging in ihr Zimmer. Als sie wiederkam, schüttelte sie den Kopf und kümmerte sich dann um das Feuer. Ich ging noch einmal in mein Schlafzimmer und sah mir die Reisetasche näher an. Der Reißverschluß der Seitentasche war aufgezogen. Die Kuverts, die ich in meinem Büro dort hineingesteckt hatte, waren durcheinander. Ich zog sie heraus und nahm sie mit ins Wohnzimmer.

»Was ist das?« fragte Anne-Marie, goß Brandy in die Gläser und ging mit ihrem Glas zum Rattansessel gegenüber der Couch.

»Meine Post. Erinnerst du dich daran, daß in meiner Nachbarschaft Kinder mal die Postkästen mit Abfall vollschütteten?

Irgendwann waren sie dann auch an meinem, und deswegen lasse ich mir meine gesamte Post zu All Souls schicken. Es sieht so aus, als hätte der Einbrecher die Umschläge hier durchsucht.«

»Gibt es darin etwas, das dich als Detektivin ausweist?«

»Auf den Nachsendeaufklebern steht überall All Souls, aber nicht meine Funktion. Die meisten Leute werden wohl einfach glauben, daß ich Anwältin bin.« Ich setzte mich und ging die Umschläge durch.

»Ich weiß nicht genau, warum, aber ich nehme kaum an, daß hier jemand deinen Beruf kennt. Vielleicht ist Hys Hang zur Geheimniskrämerei ansteckend.«

»Also, ich habe hier meine Visa-Karte und Rechnungen von Macy's, eine Spendenbitte der ›Freunde der Bibliothek‹ und einen Brief von meiner Mutter. Da wird nirgends mein Job erwähnt. Da fällt mir übrigens etwas ein.« Ich hielt den Brief meiner Mutter hoch. »Ich muß spätestens Dienstag nachmittag wieder in der City sein. Sie kommt mich besuchen.«

Anne-Marie sah mich überrascht an. Sie wußte, daß Ma selten einen Schritt aus San Diego heraus tat. »Wieso?«

»Ich weiß nicht, warum, und meine Geschwister auch nicht, aber Ma scheint sich auf eine Odyssee von einem von uns zum nächsten gemacht zu haben. Es ist rätselhaft – und irgendwie macht es mich nervös.«

»Vielleicht möchte sie George kennenlernen und schützt diese sogenannte Odyssee vor, um sich über ihn zu informieren.«

»So raffiniert ist Ma nicht. Aber sie soll ihre Gelegenheit bekommen. Er hat uns für Dienstag abend zum Dinner eingeladen.«

»Deinen Bericht darüber kann ich kaum *erwarten*!«

»Ich kann warten. Ich könnte mein Leben lang darauf warten.« Ma meint es gut mit mir, und ich liebe sie, aber sie kann den Männern, mit denen ich es zu tun habe, ziemlich auf den Leib rücken – und sogar denen, mit denen ich *nichts* zu tun habe. »Ich glaube«, fuhr ich fort, »ich versuche mal, mir hier soviel Einblick zu verschaffen wie möglich. Wenn ich dann wieder in der City bin, erkundige ich mich über Transpacific und komme, wenn nötig, nächstes Wochenende wieder her.«

Sie nickte und sah nach dem Feuer. Ich entspannte mich, genoß die Wärme und nippte an meinem Brandy. Dann kam mir ein beunruhigender Gedanke. »Anne-Marie«, sagte ich, »könntest du dir vorstellen, daß der Mensch, der meine Post durchsucht hat, bei All Souls anruft und dort mehr über mich herauszubekommen versucht?«

»... Schon möglich. Aber mach dir keine Sorgen. Wie ich schon sagte, bin ich wahrscheinlich übervorsichtig.«

»Vielleicht auch nicht.« Ich erzählte ihr kurz, was ich im Tufa-Wald erlebt hatte.

Als ich zu Ende war, schwieg sie eine Weile. »Du solltest wohl besser bei All Souls anrufen und ihnen sagen, daß sie keine Informationen über dich herausgeben.«

»Gute Idee.« Ich stand auf und suchte nach einem Telefon.

»Gibt es hier nicht«, sagte sie, »aber du kannst bei Mrs. Wittington telefonieren.«

Ich sah auf die Uhr. »Ist halb zwölf nicht ein bißchen spät, sie zu belästigen?«

»Überhaupt nicht – wie ich hängt sie jeden Abend vor dem Spätfilm. Ich bin diese Woche schon ein paarmal bei ihr oben gewesen und habe mit ihr bis um zwei in den Fernseher geguckt. Sie mag blutrünstige Geschichten und Truckerfilme.«

»Trucker?«

»Hm. *They Drive by Night, Smoky and the Bandit*. Egal, wer mitspielt, wie schlecht der Film ist oder aus welcher Zeit er stammt, solange nur ein Truck darin vorkommt und ein harter Bursche am Steuer sitzt. Rose besteht nur aus Widersprüchen: Hat die gepfeffertsten Redensarten drauf und liebt einen steifen Bourbon, glaubt an Wiedergeburt, sitzt aber auch jeden Samstagabend in der Bibelstunde in Bridgeport.«

»Interessante Frau. Wenn ich sie also nicht störe, gehe ich hinauf und rufe gleich an.«

Als Rose Wittington mich ins Empfangsgebäude bat, trug sie einen pinkfarbenen, gesteppten Bademantel und Filzpantoffeln. Ihr rundes Gesicht glühte, wohl vom Bourbon, wie ich vermutete. Am gemauerten Kamin stand eine chintzbezogene Sitzgruppe, davor ein großer Bildschirm, auf dem nicht nur einer, sondern zwei harte Burschen zu sehen waren, die an einen Sattelschlepper gelehnt standen. Das Kissen und der

Afghan auf der Sitzbank verrieten mir, daß Anne-Marie recht hatte mit ihrer Beschreibung, wie Mrs. Wittington ihre Abende verbrachte. Sie führte mich zu einem Telefon hinter der Rezeption und setzte sich wieder vor ihren Film.

Ich meldete ein Kreditkartengespräch mit All Souls an. Daß es so spät war, war auch dort kein Problem: Ted Smalley, unser Sekretär, ist eine Nachteule und eines dieser so unschätzbaren wie selten gewordenen Individuen, die ihren Job als eine Vierundzwanzigstundenveranstaltung ansehen.

»Hi, Shar«, sagte er, weil er meine Stimme erkannte. »Wenn du anrufst, um dich nach Ralph und Alice zu erkundigen – denen geht es gut. Ich bin gegen sechs in deiner Wohnung gewesen, habe sie hineingetrieben, gefüttert und mit ihnen gespielt. Sie müßten jetzt in der Koje liegen.« Meine Katzen – genaugenommen noch Kätzchen – hatten ursprünglich einem Freund von Ted gehört, der an Aids gestorben war. Ted hat ein sehr besitzerisches Interesse an ihnen, das so weit geht, daß er freiwillig den Katzensitter spielt, wann immer ich die Stadt verlasse. Er wäre außer sich gewesen, wenn er gewußt hätte, daß ich kaum einen Gedanken an sie verschwendet hatte, seit ich sie seinen tüchtigen Händen überlassen hatte.

»Danke, Ted«, sagte ich. »Ich habe noch einen anderen Grund, warum ich mich melde: Hat heute abend jemand bei euch angerufen und nach mir gefragt?«

»Meinst, ob jemand eine Nachricht hinterlassen hat?«

»Nein, richtig nach mir gefragt, etwa nach meinem Job bei euch.«

»Ich weiß nicht... Augenblick mal. Vor einer Weile hat jemand angerufen. Rae hat das erledigt. Ich war auf dem Klo. He, Rae!«

Er legte den Hörer mit einem Knall auf den Tisch, und nach ein paar Sekunden war Rae Kelleher, meine Assistentin, am Apparat. Wie Ted wohnt und arbeitet sie im Haus unserer Kooperative, einem großen viktorianischen Bau in den Bernal Heights. »Hi, wie läuft's?«

»Soweit ganz gut. Erzähl mir von dem Anrufer. Hat er einen Namen genannt?«

»Irgendein Mr. Soundso. Er hat etwas in den Bart gemurmelt, ich habe es nicht ganz mitbekommen. Ich hätte wohl nachfragen sollen, aber ich habe vor dem Fernseher gesessen und war abgelenkt.«

»Was wollte er?«

»Also, er hat nach dir gefragt, und als ich ihm sagte, du seist nicht in der Stadt, sagte er, vielleicht könnte ich ihm helfen. Er wollte nur genau wissen, was du bei uns machst, deine Berufsbezeichnung, dann könntest du deine neue Discover Card bekommen. Mir kam es schon seltsam vor, daß er so spät anrief, aber viele dieser Kreditkartengesellschaften arbeiten ja rund um die Uhr, und ich sah mir, wie gesagt, gerade *Arsenio* an. Weil ich weiß, wie wichtig ein guter Kredit ist, sagte ich ihm, du seist unsere Chefdetektivin.«

Ich schwieg einen Augenblick. »Wie hat er sich angehört? Irgend etwas Auffälliges an seiner Stimme?«

»... Nein. Sie war ganz... normal.« Sie machte eine Pause. Dann fragte sie: »Shar, habe ich etwas falsch gemacht?«

»Nein, natürlich nicht.«

»Da bin ich aber erleichtert. Einen Moment lang habe ich... Aber du weißt ja, was Willie über guten Kredit sagt.«

»Ich weiß.« Und wie gut ich das wußte: Willie Whelan, Raes Freund, ist wohl der Welt herausragendste Autorität in Defizitfinanzierungsfragen. Seine Ladenkette mit Billigschmuck macht ihn reich, weil er jedem jederzeit Kredit einräumt – und zwar zu Wucherzinsen. »Hör zu«, sagte ich, »ich bin spätestens Dienstag zurück. Kannst du bis dahin die Stellung halten?«

»Klar. Sie nennen mich schließlich nicht umsonst ›Nero‹ Kelleher.«

»Nero?«

»Nach Nero Wolfe.«

»Ach ja.« Rae war neuerdings in Krimis vernarrt und arbeitete sich mit Verve durch die umfangreichen Bestände von All Souls.

Ich hängte ein, rief Mrs. Wittington ein Dankeschön zu und stapfte wieder zu unserer Hütte hinunter. Wie würde Hy Ripinsky, der angebliche Ex-CIA-Agent, das jetzt genannt haben? Jemanden enttarnen?

Bis vor wenigen Augenblicken hatte ich keine Notwendigkeit gesehen, mich überhaupt zu tarnen. Jetzt fühlte ich mich ohne Tarnung verwundbar.

4

Ins Stone Valley ging es bergauf über eine unbefestigte Straße. Das felsige Bergland war von Beifuß und Büffelgras überwuchert. Parallel zur Straße floß ein Bach – schmal, flach und von rotgoldenen Espen gesäumt. Im Hintergrund erhoben sich kahle, schneebedeckte Berge, die im hohen Dunst bläulich schimmerten. Über ihnen zog ein Düsenjäger von der Fallon Naval Air Station drüben in Nevada langsam seinen Kondensstreifen durch den Mittagshimmel. Er war der einzige sichtbare Beweis dafür, daß wir uns am Ende des zwanzigsten Jahrhunderts befanden.

Ich achtete scharfen Blicks auf Schlaglöcher in der Straße und hielt den MG unter zwanzig Meilen Geschwindigkeit. Nach mehr als vier Meilen ging die Straße in ein Wiesengebiet mit hohem, braunem Gras über. Es war eingezäunt, und über die Pfähle lief oben ein einzelner Strang Stacheldraht. Dann kam rechts ein aus grobem Holz gezimmerter Pferch. Zwei Männer in Jeans – ihrem Aussehen nach mußten sie Nachkommen der Paiute-Indianer sein, die hier lange vor der Ankunft der Euro-Amerikaner gelebt hatten – trieben eine Herde Schafe zusammen. Hy Ripinskys Ranch-Arbeiter, nahm ich an, denn er hatte gesagt, etwa fünf Meilen nach der Abzweigung vom Highway östlich von Vernon käme ich zu seinem Besitz.

Die Ranch selber tauchte nach der nächsten Biegung auf. Die Gebäude lagen verstreut und ohne erkennbaren Plan. Sie waren aus Kiefernholz und Steinen der Gegend gebaut. Der Morgan war in der Stadt, wo ich Ripinsky vor einer halben Stunde im Wohnwagen der Coalition verlassen hatte, aber ein Landrover stand zwischen einer riesigen TV-Satellitenschüssel und einem baufälligen Schuppen. Ich sah mir den Rover im Vorbeifahren mißtrauisch an, weil mir der Geländewagen einfiel, der am Abend zuvor über die Kalisalz-Ebene davongefahren war. Dann zuckte ich mit den Schultern. Mein Stab an Verdächtigen würde ganz schön groß werden, wenn ich anfing, sie danach auszuwählen, ob sie ein Auto besaßen, das sich für die Gegend um den Tufa Lake eignete. Außerdem hätte Ripinsky wie der Teufel fahren müssen. Das war auf dieser Straße unmöglich, und schon gar in einem tiefliegenden Wagen wie dem Morgan.

Und danach hätte er sich dann in den Landrover schwingen und weiter in den Tuffstein-Wald fahren müssen.

Nach ungefähr einer weiteren Meile stieg die Straße wieder an, diesmal in Serpentinen. Auf der einen Seite Felswände, auf der anderen steinige Abhänge. Unten schlängelte sich der Bach und glitzerte silbern auf, wenn er durch Stromschnellen schoß. Ich zog den Wagen vorsichtig um eine besonders scharfe Kurve, und dann lag das ganze Stone Valley vor mir.

Ich fuhr an den Straßenrand und sah mir das Panorama an. Ich hatte zwar nichts Bestimmtes erwartet, aber ich wußte, daß es das hier nicht war. Das Tal war deprimierend kahl. Kein Baum wuchs hier, kein Grashalm. Das einzig Lebendige waren der Beifuß und das Büffelgras, die sich an die düsteren Hänge klammerten. Die Stelle, an der die Mine geplant war, war leicht an dem neuen Maschendrahtzaun oben auf einem Flachstück der Mesa im Osten zu erkennen. Es gab nichts, das sich bewegte, weder dort oben noch im Tal. Selbst das Wasser im Bach schien stillzustehen. Und verstreut über den Talboden standen Reste von Häusern, die zusammen einmal Promiseville – Stadt der Verheißung – geheißen hatten.

Jetzt gab es hier keine Verheißungen mehr. Nur noch etwa zwei Dutzend kleine, verwitterte Holzhäuser mit rostigen Blechdächern. Die meisten von ihnen standen zusammengedrängt in der Mitte, ein paar auch planlos verstreut am Osthang in Richtung der Reste einer alten Stampfmühle. Die Mühle war eingefallen und nicht mehr als ein Haufen morsches Holz und verbogenes Metall. Trümmer lagen über den Hang verstreut. Die Straße, die an ihnen vorbei zu dem Maschendrahtzaun führte, war offenbar erst kürzlich planiert worden.

Ich lenkte den MG wieder auf die Fahrbahn und setzte meine Fahrt ins Tal fort, vorbei an einem Bergfriedhof mit vom Wind geschliffenen Grabsteinen und einem umsinkenden Eisenzaun. Auf einem Grabstein hockte ein rotschwänziger Falke. Er beobachtete auch mich mit scharfem Blick, als ich vorüberfuhr. Die unbewegte Luft hier war heiß, die Stille unnatürlich und bedrückend. Ich weiß nicht, was mich eher verstört hätte, hätte ich hier gelebt: die jahreszeitlich bedingten extremen Wechsel von heiß und kalt oder diese schreckliche Stille. Sooft ich auch die Nase über den Smog und den Lärm von San Francisco rümpfen mag, bin ich doch mit Leib und Seele ein Kind dieser Stadt, und in gemäßigter städtischer Umgebung geht es mir am besten.

Als Anne-Marie und ich uns heute morgen um halb elf mit Ripinsky im Wohnwagen getroffen hatten – Ned Sanderman war unerklärlicherweise nicht dagewesen –, hatte ich ihn nach den Leuten im Tal gefragt und eine ungefähre Vorstellung davon bekommen, wo ich sie finden würde und außerdem den Claim des vermißten Goldschürfers Earl Hopwood. Dann rief ich mir noch einmal ins Gedächtnis, wovon sie vorher gesprochen hatten. Vor allem war ich an Lily Nickles' Hinweis auf das Fehlen jeder Aktivität im vorgesehenen Minenbereich interessiert. Wenn nötig, würde ich selbst hinfahren und mich umschauen müssen.

Ich lenkte den MG dorthin, wo einmal die Hauptstraße von Promiseville gewesen sein mußte, hielt vor einer ausgebrannten Ruine an und sah auf meinen Plan. Nach Ripinskys Aussage hatte die Nickles über drei Jahre in einem Haus am Hang unterhalb der Stampfmühle gehaust. Ich stieg aus und ging zu Fuß weiter. Dabei konnte ich mir nicht verkneifen, durch die verstaubten Fenster der Häuser zu spähen, an denen ich vorbeikam.

Was ich sah, legte sich mir noch mehr aufs Gemüt, eingebrochene Decken, Tapeten, die in langen Fetzen von den Wänden hingen, zerborstene Fußbodenbretter, eine im Freien stehende Drehbank. Ripinsky hatte mir erzählt, daß auch nach den Tagen des Booms viele Bewohner in Promiseville geblieben waren und sich irgendwie durchgeschlagen hatten, bis in den späten zwanziger Jahren eine Feuersbrunst den größten Teil der Stadt zerstört hatte. Danach hatten alle die Flucht ergriffen und nur die Sachen mitgenommen, die sie tragen konnten und an denen sie besonders hingen. Das bestätigten auf bejammernswerte Art die Dinge, die in den kleinen Häusern zurückgeblieben waren: verrostete eiserne Bettstellen; einstmals bunte Vorhänge, die jetzt in Fetzen an den Fenstern hingen; ein Küchenherd, auf dem noch eine Bratpfanne über der Feueröffnung stand; von Nagetieren zerfressene Lehnsessel; der zersprungene Kopf einer Porzellanpuppe.

Ich ging weiter, stapfte bergauf und dachte über die Leute

von Promiseville nach. Warum waren sie nach dem Ende des Booms noch so lange geblieben? Das Leben hier mußte äußerst hart gewesen sein, wenn man an die Schneestürme im Winter und die sengende Hitze im Sommer dachte. Während in den zwanziger Jahren überall sonst im Land elektrisches Licht, fließendes Wasser im Haus, Autos und der Stummfilm Selbstverständlichkeiten gewesen waren, deutete hier nichts darauf hin, daß solcher Fortschritt bis zu diesem fernen Vorposten vorgedrungen wäre. Aber irgend etwas mußte die Leute veranlaßt haben zu bleiben – vielleicht Trägheit oder einfach die Tatsache, daß Promiseville ihre Heimat war.

Und dann hatte das Feuer der Stadt den endgültigen vernichtenden Schlag versetzt. Viele Menschen mußten sie gezwungenermaßen verlassen. Auch wer sein Haus nicht verloren hatte, war mit ihnen geflohen. Panik und Verzweiflung hatte die Bewohner ergriffen, und die, die vielleicht hätten bleiben können, Angst vor Isolation und Einsamkeit. Doch Promiseville war ihnen allen eine Heimat gewesen, und ich fragte mich, ob in den folgenden Jahren nicht viele ihre überstürzte Flucht aus der Stadt bereut, ob sie nicht sogar Heimweh bekommen hatten.

Von Ripinsky wußte ich, daß Lily Nickles' Haus das größte am Hang war und eine Vorderveranda mit Blick über das ganze Tal besaß. Es war leicht zu finden, weil gleich daneben der braune Jeep parkte. Die Front ging nach Westen, die zusammengefallene Stampfmühle und der Minenbereich lagen im Rücken. Der Treppenaufgang war mit frischem Holz ausgebessert worden, das zwischen dem verwitterten Kiefernholz roh wirkte. Neben der Tür stand ein verfallener Korbschaukelstuhl. Als ich die Stufen zur Veranda hinaufging, fiel mir in einer Ecke ein Haufen dreckverkrustetes und rostiges Schürfwerkzeug auf – Hacken, Schaufeln und Pfannen, die wie mein japanischer Wok aussahen. Ich klopfte an die Tür, bekam aber keine Antwort. Die Fenster waren mit Sackleinen verhängt, so daß ich nicht hineinschauen konnte.

Wenn die Nickles nicht zu Hause sei, hatte Ripinsky gesagt, würde ich sie wahrscheinlich beim Schürfen finden, eine halbe Meile weiter nördlich, wo der Bach einen scharfen Bogen um ein Feld von Findlingen mache. Ich sah mir von der Veranda aus das Terrain genauer an und beschloß, Reifen und Federung meines MG lieber nicht zu riskieren. Ich ging wieder hinab und folgte dem Bachbett. Das Wasser war flach und voller Steine und die Strömung so träge, wie sie von der Straße aus gewirkt hatte. Am Ufer lagen Abfälle: Geräte aus früherer Zeit, verrostete Behälter, Werkzeug und dazwischen modernerer Unrat wie Bierdosen, Patronenhülsen und Styroporbecher. Ich mußte ein paar weitere Ruinen hinter mich bringen – eine bestand nur noch aus einer zerbröckelnden Ziegelmauer und den Grundmauern –, dann sah ich das Findlingsfeld auf der anderen Seite des Bachs. Hinter einem Block von der Gestalt und Größe eines schlafenden Elefanten war das Tuckern eines Benzinmotors zu hören, und dazu rauschte so laut Wasser, daß es sich nicht um den Bach selbst handeln konnte. Ich beschleunigte meine Schritte, bis der Felsbrocken mir nicht mehr den Blick verstellte.

Die Tiger-Lily stand bis zu den Knien im Wasser. Neben ihr schwamm im Schlauch eines LKW-Reifens eine sonderbar aussehende Maschine. Zwei Röhren ragten von ihr ins Wasser, und gleich neben dem Motor war ein Apparat aus Aluminium angebracht, der wohl als Spülbox diente und Wasser spie. Lily Nickles trug ein türkisfarbenes Trägerhemd und ausgebleichte, abgeschnittene Jeans. Beide waren dunkel vor Nässe, und das kurzgeschorene braune Haar klebte ihr am Kopf. Der Motor machte solchen Lärm, daß sie mich nicht hörte, als ich sie anrief.

Ich setzte mich ans Ufer, zog Turnschuhe und Socken aus und rollte die Jeans hoch. Als ich ins Wasser stieg, war die eisige Kälte wie ein Schock nach der Mittagshitze draußen. Die Steine unter meinen nackten Füßen waren vermoost und glitschig. Lily Nickles bemerkte mich, als ich auf sie zu watete.

Über den knatternden Motor hinweg schrie sie: »He, Sie, raus da!«

Ich ging weiter.

»Haben Sie nicht gehört, verdammt nochmal? Gehen Sie aus meinem Bach!« Sie ballte eine Faust und schüttelte sie zornig.

»Nun mal langsam, Lily.«

Sie runzelte die Stirn, offensichtlich überrascht, daß ich ihren Namen kannte. Dann rollte sie wütend die Augen, griff nach unten und schaltete den Motor ab. In der plötzlichen Stille schien das Wasser aus dem Aluminiumbehälter noch lauter zu rauschen.

»Was, zum Teufel, wollen Sie?« fragte Lily Nickles mit Nachdruck.

»Mit Ihnen über das reden, was Sie Hy Ripinsky erzählt haben. Ihre Beobachtungen im Minenbereich der Transpacific.«

Ihre Augen wurden schmal. »Hat dieser verdammte Bäumefetischist Sie geschickt?«

»Genau.« Ich nannte meinen Namen und sagte, daß ich mit der Coalition zu tun hätte.

»Augenblick«, sagte sie. »Sie waren gestern da – am Wohnwagen.«

»Ja.« Ich watete zu ihr und zeigte auf die Maschine im Innern des Schlauchs. »Was ist das?«

»Eine hydraulische Ansaugmaschine. Arbeitet wie ein Bagger.«

»Und macht was?«

»Saugt Kies hoch und siebt ihn.«

»Wozu?«

Sie starrte mich wütend an. »Von nichts eine Ahnung, wie? Müssen zu diesen Baumfetischisten aus der City gehören. Wozu siebt die wohl? Um Gold zu gewinnen. Gold ist schwer, das schwerste Metall, das Sie hier wahrscheinlich finden. Es sinkt und bleibt in dem Gefäß hängen. Der Rest wird wieder rausgeschwemmt.«

»Ich dachte, man wäscht Gold mit Pfannen.«

»Das ist gut für Proben. Hilft einem, den Fluß zu ›lesen‹ und zu sehen, welcher Kies die Mühe lohnt. Außerdem etwas für Wochenend-Schürfer – meistenteils dumme Ärsche. Dieses Baby« – sie klopfte zärtlich auf die Ansaugmaschine – »schafft fünfzigmal soviel Material an einem Tag. Zudem kann ich es auf dem Rücken tragen.«

Lily Nickles musterte mich immer noch eingehend, einen unangenehmen Zug um die trockenen, rissigen Lippen. Aber etwas in ihrer Stimme verriet mir, daß sie insgeheim stolz war, ihre Erfahrungen zum besten geben zu können. Ich sagte: »Sie sind also eine High-tech-Schürferin.«

»Nein, die High-techs, das sind *die*.« Mit dem Daumen wies

sie über die Schulter in Richtung Osten auf die Mesa. »Ich? Ich bin gerade mal froh, im letzten Jahr genug Nuggets herausgeholt zu haben, um mir dieses Baby leisten zu können.«

»Können wir uns über die dort unterhalten?« Ich nickte in die Richtung, in die sie gezeigt hatte.

Sie zögerte und sagte dann: »Warum eigentlich nicht, zum Teufel? Ich kann eine Pause gebrauchen. Mögen Sie ein Bier?«

»Gern. Danke.«

Lily Nickles faßte das Kunststoffseil, mit dem sie den Schlauch an einem Stein festgemacht hatte, und zog die Ansaugmaschine vorsichtig ans Ufer. Ich half ihr, sie die Böschung hinaufzuschieben, und dann half sie mir herauf. »Setzen Sie sich dort drüben hin«, sagte sie und zeigte auf den ›Schlafenden Elefanten‹. »Und gehen Sie in den Schatten – die Sonne bringt einen heute um.«

Während ich mir den Weg durch die Findlinge bahnte, bückte sich Lily Nickles, zog an einem anderen Kunststoffseil und fischte einen Sechserpack ›Coors‹ aus dem Bach. Sie nahm zwei Dosen heraus und versenkte den Rest wieder im Wasser. Als sie herüberkam und mir eine Dose reichte, ging mir durch den Kopf, wie die Kollegen von All Souls bei all ihrem grimmigen Liberalismus sich winden würden, sähen sie mich eine Marke trinken, die sie selbst boykottierten. Na ja, meine grimmigen Liberalen waren eben nie in der flirrenden Hitze eines frühen Nachmittags im Stone Valley gewesen...

Lily und ich saßen zu Füßen des Elefanten auf einem flachen Stein, den Rücken gegen seine kühle Flanke gelehnt. Der Schatten war angenehm und auch das kalte Bier. Ich nahm einen großen Schluck und sagte: »Also, erstens erzählen die Leute von der Coalition, Sie hätten nie von Franklin Tarbeaux gehört, dem Mann, der der Transpacific siebenhundert Acre verkauft hat.«

Sie kippte das Bier in sich hinein und schüttelte den Kopf. »An den Namen würde ich mich erinnern. Auch an den von dem Kerl, dem das jetzt alles gehört. Würde verdammt was drum geben, ihn kennenzulernen.«

»War Ihnen bewußt, daß der Ostteil der Mesa einem Privatmann gehört hat?«

»Eigentlich nicht. Es war mir nicht *bewußt*, daß irgendein

Privatmann das in den Fingern hatte – nicht einmal, daß es überhaupt jemandem *gehörte*.« In spöttischem Ton setzte sie hinzu: »*Meine Mine, deine Mine*«, lächelte aber dabei, um ihren Worten die Schärfe zu nehmen. »Ich dachte, es wäre öffentlicher Grund, wie sonst auch alles rundum.«

»Und der vermißte Schürfer Earl Hopwood –«

»Wer sagt, daß er vermißt wird?«

»Hy Ripinsky sagt, daß ihn seit über zwei Wochen niemand mehr gesehen hat.«

»Tatsächlich? Wie ich Earl kenne, ist er drüben in Reno oder Carson City, treibt sich bei einer Hure herum und verliert beim Blackjack alles, was ihm der Landverkauf eingebracht hat.«

»Verschwindet er öfters auf diese Weise?«

»Oft genug. Earl ist neunundsechzig Jahre alt, aber er ist noch scharf wie ein Ziegenbock. Aber außer mir gibt es hier im Umkreis keine, auf die er überhaupt scharf werden könnte – und ich würde diesen alten Sack nicht an mich heranlassen, selbst wenn sein Ding drei Meter lang wäre.«

»Aber würde er denn ganze zwei Wochen wegbleiben?«

»Wenn er flüssig genug ist – und das war er nach dem Landverkauf ja wohl.«

Es konnte also sein, daß Hopwood nur auf einer Sauftour war. Aber ich hatte weiterhin vor, mich in seinem Claim umzuschauen. »Hopwood stammt von den Leuten ab, denen ursprünglich die Mine von Promiseville gehört hat?«

Sie nickte. »Die Familie kam irgendwann Mitte des achtzehnten Jahrhunderts aus England oder sonst einem gottverdammten Land, steckte ihren Claim ab und wurde reich.« Lily Nickles' Augen nahmen einen überraschend sanften und träumerischen Ausdruck an. »Das Haus, in dem ich jetzt lebe – es hat ihnen gehört. Ist nicht so toll, wie wir uns das heute vorstellen, aber man sieht von ihm aus noch immer über das ganze Tal...«

»Aus dem Grund habe ich es mir auch ausgesucht«, setzte sie einen Augenblick später hinzu. »Es bringt Glück. Wenn ich im Haus von reichen Leuten lebe, dann werde ich eines Tages vielleicht auch reich.«

Die Frau interessierte mich, darum änderte ich meine Fragetaktik. »Was ist mit Ihnen, Lily? Wieso sind Sie Goldschürferin geworden?«

Sie trank ihr Bier aus, drückte die Dose zusammen und warf sie zum Bach hinunter. Mit einem feinen ›Ping‹ landete sie am Ufer. »Gab nicht viel, was ich sonst hätte tun können. Habe keine besondere Schulbildung. Meine Mama war Kartengeberin in einem dieser lausigen Casinos in Reno. Meinen Vater habe ich nicht gekannt. Wir wohnten bei meinen Großeltern, und die lagen mir dauernd in den Ohren – tu was für deine Bildung, besorg dir einen guten Job, heirate einen netten Kerl, der sich um dich kümmert.« Sie grinste gemein. »Das Dumme war, daß ich zu gern herumzog. Ich war gerade in der achten Klasse, als ich mich mit diesem Kerl zusammentat, der am Strip arbeitete und eine Schürfausrüstung zusammenbekommen wollte. Wir machten uns zum Mother Lode auf, haben rund um Jamestown eine Menge Gold gefunden und sogar für eine Weile eine eigene Bar gehabt. Hatten auch ein paar Kinder.«

Sie machte eine lange Pause und fuhr dann sanft fort: »Er ist tot, schon ein paar Jahre. Ich möchte darüber nicht reden. Meine Kinder – ich weiß nicht. Das Jugendamt hat sie mir weggenommen.« Ihre Augen verschleierten sich, und sie wischte sich wütend darüber. »Warum, zum Teufel, erzähl ich Ihnen das eigentlich alles?«

Ich zuckte mit den Schultern und leerte meine Bierdose. »Vielleicht liegt es an der Gegend hier – Stone Valley, Promiseville. Die Einsamkeit bringt einen zum Reden, wenn jemand da ist.«

»Ja, einsam ist es hier. Die Nächte – also, es ist so still hier draußen, daß es mich beinahe verrückt macht. Ich sitze auf meiner Veranda und sehe in die Ferne, und was sehe ich? Diesen Friedhof. Er ist voller Leute, deren Träume gestorben waren. In manchen Nächten kann ich nur an diese Leute denken, die herkamen, um reich zu werden, und es zu nichts als einem Kiefernsarg brachten. Und ich habe Angst, daß es mir eines Tages genauso gehen wird.«

»Aber Sie gehen nicht weg.«

»Ich weiß nicht, wohin. Es gibt keinen Ort, wo ich im Augenblick sein möchte.« Sie biß sich auf die Lippe und sah von mir weg.

Ich spürte, daß sie mehr dazu nicht sagen konnte, und so

sagte ich: »Erzählen Sie mir, was Sie im Minenbereich gesehen haben.«

Lily Nickles war an dem Stein nach unten gerutscht. Jetzt setzte sie sich wieder auf und schüttelte den Kopf, als wolle sie ihn freimachen. »Da drüben«, sagte sie. »Also, ich habe mich eine Zeitlang gewundert, daß dort gar nichts passierte. Keine dicken Lastwagen auf der Zufahrtstraße, keine Sprengungen, nichts, aus dem man hätte schließen können, daß Probebohrungen stattfanden. Darum dachte ich mir, ich gehe mal los und sehe mich um...«

Das war vor zwei Tagen gewesen. Sie war bei Tagesanbruch die Mesa hinaufgestiegen und hatte einen Umweg über die Nordseite gemacht, wo große Brocken Granit Deckung bieten. Es war ihr nicht bewußt, warum sie glaubte, sich versteckt halten zu müssen, aber ein Instinkt sagte ihr, daß es gut wäre.

»Und es hat sich herausgestellt, daß ich recht hatte«, sagte sie.

Die Sonne war an jenem Morgen gerade hinter den fernen Bergen von Nevada aufgegangen. In ihrem Licht hatte sie gesehen, daß das Gelände auf der stadtabgewandten Seite der Mesa frisch planiert und terrassiert war. Das Grundstück war scheinbar komplett von einem elektrisch geladenen Maschendrahtzaun umgeben. Vier Wohnwagen standen in der Nähe des Tors zur Zufahrtstraße, und neben ihnen parkten ein paar Fahrzeuge.

Lily Nickles »glitt«, wie sie sich ausdrückte, »wie eine Schlange« zu einem guten Aussichtspunkt und betrachtete das Gelände durch ihr Fernglas. Nichts wies darauf hin, daß die alte Mine wieder arbeitete, und es deuteten auch keinerlei Geräte auf baldige Probebohrungen hin. Sie beobachtete, wie ein Mann aus einem Wohnwagen kam und zu einem Schuppen gleich neben dem Tor ging. Er rief jemandem drinnen etwas zu, und dann kam ein zweiter heraus und ging zum Wohnwagen.

»Da begriff ich, daß sie Wachen auf dem Gelände aufgestellt hatten«, sagte sie. »Wieso mußten sie es bewachen, wenn doch gar nichts da war? Das wollte ich herauskriegen.«

Sie hatte beschlossen, daß der direkte Weg der beste war, und war zur Zufahrtsstraße gegangen, wobei sie stets im Auge behielt, was auf der Wachstation geschah. »Ich dachte, ich würde mich als Nachbarin vorstellen. Irgend etwas sagen in der Art: ›Bin ein wenig herumgestrolcht und dachte mir, halt mal an und schau nach, wie so eine echte Mine funktioniert.‹ Nur, als ich näher kam, sah ich, daß der Bursche am Tor eine schwere Magnum an der Hüfte hatte und neben sich ein großkalibriges Gewehr. Und ich möchte verdammt sein – es hat mir regelrecht einen Schlag versetzt –, wenn das kein Chinese war.«

Als ich nicht reagierte, sah Lily mich finster und ungeduldig an. »Haben Sie mir nicht zugehört? Ein Chinese.«

Ich erinnerte mich, was Ripinsky uns von Lilys Theorien über die ›Gelbe Gefahr‹ erzählt hatte. Um unsere gute Beziehung nicht zu belasten, gab ich mir alle Mühe, schockiert auszusehen.

Lily nickte, als teilten wir ein besonderes Wissen. »Von denen hat es hier keinen mehr gegeben, seit sie den Chinaman in den Achtzehnfünfzigern gehängt haben. Als ich den Mann sah, dachte ich, ich sollte es mir noch einmal überlegen. Und während ich gerade eifrig damit beschäftigt war, kam ein dritter Bursche aus dem Wohnwagen und ging zu dem Schlitzauge. Das Schlitzauge stieg in einen von den Jeeps und fuhr davon – auf Patrouille, nehme ich an. Der andere holte sich einen Klappstuhl und setzte sich in die Sonne. Ich sah ihn mir näher an und entdeckte, daß auch er ein Schlitzauge war. Und ein Gewehr hatte.«

»Und was haben Sie dann gemacht?«

»Was jeder vernünftige Mensch getan hätte – nichts wie weg.«

»Ich dachte, Sie hätten mit einem der Wächter gesprochen?«

»Wer hat Ihnen das erzählt?«

»Hy Ripinsky.«

Einen Moment sah sie mich mit leerem Blick an, dann lachte sie grölend los. »Der Hurensohn hat mir geglaubt! Ich habe ihm gesagt, ich hätte dem Burschen einen Fick angeboten, wenn er mir sagt, was dort vor sich geht, und Ripinsky hat es mir geglaubt!«

»Warum haben Sie das gesagt?«

»Weil Ripinsky mir auf den Nerv geht. Es macht mir Spaß, ihn zu schockieren. Außerdem war es eine nette Geschichte.«

»Und warum haben Sie ihn angeschrien, als Sie aus dem Wohnwagen kamen?«

Ihr Mund bekam einen harten Zug. »Der Hurensohn hat mich eine intolerante Person genannt.«

»Weil Sie gesagt hatten, die Wächter seien Chinesen?«

»Hm. Irgend etwas Sonderbares geht da oben vor, vielleicht eine kommunistische Verschwörung. Man sollte meinen, Ripinsky macht sich Gedanken. Er ist schließlich in der Welt herumgekommen und weiß, wie die Dinge laufen. Aber nein, das einzige, was er sagt, ist, daß ich dummes Zeug rede und sie nicht Schlitzaugen nennen soll.«

Ich schwieg eine Weile und dachte über das nach, was sie mir erzählt hatte. Lily nahm es als Mißfallensäußerung und sagte zu ihrer Verteidigung: »Ich bin *nicht* intolerant. Ich mag nur keine Schlitzaugen – weder Japaner noch Chinesen. Bei Indianern ist das... Also, ich sehe an Ihrem Gesicht, daß Sie indianisches Blut haben. Ich bin mit Indianern aufgewachsen. Ich glaube, sie sind genauso gut wie ich.«

»Aber Sie sind nicht unter Asiaten aufgewachsen.«

»Verdammt, nein.« Aber sie lächelte. Lily Nickles war klug genug, längst zu wissen, worauf ich anspielte. Ich fragte mich, wieviel von ihrem rassistischen Geschwätz nur dick aufgetragen war, genau wie gegenüber Ripinsky.

Ich dachte weiter über die Situation oben auf dem Gelände auf der Mesa nach. Dabei kristallisierte sich eine Tatsache heraus, die mich störte: »Lily, da Earl Hopwood nun einmal Goldschürfer ist – warum hat er da nicht selbst auf dem Stück Land geschürft, das ihm in der Mesa gehörte, anstatt es zu verkaufen?«

»Um das zu verstehen, müßten Sie Earl kennen. Erstens sucht er – *wenn* überhaupt – kein Erz, sondern Goldablagerungen, wie ich auch, Gold, das durch Erosion von seinem ursprünglichen Platz weggespült worden ist. Wenn Sie aber an die Adern wollen, die da oben noch übrig sind« – sie zeigte auf die Mesa –, »dann müssen Sie Bergbau im harten Felsgestein machen. Graben, sprengen, Stollen treiben. Kostet mehr Geld. Und ist eine verdammt harte, gefährliche Arbeit. Earl Hopwood war zu faul dazu, und dann kamen sie.«

»Okay, ich verstehe, warum er das Gold nicht abgebaut hat.

Aber warum hat er das Land so weit unter dem Marktwert verkauft?«

»Hat es zu billig verkauft, wie? Na, was soll ich Ihnen dazu sagen?« Sie zuckte mit den Schultern. »Earl ist ein Dummkopf. In der Familie war die nötige Gehirnmasse schon vor Generationen aufgebraucht. Wahrscheinlich schien es ihm eine Menge Geld.«

»Er muß doch gemerkt haben –«

»Earl merkt überhaupt nichts. Ich sage Ihnen, wir reden hier über die personifizierte Dummheit. Seine Hütte da drüben? Er ging hin und baute sie ausgerechnet auf einem Stück Land, wo man noch nie ein einziges Nugget gefunden hat.«

»Ripinsky sagt, der Bach fließt dort durch. Findet man nicht dort die Goldablagerungen?«

»Sicher, aber er fließt zu schnell. Man braucht dazu langsam fließendes Wasser – eine Biegung im Flußlauf, tiefe Stellen, Kiesbänke –, dort wird das Gold angeschwemmt.«

»Ist die Suche nach solchen Stellen das, was Sie mit ›im Fluß lesen‹ meinten?«

»Zum Teil. Es ist eine einfache Sache. Jeder Trottel kann das. Aber kein Earl Hopwood. Statt dessen geht er hin und baut seine Hütte auf einem Stück Land, das er nie besitzen und auf dem er nicht einmal seinen Claim abstecken kann.«

Am frühen Morgen hatte ich die Akte durchgelesen, die mir Anne-Marie über Claims und Schürfrechte zusammengestellt hatte. Eine der Bedingungen war, daß man innerhalb der Grenzen des Claims Erz gefunden haben mußte. Beim Landankauf von der Bundesregierung und der Registrierung waren die Anforderungen sogar noch strenger. Mochte sein, daß wir tatsächlich über die personifizierte Dummheit redeten. Sicher hatte Hopwood nicht gerade viel Verstand gezeigt, wenn er seine Hütte auf bundeseigenem Land baute, wo die Regierung ihn jederzeit zum Abriß zwingen konnte.

Lily sagte: »Wie heißen Sie – McCone?«

Ich nickte.

»McCone, was geht Ihrer Meinung nach da oben vor?«

»Ich habe keine Ahnung.«

»Ich auch nicht. Aber was immer es ist, es ist mir verdammt unheimlich.«

5

Zwei andere Schürfer, die ich nach meinem Besuch bei Lily Nickles aufsuchen wollte, waren nicht da. Ein dritter jagte mich mit dem Gewehr in der Hand weg. Als ich endlich Hopwoods sogenannten Claim erreichte, war es später Nachmittag geworden, und die Hitze hatte, Gott sei Dank, ein wenig nachgelassen.

Der Claim lag am Ende des Tals in einem von Felsbrocken übersäten, sich nach oben verengenden Canyon, in den der Bach über eine hohe Felskante hinabstürzte. Ich mußte den ganzen Weg zu Fuß gehen. Es mußten über drei Meilen sein, und ich war froh, daß ich in besserer Form war als üblich – eine Folge der langen, kräftigen Märsche, die George und ich am Strand unternommen hatten. Dennoch war ich am Ende erschöpft und ausgedörrt und darum sehr erleichtert, als ich Hopwoods Hütte entdeckte.

Sie war recht solide gebaut und stand ein Stück vom Bachbett entfernt unter einem zackigen Felsvorsprung. Am verwitterten Zustand des Holzes und an den verzogenen Fenstern war zu erkennen, daß Hopwood sich sein Material aus Promiseville geholt hatte. Die verstärkte Bohlentür war mit Riegel und Vorhängeschloß versperrt. Ich ging dennoch hin und klopfte. Wie erwartet, kam keine Antwort, und so untersuchte ich die Fenster. Wie bei Lily Nickles waren sie verhängt. Die Hütte – sogar der ganze kleine Canyon – strahlten eine Stille aus, die einem verriet, daß hier niemand war, und das schon seit einiger Zeit.

Bevor ich mich gründlicher umsah, ging ich zum Bach, schöpfte mit den Händen kaltes Wasser und trank. Es hatte einen angenehmen metallischen Beigeschmack. Nachdem der Durst gelöscht war, zog ich nun Schuhe und Socken aus und ließ meine Füße in die kühle Strömung hängen. Ich schloß die Augen und lauschte dem Rauschen des Wasserfalls. Dachte an den langen Weg zurück zu meinem Wagen und seufzte.

Was hatte ich heute herausgefunden? Nur die völlig überzeugende Erklärung dafür, warum Earl Hopwood seit mehr als zwei Wochen weder in der Stadt noch im Tal gesehen worden war. Ich hatte erfahren, daß Lily Nickles nie von Franklin Tarbeaux gehört hatte und daß die Leute von Transpacific ihrem

Boden zwar keine Erzproben entnahmen, es aber trotzdem bewachen ließen, sogar von bewaffneten Männern. Was konnte das bedeuten? Die Gesellschaft hatte ein fremdes Management, das das Land hier nicht kannte. Bei ihren sonstigen Aktivitäten mochten Wachen zur notwendigen Routine gehören. Nein, mein heutiges Tagewerk half mir nirgends weiter.

Doch warum hatte ich zunehmend das Gefühl, daß hier etwas nicht stimmte?

Nun, da gab es zum einen die Tatsache, daß Lily Nickles gesagt hatte, sie habe Angst. Dabei kam sie mir nicht gerade wie eine leicht zu ängstigende Frau vor – die das auch noch zugab. Zum anderen waren da die noch immer ungeklärten Einbrüche in Ripinskys Haus, in den Wohnwagen und die Feriensiedlung. Schließlich noch die Person, die mir im Tuffstein-Wald nachspioniert hatte, der zusätzliche Einbruch in der Nacht zuvor und der Anruf bei All Souls.

Dazu kam, daß in diesem kleinen, engen Canyon das Gefühl, etwas stimme nicht, besonders stark war – viel zu stark für einen Ort, dessen einziger Bewohner bloß auf eine Spiel- und Weibertour nach Nevada gezogen war.

Ich glaube nicht an übernatürliche Dinge, aber ich glaube sehr wohl, daß Orte manchmal Emotionen ausstrahlen können, die zu dort tatsächlich geschehenen Ereignissen gehören. Ein Haus, in dem Menschen glücklich gelebt hatten, strahlt so etwas auch aus. Wo das Unglück zu Hause war, fühlt man sich nicht wohl. Orte, an denen Verbrechen geschahen – vor allem Morde –, sind am schlimmsten. An ihnen herrscht eine Aura von Wut, Verzweiflung und Not.

Ich stand auf und schaute mich um. Der Platz zwischen der Hütte und der Felswand war voll von verrostetem Schürfgerät, Werkzeug und weggeworfenen Autoteilen. Ich ging um die Hütte herum und rüttelte an den Fenstern. Aber sie waren fest verschlossen. Vielleicht hätte ich es noch rechtfertigen können, einzusteigen, wenn eines offengestanden hätte, aber die Umstände machten es keinesfalls erforderlich, daß ich mir gewaltsam und illegal Zutritt verschaffte. Also suchte ich die Umgebung um die Hütte in einem immer weiter werdenden Halbkreis ab. Dann sprang ich von Stein zu Stein über den Bach und erforschte das gegenüberliegende Ufer.

Und bekam einen fauligen Geruch in die Nase.

Ich brauchte nicht lange, um die Stelle zu orten, von der der Gestank kam: dort hinter zwei mannshohen Brocken kurz vor der Felswand. Mein Magen zog sich zusammen, als ich näher kam, und ich dachte nur: *O nein...*

Zögernd zwang ich mich, einen Schritt um den ersten Steinbrocken zu tun. Und fühlte mich zurückgestoßen und war zugleich erleichtert.

Es war Earl Hopwoods Abfallhaufen. Der Müllberg sah aus, als sei er in Jahren aufgetürmt worden und verfalle nur sehr langsam zu Kompost. Fliegen umschwirrten ihn. Der Gestank war so heftig, daß ich nur ganz flach und durch den Mund atmen konnte. Ich wußte, daß mein Magen eine genauere Untersuchung des Haufens nicht aushalten würde, und wandte mich ab.

Doch mein Blick blieb an einem Gegenstand hängen. Ein Stück unter der Spitze des faulenden Müllbergs steckte ein rissiges Stück Holz, das wohl einmal zu einer Kiste gehört hatte. In roter, noch gar nicht durch die Witterung verblaßter Schrift stand darauf das Wort »Dynamit«.

Darüber war noch die untere Hälfte eines Schriftzugs zu erkennen. Er konnte »Red Devil« geheißen haben. Ein Markenname.

Ich sah mich um und entdeckte einen zerbrochenen Besenstiel, mit dem ich das Holzstück herauszog. Es war von verfaulten Speiseresten verschmiert. Ich hob es vorsichtig auf, trug es zum Bach und wusch es. Ich wollte es als Beweisstück mitnehmen – wofür, war mir allerdings noch schleierhaft.

Dynamit, dachte ich. Dynamit brauchte man, wenn man Stollen in felsige Wände sprengte. Dynamit verwendeten so hochtechnisierte Goldschürfer wie Transpacific.

Wer es aber *nicht* benutzte, das waren die Goldwäscher – also Leute wie Lily Nickles und Earl Hopwood.

Was hatte demnach Earl Hopwood mit einer ganzen Kiste davon angefangen?

Ich beschloß, das Brett mit zur Tiger-Lily zu nehmen.

Als ich wieder nach Promiseville kam, war die Sonne hinter den Bergen verschwunden. Die brüchigen Häuser lagen in purpurfarbene Schatten getaucht und sahen eher aus wie Geistererscheinungen einer romantischen Vergangenheit als wie die Überreste einer Epoche voller Mühsal und Enttäuschungen. Hinter den Fenstern von Lilys Haus war kein Licht zu sehen, und der Jeep war nicht zu entdecken.

Ich stand auf der Veranda und lauschte einen Augenblick lang auf die Stille, und die Einsamkeit, von der sie gesprochen hatte, senkte sich über mich. Drüben auf der anderen Seite des Tals fiel das Licht des aufgehenden Monds auf die kahlen Kuppen der Berge. Sie schimmerten phosphoreszierend durch die heraufkriechende Dunkelheit. Ich stellte mir vor, wie Lily Nickles hier Nacht für Nacht saß und hinausschaute, dorthin, wo so viele Träume hatten begraben werden müssen, und wie sie darüber vielleicht ein wenig verrückt wurde. Wenn ich auch begierig darauf war, mit ihr zu reden, war ich doch froh, daß sie von hier weggefahren war, und wenn auch nur für eine kleine Weile.

Ich ging zurück zu meinem Wagen und schloß das Brett von der Dynamitkiste in den Kofferraum. Dann machte ich mich wieder nach Vernon auf den Weg. Als ich an Hy Ripinskys Haus vorbeikam, sah ich, daß dort Licht brannte und der Morgan neben dem Landrover parkte. Kurz entschlossen bog ich von der Straße ab und klopfte bei ihm an.

Ripinsky war sofort an der Tür, ein Buch in der Hand. Sein langer Körper steckte in ausgebleichten Jeans, einem ziemlich verschlissenen Sweater und abgetragenen Mokassins. Er blinzelte mich überrascht an, schien sich aber über mein Erscheinen zu freuen.

Das Wohnzimmer war angenehmer ausgestattet, als sich von draußen vermuten ließ: Indianische Webläufer bedeckten den Kiefernholzboden. Die Sofasitzecke und die Sessel waren dick gepolstert und sahen bequem aus. In den Regalen rechts und links des gemauerten Kamins standen einige hundert Bücher in bunten Schutzumschlägen. Und über dem Kamin hingen ein paar alte Flinten an der Wand. Ripinsky bot mir ein Bier an und ging, um es zu holen. Ich trat an eines der Regale und studierte die Titel.

Justice Rides Alone; Horses, Honor, and Women; Wear a Fast Gun; Hell on the Pecos; Bitter Sage; The Last Days of Horse-Shy Halloran. Western-Romane offensichtlich. Ich nahm einen Band heraus, der quer auf einigen anderen lag: *Hopalong Cassidy and the Trail to Seven Pines*, verfaßt von einem gewissen Tex Burns. Mit boshaft funkelnden Augen beugte sich Hoppy über einen am Boden liegenden Mann, während Topper friedlich zuschaute. Hoppy steckte – du meine Güte! – in lavendelfarbener Kleidung. Das Buch, dachte ich, könnte leicht zu einem heißen Sammelstück für einen Liebhaber im Castro-Bezirk werden, dem von San Franciscos Schwulen bevorzugten Wohnviertel.

Ripinsky kam zurück und reichte mir ein Budweiser. »Aha, Sie interessieren sich also für meine Western-Romane.«

»Vor allem für das hier.« Ich hielt den Hopalong hoch.

Er grinste. »Ich wette, Sie haben sich noch nie Gedanken über den alten Hoppy gemacht. Das Buch habe ich nur wegen des Schutzumschlags gekauft – lesbar ist es nicht. Tatsächlich habe ich meine Sammlung großenteils wegen der Umschläge zusammengekauft. In den dreißiger und vierziger Jahren waren sie vor allem bei den Western ganz wunderbar.«

Er verbrachte einige Zeit damit, mir die besseren zu zeigen, von denen viele von einem Nick Eggenhofer entworfen waren. Dann führte er mich zum Regal auf der anderen Seite des Kamins und zeigte mir ein Buch über Eggenhofers Leben und Werke – es hatte den passenden Titel *Horses, Horses, Always Horses* – und einige andere Bücher über den Alten Westen.

»Ich muß gestehen, daß ich nur die Hälfte der Sachbücher gelesen habe«, sagte er. »Ich ziehe Romane vor. Nach Ansicht meiner Frau versuchte der kleine Junge in mir, auf diese Weise zu verhindern, daß ich selbst jemals ein Revolverheld würde.«

Doch nach dem, was hier so über ihn geredet wurde, war er in gewissem Sinne genau das geworden. Ich wollte ihn schon nach den Gerüchten über seine Verbindung zur CIA fragen, aber sein Gesicht hatte einen melancholischen Zug bekommen, als er von seiner verstorbenen Frau sprach. Das war jetzt nicht der Augenblick, ihn nach privaten Dingen zu fragen. Ich hatte das Gefühl, daß es dafür vielleicht nie den passenden Zeitpunkt geben würde.

»So«, sagte er und wies mich zur Couch, »dann erzählen Sie mir mal, was Sie im Tal herausbekommen haben.«

»Nur wenig, fürchte ich.« Ich berichtete und endete mit meiner Entdeckung der Holzlatte mit der Dynamitaufschrift auf Earl Hopwoods Abfallhaufen.

»Seltsam«, sagte er dazu. Er griff nach einer Bruyèrepfeife auf dem Tisch neben seinem Sessel und fing an, sie zu stopfen. »Earl schürft nicht mehr viel, und an so etwas Ehrgeiziges wie das Ausbeuten von felsigem Gestein hat er sich niemals gemacht, auch als ihm das Land auf der Mesa noch gehörte. Ich kann mir nicht vorstellen, was er mit dem Dynamit hätte anfangen sollen.«

»Lily bezweifelt, daß es in der Nähe seiner Hütte jemals ein Goldvorkommen gegeben hat. Wovon mag er Ihrer Meinung nach denn leben?«

Ripinsky zündete seine Pfeife an. Durch den aufsteigenden Rauch sagte er: »Ich bin sicher, daß er im Lauf der Jahre eine schöne Menge Gold stromauf, stromab gefunden hat, und außerdem ist er sozialversichert. Sie dürfen eines nicht vergessen – in diesem Teil unseres Landes kostet das Leben nicht viel, vor allem bei dem Lebensstil, an den Earl sich mit der Zeit gewöhnt hat.«

»Mit der Zeit?«

»Earl war nicht immer Goldschürfer. Bis vor zwanzig Jahren hat er die Tankstelle gegenüber dem Parkplatz mit diesen Bürowohnwagen betrieben. Dann hat seine Tochter Peggy – sie war so alt wie ich und ist mit mir in die Schule gegangen – die Stadt verlassen, und Earl hat keinen Grund mehr gesehen, länger zu bleiben. Also gab er die Tankstelle auf und zog hinaus ins Tal.«

»Lily sagt, er sitzt ohne Besitzrecht auf dem Land.«

»Da hat sie wahrscheinlich recht. Ehrlich gesagt, habe ich darüber nie nachgedacht. Earl sagt, es sei sein Claim, aber nachdem Sie das jetzt erwähnen, sehe ich auch nicht, wie er in dem Canyon an genug Gold kommen sollte, um sich eintragen zu lassen. Und selbst wenn genug da wäre, bezweifle ich, daß er die Mühe auf sich nimmt. Nachdem Peggy fort war, hatte Earl die Lust an allem verloren.«

»Sie war sein einziges Kind?«

»Ja. Earl hat seine Frau früh verloren und seine Tochter seit dem Säuglingsalter aufgezogen. Die hübsche Peggy haben wir sie genannt. Sie war zu hübsch, um ihr Leben in Vernon zu vertrödeln.«

»Wie ist es ihr ergangen?«

»Sie ist nach Berkeley gegangen, angelte sich irgendeinen Job und ging an die Universität. Hat sich gut verheiratet – zwei- oder dreimal.«

»Könnte es möglich sein, daß Hopwood die letzten beiden Wochen bei ihr war?«

»Eigentlich nicht. Der längste Besuch bei Peggy, an den ich mich erinnere, dauerte ein Weihnachts-Wochenende.«

»Ich sollte dem trotzdem nachgehen. Wie heißt sie jetzt?«

Ripinsky dachte nach und schüttelte den Kopf. »Falls ich den einen oder anderen Namen ihrer Ehemänner gewußt haben sollte, habe ich ihn vergessen.«

»Wer könnte ihn kennen?«

»Vielleicht Rose Wittington. Hat sich immer um Peggy gekümmert, als sie klein war, und sie haben sich gemocht. Sonst fällt mir niemand ein – sie hat alle Verbindungen zu Vernon abgebrochen, als sie ging.«

Wie du, dachte ich. Aber du bist zurückgekommen.

Ich fragte ihn: »Was halten Sie von Lilys Idee, daß Hopwood drüben in Nevada den Erlös aus seinem Landverkauf verlebt?«

»Im ersten Moment scheint das Sinn zu machen, aber es käme mir seltsam vor.«

»Mir auch. Und dann gibt es bei dem Geschäft mit Transpacific ja auch noch den anderen Mann – Franklin Tarbeaux. Wieso weiß über den niemand etwas?«

Ripinsky runzelte die Stirn. »Wissen Sie, dieser Name nervt mich. Klingt mir irgendwie bekannt, schon immer. Aber ich kriege ihn nicht unter.«

»Sind Sie sicher, daß Sie ihm nicht irgendwann einmal begegnet sind?«

»Weil ich selber so einen ausgefallenen Namen habe, bleiben auch andere durchaus bei mir hängen. Hätte ich Tarbeaux kennengelernt, würde ich mich daran erinnern.«

»Das sagt Lily auch. Ich bin bei ihr vorbeigegangen, als ich von Hopwoods Hütte zurückkam, und wollte sie fragen, ob sie davon wußte, daß er Dynamit benutzte, oder ob sie mal eine Explosion gehört hat, als er noch im Tal war. Aber sie war nicht da. Haben Sie eine Vorstellung, wo sie an einem Samstagabend stecken könnte?«

Er lächelte. »Ihr Stadtmenschen führt ein kompliziertes Leben, bei den vielen Möglichkeiten. Hier indessen… Falls Lily nicht auf ein Sechserpack oder wegen ihrer Wäsche in die Stadt gefahren ist, gibt es nur noch einen Ort – Zelda's.«

»Natürlich. Ich werde dort wohl mal vorbeifahren und mit ihr reden.«

Ripinsky leerte seine Pfeife in den Aschenbecher, stand auf und streckte sich. »Wenn Sie wollen, komme ich mit und leiste Ihnen Gesellschaft.«

»Ich habe Ihnen schon den Abend zerrissen.« Ich zeigte auf das Buch, das er bei meiner Ankunft in der Hand gehabt hatte.

»Das geht schon in Ordnung. Ich muß mal hier raus.« Er sah sich kurz im Zimmer um, als suche er die Schatten von jemandem, der nicht mehr da war. »Erinnerungen«, fügte er mit dem Anflug eines wehmütigen Lächelns hinzu.

»Ich weiß.« O ja, ich wußte es. Bittersüße Erinnerungen hatten mich zwar in letzter Zeit nicht mehr heimgesucht, aber bis vor ein paar Monaten schienen sie das einzige gewesen zu sein, was ich hatte.

Um acht Uhr war der Parkplatz von Zelda's so überfüllt, daß ich den MG am Straßenrand abstellen mußte. Ich wartete, bis Ripinskys Morgan hinter mir stoppte, stieg aus und ging zu ihm. Der Abend war jetzt kalt geworden. Der Vollmond warf einen eisigen Lichtschimmer über den Tufa Lake. Ich zog den Reißverschluß meiner Wildlederjacke zu und stopfte die Hände in die Taschen, froh, daß ich sie heute morgen mitgenommen hatte.

Zelda's rotgoldenes Neonschild warf ein Willkommen gegen den schwarzen Himmel. Aus dem Haus schlug uns Musik entgegen – Country-Musik mit einem harten Beat. Ich bin zwar mit der Rock-Musik groß geworden, aber in den letzten Jahren hatte sich mein Geschmack in Richtung Klassik und Country gewandelt. Klassik, weil sie mich beruhigt und inspiriert. Country-Musik, weil sie entweder lebendig und humorvoll ist oder mich so gefühlvoll einwickelt, daß ich weiß, so schlimm kann es mir im wirklichen Leben nie gehen. Einsam sein Liedchen pfeifen, Songs über verlorene Wochenenden, über das Leben im Knast und über jede Art gebrochener Herzen – *das* läßt einen vielleicht aufleben. Übrigens habe ich eine familiäre Bindung an die Country-and-Western-World: Der Mann meiner Schwester Charlene, Ricky Savage, kam seinerzeit mit seinen »Cobwebs in the Attic of My Mind« groß heraus, und es folgten dann Hits wie »My Library of Memories« und »The Cellar of Despair«. (Rickys Songs haben, wenn überhaupt, eines gemeinsam, und das ist ein gewisser architektonischer Touch.)

Ripinsky hielt mir die Tür auf, und wir betraten das Lokal. Der Lärm war ohrenbetäubend. Die Leute schrien, um die Musik zu übertönen, und im Barraum feuerte eine Menge zwei Armdrücker bei ihrem Zweikampf an. Wärme und Luftfeuchtigkeit hatten fast tropische Grade. Und der Qualm konnte es mit dem L. A.-Smog an schlechten Tagen aufnehmen.

Ich sah Hy an. Er antwortete mit einem »Was-soll-ich-dazu-sagen?«-Blick und schob mich Richtung Bar. Die Zuschauer heulten auf, als einer der Wettkämpfer den Arm des Gegners auf den Tisch gedrückt hatte. Der Verlierer stöhnte laut und brüllte dann, die nächste Runde gehe auf seine Kosten.

Wir fanden am Ende der Bar zwei Plätze mit Blick auf den See und bestellten Budweiser. Als das Bier vor uns stand, lehnten wir uns mit dem Rücken an die Bar und sahen uns nach Lily Nickles um. Ihr Jeep war uns draußen aufgefallen, aber hier drinnen war nichts von ihr zu sehen. Für eine Unterhaltung war es zu laut, und so nippten wir nur an unserem Bier. Ich nagte dazu eine Brezel – seit elf Uhr vormittags hatte ich nichts mehr gegessen. Als wir ausgetrunken hatten, beugte sich Ripinsky zu mir und schrie: »Vielleicht tanzt sie. Drehen wir auch eine Runde?«

Ich zögerte – es war ein paar Jahre her, seit ich das letzte Mal getanzt hatte –, sagte dann aber: »Warum nicht?« und folgte ihm. Während ich meine Jacke an einen Garderobenhaken in der Nähe der Tür hängte, suchte er den Tanzboden nach Lily Nickles ab. Die Menschenmenge hüpfte und schob sich dichtgedrängt über die Fläche. In dem schwachen Licht und der tief herabhängenden Qualmwolke waren einzelne Gesichter nicht zu unterscheiden. Hy zuckte mit den Schultern, griff meine Hand und zog mich hinter sich her.

Zuerst fühlte ich mich etwas unbeholfen, aber er führte gut. Er bewegte sich locker und hatte ein gewisses Western-Flair, ohne irgendwelche Verrücktheiten zu machen, die mich nur ins Stolpern gebracht hätten. Sein schlanker, straffer Körper paßte gut zu meinem. Es schien ganz natürlich, ihm so nahe zu sein.

George, rief ich mir ins Gedächtnis. George.

Und meine innere Stimme rief zurück: *Spiel nicht verrückt – du tanzt doch nur!*

Die Gruppe spielte jetzt »Cobwebs in the Attic of My Mind«. Ich hielt meinen Mund an Hys Ohr und gestand ihm, daß ich durch Heirat zu einer Verwandten des Komponisten geworden sei. Das amüsierte ihn, und er erzählte mir von seiner Cousine im Teenageralter, die gerade versuche, eine neue Dolly Parton zu werden. »Sieht aus wie sie, große Brüste und so weiter«, sagte er, »aber Auftritte hat sie nur mit der Hymne bei Spielen der Little League.« Die Gruppe spielte noch einen Hit von Ricky Savage – »You Can Leave My Bedroom but Not My Heart« –, und dann entdeckte ich Lily Nickles.

Drüben bei den Fenstern am anderen Ende der Tanzfläche hing sie einem kurzgewachsenen Burschen in Western-Montur am Hals. Ihr kurzgeschnittener Schopf lag auf seiner Schulter, und mit dem Arm, den er um sie geschlungen hielt, hatte er ihr Sweatshirt ein Stück hochgezogen. Man sah ein paar Zentimeter nackte Haut. Der Mann liebkoste ihren Hals, und Lily kicherte und stolperte. Ich tippte Ripinsky auf die Schulter und zeigte auf die beiden.

Er sah hin und zog eine Grimasse. »Ich fürchte, in der Verfassung kriegen wir nicht viel aus ihr heraus. Sind beide voll – und das so früh am Abend.«

Ich nickte und sah, wie der Mann etwas in Lilys Ohr flüsterte. Sie kicherte wieder, und er schob sie tanzend zu einer Seitentür. Als sie die Tanzfläche verließen, torkelte sie, und er mußte sie halten. Die beiden gingen hinaus und ließen die Tür hinter sich offen.

»Wohin geht es da?« fragte ich Hy.

»Auf den Balkon, und runter zum Anlegeplatz.« Jetzt runzelte er die Stirn. »Normalerweise würde ich mich da nicht einmischen, aber ich kenne den Kerl. Fährt einen Tanklastzug, mit dem er die Tankstelle beliefert, die Earl Hopwood betrieben hat. Ein gemeiner Schweinehund, so klein er ist. Und ich habe Lily nie so betrunken gesehen, daß sie sich kaum auf den Füßen halten konnte.«

»Dann schnappen wir doch selber ein wenig frische Luft. Gehen Sie vor. Ich hole mir meine Jacke und komme nach.«

Als ich ihn auf dem Balkon eingeholt hatte, war von Lily Nickles und ihrem Freund nichts zu sehen. Wir gingen zur Treppe, die zur Anlegestelle hinabführte. Zuerst sah ich nichts als den Lichtstreifen, den der Mond auf den See warf. Dann entdeckte ich Lilys hellfarbenen Sweater und den Hut des Mannes. Sie waren jetzt am Ende des Anlegestegs.

Ich berührte Hys Arm und zeigte auf sie.

Er nickte und beschleunigte seine Schritte.

Und dann schrie der Mann in Lilys Begleitung auf. Es war kein betrunkenes Grölen, sondern ein Schrei, um Aufmerksamkeit zu erregen. Außerdem klang etwas wie Schreck und Überraschung mit.

Ripinsky und ich rannten los. Unten am Steg ging Lily Nickles in die Hocke. Der Mann schrie wieder.

Auf der Treppe stieß ich gegen Ripinsky, stolperte und verpaßte zwei Stufen, bevor ich mich wieder fing. Ich sah, wie Lilys Begleiter jetzt versteinert hinter ihr stand. Sie starrten über den Rand des Stegs ins Wasser.

Ich raste über den Steg nach vorn, Ripinsky mir nach. Der Steg schwankte und zitterte unter unserem Gewicht. Ich stieß den noch immer erstarrten Mann zur Seite und packte Lily Nickles bei den nach vorn gesackten Schultern.

»Lily, was ist los?«

Sie fuhr herum. In ihrem Gesicht standen Schock und Verwirrung. Ich hockte mich neben sie und legte ihr den Arm um die Schultern.

Ripinsky schob sich an uns vorbei. Ich hörte ihn überrascht aufstöhnen.

Lily hielt sich ganz still. Sie roch nach Bier und Rauch. Ich hielt sie fest und sah über ihre Schulter zu Hy.

Er trat vom Ende des Stegs zurück und zeigte hinunter. Ich beugte mich vor und spähte in die Dunkelheit.

Im Wasser trieb eine Leiche. Die Wellen, die durch die Bewegungen des Stegs entstanden waren, ließen sie gegen das Holz stoßen. Der Größe nach eine männliche Leiche in heller Kleidung. Das Gesicht nach unten, die Schultern hochgezogen. Und immer wieder stieß sie gegen den Steg...

Ich sah weg und sagte zu Lilys Tanzpartner: »Bringen Sie sie zurück ins Restaurant. Jemand soll beim Sheriff anrufen.«

Er löste sich aus seiner Erstarrung, trat einen Schritt vor und zog Lily auf die Füße. Der Schock hatte ihn ernüchtert. Sie dagegen war schlaff wie ein Sack. Er mußte sie stützen, als sie langsam den Steg verließen.

Ripinsky hockte sich nieder, um nach der Leiche zu greifen. Ich half ihm zögernd. Zuerst trieb sie von uns weg, dann wieder zurück. Zusammen konnten wir sie packen und zogen sie auf den Steg. Ich wich zurück, als sie auf die Planken schlug.

Ripinskys und mein Blick trafen sich. Seine Augen waren so schwarz und glänzend wie das Wasser. Er zögerte, dann packte er den Leichnam bei den Schultern und drehte ihn auf den Rükken.

Das Gesicht des Mannes starrte uns an, leer und tot. Es war rund, hübsch und stupsnasig und viel zu jung für das füllige weiße Haar, das ihm an Stirn und Schädel klebte. Er konnte noch nicht lange im Wasser gewesen sein. Er war weder aufgebläht, noch roch er. Zwei dunkle Löcher verunzierten seine blaßweiße Hemdbrust – die Einschußlöcher einer kleinkalibrigen Waffe.

Ich fragte: »Kennen Sie ihn?«

»Ich habe ihn noch nie gesehen.«

Ripinsky hockte sich erneut nieder und fing an, die Taschen des Toten zu durchsuchen. Aus der braunen Jacke zog er eine Brieftasche. Er stand auf, holte Streichhölzer aus der eigenen Tasche und reichte sie mir. Ich riß eines an und hielt es so, daß er den Inhalt der Brieftasche untersuchen konnte.

»Führerschein«, sagte er nach ein paar Sekunden, »auf den Namen Michael M. Erickson. Adresse: Barbary Park in San Francisco. Jede Menge Plastik: American Express, Visa, Master Card, Kundenkarten, Versicherungskarte.«

»Haben Sie schon einmal von ihm gehört?«

»Nein.« Er fuhr fort mit der Untersuchung der Brieftasche.

Das Streichholz verbrannte mir die Finger. Ich warf es ins Wasser, zündete ein neues an und starrte auf das Gesicht des toten Mannes.

Michael M. Erickson. Ein Einwohner von San Francisco, wie ich. Barbary Park war eine moderne Wohngegegend im Finanzdistrikt – Stadtwohnungen in den oberen Stockwerken über Läden und Büros, durch Fußgängerwege verbunden mit dem nahe gelegenen Golden Gateway und dem Embarcadero Center. Vielleicht keine erste Adresse, gemessen an den Standards der Oberschicht der Stadt, aber teuer. Hier in Vernon befand sich Erickson so weit entfernt von seinem gewohnten Milieu wie nur denkbar. Und so weit entfernt vom Leben, wie man nur…

Das Grauen, die Nutzlosigkeit eines gewaltsamen Todes ließen mich schaudern.

Plötzlich stieß Ripinsky einen Pfiff aus. Es folgte, ein »Na, also!«

Ich löste meinen Blick von dem Toten. »Was haben Sie gefunden?«

»Ein verstecktes Fach in seiner Geldbörse. Noch ein Ausweis.«

»Wessen?«

Er sah mich an. Im verlöschenden Schein des Streichholzes zwischen meinen Fingern sah ich seine Verblüffung.

»Bittet, und ihr werdet erhört werden«, sagte er. »Darf ich vorstellen? Mr. Franklin Tarbeaux.«

6

Die beiden Polizeibeamten aus dem Sheriffbüro des Mono County in Bridgeport hießen Dwight Gifford und Kristen Lark. Gifford war ein schweigsamer Mann von Mitte Dreißig, der aussah, als betriebe er Bodybuilding und der seinen frühzeitigen Kahlkopf mit seinem schweineborstigen Schnurrbart zu kompensieren schien. Kristen Lark war jünger – Ende Zwanzig – und verfügte über eine unglaubliche nervöse Energie. Ihre schlanke Gestalt war dauernd rastlos in Bewegung. Wenn sie sprach, nahm sie sich kaum Zeit zum Atmen. Ihre blonden Lokken sahen aus, als wären sie elektrisch aufgeladen. Sogar die Sommersprossen auf ihrer Stupsnase wirkten, als wollten sie sich im nächsten Augenblick zu neuen Mustern ordnen. Zuerst dachte ich, die beiden paßten überhaupt nicht zusammen. Aber als ich ihnen bei ihrer Arbeit zusah, merkte ich, daß sie ein perfektes Team waren.

Nach dem Urteil des Gerichtsmediziners war Michael M. Erickson alias Franklin Tarbeaux mit zwei Schüssen in die Brust getötet worden. Die Kugeln stammten aus einer kleinkalibrigen Waffe und waren aus nächster Nähe abgefeuert worden. Die Todeszeit konnte er noch nicht genau schätzen, aber er stellte fest, daß die Leiche nicht sehr lange im See gelegen habe. »Und sie wurde auch nicht von weither angeschwemmt«, fügte er hinzu. »Die Strömung reicht nicht aus, auch nicht nachts, wenn der Wind zunimmt.« Während die Spurensicherung den Landesteg unter Flutlicht setzte, kämpften sich die beiden Polizeibeamten, Ripinsky und ich durch die Menge, die von Hilfssheriffs auf dem Balkon zurückgehalten wurde, und gingen ins Restaurant.

Die Musiker hatten eine Zwangspause eingelegt, und der Speise- und Tanzsaal hatte sich geleert. Die Lounge war noch voller Durstiger, die durch die Fenster verfolgten, was unten vor sich ging. Der Besitzer – Bob Zelda, ein rundlicher kleiner Mann, der mich nicht im geringsten an jene Fitzgerald-Figur erinnerte, an die ich zuerst ein wenig gedacht hatte – hatte Lily Nickles und ihrem Tanzpartner Asyl in seinem Büro gewährt. Gifford ging zu ihnen, um ihnen seine Fragen zu stellen. Ripinsky und ich unterhielten uns mit Kristen Lark an einem Tisch in einer Ecke des Speisesaals.

Sie stellte gute Fragen, kam jedesmal auf den Punkt. Während der Befragung gelang es ihr auch, ihre sonst so nervöse Unruhe unter Kontrolle zu halten. Sie hörte gut zu, ging auf Nuancen ein und hakte nach, wenn nötig. Als Hy ihr von dem zweiten Ausweis erzählte, den der Tote bei sich gehabt hatte, und von Franklin Tarbeaux' Beziehung zur Transpacific und deren Landerwerb, machte sie sich sorgfältig Notizen. Dann sah sie mich an.

»Sie sind aus beruflichen Gründen hier?«

»Ja.«
»Sie arbeiten für wen?«
»Für die Coalition, eine Umweltschutzorganisation.« Ich berichtete ihr von den Ereignissen, deretwegen Anne-Marie mich hergebeten hatte, und auch von den Dingen, die seit meiner Ankunft hier passiert waren.
»Diese Einbrüche«, fragte Kristen Lark, »wurden die uns gemeldet?«
»Nicht der von letzter Nacht. Es wurde nichts entwendet, und nach dem Anruf in meinem Büro war ja klar, hinter was der Einbrecher her war.«
Hy sagte: »Die Einbrüche bei mir zu Hause und in die Wohnwagen der Coalition haben Hilfssheriffs aufgenommen. Was in der Feriensiedlung war, weiß ich nicht.«
Kristen Lark machte ein nachdenkliches Gesicht und klopfte mit den Fingern auf die Tischplatte. »Meiner Meinung nach«, sagte sie nach einer Weile, »gibt es eine Verbindung zwischen diesem Erickson oder Tarbeaux und den Einbrüchen. Er kann es auch gewesen sein, der mit dem Geländewagen zwischen den Tufas herumgefahren ist. Einer meiner Hilfssheriffs hat einen Bronco in der Gegend am Straßenrand gefunden. Den Papieren nach war er vier Tage zuvor in Modesto unter dem Namen Tarbeaux gemietet worden.« Sie hob die Hand, bevor einer von uns etwas sagen konnte. »So stelle ich mir das vor. Aber solche Vorstellungen können gefährlich sein.«
Sie sah uns an. »In einem County wie diesem mit geringer Bevölkerung neigt man dazu, Verbrechen Außenseitern anzuhängen. Aber das entspricht nicht immer den Tatsachen. Es ist eine wilde Gegend, hier Berge und dort Wüsten, und die zieht – na ja, die irren Typen an. Leute wie ihre Goldschürferin. Exhippies. Einzelgänger, die gute Gründe haben, warum sie in Ruhe gelassen werden wollen. Wenn ich also auch gern glauben möchte, daß dieser Erickson/Tarbeaux unser Täter ist, weil er aus San Francisco kommt, wo so etwas dauernd passiert, bin ich doch klug genug zu wissen, daß mir diese Lösung vor allem deshalb gefiele, weil sie mir die Arbeit erleichterte.«
Ripinsky und ich nickten.
»Gut«, fügte Kristen Lark hinzu und klappte ihr Notizbuch zu. »Wir werden mehr wissen, wenn wir die Fingerabdrücke

unseres Opfers mit denen vergleichen, die wir im Haus und in den Wohnwagen genommen haben – und auch in der Feriensiedlung, falls man uns dorthin gerufen hat. Haben Sie mir sonst noch etwas zu sagen?«

Ich sagte: »Nicht, daß ich wüßte. Hy?«

Er schüttelte den Kopf.

Kirsten Lark sah zur Tür. Gifford kam aus der Bar herein. Sie stand auf. »Wenn Ihnen noch etwas einfällt, rufen Sie einen von uns an.«

»Ich habe vor, am Montag über Nevada nach San Francisco zurückzufahren, und dazu muß ich durch Bridgeport. Einverstanden, daß ich kurz haltmache und höre, was Sie herausgefunden haben?«

»Von mir aus. Ich hoffe, Sie haben nicht vor, auf eigene Faust Nachforschungen anzustellen.«

»Nur soweit es mit meinem Fall zu tun hat – und auch dann nur mit Ihrem Einverständnis.«

Sie zuckte mit den Schultern. »Das haben Sie, solange Sie uns auf dem laufenden halten.«

Gifford tauchte hinter ihr auf und strich sich den borstigen Schnurrbart. »Ist einer von Ihnen mit Miss Nickles befreundet?«

Hy und ich sahen uns an.

»Ich frage das, weil ihr Freund – wenn er denn ihr Freund war – abgehauen ist, und sie ist in keiner guten Verfassung. Weniger betrunken als durcheinander, aber sie sollte nicht selbst fahren.«

Ich sagte: »Wir kümmern uns um sie.«

Als die beiden den Raum verließen, packte Hy meinen Arm. »*Wir* kümmern uns um sie?«

»Wahrscheinlich werden wir beide gebraucht.«

»Wahrscheinlich.« Er seufzte. »Was machen wir denn mit ihr? Wir können sie ja nicht vor ihrer Bude im Stone Valley abladen.«

Ich dachte an die furchtbare Einsamkeit nachts in dem Tal. »O Gott, nein. Wissen Sie was? Rose Wittington scheint doch so eine mütterliche Seele zu sein. Fahren wir Lily in die Feriensiedlung.«

Ripinsky grinste. »Rose wird sie wahrscheinlich zu Tode bemuttern. Irgendwie erfüllt mich das mit einer Art perversem Vergnügen. Wir sollten aber so oder so hinüberfahren und Anne-Marie und Ned berichten, was passiert ist.« Auf dem Weg zur Tür blieb er stehen. »Eines ist klar: Sie nehmen Lily in Ihrem Wagen mit. Sie haßt mich meistens wie die Pest. Nicht auszudenken, was sie mit mir anstellt, wenn ich am Steuer säße.«

Ich war einverstanden, und wir gingen in Bob Zeldas Büro. Die Blütenblätter unserer Tigerlilie wirkten reichlich zerzaust. Sie saß auf einer durchgesessenen Couch neben dem Restaurant-Besitzer und hielt seine fleischige Hand umklammert. Als sie mich sah, rückte sie von ihm ab und versuchte, ihr gewohntes hämisches Grinsen aufzusetzen, aber sie wirkte damit nur noch mitleiderregender. Ich dachte daran, daß Hy ihre Ruppigkeit großenteils für Fassade hielt, und daran, daß diese harte Schale heute schon einen Sprung bekommen hatte, als sie von dem Mann sprach, der gestorben war, und von den Kindern, die ihr vom Jugendamt weggenommen worden waren. Doch da ihr die harte Schale offenbar so wichtig war, begrüßte ich sie ganz normal und sagte ihr, was wir mit ihr vorhatten.

»Kommt nicht in Frage!« Sie schüttelte heftig den Kopf. »Ich fahre nach Hause – und zwar selber.«

»Das geht nicht, Lily. Detective Gifford will Sie nicht fahren lassen.«

»Verdammte Scheiße, warum denn nicht? Ich bin schon in schlimmerem Zustand gefahren, und ich bin gar nicht mehr so schlecht drauf. Sehen Sie her – ich stehe da wie ein Fels.« Sie streckte die rechte Hand aus. Sie zitterte erbärmlich. »Na ja, fast«, setzte sie hinzu.

»Es ist nur für diese eine Nacht«, sagte ich.

»Wäre doch vielleicht eine ganz gute Idee, Lily«, meinte Bob Zelda dazu.

Sie schien schon weich zu werden. Dann aber sah sie zur Tür und entdeckte Ripinsky. Er hatte sich im Hintergrund gehalten und versucht, unsichtbar zu bleiben. »Was macht dieser Arsch hier?«

Ripinsky sagte: »Bitte, Lily, fangen Sie nicht wieder an.«

»Anfangen? Scheiß drauf. Mit Ihnen bin ich seit Jahren fertig.« Sie wandte sich an mich. »Er kommt doch nicht etwa mit uns?«

»Nein. Sie können mit mir fahren.«

»Und morgen in aller Frühe bringen Sie mich zu meinem Jeep?«

»Ja.«

Sie gähnte ausgiebig. »Gut, ich könnte tatsächlich eine Mütze voll Schlaf gebrauchen.«

Lily holte sich ihre Jacke vom Rand der Tanzfläche, wo sie sie abgelegt hatte, und wir gingen zu meinem Wagen. Ripinsky blieb im Restaurant und gab mir ein Zeichen, daß wir uns später treffen würden. Es war kurz vor Mitternacht. Der Parkplatz war leer und die Leuchtschrift auf dem Dach ausgeschaltet.

»Nichts fegt eine Szene schneller leer als ein guter Mord«, sagte Lily, und sie hörte sich jetzt schon vergnügter an.

Ich zog es vor, nicht zu antworten, und schloß ihr nur die Beifahrertür meines MG auf. Offenbar hatte sie das Gefühl, daß ich ihre Bemerkung für geschmacklos hielt – jedenfalls sprach sie kein Wort mehr, bis wir zur Feriensiedlung kamen. Dann sagte sie: »Rose wird ganz schön sauer reagieren, wenn sie mich sieht.«

»Wieso?«

»Sie hat ihren Mann dabei erwischt, wie er vor ein paar Jahren mit mir herumgemacht hat, kurz bevor er starb. Wahrscheinlich gibt sie mir die Schuld an dem Schlaganfall, wegen der Aufregung.«

Ich machte mir keine allzu großen Sorgen darüber, wie Rose Wittington sie wohl empfangen würde. Lilys sexuelle Eskapaden kamen mir langsam vor wie so viele andere Tratschgeschichten, die ich kannte.

Wir gingen in den Gemeinschaftsraum. Anne-Marie und Rose saßen vor einem großen Bildschirm und folgten Peter Lorres ängstlichen Blicken. Lily Nickles in meinem Schlepptau zu sehen, überraschte sie. Aber als ich ihnen den Fall erklärte, stand Rose fuchtelnd und gackernd auf und drückte sie tröstend an ihren ausladenden Busen. Sie führte sie hinaus und schnatterte dazu, der Willow Room sei für sie hergerichtet und ob sie nicht ein heißes Bad wolle oder vielleicht ein schönes Glas warme Milch, bevor sie sich hinlege? Lily sah mich ängstlich und bittend über die Schulter an, aber ich lächelte ihr bloß fröhlich gute Nacht zu. Wenn sie tatsächlich mit Roses verstorbenem Ehemann herumgemacht hatte, dann mußte sie diese herzhafte Dosis rächender Bemutterung einfach schlucken.

Anne-Marie stand auf und wollte etwas sagen, da steckte Ripinsky den Kopf durch die Tür. »Alles klar?«

»Ja.« An Anne-Marie gewandt, fügte ich hinzu: »Laß uns unten in unserer Hütte reden. Und wir sollten auch Ned wecken – ich nehme an, er schläft schon.«

»Oh, wahrscheinlich schon seit Stunden. Ned geht immer früh ins Bett.«

»Dann macht es ihm ja wohl nichts aus, auch wieder früh aufzustehen.«

Sie ging, um Sanderman zu holen, und Ripinsky und ich stiegen schweigend zur Hütte hinunter. Unter den Bäumen war es sehr dunkel. Am Seeufer sah ich die Umrisse der Weiden, die ihre langen Zweige in das brackige Wasser hängen ließen. Über uns raschelte es, und ein Vogel stieß einen wehklagenden Schrei aus. Ich schreckte zusammen und streifte Ripinsky. Er legte mir die Hand auf die Schulter.

»Dem Ruf nach ein Tannenhäher«, sagte er.

»Fühlt sich einsam.«

»Wahrscheinlich. Tannenhäher mögen Menschen.«

Oben auf der Veranda blieben wir einen Moment lang mit dem Rücken zur Tür stehen und sahen auf den dunklen See. Der Mond war jetzt fast untergegangen. Im Schein eines roten Warnlichts am Ende der Anlegestelle sah man, wie das Wasser sich leicht kräuselte.

»Sie sind gern hier, nicht wahr?« sagte ich.

Er zuckte mit den Schultern. »Es ist mein Zuhause.«

»Aber es bedeutet Ihnen noch mehr.«

»Woher kennen Sie mich so genau?« In seiner Stimme schwang leichter Ärger mit, aber als ich nicht antwortete, lenkte er ein. »Ja, es ist noch eine Menge mehr. Ich habe lange dazu gebraucht, bis ich mir darüber klar war. Ich war noch ein Kind, als ich las, was Mark Twain über die Gegend um den Mono Lake geschrieben hat, und das traf sogar doppelt auf den Tufa Lake zu: ›Eine leblose, schauderhafte, baumlose Wüste…, wild, düster und schlimme Ahnungen hervorrufend…, man denkt an Unfruchtbarkeit und Tod.‹«

»Twain hatte unrecht. Er hatte kein Auge für die Schönheit

der Gegend. Und so, wie er den Mono Lake geschildert hat, wird er wohl kaum noch ein zweites Mal hierhergekommen sein.«

»Nein, aber seine Worte sind mir einfach nicht aus dem Sinn gegangen. Ich habe jahrelang davon geträumt, Vernon zu verlassen, und schließlich habe ich es getan.«

»Und dann?«

»Jetzt bin ich wieder hier, für immer.« Es klang auch endgültig. Ende der Diskussion.

Ich schloß die Tür auf, und wir traten ein. Als Anne-Marie hereinkam, hatte ich schon Feuer im Kamin gemacht.

»Ned brauchte ein bißchen, um hochzukommen«, sagte sie, »aber er ist unterwegs. Möchte jemand Kaffee?«

Ripinsky schüttelte den Kopf. »Ich nehme ein Bier, wenn eines da ist.«

»Für mich einen Brandy«, sagte ich.

»Und für Ned ein Selters und für mich einen Kräutertee.« Sie ging in die Küche und murrte laut über die Leute mit ihren Sonderwünschen.

Es waren noch keine fünf Minuten um, als Sanderman in frisch gebügelter Cordhose und Pullover zur Tür hereinkam, die Haare nach hinten über die beginnende Glatze drapiert. Er hatte die Zeit genutzt und geduscht – und sich wahrscheinlich auch noch rasiert –, aber diese rituellen Waschungen hatten seine Stimmung nicht spürbar gehoben. Sein Gesicht wirkte wie das eines Kindes, das man grob aus dem Schlaf gerissen hatte, und wenn ich mir seine vorgeschobene Unterlippe ansah, wäre ich nicht überrascht gewesen, wenn er gleich losgebrüllt hätte. Er saß steif auf einem der Stühle in der Eßecke und nahm das Glas Selters entgegen, das Anne-Marie ihm anbot. Mißbilligend nahm er zur Kenntnis, daß sie Hy ein Bier und mir einen Brandy reichte.

Ripinsky sagte, wir sollten ganz am Anfang beginnen, und zeigte auf mich. Ich erzählte ihnen, was ich den Tag über im Stone Valley getrieben hatte, von meinem Besuch bei Hy, von unserer Fahrt zu Zelda's. Als ich bei der Entdeckung von Lily Nickles am anderen Ende der Tanzfläche angekommen war, bekam Anne-Marie einen nachdenklichen Gesichtsausdruck. Ich wußte, daß ich mit einigen Fragen zu rechnen hatte, wenn

Hy und Ned gegangen waren. Doch als ich von der Leiche im See berichtete, wurde ihr Gesicht sehr ernst. Sanderman bekam einen in sich gekehrten Blick. Wahrscheinlich versuchte er, sich die Szene bildlich vorzustellen.

Als ich zu Ende war, sagte Ripinsky: »Wie man sieht, ist das eine verdammt seltsame Häufung von Umständen. Vorher hatte niemand jemals von diesem Franklin Tarbeaux etwas gehört oder gesehen. Dann taucht ein im Laufe des Tages oder des Abends erschossener Mann im See auf, und er hat Tarbeaux' Ausweis in der Brieftasche. Und dieser Ausweis sieht wie eine Fälschung aus. Meiner Meinung nach sollten wir –«

Sanderman unterbrach ihn mit scharfer Stimme. »Wie hieß er noch wirklich?«

»Erickson. Michael M. Wohnhaft in Barbary Park, San Francisco. Wie gesagt –«

»Woher wollen Sie wissen, daß Tarbeaux nicht sein richtiger Name war? Vielleicht ist der Erickson-Ausweis der falsche.«

Hy seufzte. »Ich habe genug gefälschte Ausweise gesehen, um das unterscheiden zu können.«

Nachdem er nicht fortfuhr mit dem, was er vor der Unterbrechung durch Sanderman sagen wollte, fragte Anne-Marie mich: »Meinst du, dieser Erickson könnte im Zusammenhang mit dem Landverkauf ermordet worden sein?«

»Das ließe sich denken.« Ich überlegte einen Augenblick lang. »Die Tatsache, daß Erickson möglicherweise eine falsche Identität benutzt hat, wirft ein schlechtes Licht auf den ganzen Handel. Vielleicht hat jemand aus dem Umfeld von Transpacific Erickson zum Schweigen gebracht, damit nicht herauskam, daß es Tarbeaux gar nicht gab.«

»Aber er hatte den Ausweis bei sich«, erinnerte sie mich.

»In einem Geheimfach seiner Brieftasche«, erinnerte Ripinsky sie. »Das mußte der Mörder nicht unbedingt gewußt haben.«

Sanderman stand auf und ging mit hinter dem Rücken verschränkten Armen und gesenktem Kopf im Zimmer auf und ab. »Wenn das der Fall ist«, sagte er, »muß einer der bewaffneten Wachleute im Minengelände der Mörder gewesen sein.«

»Könnte sein oder auch nicht. Im Augenblick können wir nicht zu solch einer Schlußfolgerung springen«, sagte ich.

»Na gut, aber was *können* wir denn schlußfolgern?« fragte er.
»Noch gar nichts«, sagte ich.
»Großartig, wirklich großartig!«
»Nimm's nicht so schwer, Ned«, beruhigte Anne-Marie ihn.
Sanderman blieb mit dem Rücken zu uns am Fenster stehen und schlug mit der Faust gegen den Rahmen. Anne-Marie sah besorgt aus. Ripinsky beobachtete ihn mit zusammengekniffenen Augen.
»Darf ich einen Vorschlag machen?« sagte ich. »Ich möchte mit den Leuten reden, die ich heute im Stone Valley nicht angetroffen habe. Auch mit dem Mann, der mich mit dem Gewehr vertrieben hat. Ich nehme Lily Nickles mit, das erleichtert mir die Sache. Wenn einer von ihnen Erickson gekannt oder auch nur im Tal gesehen hat, ich kriege es heraus.«
»Und hier in der Stadt?« fragte Anne-Marie. »Er muß doch irgendwo gewohnt, mit jemandem geredet haben. Du könntest dich erkundigen bei –«
»Das tun die Leute vom Sheriff, und denen möchte ich nicht in die Quere kommen. Kristen Lark war relativ entgegenkommend, sie erlaubte mir, meine Nachforschungen fortzusetzen. Ich möchte nichts tun, was sie oder jemand anderen in ihrer Abteilung gegen mich aufbringt. Sie indessen…« Ich sah Ripinsky an.
Er starrte noch immer auf Sandermans Rücken. Jetzt richtete er seinen Blick auf mich und sagte: »Ich indessen bin ein betroffener Bürger dieser Stadt, der zufällig dabei war, als die Leiche entdeckt wurde. Da ist es ganz natürlich, daß ich mich über den Fall unterhalte – und zwar mit verdammt jedem, mit dem ich mag.«
»Stimmt.«
»Und dann?« fragte Anne-Marie mich.
»Transpacific scheint in der ganzen Sache die große Unbekannte zu sein. Ich muß in die City fahren und mich nach ihr erkundigen. Ich fahre am Montagmorgen im Sheriffbüro in Bridgeport vorbei und erkundige mich, was sie inzwischen über den Mord herausbekommen haben. Dann fahre ich über Carson City und Reno nach Hause und frage mich in den Casinos nach Earl Hopwood durch.« Ich wandte mich an Ripinsky. »Kann ich wohl irgendwo ein Foto von ihm bekommen?«

»Vielleicht finde ich zu Hause eines, wenn ich tief genug grabe. Julie hat ihn gemocht und hat ihn immer zu unseren ›Resteessen‹ an den Feiertagen eingeladen.«

»Sehr gut. Wenn Hopwood in Nevada ist, frequentiert er wahrscheinlich eines der schäbigeren Casinos. Deren Aufsichtspersonal würde ihn vielleicht auf dem Foto wiedererkennen.« Sanderman drehte sich vom Fenster zu uns. »Ich weiß nicht, warum Sie sich so für Hopwood interessieren«, sagte er gereizt.

»Ich interessiere mich für jeden, der irgend etwas mit dem Landverkauf zu tun hatte.«

»Scheint mir reine Energievergeudung.«

»Neunzig Prozent jeder Ermittlungstätigkeit könnte man Energievergeudung nennen.«

Er zog die Mundwinkel nach unten. Einem Mann, den sein Computer überallhin begleitet, mußten meine Methoden ziemlich unverständlich vorkommen, wenn nicht gar irritierend. Nach ein paar Sekunden ging er zur Tür. »Es hat doch niemand etwas dagegen, wenn ich noch ein paar Stunden schlafe, oder?«

Anne-Marie, die ewige Friedensstifterin, sagte: »Natürlich nicht. Danke fürs Kommen, Ned.«

Er nickte kurz und verließ die Hütte. Wir drei waren still, bis sich seine Schritte zwischen den Bäumen verloren hatten. Dann sagte Anne-Marie: »Das ist also die neue Generation der Umweltschützer!«

Ripinsky schwieg. Sein Blick war auf die Tür gerichtet – kalt, nachdenklich.

Nach einer Weile sagte ich: »Genug von ihm. Mich interessiert eher, ob sonst noch jemand am Verhungern ist?«

Anne-Marie bekam leuchtende Augen. »Jetzt, da du es sagst, spüre ich einen Bärenhunger!«

»Ich habe seit dem Lunch nichts mehr gegessen – bis auf ein paar Brezeln.«

»Wie wär's mit Rührei? Und Toast? Und ich glaube, es gibt auch noch Würstchen.«

»Hack ein paar Zwiebeln und grünen Pfeffer und misch das in die Eier.«

»Und Pilze?«

»Und Käse – ich habe heute morgen Parmesan im Kühlschrank entdeckt.«

»Schwarze Oliven. Und eingemachte Erdbeeren auf Toast.« Sie stand auf und ging in die Küche. »Hy?« rief sie über die Schulter.

»Noch ein Bier. Ja, für mich vielleicht etwas Toast. Ach, was – von allem.« Er sah mich an, und ich wußte, daß wir beide das gleiche dachten: eine reichlich verdrehte, aber keineswegs ungewöhnliche Reaktion auf die Entdeckung einer Leiche. Nach ein paar Augenblicken sagte er: »Gehört ihr zu den Leuten, die häufiger von nächtlichem Heißhunger heimgesucht werden?«

»Schon.« Ich dachte an die alten Zeiten, bevor Anne-Marie sich das Haus im Noe Valley District gekauft und Hank geheiratet hatte. Zuletzt hatte sie dann in einem winzigen Zimmer im dritten Stock von All Souls gewohnt, und wenn ich noch spät zu arbeiten hatte, konnte ich mich immer darauf verlassen, daß sie dazukam, wenn ich mir in der großen Küche im rückwärtigen Teil des viktorianischen Baus etwas Besonderes und Köstliches zusammenbraute.

Anne-Marie rief um Hilfe. Hy und ich drängten in die Miniküche und packten nach besten Kräften zu – was in einem heillosen Durcheinander, Auf-die-Füße-Treten und Gelächter endete. Schließlich häuften wir die Teller voll – scheußlich-gelbes Steingut, das sich schrecklich mit den unglücklich-orangefarbenen Kacheln auf der Küchenbar biß – und trugen sie zur Eßecke. Und stürzten uns wie hungrige Wölfe darauf.

Als ich zwischendurch einmal aufsah, starrte mich Ripinsky an. »Stopfen Sie sich immer auf die Weise voll, gnädige Frau?«

»Meistens schon.«

»Wie bleiben Sie dann so dünn?«

»Gute Veranlagung.«

Er nickte und wandte sich wieder seinen Eiern zu.

Als wir fertig waren, tauchten wir das Geschirr in ein Spülbecken mit schäumendem Wasser. Ripinsky sagte: »Ich sollte besser gehen, bevor ich so müde werde, daß ich Sie um Bereitstellung Ihrer Couch bitten muß.« Dann sah er mich an. »Kommen Sie mit mir nach oben?«

»Klar.« Ich griff nach meiner Jacke und ging mit ihm hinaus.

Es war schon einige Zeit nach zwei. Die frühen Morgenstunden in der Hochwüste sind sehr frisch. Unser Atem bildete weiße Wölkchen, als wir zu seinem Wagen gingen.

»McCone«, sagte Hy, »haben Sie eine Schießausbildung?«

»Ja.«

»Gute Schützin?«

»Ich bin gut. Eine Frau in diesem Beruf muß das sein.« Jetzt hielt ich mich zurück, so wie er zuvor, als er nicht näher auf die Jahre eingehen wollte, die er nicht am Tufa Lake verbracht hatte. Dabei hielt ich nicht so sehr Tatsachen zurück, sondern mehr emotionale Begleiterscheinungen zu Dingen, die ich hatte tun müssen und die ich manchmal gern ungeschehen sähe.

Er fragte mich: »Haben Sie eine Waffe bei sich?«

»Nein, die liegt zu Hause. Ich habe sie früher immer im Handschuhfach meines Wagens aufbewahrt, aber nachdem es einmal aufgebrochen und die Pistole gestohlen wurde, ist mir das zu riskant geworden.«

Wir erreichten seinen Morgan. Mit gekreuzten Armen und ernstem Gesicht, auf das der Schein der Sicherheitsbeleuchtung am Empfangsgebäude fiel, lehnte er sich dagegen. »Ich würde Ihnen ja eine von meinen Pistolen leihen, aber bis ich sie geholt und hergebracht hätte –«

»Machen Sie sich keine Mühe. Ich kann auch ganz gut mit einem Schürhaken umgehen.«

Seine Lippen zuckten, aber er wurde schnell wieder sachlich. »Ich weiß nicht, vielleicht übertreibe ich ja. Aber alte Gewohnheiten sterben nur langsam. Tun Sie mir einen Gefallen – legen Sie den Schürhaken ganz nah neben Ihr Bett heute nacht.«

»Das tue ich.«

Er machte keine Anstalten, in sein Auto zu steigen. Ich trat von einem Fuß auf den anderen – nicht wegen der Kälte oder aus Ungeduld, sondern weil mir plötzlich schwindelig wurde.

Hy sagte: »Kommen Sie, McCone. Lehnen Sie sich an.«

Ohne Zögern ging ich auf ihn zu. Er hielt mich fest an sich gedrückt, und ich spürte seinen warmen Atem auf meiner Stirn. Diese Nähe erschien uns so natürlich wie beim Tanzen bei Zelda's. Nach ein paar Sekunden ließ er mich los. Auf seinen Lippen lag ein melancholisches Lächeln.

»Bis später«, sagte er und klappte seinen langen Körper zusammen, um in den Morgan zu gelangen.

7

Ich schlief weder tief noch lang, und um sieben war ich auf den Beinen und angezogen. Ein kurzer Blick in Anne-Maries Zimmer sagte mir, daß sie sich in ihr Bett vergraben und die Kissen zum Schutz vor dem Rauschen der Dusche über den Kopf gezogen hatte. Sie war bereits im Bett verschwunden, als ich zurückgekommen war. Sie mußte also sehr müde gewesen sein. Selten hatte ich erlebt, daß sie ihre Neugier auf etwas so Provokatives zurückgehalten hatte wie die Tatsache, daß ich mich von Ripinsky bei Zelda's zum Tanzen hatte überreden lassen.

Ich machte mir eine Tasse Pulverkaffee, zog meine Jacke an und trat auf die Veranda. Die grauen Umrisse der Weiden umrahmten den pinkfarben gestreiften See. Über die Oberfläche glitten Wasservögel und suchten, Köpfchen in das Wasser, Schwänzchen in die Höh', nach Futter. Möwen und Regenpfeifer vollführten unentwegt Touch-and-go-Landungen auf den kleinen Tuffsteininseln.

Mein Blick blieb am nahen Anlegesteg hängen, auf dem eine Gestalt saß, ein Knie angewinkelt und den Blick dem See zugewandt. Offensichtlich Ned Sanderman, der ebenfalls nicht mehr schlafen konnte. Fast wäre ich schon wieder hineingegangen, aber dann stieg ich mit dem Kaffee in der Hand die Stufen hinab. Als die Bohlen unter meinen Schritten zitterten, drehte er sich um.

»Guten Morgen«, sagte ich. »Es sieht aus, als würde es ein schöner Tag.«

Er nickte knapp.

»Etwas dagegen, wenn ich mich zu Ihnen setze?«

»Wenn Sie wollen.«

Guter Gott, dachte ich, er kann doch nicht immer noch schmollen! Ich fragte ihn: »Konnten Sie noch etwas schlafen?«

»Nein, ich dachte dauernd an… Eigentlich bin ich froh, daß Sie so früh auf sind. So können wir unter vier Augen miteinander reden. Ich muß Ihnen etwas erzählen.«

Ich setzte mich neben ihn und bot ihm einen Schluck Kaffee an.

Er schüttelte den Kopf. »Ich rühre das Zeug nicht an, auch keinen Tee. Koffein bringt einen um.«

Ich ignorierte die darin liegende Kritik. »Worüber wollen Sie mit mir reden?«

»Über den Ermordeten. Ich glaube, ich kenne ihn.«

»Woher?«

»Also... Ich weiß nicht, ob es derselbe Michael Erickson ist. Den Namen gibt es häufiger, aber die Adresse am Barbary Park... Können Sie ihn mir beschreiben?«

Ich zählte ihm auf, was mir an der Erscheinung des Toten aufgefallen war. Währenddessen wurde Sandermans ohnehin schon blasse Haut geradezu teigig, und seine vom Schlafmangel geröteten Augen umwölkten sich.

Nach einer Weile sagte er: »Das ist der Mann. Und Michael Erickson ist sein richtiger Name. Kurz Mick.«

»Woher kannten Sie ihn?«

»Aus meiner früheren Firma im Silicon Valley. Sie hieß Techworks. Ich habe Computer entwickelt, die... na ja, das ist unwichtig. Mick war im Marketing und hauptsächlich für unsere Pacific-Rim-Abteilung zuständig. Aber auch er hatte einen technischen Abschluß an der Colorado School of Mines.«

»Haben Sie ihn gut gekannt?«

»Nicht wirklich gut. Die technischen Abteilungen und das Marketing hatten nicht viel miteinander zu tun, obwohl es eine kleine Firma war mit guter Atmosphäre. Nach meinem Ausscheiden habe ich ihn ein paar Jahre lang nicht gesehen und nicht einmal an ihn gedacht. Doch vor zwei Jahren sind wir uns auf dem Union Square in San Francisco über den Weg gelaufen. Es war um Weihnachten. Wir hatten beide genug von der Einkauferei und waren ziemlich müde. Also sind wir zusammen etwas trinken gegangen.«

Bei Sanderman schien irgendwie der Dampf raus zu sein, deshalb bohrte ich nach. »Worüber haben Sie geredet?«

»Über die alte Firma, über Leute, die wir kannten, und was sie jetzt machten. Mick war ein paar Jahre nach mir auch ausgeschieden und hatte seine eigene Consultingfirma aufgemacht. Aber darüber hat er nicht viel erzählt. Er war an meiner Arbeit bei der Coalition interessiert. Ich erzählte ihm von unserem Projekt, die Ableitung von Wasser aus dem Tufa Lake zu stoppen. Und von unseren Sorgen um die möglichen Goldminen im Tufa-Gebiet. Es schien ihn zu faszinieren.«

»Haben Sie ihn danach noch einmal getroffen?«

»Noch zweimal. Ein paar Monate später tauchte er im Coalition-Hauptquartier in Sacramento auf. Sagte, er habe geschäftlich in der Gegend zu tun und komme ganz spontan vorbei. Nach der Arbeit lud er mich wieder auf ein paar Drinks ein und bat mich, etwas Coalition-Literatur und ein paar Situationsberichte über die Lage hier im Mono County mitzubringen. Das habe ich gern getan. Wir sind immer knapp bei Kasse, und Mick schien gut betucht zu sein. Ich machte mir Hoffnung auf eine Spende.«

»Haben Sie die gekriegt?«

»Ja. Nach zwei, drei Wochen ließ er sich erneut sehen. Diesmal lud er mich zum Dinner ein. Er stellte mir eine Menge Fragen über den Tufa Lake und das Stone Valley. Bevor er ging, gab er mir tausend Dollar für die Coalition.«

»Und dann?«

»Das war das letzte, was ich von ihm gesehen habe.«

Ich dachte einen Augenblick über das nach, was er mir berichtete. »Erzählen Sie mir noch mehr von Mick Erickson. Was war er für ein Typ?«

»Was für ein Typ?« Sanderman starrte auf den See hinaus, auf dem die Tufa-Inseln vor der aufgehenden Sonne schärfere Konturen annahmen. »Ein attraktiver Bursche. Immer gut angezogen. Fuhr einen Jaguar. Nicht schön im klassischen Sinn. Aber er hatte etwas, das die Frauen aufmerken ließ. Sehr gewandt und mit Sinn für Humor. Er war aber keiner von denen, die Witze erzählen, eher amüsante Geschichten und Anekdoten. Nicht der übliche Marketing-Typ – viel kultivierter.«

»Wissen Sie etwas über sein Privatleben?«

»Er muß wohl verheiratet gewesen sein. Zumindest beklagte er sich, als wir uns in der Weihnachtszeit über den Weg liefen, wie schwer es sei, das richtige Parfüm für seine Frau zu finden.«

»Sonst noch etwas?«

Er schüttelte den Kopf.

»Was war mit der von ihm gegründeten Consultingfirma?«

»Ich kann mich nicht einmal erinnern, wie sie hieß.«

»Okay, dann möchte ich Sie folgendes fragen: Sie müssen doch schon gestern, als wir darüber sprachen, den Verdacht gehabt haben, daß der Tote und Mick Erickson dieselbe Person waren. Warum haben Sie das da nicht erwähnt?«

Er befeuchtete sich die Lippen und preßte sie zusammen.

»Was ist, Ned?«

»Ich habe nur... Ich wollte in Gegenwart von Ripinsky nichts sagen, nicht, bevor ich darüber nachgedacht hatte.«

»Warum nicht?«

»Also, mir kommt es so vor – und er hätte das sicherlich auch so gesehen –, als hätte ich Mick unabsichtlich auf eine Idee gebracht, die er später ausgenutzt hat.«

»Über die Goldschürf-Möglichkeiten hier.«

»Ja.«

»Daraus könnte Hy Ihnen kaum einen Vorwurf machen. Sie wußten ja nur, daß Erickson an der Arbeit der Coalition interessiert war. Und er hat Ihnen schließlich auch eine erkleckliche Summe geschenkt.«

»Sie und ich, wir sehen das so. Aber Ripinsky wird das Ganze umdrehen. Er ist wie viele Umweltschützer vom alten Schlag – ein Fanatiker, der sich über die neue Generation ärgert.«

»Ich weiß nicht, ob ich das richtig verstehe.«

»Ripinsky liebt Mutter Natur. Jeder Baum, jeder Stein, jeder Vogel müssen erhalten werden, koste es, was es wolle.« Sanderman verzog spöttisch die Lippen. »Er sieht nicht die Realitäten, mit denen wir es zu tun haben. Sieht nicht die Notwendigkeit von Kompromissen und daß man sich anpassen muß. Er begreift nicht einmal, wie nötig wir Geld brauchen. Wir können nicht von dem existieren, was kleckerweise von unseren Mitgliedern und privaten Spendern hereintröpfelt. Wir brauchen das große Geld, und wir müssen lernen, dafür die richtigen Quellen anzuzapfen.«

»Und hatten Sie dabei an Mick Erickson gedacht?«

»... Also, er war sicher der Mann, der einem ein Entrée beim großen Geld verschaffen konnte. Aber erzählen Sie das mal Ripinsky. Er warf mir vor, ich würde das ganze Tufa-See-Gebiet verkaufen. Und das Schlimme ist, wenn jemand anderem – Anne-Marie zum Beispiel – die gleiche Fehleinschätzung passiert wäre, hätte er Verständnis dafür gehabt. Aber nicht bei mir... Ripinsky hat es auf mich abgesehen.«

»Wieso?«

Er zuckte mit den Schultern und sah weg.

»Ich glaube nicht, daß er es auf Sie abgesehen hat, Ned. Ihr beide paßt nur nicht zusammen, weil ihr zu verschieden seid.«

Sanderman sah mich noch immer nicht an. Er schien mir etwas sagen zu wollen, wußte aber nicht, wie er die Sache angehen sollte. Schließlich meinte er: »Vielleicht haben Sie recht. Solche Konflikte sind mir nicht neu. Mein ganzes Leben lang... Ich passe nicht gut zu anderen Leuten und andere Leute nicht gut zu mir.«

Solche Selbsterkenntnis hatte ich ihm gar nicht zugetraut. »Worin besteht diese mangelnde Übereinstimmung?«

»Zuerst einmal finde ich andere Leute uninteressant. Verglichen mit meinen Vorstellungen scheinen sie mir reichlich trivial. Ihre Sorgen, ihre Lebensweise – wenn Sie genau hinsehen, müssen Sie zugeben, daß sie oberflächlich sind. Am glücklichsten bin ich, wenn ich allein bin und an theoretischen Problemen arbeite, mich in meine technische Lektüre vertiefe, Kreuzwort- oder Silbenrätsel entwerfe. Aber ich weiß natürlich genug über den Menschen als gesellschaftliches Wesen, daß ich mir sage, ich *müßte* eigentlich Beziehungen aufbauen, und das kompensiere ich dann, indem ich zuviel rede. Die Leute finden mich langweilig.« Er fiel in Schweigen und hielt die Hand an die Lippen, als wollte er den Schmerz unterdrücken, der aus seinen Worten sprach. Ich spürte, daß das die erste wirkliche Vertraulichkeit war, mit der er sich seit langem jemandem geöffnet hatte.

Mir fiel auf, daß ich selbst Sandermans Probleme mit genau umgekehrtem Vorzeichen hatte: Mein Leben lang war ich in Beziehungen eingebunden – vielleicht zu stark. Die Leute erzählen mir oft Sachen, die sie sonst keiner Seele erzählen würden. Mag sein, weil ich eine offene Art habe. Mag sein, weil ich die richtigen Fragen stelle. Mag auch einfach nur sein, weil ich mich wie jemand verhalte, der Vertrauen zu respektieren und zu wahren weiß. Das hat mich oft genug in Schwierigkeiten gebracht, wenn jemand dann später bedauerte, zu offen gewesen zu sein, aber hin und wieder wurde das auch zur Basis für eine feste Freundschaft – ganz abgesehen von dem gewaltigen Nutzen, den es mir bei meiner Arbeit brachte.

Ich fragte ihn: »Macht es Ihnen etwas aus, daß die Leute Sie langweilig finden?«

»Natürlich! Ich habe auch meine Gefühle. Nur, weil ich sie nicht vor jedermann ausbreite... Sie erinnern sich an neulich abends, als ich sagte, ich hätte meine Midlife-Crisis mit neununddreißig gehabt?«

Ich nickte.

»Also, meine Frau hatte mich verlassen. Ich weiß, das klingt nicht besonders außergewöhnlich. Im Silicon Valley lassen sich die Leute dauernd scheiden. Männer verlassen ihre Frauen wegen ihrer Sekretärinnen. Frauen verlassen ihre Männer wegen eines Kollegen oder ihres Chefs. Teufel auch, zwei Freundinnen meiner Frau haben ihre Männer wegen des jeweiligen Mannes der Freundin verlassen. Aber wissen Sie, was einer der Gründe war, die meine Frau für die Scheidung anführte?«

»Sagen Sie es mir.«

»Weil ich so langweilig war, daß sie sich jeden Morgen in Erinnerung rufen mußte, daß ich existierte.« Sein Schmerz war nun offen sichtbar. »Wie finden Sie das? Für meine eigene Frau war ich eine Null!«

Hätte ich seine Geschichte aus zweiter Hand gehört – wäre er zum Beispiel einer von Hanks Klienten gewesen, von denen einige die komischsten Scheidungen hinter sich gebracht haben, die mir bekannt sind –, dann hätte es mich amüsiert. Aber hinter seiner Empörung steckte so deutlich Verletztheit, daß ich seine Erzählung überhaupt nicht komisch fand. Ich sagte: »Ihre Frau hatte wohl nicht viel Tiefe und Mitgefühl, wie?«

Es war die richtige Antwort gewesen. Sandermans Gesicht entspannte sich. »Nein, das hatte sie nicht. Aber in einem hatte sie recht – ich *bin* langweilig.«

Ich lächelte. »Langweilig und stolz darauf – das ist der Witz. Aber um auf Erickson zurückzukommen, Ned: Sie sollten im Sheriff-Büro anrufen und Kristen Lark oder Dwight Gifford erzählen, was Sie wissen.«

»Das habe ich vor. Und was ist mit...«

»Wegen Anne-Marie und Hy machen Sie sich keine Sorgen. Wir sagen einfach, Sie wären erst bei unserem Gespräch heute morgen auf eine Verbindung zwischen dem Toten und Ihrem Mick Erickson gekommen.«

»Danke.«

Ich stand auf. »Keine Ursache.«

»Und danke fürs Zuhören. Ich habe Ihnen, seit Sie hier sind, eine Menge erzählt, aber richtig unterhalten haben wir uns weniger.«

»Wenn Sie mit mir reden wollen, ich bin jederzeit bereit. Und, Ned, sollte ich jemals zu sticken anfangen, wird meine erste Arbeit ein Kissen für Sie sein, auf dem steht –«

»Ich weiß: ›Langweilig und stolz darauf.‹«

Zwei Stunden später, ich kam gerade von einem langen Marsch am Seeufer zurück, wankte mir Lily Nickles, grün und grau im Gesicht, den Hügel herab entgegen. Sie krümmte sich nur, als ich ihr ein Frühstück anbot, aber sie war bereit, mich zu den anderen Goldschürfern im Tal zu führen. Auf dem Weg in die Stadt zu ihrem Jeep fragte ich sie, wie es mit Rose Wittington gegangen sei, aber sie wollte nicht darüber reden. Alles, was sie sagte, war: »Die Frau ist total übergeschnappt.«

Wegen der frühen Stunde hielt sich im Stone Valley noch die Nachtkühle. Aber als Lily mit der unfehlbaren Nase der geborenen Fährtensucherin die beiden Goldschürfer aufgestöbert hatte, die ich nicht hatte finden können, wurde es langsam wärmer. Keiner konnte mir etwas über Michael Erickson erzählen, auch nicht unter seinem anderen Namen Tarbeaux. Keiner hatte in den beiden letzten Wochen Earl Hopwood gesehen. Als wir am Lager des Mannes mit der Flinte ankamen, fing ich an, mich zu fragen, ob diese Herumrennerei in der Hitze die Sache eigentlich wert war.

Die Behausung des Mannes bestand bloß aus einem Holzschuppen mit Teerpappe und Blechverkleidung. Nebenan stand ein zerbeulter VW-Kombi, angemalt mit psychedelischen, langsam verblassenden Mustern. Lily blieb ein paar Meter entfernt stehen und rief nach dem Bewohner. Er kam hervor, das Gewehr in der Armbeuge. Er war dick und ein wenig schwammig. Sein Anzug bestand aus schäbigen Jeans und einer offenen Lederweste. Der Vollbart hing ihm fast bis zum Gürtel, und seine verfilzten Locken wurden von einem blauen Stirnband zusammengehalten. Eine Kreuzung zwischen Wüstenratte und übriggebliebenem Hippie, dachte ich. Als er uns sah, baute er sich breitbeinig auf, aber die Flinte hob er nicht.

»He, Bayard«, sagte Lily Nickles, »ich bin hier mit einer Freundin, die dich etwas fragen will.«

Bayard stand nur da.

Lily zeigte auf mich, und wir gingen auf ihn zu. Jetzt erkannte ich, daß seine Augen stumpf und ausgebrannt wirkten. Ich konnte ihn auch riechen. Der Körpergeruch, der wellenartig von ihm ausströmte, war in der heißen, unbewegten Luft förmlich zu greifen. Eindeutig ein übriggebliebener Hippie.

»Meine Freundin sagte mir, du wärst gestern nicht gerade gastfreundlich zu ihr gewesen«, sagte Lily. »Du solltest lieber aufpassen, was du mit der Flinte da anstellst, Bayard. Könnte dir einen Haufen Schwierigkeiten einbringen.«

Der Mann zuckte mit den Schultern und spuckte zur Seite. »Dachte, sie käme vom Jugendamt und wollte wissen, warum die Kinder nicht in der Schule sind.«

Kinder? Ich sah zum Schuppen hinüber und entdeckte ein kleines bleiches, ängstliches Gesicht am Türpfosten vorbeiäugen. Es zog sich sofort zurück, als seine blassen Augen meinen Blick trafen.

Lily lachte. »Kein Mensch kümmert sich darum, ob diese Kinder in die Schule gehen – sie sind einfach zu blöd, verdammt noch mal.«

Ihre Bemerkung ließ Bayard kalt. Er nickte nur. »Blöd wie nur was, was soll's? Was will deine Freundin wissen?«

Ich wollte etwas sagen, aber Lily antwortete für mich. »Dasselbe Zeug, das diese drei Spinner auch schon wissen wollten. Ob du jemals von Franklin Tarbeaux gehört hast.«

»Ich habe ihnen gesagt, nein.«

»Und wie ist es mit Michael Erickson – kurz: Mick?«

»...Auch nicht.«

»Wann hast du Earl Hopwood zum letztenmal gesehen?«

Bayard kratzte sich am Kopf. »Hopwood?«

»Ja, du kennst ihn – den alten Kerl oben bachaufwärts.« Sie sah mich an und sagte, ohne die Stimme zu dämpfen: »Sie müssen Geduld haben mit Bay. Er hat damals in den Sechzigern ein paar Drogen zuviel genommen.«

Auch die Bemerkung schien an ihm abzugleiten. Ich bekam langsam das Gefühl, als sprächen wir hier zwei verschiedene Sprachen mit Lily als Dolmetscherin. Nach einer Weile schien irgendein rostiger Mechanismus bei ihm in Gang zu kommen, denn Bayard sagte: »Der alte Earl. Habe ihn erst letzte Woche zu seinem Claim vorbeifahren gesehen. Fuhr verdammt zu schnell für seinen Wagen – muß noch älter sein als meiner.«

Lily Nickles warf mir einen Blick zu und runzelte die Stirn. »Du bist sicher, daß es letzte Woche war, Bay?«

Der Mann sah leicht gereizt aus. »Klar bin ich sicher. Vergangenen Mittwoch war es. Ich weiß es, weil gerade mein Scheck gekommen war.«

»Mit Earl geredet?«

»Habe ihm zugerufen, er soll langsamer fahren.«

»Ihn danach noch mal gesehen?«

»Nee.«

»Dann besten Dank, Bay. Schönen Gruß von mir an deine bessere Hälfte.«

Ohne ein weiteres Wort wandte er sich zum Schuppen.

»Er lebt hier mit Familie?« fragte ich erstaunt.

Lily grinste verschlagen. »Na klar. Rührt ganz schön an Ihre Mittelklassen-Denkweise, wie?«

Ich ging auf ihren Kommentar nicht ein – wahrscheinlich, weil sie zu genau den Kern getroffen hatte. »Meinen Sie, er hat die Wahrheit gesagt?«

»Sehr wahrscheinlich. Der Scheck, von dem er sprach, kommt vom Arbeitsamt. Er ist der zentralste Punkt in Bays Leben. Alles bezieht sich auf die Zeit vor oder nach Ankunft des Schecks.«

»Trotzdem könnte es eine andere Woche gewesen sein.«

»Nein, so weit reicht Bays Gedächtnis nicht zurück. Wenn er sagt, es war letzte Woche, dann war es letzte Woche. Wie wäre es, wenn wir beide jetzt zu mir gingen, damit wir aus dieser Sonne herauskommen?«

Ich war einverstanden, und wir wanderten schweigend zurück. Lily fragte mich, ob ich auf ein Glas Wasser zu ihr hereinkommen wolle. »Ich würde Ihnen ein Bier anbieten«, setzte sie hinzu, »aber es ist mir ausgegangen. Außerdem würde mein Magen heute nicht einmal den Anblick eines Biers vertragen.«

Ich hätte mich zu gern davongemacht, aber ihr sehnsüchtiger Augenausdruck machte mir mehr als deutlich, daß sie mich nicht gern gehen sah. Und so sagte ich: »Wasser ist prima.«

»Dann kommen Sie rein.«

Im Haus war es überraschend kühl. Ich folgte Lily durch einen engen Flur, in dem die Blumentapete von den Wänden pellte, und durch einen Vorraum voller Schürfgerät. Den Ehrenplatz mitten auf dem Fußboden nahm die Ansaugpumpe auf einem Flickenteppich ein. In einem anderen Zimmer lag eine Sprungfedermatratze mit einem Schlafsack darauf. Kleider hingen an Nägeln. Alle anderen Zimmer standen leer bis auf ein paar Sachen, die die ursprünglichen Einwohner zurückgelassen hatten. Die Küche war im hinteren Teil des Hauses: eiserner Herd, Tisch mit gesprungener Emailleschicht, Spülbecken mit Abtropfbrett, Regale mit Geschirr und Küchenutensilien. Im Spülbecken standen ein paar große Flaschen mit Wasser.

»Wasser aus dem Bach«, erklärte Lily, während sie nach zwei Plastikbechern griff und sie auf ihre Sauberkeit untersuchte. »Ich filtere den Bodensatz heraus. Ist so sauber wie alles andere Zeug, das man kaufen kann.« Sie goß ein und fügte hinzu: »Tut mir leid, daß ich kein Eis habe. Was ich da oben im Kühlfach hatte, ist bestimmt geschmolzen – ich wollte neues holen, aber da hat mich gestern abend dieser kleine Zwerg zu Zelda's abgeschleppt. Gehen wir auf die Veranda.«

In der Mittagssonne sah das Tal aus wie auf einem alten, verblichenen Farbfoto. Von den Blechdächern der tieferliegenden Ruinen stiegen flimmernd Hitzeschwaden auf. Wir setzten uns auf die Treppenstufen und sahen uns um.

Ich sagte: »Sie müssen wirklich zäh sein, um hier zu überleben.«

»Ja, das muß man. Im Sommer wird man geröstet, im Winter erfriert man, und das ganze Jahr über sieht man manchmal tage-, ach was, wochenlang keine Menschenseele. Wissen Sie, McCone, gestern abend, als Rose mich ins Bett gesteckt hatte – mein Gott, hat sie mir eine Angst eingejagt, als sie durchblicken ließ, sie könnte meine heiße Milch vergiftet haben –, da habe ich nachgedacht. Ich bleibe noch eine Saison hier, aber wenn ich dann nicht eine verdammt reichliche Ausbeute gemacht habe, gehe ich zurück nach Nevada.«

»Und machen dann was?«

»Sehe zu, daß ich in einem anständigen Haus unterkomme, wenn möglich. Und verdiene mir richtiges Geld.«

Ich zog fragend die Augenbrauen hoch.

»Genau das ist es, was ich meine. Ein Puff. Stört Sie das?«

Ich zuckte mit den Schultern.

»In dieser Welt mußt du das tun, was du kannst. Und außer nach Gold suchen ist das das einzige, was ich kann. Außerdem verdient man einen verdammten Haufen mehr als in den Casinos. Schließlich will ich nicht arm sterben wie meine Mutter.«

Ich dachte eine Weile darüber nach. »Was Sie vorhin über mein Mittelklassen-Denken sagten – es tut mir ganz gut, wenn jemand ab und zu daran rührt.«

»Ach, McCone!« Sie schlug mir auf die Schulter. »Diese Dinge müssen ständig durcheinandergerührt werden. Sehen Sie mich nur an.«

Eine halbe Stunde später hielt ich vor Ripinskys Haus an, um zu erkunden, ob er irgendein Foto von Earl Hopwood ausgegraben hatte. Er kam barfuß, in kurzen Hosen und Trägerhemd zur Tür. Die dunkelgefaßte Lesebrille hatte er nach oben in das lockige Haar geschoben. Auf dem Kaffeetisch stand eine goldsilberne Geschenkdose voller Fotos, daneben ein paar Schnappschüsse. Auf einem sah man eine lächelnde Frau in einem Rollstuhl und einen nicht lächelnden Mann dahinter. Es war in diesem Zimmer vor dem Kamin aufgenommen worden.

»Earl Hopwood und Julie«, sagte Ripinsky und reichte es mir.

Hys verstorbene Frau war ausgezehrt gewesen, das lange, grau-braune Haar nach hinten zu einem Knoten gesteckt. Das Lächeln hellte ihr Gesicht auf. Ihre Augen, die von einem Netz von Falten umgeben waren, die den unablässigen Schmerz und die Erschöpfung verrieten, kündeten im Widerspruch zu ihrem physischen Verfall von einem eisernen Willen und geistiger Kraft.

Ich sagte: »Nach dem, was mir die Leute erzählen, war Julie eine ganz erstaunliche Frau.«

»Das war sie. Kniete sich in jede Sache hinein, die sie anpackte. Den Tufa Lake gäbe es ohne sie nicht mehr, und mich hat sie knapp vor der Hölle gerettet.«

Ich sah ihn an, hoffte, er würde das näher erklären, doch er zog nur die Lesebrille vom Kopf und legte sie auf den Tisch.

Ich wandte meine Aufmerksamkeit wieder dem Foto zu und

studierte Hopwoods Gesicht. Der alte Mann war schlank und sehnig mit scharfen Gesichtszügen, dünnen, farblosen Lippen und wettergegerbter gräulicher Haut, die seinem grauen Haar entsprach. Doch wie bei Julie Spaulding waren es die Augen, die mir auffielen. Schwarz und brennend beherrschten sie selbst auf diesem ausgeblichenen Foto das sonst passive Gesicht. Die Augen eines Fanatikers, dachte ich, vielleicht sogar ein bißchen irre. Möglicherweise kam das von dem Leben allein in der Wüste. Möglicherweise war das, was andere als seine Trägheit beschrieben hatten, nichts als ein Zeichen dafür, daß ein inneres Feuer – was immer es speiste – seine äußerlich sichtbare Energie verzehrte. Ich sah mir das Foto noch eine Zeitlang an und fragte Hy dann: »Kann ich dieses hier mitnehmen?«

»Ja, wenn Sie es mir wieder zurückbringen. Haben Sie sonst etwas herausgefunden im Tal?«

»Nur daß Hopwood letzte Woche noch dagewesen sein muß.« Ich wiederholte, was Bayard mir erzählt hatte. »Wissen Sie«, setzte ich hinzu, »es paßt irgendwie zu einer Sache, auf die ich schon hätte kommen müssen. Dieses Brett von der Dynamitkiste, das ich bei seiner Hütte gefunden habe, war noch nicht so verwittert, als ob es bereits seit Wochen auf dem Abfallhaufen gelegen hätte.«

»Aber was bedeutet das schon? Andere Leute kennen die Müllkippe wahrscheinlich auch und benutzen sie. Da draußen gibt es keine Müllabfuhr, müssen Sie wissen. Und Sie sagen, seine Hütte wirke unbewohnt.«

»Unbewohnt und irgendwie... so, als sei etwas nicht in Ordnung. Anders kann ich es nicht beschreiben. Konnten Sie sich in der Stadt schon nach Erickson umhören?«

»Das habe ich getan, und niemand erinnert sich, ihn gesehen zu haben. So charakteristisch, wie er aussah, hätte er jemandem auffallen müssen.« Dann zog er ein schuldbewußtes Gesicht. »Ich habe auch herausgefunden, warum der Name Tarbeaux mir so bekannt vorkam.«

»Ach?«

»Ja, es kam mir, nachdem ich mir die halbe Nacht das Hirn zermartert hatte.« Er ging auf die Kaminseite, an der die Sachbücher über den Alten Westen standen, und zog einen

Band heraus. Das Buch hieß *Knights of the Green Cloth: The Sage of the Frontier Gamblers.*

»Ich habe es mir vor Jahren gekauft und einen Blick hineingeworfen. Aber ich bin nie dazu gekommen, es ganz zu lesen.« Er schlug es bei einem Lesezeichen auf und reichte es mir.

Über dem Kapitel, das er aufgeschlagen hatte, stand ein Zitat: »Gauner und Betrüger gehören stets zu denen, die beißen und gebissen werden. Ich kam zu meinem Bauernfängertrick, weil es mir Spaß machte, zu schwindeln, und weil es mir gefiel, Trottel hereinzulegen.«

Das Zitat war einem gewissen Frank Tarbeaux zugeschrieben.

Ich sah Ripinsky an. »Frank Tarbeaux... Franklin Tarbeaux. Ein Gauner aus der Pionierzeit?«

»Einer der größten Gauner aller Zeiten«, sagte Hy. »Und ein Betrüger. Ein gottverdammter Schwindler.«

8

Ich ging mit Ripinsky auf die Suche nach Anne-Marie und Sanderman. Der Coalition-Wohnwagen war verschlossen, ebenso Sandermans Hütte in der Feriensiedlung. Von Anne-Marie keine Spur, und auch Rose Wittington hatte keine Ahnung, wohin sie gegangen sein könnte. Ich versuchte, Kristen Lark oder Dwight Gifford telefonisch im Sheriff-Büro in Bridgeport zu erreichen, um ihnen zu berichten, was Ripinsky über den Tarbeaux-Decknamen herausbekommen hatte, aber beide Polizeibeamten waren außer Haus. Ich wartete auf einen Rückruf und vertrieb mir zusammen mit Hy die Zeit vor dem großen Fernsehschirm im Empfangsgebäude. Es gab die kolorierte Fassung von *D.O.A.*, und ich riet Hy, die Farbe herunterzudrehen, wodurch der Film wieder einigermaßen genießbar wurde. Über die neuesten Ereignisse und ihre Wendung redeten wir nicht, weil Rose, die diesen und jenen hausfraulichen Verpflichtungen nachging, immer wieder in unsere Nähe kam.

Gegen sechs Uhr rief Kristen Lark schließlich an. Sie fand die Information über den Decknamen zwar interessant, maß ihr aber keine besondere Bedeutung zu. Da ich mir selbst nicht klar war, in welcher Beziehung die Namenswahl – wenn es eine solche überhaupt gab – zu den noch nicht geklärten Ereignissen um Ericksons Tod stand, beunruhigte mich ihre mangelnde Begeisterung nicht besonders. Ich fragte sie, ob sie schon ein Ergebnis aus der Gerichtsmedizin habe. Als sie verneinte, sagte ich, ich käme am nächsten Morgen wieder vorbei.

Gegen sieben rollte endlich auch Anne-Marie an, zwei Mitglieder der ›Freunde des Tufa Lake‹ im Schlepptau. Sie hatten eine lange Wanderung einen der Zuflüsse entlang hinter sich und hatten sich dann bei einem anderen Mitglied eine Sammlung historischer Fotos der Gegend angesehen. Die beiden kannten Ripinsky gut, und so setzten sie sich fest und schwatzten über eine Stunde lang mit uns. Als sie schließlich gingen, hatte ich einen Bärenhunger.

Ripinskiy wartete ungeduldig, daß Anne-Marie, die die beiden zu ihrem Wagen gebracht hatte, zurückkam. Dann fragte er sie: »Wo, zum Teufel, ist Ned?«

»In Sacramento. Er hat seinen Computer eingepackt und ist für ein paar Tage heimgefahren. Meinte, es gäbe ein paar Akten, die er sich beschaffen müsse.«

»Das konnte er nicht von hier aus machen?«

»Offensichtlich nicht.«

»Na, wunderbar.« Ripinskys Faust knallte auf die Platte des Kaffeetischs. Sein Gesicht schwoll vor Ärger.

Mir fiel Sandermans etwas paranoide Behauptung ein, daß Hy es auf ihn abgesehen habe. Zwar war ich sicher, daß das übertrieben war, aber ganz bestimmt hatte Ripinsky seine Probleme mit Ned. Allerdings hatte ich keine Vorstellung von den Ursachen. Sandermans plötzlichen Aufbruch nach Sacramento dagegen verstand ich wieder: Er floh vor dem Donnerwetter, das es sicher geben würde, wenn Ripinsky von seiner Verbindung mit Mick Erickson erfuhr.

In der Hoffnung, das Donnerwetter würde in der Öffentlichkeit milder ausfallen, schlug ich vor, zum Dinner zu Zelda's zu gehen.

Beim Essen erklärte Ripinsky Anne-Marie, was es mit dem Decknamen Tarbeaux auf sich hatte. Danach gab ich wieder, was Sanderman mir über Mick Erickson erzählt hatte. Zu meiner Überraschung nahm Hy diese neue Information ebenso ruhig auf wie Anne-Marie: nur aufmerksam und mit gespanntem Gesichtsausdruck.

Wieder einmal wurde unser Gespräch durch Rose Wittington unterbrochen. Sie war kurz nach uns in Begleitung einer Freundin aufgetaucht. Als diese gegangen war, hatte sich Rose mit ihrer Kaffeetasse ungefragt an unseren Tisch gesetzt und fragte jetzt Hy und mich nach dem gestrigen Leichenfund aus. Ich ließ ihn reden – es war eine Kurzfassung, die den örtlichen Klatsch nicht im geringsten zufriedenstellen würde – und fragte sie dann: »Irgendwelche Schwierigkeiten mit Lily gehabt gestern nacht?«

Rose schüttelte den Kopf. »Ich kann gut mit ihr umgehen.«

Mir fiel keine taktvolle Formulierung für die Frage ein, ob sie der Tiger-Lily tatsächlich zu verstehen gegeben habe, die Milch könnte vergiftet sein, und ob sie sie tatsächlich mit ihrem verstorbenen Mann in flagranti erwischt habe. Aber als ich von Lilys Reaktion auf die chinesischen Wachen auf dem Minengelände berichtete und Rose sich sanft darüber amüsierte, bestärkte mich das in der Annahme, daß unsere Goldschürferin wieder nur große Töne gespuckt hatte.

»Lily hatte schon immer einen kleinen Hau, wenn es um Asiaten geht«, sagte Rose. »Erinnert mich an eine Figur in einem Fu-Man-Chu-Film.«

»Sie sagte mir, es habe hier keinen ›von der Sorte‹ mehr gegeben, seit um 1850 der ›Chinaman‹ aufgehängt worden sei. Was war mit dem?«

»Ein finsteres Kapitel in der Geschichte von Promiseville. Sie wissen, daß viele Chinesen vor Krieg und Hungersnot daheim zu uns geflohen sind und in den Goldfeldern gearbeitet haben?«

Ich nickte.

»Nun ja, und zuerst haben die Leute sie auch toleriert. Aber Mitte der fünfziger Jahre war die Stimmung umgeschlagen. Die Lage wurde ziemlich ungemütlich. Fremdenfeindlichkeit und Rassenvorurteile nahmen zu. 1852 nannte sie der Gouverneur tatsächlich eine Bedrohung für den Staat. Es gab Goldschürfer-Camps, die ein Chinese nicht betreten durfte, ohne sein Leben zu riskieren.«

Hy sagte: »Der Chinese von Promiseville war der Ladenbesitzer, nicht?«

»Ja – ein guter Geschäftsmann, forderte vernünftige Preise, gab freigebig Kredit. Der einzige Grund, warum er bleiben durfte. Doch dann kam es zu einem Kampf zwischen ihm und einem Südstaatler – das waren die, die den Rassismus wirklich hochpeitschten. Er hat ihn getötet. Es war Notwehr, dennoch haben sie den Chinaman gehängt.«

»Sie sind ja eine regelrechte Historikerin«, sagte Anne-Marie zu ihr.

»Nicht halb so gut wie der alte Earl Hopwood, dieser Überläufer, der sein Land an diese Goldminen-Gesellschaft verkauft hat.«

»Apropos«, sagte ich, »Hopwood scheint verschwunden zu sein. Haben Sie eine Ahnung, wo seine Tochter Peggy jetzt lebt oder unter welchem Namen sie derzeit verheiratet ist?«

»Nein, von Peggy habe ich seit Jahren nichts mehr gehört. Es sind jetzt fast zehn. Ich glaube, Earl hat einmal erwähnt, daß sie in Marin County gelebt hat, doch danach ist sie umgezogen.«

»Ich hatte gehofft, sie wüßte vielleicht, wo ihr Vater steckt.«

»Nicht anzunehmen. Sie scheinen sich irgendwie zerstritten zu haben. Aber warum sagen Sie, Earl sei verschwunden? Ich habe ihn Mitte letzter Woche an der Tankstelle gesehen.«

Ripinsky und ich sahen uns an. Das hieß, der alte Mann war in der vergangenen Woche zweimal gesehen worden. Bayards Erinnerungsvermögen hätte durch seinen Drogenkonsum angeschlagen sein können, aber Roses Gedächtnis konnte ich sicher vertrauen. »Hat er irgend etwas darüber gesagt, daß er fort war? Oder daß er vorhabe, wegzufahren?«

»Also, er meinte, er würde nicht zu unserer Bibelstunde gestern kommen. Er ist jetzt einen Monat oder länger nicht mehr dagewesen.«

»Und Sie haben keinerlei Vorstellung, wo Peggy wohnen könnte?«

»Also, sie hat immer in der Gegend um die San Francisco Bay gelebt. Aber es würde mich nicht überraschen, wenn sie jetzt noch ein bißchen mehr Distanz zwischen sich und ihren Vater gelegt hätte.«

»Warum?«

»Peggy mußte sich aus seiner Umklammerung befreien, um selber leben zu können. Nach dem Tod ihrer Mutter hängte sich Earl so an das Mädchen, wie ein Elternteil das tut, wenn ihm sonst nichts mehr geblieben ist. Keiner war gut genug für sie. Er verscheuchte jeden Jungen, der Interesse an Peggy zeigte – einschließlich einer Person an diesem Tisch.« Sie warf Hy einen Blick zu, aber der fixierte das rotkarierte Tischtuch.

Ich fragte: »Sie verließ Vernon gleich nach dem High-School-Abschluß?«

»Genau. Sie bekam ein Teilstipendium in Berkeley, aber Earl wollte sie nicht gehen lassen. Sie hatten schreckliche Auseinandersetzungen deswegen, und schließlich packte sie ihren Kram und ging fort. In Berkeley besorgte sie sich einen Job und schaffte das College auf eigene Faust. Das war Jahre, bevor die beiden ihr Verhältnis wieder in Ordnung brachten, aber auch dann ging es immer noch hü und hott, hü und hott. Kaum kamen sie miteinander aus, mischte er sich auch schon wieder in ihre Angelegenheiten. Sie gab ihm die Schuld am Scheitern ihrer ersten Ehe. Ich glaube nicht, daß die beiden je miteinander zurechtkommen.«

»Als sie nach Berkeley gegangen war, hat Earl da an allem das Interesse verloren und ist ins Stone Valley gezogen?«

Rose sah mich erstaunt an. »Er zog ins Tal, das stimmt, doch ich würde nicht sagen, daß er das Interesse an den Dingen verlor. Er entwickelte eine richtige Besessenheit.«

»Worin?«

»Wie gesagt, er ist so eine Art Geschichtsforscher, jedenfalls soweit es Promiseville und die Mine angeht, die von seiner Familie betrieben wurde.« Sie sah Hy an. »Haben Sie einmal sein kleines Museum gesehen?«

Ripinsky schüttelte den Kopf.

»Stimmt«, fuhr Rose fort, »als er es zusammenstellte, waren Sie selber weg. Aber es überrascht mich, daß er Sie und Julie nie hingeschleppt hat. Ich glaubte, ihr drei wart gute Freunde.«

»Julie hing immer mehr an Earl als ich.« Hy schloß die Augen und versuchte, sich zu erinnern. »Jetzt, da Sie es sagen, glaube ich doch, daß er sie einmal mitgenommen hat. Damals hatte ich sie gerade kennengelernt. Ich erinnere mich dunkel an etwas in der Richtung.«

»Also soviel ich weiß, kennen nicht viele hier sein Museum. Earl wurde im Alter eine Art Eremit.«

»Wo ist das Museum – in seiner Hütte?« fragte Anne-Marie.

»Es befindet sich in dem ehemaligen Laden des Chinaman am Ende der Main Street. Earl hat das alte Zeug eingesammelt, das das große Feuer übriggelassen hatte – alles, von der Goldschürfausrüstung bis zu Haushaltsgegenständen –, und hat es dort aufgestellt. Nur einmal durfte ich es mir auch ansehen. Es kam mir irgendwie... mitleiderregend vor.«

Mir fiel ein, daß ich einen Laden in der Nähe der Stelle gesehen hatte, wo ich gestern meinen Wagen geparkt hatte: verrostete Dosen und verstaubte Flaschen, die man kaum durch die rußverschmierten Fenster erkennen konnte. »Wie lang ist das her?«

»Jahrhunderte, scheint mir. Er könnte es inzwischen wieder aufgegeben haben, aber irgendwie bezweifle ich das. Diese Stadt und die alte Mine – Earl ist gewissermaßen besessen davon.«

»Um so seltsamer, daß er sein Land verkauft hat. Hat er Ihnen jemals erzählt, wie es dazu gekommen ist?«

Rose schob kampflustig das Kinn vor. »Er hat Besseres zu tun, als mit mir über den kommerziellen Goldabbau im Stone Valley zu reden.«

»Wissen Sie, daß er unter dem Marktwert verkauft hat?«

»Nein, aber es überrascht mich nicht. Earl ist Geld völlig piepe. Nicht gleichgültig ist ihm die Frage, wann die Mine wieder in Betrieb genommen wird. Es gehört zu seiner fixen Idee, daß Promiseville aus seiner Asche auferstehen wird.« Sie schnaufte. »Wir haben ihm alle klarzumachen versucht, daß gerade der Abbau durch eine große, moderne Firma dieses Tal vernichten wird. Aber was soll ich sagen? Earl ist eben nicht besonders helle.«

»Vielleicht will er nur, daß Sie ihn nicht für besonders helle halten«, wandte Hy ein.

»Ich kenne Earl nun fast mein ganzes Leben lang, und ich kann Ihnen versichern, er ist zumindest etwas beschränkt.« Rose sah auf die Uhr. »Wer hätte das gedacht! Es ist schon nach elf, und um halb zwölf kommt ein Film mit Clint Eastwood. Sie können ihn sich gern alle bei mir anschauen.«

Wir lehnten höflich ab, und Rose ging. Als sie weg war, überfiel uns eine gewisse Mattigkeit. Ich sah eine Weile zur Balkontür und ließ noch einmal die Ereignisse der vergangenen Nacht an der Anlegestelle an mir vorbeiziehen. Als Anne-Marie nach der Rechnung rief, seufzte ich erleichtert auf.

Es war noch erstaunlich warm, fast schwül, und am Himmel hing eine schwere Wolkendecke. Ein paar Minuten standen wir noch auf dem Parkplatz und unterhielten uns. Anne-Marie sah müde aus von ihrer langen Wanderung. Doch nachdem wir das Restaurant verlassen hatten, war meine Energie zurückgekehrt. Hy schien es genauso zu gehen. Er schlug vor, im Swifty Mart ein paar Sechserpacks zu kaufen und in der Hütte, ungestört von Rose, die Dinge noch einmal durchzugehen. Ich war einverstanden, Anne-Marie war es so oder so egal, und so setzten wir uns wieder zusammen und kauten noch einmal in allen Einzelheiten durch, was wir über die Vorgänge im Stone Valley wußten. Es endete mit einigen Budweisern und keinerlei nutzbringenden Schlußfolgerungen. Seit einer halben Stunde war Anne-Marie in ihrem Sessel eingeschlafen. Kurz vor zwei erhob sie sich und stolperte unter ein paar gemurmelten Entschuldigungen ins Bett.

Hy war noch immer in Fahrt. Er stand auf und sagte: »Fahren wir eine Runde, McCone.«

Die Idee gefiel mir. Ich war zu aufgedreht von unserem ergebnislosen Brainstorming, um schlafen zu können. »Okay«, willigte ich ein, stand auf und griff nach meiner Jacke.

Hy ergriff, was von dem zweiten Sechserpack noch übrig war, und ging zur Tür. Die Bierdosen baumelten an ihren Plastikringen. Ich folgte ihm und wollte schon gegen Trinken beim Fahren protestieren, aber als wir draußen waren, schlug er den Weg zum See ein.

»Was soll...?«

»Eine Runde mit dem *Boot*, McCone. Ich würde mich doch jetzt nicht ans Steuer setzen.«

»Aber wohin –?«

»Still – Sie wecken ja das ganze Nordufer auf.« Er wartete, bis ich die Tür hinter mir abgeschlossen hatte, und führte mich dann den Abhang zur Anlegestelle hinunter, deren einsames rotes Warnlicht blutige Flecken auf das Wasser warf. Ein Ruderboot war am Steg festgetäut. Hy reichte mir das Bier und ließ mich einsteigen. Dann machte er das Tau los, kletterte an Bord und stieß uns vom Dock ab.

»Wohin geht die Reise?« fragte ich und ließ mich auf dem Mittelsitz nieder.

»Nirgendwohin. Wir lassen uns treiben.« Er setzte sich vorne schräg auf die Bank. »Geben Sie mir ein Bier?«

Ich reichte ihm eine Dose und nahm mir selbst eine. Das Plop der Verschlüsse klang laut durch die Nachtstille. Sonst war nur ein leises Rauschen in den Bäumen und das sanfte Plätschern des Wassers zu hören.

»Schrecklich still, nicht?« sagte ich.

»Mögen Sie keine Stille?«

Ich dachte an eine andere dunkle Nacht vor nicht langer Zeit und erinnerte mich an plätscherndes Wasser und rauschende Bäume und den furchtbaren, unwiderruflichen Knall eines Schusses. »Manchmal geht es mir so.«

Falls er eine Gefühlsschwankung in meiner Stimme gehört hatte, ließ er es sich nicht merken. Er hob seine Bierdose zum Mund und trank. Ich tat es ihm nach, stellte die Dose neben mich auf die Bank und kuschelte mich in meine Wildlederjacke.

»Alsdann«, sagte Hy schließlich, »was denken Sie wirklich?«

»Über die Situation hier?«

»Hm. Ich hatte das Gefühl, Sie hielten etwas zurück, als wir uns in der Hütte unterhielten. Wahrscheinlich wollten Sie Anne-Marie nicht beunruhigen.«

»Ich halte eigentlich nichts zurück, jedenfalls nichts Konkretes. Es ist mehr ein Gefühl, wie man es kriegt, wenn irgend etwas nicht in Ordnung ist, man aber noch nicht genau weiß, was.«

»Ja, das kenne ich.«

»Der Deckname ›Tarbeaux‹, den Erickson gebraucht hat – nach dem, was Ned so erzählt hat, könnte ich mir denken, er hat sich einen Spaß daraus gemacht. Ned sagte, er habe schon einen ausgeprägten Sinn für Humor gehabt, aber von der subtilen, gebildeten Art. Es muß ihm Spaß gemacht haben, das Landvergabebüro an der Nase herumzuführen.«

»Aber warum? Warum das Land nicht unter seinem eigenen Namen eintragen lassen?«

»Ich nehme an, wegen seiner Person und Herkunft. Vielleicht wegen seiner Verbindung zur Transpacific. Wir werden es erst wissen, wenn wir mehr über ihn erfahren haben. Was ist mit dem richtigen Tarbeaux, Hy? Haben Sie noch etwas über ihn gelesen, nachdem Ihnen klargeworden war, woher Sie den Namen kannten?«

»Nur das, was ich Ihnen in dem Buch gezeigt habe. Er hat Karten gespielt, und zwar ausschließlich um Geld. Lullte die Trottel in ein falsches Sicherheitsgefühl ein und nahm sie dann aus bis auf den letzten Cent. Ein eiskalter Schweinehund. Ein Autor hat ihn einmal als einen Mann beschrieben, der keine Gefühle kannte – nur Wachsamkeit. Eisig und total konzentriert, das war der alte Frank.«

Total konzentriert, vielleicht besessen. So, wie Rose Wittington Earl Hopwood beschrieben hatte. Ein Fanatiker, wie Sanderman Ripinsky genannt hatte. Aber war Sanderman nicht auch ein Besessener, auf seine Art?

Wie wurde man so? Gut, der Verlauf von Earl Hopwoods Leben lieferte eine Antwort darauf: Zuerst hatte er seine junge Frau verloren. Dann hatte er mit seiner besitzergreifenden Art die einzige Tochter vertrieben. Und Sanderman hatte sich nach einer schmerzlichen Scheidung in seine Tätigkeit als Umweltschützer gestürzt. Auch Hy hatte die Frau verloren, und es mußte zuvor schon Dinge gegeben haben, die ihn verbittert und zum Rückzug gezwungen hatten – Dinge, von denen ich keinerlei Vorstellung hatte.

Ich sagte: »Leute, deren Träume gestorben sind.«

»Wie bitte?«

»So hat Lily die Leute auf dem Friedhof von Promiseville genannt. Wenn Träume sterben, wird das Leben enger. Man zieht sich in sich zurück, wird von etwas besessen, wie Hopwood.«

»Sie denken dabei wirklich an Earl, McCone? Oder sprechen Sie vielleicht von mir?«

In Hys Stimme klang ein rauher Unterton mit, ein Anflug von Paranoia. Ich dachte an Anne-Maries Charakterisierung. »Er ist noch immer gefährlich.«

Im Boot war jetzt eine Spannung zu spüren. Er preßte seine Bierdose zusammen und warf sie unter die Sitzbank. Als er nach einer neuen griff, rückte ich zur Seite, damit er nicht meine Knie berührte.

»Nun?« fragte er.

»Ich weiß nicht«, sagte ich. »Ich könnte genausogut von mir reden.«

Er brummte ungläubig.

Aber es stimmte – obwohl ich das bis jetzt nicht zugegeben hätte. Vor kurzem erst hatte ich jede Menge Lippenbekenntnisse abgegeben, wie geregelt mein Leben doch verlief, seit George und ich zusammen waren. Anne-Marie hatte kräftig nachbohren müssen, ehe ich auch meine Bedenken artikulierte, wohin diese Beziehung führen konnte. Aber Ereignisse, mit denen ich zu tun bekommen hatte, hatten mich verändert, seit George und ich zusammen waren, und wenn diese Veränderungen auch subtil waren, so gingen sie doch in die Tiefe.

Ich nahm meine Bierdose, trank und wiegte sie in den Händen. Aus dem Wäldchen erscholl der Schrei eines Tieres – plötzlich, schrill, als wäre es gerade zur Beute geworden. Der Schrei hallte als Echo zurück, und ein Schaudern lief mir über den Rücken.

Ich zitterte und schloß die Augen vor dem blutroten Schein auf dem Wasser. Mir fiel mein erster Eindruck vom Tufa Lake wieder ein: ein Ort, an dem Echos lebendig werden. In meinem Bewußtsein gab es auch so einen Ort, an dem die Vergangenheit immer wieder lebendig wurde…

Hy sagte: »Heraus damit. Sprechen Sie darüber, McCone.«

»Worüber?«

»Was gerade an Ihnen nagt.«

Ich schüttelte den Kopf, obwohl ich wußte, daß er mich kaum sehen konnte. Ich öffnete die Augen, weil sogar der blutige Schein auf dem Wasser dem vorzuziehen war, was an Szenen sich in meinem Innern abspielte. Das Schweigen dehnte sich aus, wurde bedrückend. Und dann hörte ich mich sprechen, schnell und kaum mehr als flüsternd.

»Im vergangenen Jahr habe ich beinahe zwei Menschen umgebracht.«

Er wartete.

»Der eine war der übelste Mensch, der mir je über den Weg gelaufen ist. Der andere hatte gerade auf einen meiner besten

Freunde geschossen. Nicht, daß mir diese Dinge fremd wären. Vor Jahren habe ich einen Mann erschossen, weil ich keine andere Wahl hatte. Aber das hier war... einfach anders.«

»Wie war es?«

»Beide Male habe ich es wirklich tun wollen. Ich hatte mich völlig unter Kontrolle. Das einzige, was ich spürte, war eine eiskalte Wut. Ich wollte sie... richten.«

»Aber Sie haben es nicht getan.«

»Nein, aber ich war verdammt nahe daran, und das hat seine Nachwehen. Beim ersten... ich habe noch immer Alpträume, in denen ich den Abzug durchziehe. Beim zweiten... waren Leute dabei, Leute, die ich mag. Sie haben jene Seite von mir gesehen, die ich verborgen zu halten suche. Und das hat vieles verändert.«

»In den Augen dieser Leute sind Sie jetzt eine Außenseiterin.«

»Es ist, als hätte ich eine Linie übertreten, und sie könnten mir nicht folgen. Keiner hat je ein Wort darüber verloren, aber das ist auch nicht nötig. Da ist jetzt...«

»Eine Distanz.«

»Ja. Und ich kann nichts daran ändern.«

»Nein, das können Sie nicht.«

»Aber ich möchte es immer noch. Ich gehöre zu den Leuten, die glauben, wo ein Problem ist, da ist auch ein Weg, die Dinge zurechtzurücken und das Problem zu lösen.«

»Sie meinen, Sie *haben* mal zu diesen Leuten gehört.«

Befürchtet hatte ich das schon, aber es versetzte mir einen Stoß, es zu hören. Nach einer Weile sagte ich: »Ja, das ist es wohl. Und jetzt... Ich weiß nicht. Wie kann ich einfach weitermachen, wenn ich nicht mehr daran glaube, daß sich die Dinge wirklich ins Lot bringen lassen?«

Hy schwieg.

»Ich glaube, man macht einfach weiter«, fügte ich hinzu. »Ich zumindest habe es so gemacht. Wie ein Automat weitermachen. Weil es wahrscheinlich *ein paar* Dinge gibt, die man ins Lot bringen kann. Weil es vielleicht...«

»Weil es vielleicht was?« Seine Stimme war jetzt tiefer, und es schwang eine undefinierbare Emotion in ihr mit.

»Weil es vielleicht... irgend etwas gibt.«

Er ließ sich von der Bank auf die Planken gleiten und ergriff meine Hand. »Kommen Sie her, McCone.«

Ich zögerte nur eine Sekunde, und dann rutschte ich zu ihm. Er legte den Arm um meine Schultern, und ich lehnte meinen Kopf an. Nach einer Weile tastete er herum und fand das letzte Bier. Wir teilten es uns und ließen uns in der stillen Dunkelheit treiben.

Zweiter Teil
San Francisco

9

»Es sieht bei mir so aus«, sagte Rae, »daß ich diese Berichte über die beiden Klienten aufsetzen muß, was aber nicht lange dauert. Dann setze ich mich auf Earl Hopwoods Fährte.«

Es war Dienstag morgen, halb zehn. Meine Assistentin hockte bei All Souls im Schneidersitz auf meinem Bürosofa. Sie trug Jeans und ein rostbraunes Sweatshirt, das geradezu perfekt zu ihren Sommersprossen und ihren kastanienbraunen Locken paßte. Ihre Garderobe wurde zwar immer besser, seit Willie Whelan ihr den Spaß am Deficit-spending beigebracht hatte. Aber sie wählte dabei immer noch gern Farbtöne, die auf ihr Haar und ihren Teint abgestimmt waren. Das führte dann zu dem total falschen Eindruck, sie wäre eine etwas fade kleine Person. War das ein letzter Rest Unsicherheit, der noch aus ihrer frühen, gefühlsmäßig völlig schiefgelaufenen Ehe herrührte? Oder hatte es etwas damit zu tun, daß sie bald ihre endgültige Lizenz als Privatdetektivin bekommen würde und daher aus unerfindlichen Gründen glaubte, stets unauffällig erscheinen zu müssen?

»Shar, hörst du mir überhaupt noch zu?«

»Ja, klar. Ich war nur ein wenig in Gedanken. Hör mal, wenn Tracy Miller vom Straßenverkehrsamt keine Lust hat, uns nach so kurzer Zeit schon wieder einen Gefallen zu tun und Earl Hopwoods Unterlagen herauszusuchen, dann laß sie. Dieses neue Datenschutzgesetz bringt sie da nämlich in eine Klemme.« Anlaß zu dem neuen Gesetz war der Mord an einer Schauspielerin durch einen geistesgestörten Fan gewesen, der einen Detektiv beauftragt hatte, ihm ihre Adresse zu besorgen. Jetzt durfte das Straßenverkehrsamt, das lange Zeit für Ermittler aller Art zu den wertvollsten Informationsquellen gehört hatte, nichts mehr herausrücken, außer an Polizeibehörden und an Gesellschaften, die direkt mit Autos zu tun hatten, zum Beispiel Versicherungsunternehmen. Meine Freundin Tracy sah immer noch einmal fallweise etwas für mich nach, aber ich wollte sie nur noch in besonders wichtigen Fällen darum bitten.

Rae fragte: »Wenn sie nicht will, was soll ich als nächstes machen?«

»Sieh zu, daß du herausbekommst, wo und unter welchem Namen Hopwoods Tochter derzeit lebt. Eigentlich hatte ich mir vom Straßenverkehrsamt eine Information über ein in jüngster Zeit ausgestelltes Strafmandat für Hopwood erhofft. Das hätte uns zu seinem augenblicklichen Aufenthaltsort führen können – also eine reichlich vage Angelegenheit.«

Sie nickte und notierte sich etwas auf ihrem Block. »Erzählst du mir wohl ein bißchen mehr über den Fall?«

»Morgen. Ich lasse sogar einen Lunch springen. Aber heute habe ich keine Minute Zeit mehr. Ich muß sofort meine Mutter am Busbahnhof abholen. Sie kommt um halb sechs.«

Raes blaue Augen flackerten, und sie sah schnell zur Seite. Sie gehörte zu den Leuten bei All Souls, die letzten Sommer jene andere Seite von mir erlebt hatten, die kaltblütige, mörderische, und bei ihr spürte ich die anscheinend unüberbrückbare Distanz am stärksten. Früher hätte sie mich bedrängt, bis ich ihr den Fall in allen Einzelheiten dargelegt hatte. Jetzt setzte sie nur ein kühl-professionelles Gesicht auf und wartete darauf, daß ich sie entließ.

Ich sagte viel zu herzlich: »Was ich noch fragen wollte – wie war das Wochenende?«

Sie zuckte mit den Schultern.

»Hast du mit Willie etwas Besonderes unternommen?«

»Eigentlich nicht. Haben uns ein paar Videos geliehen und Pizza kommen lassen. Den größten Teil des Sonntags haben wir wilde Dinge getrieben.«

»... was für Dinge?«

»Wilde Dinge. Du weißt schon.«

»Du meinst ...«

»Genau das.« Sie runzelte die Stirn, hielt den Kopf schief und hatte ihre Kränkung wieder vergessen. »Kennst du den Ausdruck nicht?«

»Äh, nein.«

»Na, und wie nennst du es?«

»Sich lieben.«

»Nein, ich meine inoffiziell. Wie sagt man in deiner Generation dazu?«

Meine Generation. Mir fiel wieder ein, daß Rae mehr als ein Jahrzehnt jünger war als ich. In vielerlei Hinsicht waren wir tatsächlich die Produkte verschiedener Epochen. »Also, in der High-School nannten wir es zuerst nur ›es tun‹. Aber das war in den Sechzigern, und weil damals jeder gern die Welt schokkierte, hieß es schon bald nur noch ›bumsen‹.«

»Und danach?«

»...Ich weiß nicht. Ich nehme an, wir haben uns ganz schön durch die Siebziger gebumst, und in den Achtzigern hatten wir dann unsere ›Beziehungskisten‹ und was es sonst noch an schrecklichen Ausdrücken gab. Und jetzt... Ich kann gar nicht glauben, daß wir jetzt so ein Gespräch führen!«

»Warum? Das sind historisch bezeichnende Sachen.«

»Ja, sicher.« Aber ich mußte zugeben, das Thema war fesselnder als jedes, über das wir hätten reden können. »Als mein älterer Bruder soweit war, nannten sie es wohl ›bis zum Ende gehen‹. Und meine Eltern wollten ›ein Nickerchen machen‹ und schickten uns dann alle zu unserer Tante.«

»Als ich in die Schule ging, hieß es ›Laß es uns machen‹. Meine Großmutter, bei der ich aufgewachsen bin, nannte es ›sich fleischlich erkennen‹ und hat es verboten.«

»Es hat also eine lange Zeit gebraucht, bis man bei den ›wilden Dingen‹ angekommen ist. Kann man es auch direkt zum Tätigkeitswort machen? Wilddingern?«

»Klar. Du kannst es sogar konjugieren: Ich wilddingere, du wilddingerst, er, sie, es wilddingert.«

»*Konjugieren* auch noch!« Ich schlug die Hand auf den Mund und prustete.

Rae schaute mich einen Augenblick verwirrt an. Dann formten ihre Lippen ein kleines O, und sie fing an zu kichern.

Ich lachte lauter. Rae ließ ein ›Wow!‹ hören und klappte nach vorn. Während ich mit der Faust den Schreibtisch bearbeitete, rutschte sie vom Sofa auf den Boden. Da steckte Hank den Kopf durch die Tür.

»Störe ich bei einer wichtigen Konferenz?« fragte er.

Ich wischte mir die Tränen aus den Augen und winkte ihn herein. Offenbar hatte er heute noch einen Auftritt vor Gericht, denn er trug einen grauen Anzug und eine seiner, wie er es nannte, ›seriösen‹ Krawatten. Er sah von der einen zur anderen, kratzte sich am Kopf, der von Jahr zu Jahr mehr einem Ballen Stahlwolle glich, und hinter seiner Hornbrille baten zwei fragende Augen um Teilnahme an dem Spaß.

Rae schaute von ihrem Platz auf meiner Orientbrücke hoch. »Wir haben uns über Konjugationen unterhalten«, sagte sie, und erneut brach eine Kichersalve aus ihr hervor.

Hank blinzelte. »Du meinst: ›Ich bin, du bist, er ist‹?«

»Nein, eher... Ach, was!« Sie stand auf, hob ihren Notizblock auf und rauschte an ihm vorbei. Ihr Gegacker war noch zu hören, bis sie unten ihre Bürotür zugeworfen hatte.

Ich wischte mir noch einmal über die Augen und fragte mich, ob unsere übertriebene Heiterkeit nicht daher rührte, daß wir erleichtert gemerkt hatten: Wir konnten noch zusammen lachen. Vielleicht würden solche kleinen Momente schließlich die Distanz zwischen uns überbrücken und es überflüssig machen, daß ich die ganze Geschichte einmal direkt zur Sprache brachte...

Hank setzte sich auf den Sofaplatz, den Rae frei gemacht hatte. »Worum ging es denn?«

»Wir haben mehr oder weniger über Sex geredet.«

»Daher der anzügliche Blick, den sie mir im Hinausgehen zuwarf. Gott, hat die Frau eine schmutzige Lache.«

Für kurze Zeit verfielen wir in Schweigen – aber in ein verbindendes und längst nicht so emotionsgeladenes wie jenes, das zwischen Rae und mir herrschen konnte. Dabei wäre es vor allen anderen Hank gewesen, dessen Gefühle sich mir gegenüber hätten wandeln können: Ihn hatte ich letzten Sommer nicht ausreichend beschützt, und er wäre fast erschossen worden. Als Folge davon hatte ich dann meinerseits den Heckenschützen fast kaltblütig umgebracht. Aber anders als die anderen Zeugen meiner Wut war mir Hank – einer meiner ältesten Freunde und in gewisser Weise mein liebster – sogar noch nähergekommen. Er ist ein Mensch, der die seltene Gabe hat, die Dinge von ihrer positiven Seite zu sehen. Seiner Ansicht nach hatte ich in meiner Schutzaufgabe nicht versagt, sondern ihm das Leben gerettet, indem ich ihn aus der Schußbahn gestoßen hatte. Und meine Gewalttätigkeit gegen den Heckenschützen hatte er nur als ein Zeichen für die Tiefe meiner ganz und gar platonischen Liebe für ihn gedeutet.

Nach einer Weile sagte er: »Sex ist kein Thema, über das ich mich derzeit gern verbreite, wenn ich bedenke, daß meine Frau nun bereits dreiundzwanzig Tage fort ist. Was für einen Eindruck hattest du von ihr?«

»Sie sieht toll aus, und was sie zu erzählen hat, hört sich toll an. Hank, es ist, als begänne sie wieder zu leben.«

»Den Eindruck habe ich auch, wenn ich mit ihr telefoniere. Um glücklich zu sein, braucht Anne-Marie einen Fall, für den sie kämpfen kann. Mit diesem Job bei der Coalition hat sie so einen.«

Ich zögerte und stellte ihm dann die Frage, die ich Anne-Marie nicht zu stellen gewagt hatte, aus Angst, sie könnte sich dadurch unter Druck gesetzt fühlen: »Glaubst du, sie wird jemals zu All Souls zurückkehren?«

»Nein. Und ich möchte es auch nicht. Als wir unsere juristische Ausbildung hinter uns hatten und gerade die Kooperative gründeten, war das für sie eine aufregende Sache. Aber jetzt... zum Teufel, jetzt sind wir *etabliert*.«

»Was ist daran schlimm? Wir haben die Idee durchgesetzt, daß auch Leute mit geringem Einkommen das Recht haben, vor dem Gesetz angemessen vertreten zu werden. Haben daraus eine Selbstverständlichkeit gemacht.«

Hank nahm die Brille ab und putzte sie mit seinem Taschentuch. »Daran ist überhaupt nichts schlimm. Ich mag es, selbstverständliche Dinge zu tun. Ich mag es, wenn mich einer der stellvertretenden Bürgermeister anruft und mir die Würmer aus der Nase ziehen will. Zum Teufel, ich nehme sogar gerne meinen Lunch mitten in der Menge in der City Hall. Aber Anne-Marie – sie muß immer an der Schnittstelle der Veränderungen sein.«

»Selbst wenn es bedeutet, so lange Zeit von dir und ihren Freunden getrennt zu sein?«

»Selbst dann. Und ich würde es auch nicht anders machen.« Er setzte die Brille wieder auf und stand auf. »Ich lasse dich jetzt besser weiterarbeiten. Wenn du für Anne-Maries Geschichte mehr Zeit brauchst, dann nimm sie dir. Sie hat mir gestern abend versprochen, daß die Coalition dir deinen Zeitaufwand großzügig honorieren wird.«

»Großzügig?«

»Vielleicht sagte sie auch angemessen.«

»Das klingt wahrscheinlicher.«

Er blinzelte mich an und verließ das Büro.

Ich lächelte ihm nach. Unsere kurze Unterhaltung hatte mich noch gewisser gemacht, daß Hanks und Anne-Maries Ehe wieder in festen Gleisen verlief. Nach anfänglichen Schwierigkeiten hatte sich zwischen ihnen eine zugleich enge und freie Beziehung entwickelt, tragfähig und voller Respekt für den anderen. Vielleicht mußte die Ehe doch keine so einengende Institution...

Mein Blick blieb an der langstieligen gelben Rose in der Vase auf meinem Schreibtisch hängen. Sie war kurz nach neun hier abgegeben worden, in grünes Wachspapier verpackt und von einem gelben Band zusammengehalten. Keine Karte, nur eine einzelne, makellose Rose. Spontan wählte ich die Telefonnummer von Georges Wohnung auf dem Russian Hill, obwohl ich wußte, daß er jetzt gerade in Stanford Vorlesung hatte.

Nach dem Pfeifton, den mir seine Stimme abzuwarten riet, sagte ich: »Hi, ich bin wieder zurück – aber wie ich sehe, weißt du das schon. Um halb sechs kommt Ma. Um sieben sind wir fein herausgeputzt bei dir. Ach was, lassen wir lieber das Herausputzen. Wir kommen ganz normal angezogen und bringen Wein und das Dessert mit, wie verabredet. Bis dann.«

Es war bei meiner Rückkehr gestern abend – Ralphie und Allie waren ganz aus dem Häuschen – zu spät gewesen, um ihn noch anzurufen. Am Vormittag hatte ich auf dem Weg zurück in die City in Bridgeport angehalten, einer Stadt mit rund fünfhundert Einwohnern, die sich auf einer Hochebene fünfzehn Meilen nördlich von Vernon ausbreitete. Wirtschaftlich schien sie größtenteils auf Tourismus ausgerichtet, und ihre Glitzerfassaden standen in einem scharfen Kontrast zu dem 1880er Charme des weißen, viktorianischen Gerichtsgebäudes auf einer weiten Rasenfläche an der Hauptstraße. In dem modernen Gebäude dahinter, in dem das Sheriffbüro untergebracht war – es lag seltsamerweise auch an einer Bryant Street wie das Justizgebäude in San Francisco –, hatte ich mich mit Kristen Lark über den Mord an Erickson unterhalten. Nach Schätzung des Gerichtsmediziners sei der Mann nicht länger als zwei Stunden tot gewesen, als Lily Nickles und ihr Tanzpartner ihn entdeckt hatten, sagte sie. Die Tatwaffe sei eine Automatic Kaliber .22 gewesen. Die Spurensicherung habe keinen Hinweis darauf gefunden, wo Erickson erschossen worden sei, wo man ihn ins Wasser geworfen oder wo er sich vorher in der Gegend aufgehalten habe. Seine Fingerabdrücke hatten zu keinem der Abdrücke gepaßt, die man nach den Einbrüchen in Ripinskys Haus, in die Wohnwagen und in die Hütte in der Feriensiedlung genommen habe. Kristen Lark habe sich mit der Polizei von San Francisco in Verbindung gesetzt, und die habe dann Ericksons Frau von seinem Tod unterrichtet.

»Ich habe um Hintergrundinformationen über das Opfer gebeten«, sagte sie, »aber ich glaube, viel ist das nicht. Die haben dort selbst zuviel am Hals, da kümmert die, offen gesagt, ein Mord im Mono County nicht besonders. Außer, daß seine Frau an einer feinen Adresse wohnt und er ein Büro in einem Hochhaus in der Innenstadt hatte, wissen wir überhaupt nichts über ihn.«

Ned Sanderman hatte sich noch nicht die Mühe gemacht, sie oder Gifford anzurufen. Daher erzählte ich ihr weiter, was ich von ihm erfahren hatte, und fragte dann: »Wo hatte Erickson sein Büro?«

»Im Embarcadero Center.« Sie zog eine Geschäftskarte aus der Akte vor sich und schob sie mir herüber. »Davon hatte er eine kleine Schachtel voll im Handschuhfach seines gemieteten Bronco.«

Ich sah mir die Karte an. Es war eine gute Qualität, blaue geprägte Buchstaben auf perlgrauem Hintergrund: Cross-Cultural Concepts, Inc. In kleinen Buchstaben stand »International Marketing Practices« darunter. Erickson firmierte als ihr Präsident.

Als ich aufsah, schaute Kristen Lark mich erwartungsvoll an. »Wahrscheinlich müssen wir jemanden hinschicken, der mit seiner Frau und seinen Angestellten spricht«, sagte sie. »Das wird unseren Etat strapazieren, und nachdem jetzt die Ferienzeit beginnt, können wir im Augenblick niemanden so leicht entbehren.«

Ich ergriff die Chance, die sie mir bot. »Was halten Sie in diesem Fall von einer Zusammenarbeit mit privaten Ermittlern?«

»Das sehen wir lockerer als viele andere Gerichtsbezirke, vor allem deswegen, weil unsere steuerlichen Abzugsmöglichkeiten nicht mit denen der privaten zu vergleichen sind.«

»Ich helfe Ihnen gern, über Erickson einige Dinge auszugraben.«

Kristen Lark grinste. »Wissen Sie, irgendwie habe ich mir das gedacht.«

Ich versprach, mit ihr in Verbindung zu bleiben, und schrieb mir den Namen ihres Kontaktmanns bei der Mordkommission in San Francisco auf – es war Bart Wallace, den ich kannte und mochte. Dann fuhr ich weiter über die Grenze nach Nevada Richtung Carson City.

Das besonders teure Ormsby House dort ließ ich aus und konzentrierte mich auf die Kasinos, die so aussahen, als würden sie eher von einem Goldschürfer wie Earl Hopwood frequentiert. Aber ich zog nur Nieten, als ich beim Aufsichtspersonal sein Foto herumzeigte. In Reno war es das gleiche, bis ich am Ende des Strip in einem schäbigen Kasino landete, das mit Nachlässen für Senioren warb, mit freiem Parken und Spezialdinners für frühe Gäste. Der Chef der Aufsicht dort erkannte Hopwood sofort.

»Er ist seit zehn, vielleicht zwölf Jahren unser Stammgast«, sagte er mir. »Wenn er flüssig ist, ist Blackjack sein Spiel – an den Zwei-Dollar-Tischen. Sonst spielt er an den Automaten – meistens mit Vierteldollars.«

»Haben Sie ihn in den beiden letzten Wochen gesehen?«

Der Mann dachte einen Augenblick nach. »Nein, wenn ich es mir genau überlege, ist er seit letztem Sommer nicht mehr hier gewesen.«

»Sind Sie da sicher? Könnte es sein, daß er nicht aufgefallen ist oder daß er da war, während Sie Urlaub hatten?«

»Nein. Hopwood ist ein netter Kerl, wir mögen ihn alle. Selbst wenn ich persönlich ihn nicht gesehen haben sollte, hätte mir jemand gesagt, daß er wieder da ist. Und Urlaub habe ich seit über einem Jahr nicht mehr gemacht.«

Damit hatte er ein beträchtliches Loch in die Theorie gerissen, Hopwood könnte in Nevada sein und dort die Einnahmen aus seinem Landverkauf verjubeln.

Inzwischen war es längst fünf Uhr vorbei. So nahm ich den

Gutschein über ein freies Getränk an, den mir der Wachmann gegeben hatte, trank ein Glas Wein und spielte in der Kasinolounge ein paar Runden Keno. Eine Weile dachte ich darüber nach, ob ich den Strip wieder zurückgehen und mir bei Harrah's oder im Sundowner ein Zimmer nehmen sollte. Ich könnte zu Abend essen, ein bißchen spielen und am nächsten Morgen frisch heimfahren. Aber irgendwie bedrückte mich Reno. Auf jeder meiner sporadischen Fahrten dorthin war es mir schäbiger vorgekommen, eine verfallende kleine Stadt voller kalt blickender Gauner und Verlierer, die nur noch eine trügerische Hoffnung hatten – auf den großen Gewinn. Sie hat nichts von der natürlichen Schönheit von Lake Tahoe, nichts von dem übertriebenen Flitterkram von Las Vegas, und die Freundlichkeit, auf die man früher hier so stolz war, ist zu einem vorgetäuschten Lächeln verkommen, das kaum mehr verbirgt, worauf man es abgesehen hat: auf die Dollars der Touristen.

Also schnappte ich mir schließlich einen Hamburger und einen Kaffee, und dann eilte ich zurück nach San Francisco. Nachdem ich mich durch einen Verkehrsstau auf einem Freeway in Sacramento, verursacht durch eine Nachtbaustelle, und an einem Unfall vorbeigekämpft hatte, der zwei Fahrspuren auf der San Francisco-Oakland Bay Bridge blockierte, war ich um halb zwei mißmutig und erschöpft zu Hause angekommen.

Aber heute morgen hatten mich Ralphie und Allie mit ihren liebevollen Tatzen unter gewaltigem Schnurren geweckt, und ich dachte daran, daß ich mich heute abend mit George und meiner Mutter treffen würde. Trotz meiner Befürchtung, der Abend könnte schlimm enden, stellte sich heraus, daß ich mich darauf freute. Aber zuerst mußte noch einiges erledigt werden...

Ich griff erneut zum Telefon und wählte die Nummer der Mordkommission von San Francisco. Bart Wallace saß an seinem Arbeitsplatz und sagte mir, Kristen Lark habe ihn bereits angerufen und erklärt, daß ich bei den Ermittlungen im Fall Erickson mit ihr zusammenarbeite. Wallace sah darin kein Problem und versprach mir jede mögliche Hilfe.

»Im Moment brauche ich nur Antwort auf ein paar Fragen«, sagte ich. »Ist Ericksons Adresse am Barbary Park noch aktuell?«

»Ja. Ich bin am Sonntagmorgen selber hingefahren und habe seiner Frau die Nachricht überbracht.«

»Und seine Frau heißt...?«

»Margot.«

»Wie hat sie es aufgenommen?«

»Es war schlimm. Sie dachte, ihr Mann sei auf einer Geschäftsreise nach Japan. Zu erfahren, daß das gar nicht der Fall war, machte es nur noch schlimmer.«

»Konnten Sie ihr Fragen stellen?«

»Keine detaillierten. Ich wollte sie eigentlich noch einmal aufsuchen, nachdem Mono County um mehr Informationen gebeten hatte, aber jetzt nehmen Sie sich der Sache an.«

Wallace schien erfreut darüber zu sein. Und bei dem bekannten Arbeitsanfall im Mordkommissariat konnte ich das auch verstehen. Ich bedankte mich und hängte ein.

Als nächstes ging ich den Gang entlang zu Larry Koslowskis Wohnbüro und klopfte. Unser Oberexperte in Sachen Wirtschafts- und Gesellschaftsrecht und zugleich der Gesundheitsapostel des Hauses war zwar am Computer beschäftigt, begrüßte mich aber freundlich. Ich setzte mich und wartete, bis er mit seinen Eingaben fertig war.

In Larrys Zimmer kommt man sich wie in einem fröhlichen Dschungel vor. Die Tapeten haben ein grünes Moiré-Muster. Das Fenster ist ein Gewächshaus, in dem er die Kräuter und Keimlinge zieht, die den Anhängern der Naturkost als unabdingbar für ihr Wohlergehen erscheinen. Auf einem Gestell neben der Marmorspüle stehen ein Mixgerät, Meßbecher und Dutzende Flaschen und Tiegel, angefüllt mit seltsamen Blättern, Pillen und Pulvern. Ich frage mich oft, ob seine neuen Klienten nicht meinen, versehentlich im Labor eines verrückten Wissenschaftlers gelandet zu sein.

Vor ein paar Jahren hatte Larry bei der jährlichen Bescherung bei All Souls den Weihnachtsmann gespielt. Ich hatte eine große Plastiktüte mit etwas bekommen, das wie Sägemehl aussah – es war die Instantversion seines Proteindrinks zum Frühstück. Die Tüte steht jetzt noch irgendwo in einer Ecke meiner Vorratskammer, aber Larry, der das natürlich nicht weiß, nimmt seitdem in Anspruch, mich auf den Weg wiedergewonnener Kraft und Gesundheit geführt zu haben. Von Zeit zu Zeit, um Neujahr oder in der Fastenzeit, macht er sich an die Säuberung unserer gemeinsamen Küche bei All Souls und schleudert raffinierten Zucker, Dosenfleisch, Kekse, gebleichtes Mehl und Hamburger-Fertigmischung in den Abfall. Solche Exzesse nähmen wir ihm sicher übel, erwischten wir ihn nicht ab und zu auch dabei, daß er sich schuldbewußt eine Pizza (mit Anchovis und Peperoni) einverleibte oder in der Remedy Lounge an der Mission Street genausoviel Bier in sich hineingoß wie wir.

Nach ein paar Minuten drehte er sich in seinem Sessel vom Schreibtisch weg, sah mich an und strich seinen gewichsten Schnauzbart glatt. »Wo bist du gestern gewesen?« wollte er wissen. »Ted und ich wollten bei Mama Mia etwas bestellen, aber ohne dich waren wir nicht genug.«

Da hatte Larry also wieder einen Rückfall gehabt. Mama Mia's war die Lieblingspizzeria unserer Kooperative. »Ich bin zum Tufa Lake gefahren, habe Anne-Marie geholfen und noch einen Tag ans Wochenende drangehängt.«

»Richtig – Hank hat es erwähnt. Ein Fall?«

»Inzwischen ein Mordfall. Ich helfe dem Sheriffbüro von Mono County.«

In Larrys sanften braunen Augen blitzte etwas auf – bloß ein Funke, der mir sagte, daß das Wort »Mord« ihn an die Ereignisse jener Julinacht im letzten Jahr erinnerte. Aber anders als bei Rae war es nur eine kurze Reaktion. Larry ist älter, hat mehr von der weniger schönen Seite dieser Welt gesehen und wühlt nicht in vergangenen Dingen herum.

Ich setzte hinzu: »Ich glaube, du könntest mir behilflich sein.«

»Gern. Und wie?«

»Hast du schon einmal von einer Consultingfirma namens Cross-Cultural Concepts gehört? Sie hat ihr Büro im Embarcadero Center, und nach ihrer Geschäftskarte zu schließen, hat sie mit internationaler Marketingpraxis zu tun.«

Larrys nachdenkliche Augen wurden zu. »Mit dem Namen kann ich nichts anfangen, aber ich kann dir sagen, was sie machen. Es handelt sich um ein ziemlich neues Spezialgebiet. Es ist mit den Problemen entstanden, die der wachsende internationale Handel mit sich bringt, vor allem mit den Pazifik-Anrainerstaaten. Firmen wie die, nach der du fragst, bilden Geschäftsleute in der Kunst aus, wie man mit Kunden und Klienten aus anderen Kulturen umgeht und mit ihren unterschiedlichen Gewohnheiten und Erwartungen.«

»Sie vermitteln also so etwas wie geschäftliche Umgangsformen.«

»Sozusagen. Willst du zum Beispiel in Japan Handel treiben, dann bringen sie dir bei, wie du die richtigen Geschenke für deine Kunden aussuchst. Sie führen dich in japanische Restaurants und erzählen dir etwas über das Essen und wie man mit Stäbchen umgeht. Klienten von drüben bringen sie die umgekehrten Dinge bei, damit sie sich in Amerika gewandt bewegen können.«

»Ich verstehe. In meinen Ohren klingt das etwas unseriös.«

Larry zuckte mit den Schultern. »Das dient einem ganz legitimen Bedürfnis, aber eine Menge weniger reputierlicher Berater ziehen ihren Vorteil aus der Tatsache, daß die Parameter dafür noch nicht genau festliegen.«

»Okay. Noch eine Frage: Was weißt du über hiesige Geschäftsgruppen, die von Hongkong aus kontrolliert werden? Vor allem über die Transpacific Corporation.«

»Über die Transpacific? Nur sehr wenig, außer, daß ihr Boss Lionel Ong heißt. Ong gilt als einer der extravagantesten und glänzendsten Köpfe in Hongkongs Geldelite. Aber das ist schon alles, was ich weiß. Du solltest darüber mit Marcy Cheung von der Sino-American Alliance reden.«

»Was ist das für eine Organisation?«

»Eine Handelsorganisation für Chinesen von drüben, die mit den USA Geschäfte machen. Marcy leitet die Öffentlichkeitsarbeit und ist eine gute Freundin von mir. Vielleicht kann ich sie gleich erreichen.« Er drehte sich zum Schreibtisch zurück, suchte die Nummer heraus und wählte.

Dreimal mußte er nach Marcy Cheung fragen, dann sagte er: »Marcy, hier ist Larry Koslowski. Wie geht's? ... Nicht schlecht. Hast du schon das Rezept für glasierte Buchweizengrütze probiert? ... Richtig, mit einem Überzug... Nein, das nicht, aber ich glaube, Buchweizengrütze hat einen Geschmack, an den man sich gewöhnt hat... Du willst dich gar nicht an ihn gewöhnen? Na ja, das ist dein Problem. Hör mal, kannst du mir einen Gefallen tun? Unsere Chefermittlerin müßte einmal mit jemandem von der Transpacific Corporation reden. Hast du etwas Zeit für sie?« Er hörte einen Moment lang zu und fragte mich dann: »Kannst du gegen zwei in ihrem Büro im Finanzdistrikt sein?«

»Ja.«

»Sie kommt«, sagte er ins Telefon. »Ihr Name ist Sharon McCone... Nein, sie ist nicht unterernährt. Sie widersteht sogar meinen Diätvorschlägen. Aber ich werde sie noch bekehren. Diese Frau liebt mein Instant-Proteingetränk über alles, und von dort ist es nur noch ein kleiner Schritt...«

10

Die vierstöckigen roten Backsteinhäuser von Barbary Park sind in ihrer lockeren Anordnung eine städtebauliche Oase im Finanzdistrikt. Unterhalb der Grünanlagen befinden sich Büros und Läden, eine Tiefgarage und ein Fitneßcenter. Hier war man weit entfernt von den containergezogenen Koniferen, dem Weißdorn und dem japanischen Ahorn oben im Park. Selbst der Verkehrslärm drang nur gedämpft herauf, als nähme er Rücksicht auf das Ruhebedürfnis der Bewohner.

Ich hatte Margot Erickson angerufen und sie um ein Treffen um elf Uhr gebeten, und sie hatte die Rezeption in ihrem Haus informiert. Ein rosenholzgetäfelter Fahrstuhl hob mich auf die Ebene des Parkes. Von dort folgte ich einem Kiesweg, der zu einem Weiher mit japanischen Koi-Fischen und weiter über eine geschwungene steinerne Fußgängerbrücke zum Haus Nummer 551 führte. Es war zweistöckig und efeubewachsen wie die anderen Häuser auch, hatte Bogenfenster und eine Unmenge Dachfenster. Es bestand aus vier Einheiten, und jede hatte ihren eigenen, mit Glas überdachten Eingangsbereich.

Das uniformierte Dienstmädchen, das mir die Tür aufmachte, war Philippinin. Sie führte mich in ein großes Wohnzimmer und verschwand dann über eine Treppe nach oben. Die Fenster des Zimmers gingen auf die Bucht. Ich konnte Alcatraz sehen, diese felsige, steile Insel mit ihren leeren Zellenblöcken und unbesetzten Wachtürmen, heute kein Gefängnis mehr, aber eine subtile Mahnung an uns alle.

Ich blieb in der Mitte des Raumes stehen und sah mich um. Auf einer plattierten Terrasse links von den Fenstern standen eine Menge Tische und Stühle aus weißem Schmiedeeisen und Pflanzen in Keramiktöpfen. Das Wohnzimmer schmückte eine Mischung aus creme-, pfirsich- und pinkfarbenem Mobiliar, das viel zu kunstvoll arrangiert war, um bequem zu sein. Auf den Tischen aus gebleichtem Teakholz standen nur ein paar chinesische Kunstgegenstände – ein grünspanüberzogener Bronzelöwe und eine Imari-Schale auf lackiertem Gestell. Nirgends war ein Buch zu sehen oder ein Magazin, und auf dem unberührten cremefarbenen Teppich konnte ich nicht einmal die Spuren eines Staubsaugers entdecken.

Ein Foto über dem marmornen Kaminsims fiel mir ins Auge, und ich trat näher. Es zeigte einen Mann und eine Frau, die dicht nebeneinander auf einer Steinmauer saßen, im Hintergrund eine felsige Meeresküste. Ned Sanderman hatte mir Mick Erickson als einen gutaussehenden Mann geschildert. Auf seine buschigen, frühzeitig weiß gewordenen Locken fielen Sonnenstrahlen. Das jugendliche Gesicht war tiefbraun, und in seinen Augenwinkeln bildeten sich Fältchen, während er der Frau zulächelte. Ein pinkfarbener Sonnenhut aus Spitze bedeckte ihr Haar bis auf ein paar blonde Strähnen. Ihr Gesicht war eher rundlich mit Grübchen und einem rosigen Teint. Beide schienen Mitte Dreißig zu sein und sich miteinander wohl zu fühlen. Sie wirkten zumindest mit ihrem Los zufrieden. Aber ich entdeckte, daß es wohl auch schwierige Zeiten gegeben haben mußte: Das Glas im Rahmen war gesprungen, und der Silberrahmen selbst hatte eine Kerbe, als wäre er einmal nach einem Gegenstand – oder einer Person – geworfen worden.

Leise Tritte auf dem Teppich zeigten mir Margot Ericksons Erscheinen an. Als ich mich umdrehte, kam sie mit freundlich ausgestreckter Hand auf mich zu. Sie wirkte kleiner und feingliedriger als auf dem Foto, und unter ihrem beigefarbenen seidenen Overall wirkte ihr Körper zu dünn. Ich merkte, wie ich nur sanft nach ihrer ausgestreckten Hand griff, als könnte ich sie zerbrechen.

Falls sie mich beim Studieren des Fotos beobachtet hatte, ließ sie es sich nicht anmerken. Sie bot mir mit einer Handbewegung Platz an und ließ sich selbst in einen Sessel fallen, schlug die schlanken Beine übereinander und fuhr sich mit einer Hand durch das kurzgeschnittene, sonnengebleichte Haar. Unter der Bräune war sie blaß. Die grauen Augen hatten Schatten und waren vor Kummer gerötet. Scharfe Linien hatten sich neben den Mundwinkeln eingegraben, die auf dem Foto noch nicht zu erkennen waren.

Ich setzte mich auf das Sofa und stellte meinen Aktenkoffer auf dem Kaffeetisch vor mir ab. »Es tut mir leid, Sie gerade jetzt belästigen zu müssen«, sagte ich.

»Ich weiß, daß das notwendig ist.« Ihre rauhe Stimme verriet die Gewohnheitsraucherin. Sie griff nach einer Porzellandose, nahm eine Zigarette heraus und zündete sie mit fahriger Hand an. Kaum hatte sie den Rauch wieder ausgeblasen, verzog sie das Gesicht und drückte die Zigarette aus. »In den letzten drei Monaten bin ich auf fünf pro Tag heruntergekommen«, sagte sie. »Aber in den letzten achtundvierzig Stunden habe ich so viel geraucht, daß ich krank davon bin.«

»Das ist ganz normal.«

»Ja, aber es ist auch ein Zeichen von Schwäche, und so mag ich mich gar nicht. Ich habe mich immer für stark gehalten und geglaubt, allen Dingen ins Gesicht sehen zu können. Seit Sonntag morgen weiß ich, daß ich bisher noch gar nicht mit größeren Problemen konfrontiert war.«

»Glauben Sie, über Ihren Mann reden zu können, Mrs. Erickson?«

»Das wäre doch in meinem eigenen Interesse, nicht?«

Wie sie das sagte, kam es mir wie eine seltsame Phrase vor. »Selbstverständlich«, sagte ich, während ich mein Tonbandgerät aus dem Aktenkoffer zog. Margot Erickson betrachtete es ängstlich, und im ersten Augenblick dachte ich, sie könnte dagegen sein. Doch als ich sie fragte, ob sie mit einer Aufzeichnung einverstanden sei, zuckte sie nur zustimmend mit den Schultern.

Ich schaltete das Gerät ein und sagte: »Ich kann mir vorstellen, daß einige Fragen, die ich stellen muß, sehr schmerzlich für Sie sind. Darum versuche ich, mich kurz zu fassen. Inspektor Wallace sagte mir, Sie wußten gar nicht, daß Ihr Mann in Wirklichkeit in der Gegend von Tufa Lake war und nicht, wie Sie dachten, in Japan.«

Über ihr Gesicht flog ein Ausdruck, der mich überraschte. Er war zwar im Nu wieder verschwunden, aber ich war sicher, eine flüchtige Erleichterung erkannt zu haben. »Nach meiner Kenntnis«, sagte sie, »hat Mick in Tokio eine Reihe Seminare für einen seiner japanischen Kunden gehalten.«

»Was waren das für Seminare?«

»Er brachte Angestellten dort bei, wie sie mit der amerikanischen Geschäftswelt umzugehen haben. Micks Firma hat sich auf Asien und den interkulturellen Umgang spezialisiert.«

»Und er war wie lange weg?«

»Vier Tage.«

»Haben Sie während dieser Zeit von ihm gehört?«

»... Nein.«

»Kein Wort?«

»Nein.«

»Ist Ihnen das nicht eigenartig vorgekommen?«

»Eigentlich nicht. Er stand ständig mit seiner Sekretärin in Verbindung. Connie mußte mir alle notwendigen Informationen weitergeben.«

»Zum Beispiel?«

»Also... etwa Änderungen seiner Reisepläne. Dinge, um die ich mich kümmern sollte.« Ihre Hand irrte zur Zigarettendose. Sie zog sie in den Schoß zurück. »Aber solche Benachrichtigungen hat es nicht mehr gegeben, Miss McCone. Mick und ich... wir kamen nicht mehr gut miteinander aus. Wir haben beide seine Reise nach Japan als einen Trennungsversuch angesehen.«

»Ich verstehe. Darf ich Sie fragen –«

»Nein.« Sie schüttelte den Kopf und wollte sichtlich nicht davon reden. »Es war eine rein private Geschichte und hatte nichts zu tun... mit dem, was ihm passiert ist.«

»Dann lassen Sie uns über den Tufa Lake reden. Wissen Sie irgendeinen Grund, warum Ihr Mann dorthin gefahren sein könnte?«

»Nein.«

»Hat er in der Gegend Freunde oder andere Verbindungen?«

»Nein.«

»Sie sind sich anscheinend recht sicher.«

»Selbstverständlich. Mick war mein Mann. Ich kannte ihn.«

»Aber die letzten vier Tage hat Mr. Erickson vor Ihnen verborgen, wo er sich aufhielt. Selbst angesichts einer Trennung ist das unüblich. Könnte es nicht möglich sein, daß er Ihnen auch eine Verbindung zum Mono County verschwiegen hat?«

»... Das ist möglich.«

Dieses Eingeständnis hätte sie eigentlich verstören müssen, aber wieder flackerte Erleichterung in ihren Augen auf. Ich schätzte Margot als eine Frau ein, die normalerweise die Wahrheit sagte und nur log, wenn es absolut notwendig schien, und auch dann fiel es ihr schwer. Ihr Wechsel zwischen Anspannung und Erleichterung hatte wahrscheinlich mit der Furcht vor der Richtung meiner Fragen zu tun – aber ich wußte dummerweise nicht, welche Richtung ich einschlagen sollte.

Ich fragte: »Wie lange waren Sie und Mr. Erickson verheiratet?«

»Sieben Jahre.«

»Haben Sie ihn lange vorher gekannt?«

»Ich... Was hat das mit seinem Tod zu tun?«

»Sieben Jahre sind eine relativ kurze Zeit. Es gibt Leute, die sind Dutzende von Jahren miteinander verheiratet und wissen doch nicht allzu viel über die Vergangenheit des Partners.«

»Ich weiß, was Sie meinen, aber ich kannte Mick schon eine ganze Weile, bevor wir heirateten. Er und seine frühere Frau wohnten gleich neben mir und meinem früheren Mann in Mill Valley. Unsere Scheidungen und Wiederverheiratungen verursachten einen kleinen Skandal in der Nachbarschaft.« Sie lachte nervös. »Ich würde sagen, ich kannte ihn so gut, wie man einen anderen Menschen nur kennen kann. Jedenfalls habe ich das angenommen.«

»Was diese zweite Identität angeht, die Mr. Erickson angenommen hatte – Franklin Tarbeaux –, haben Sie diesen Namen jemals vorher gehört?«

»Nein, nie.« Aber ihr Gesicht spannte sich, und sie sah weg. Sie log, und es fiel ihr, wie ich vorausgesehen hatte, nicht leicht.

»Sind Sie sicher?«

»Natürlich bin ich sicher!«

»Hatte Ihr Mann Interesse an Geschichte? Am Alten Westen vielleicht?«

»Ich verstehe nicht, was –«

»Frank Tarbeaux war ein Spieler und Schwindler zu Zeiten des Wilden Westens. Offenbar hat sich Ihr Mann den Namen zum Scherz in einer leicht veränderten Version zu eigen gemacht.«

Jetzt war sie überrascht. Nach einem Augenblick sagte sie: »Also, Mick spielt gern. Wir fahren mehrmals im Jahr nach Tahoe, und in seinem Arbeitszimmer hat er eine Sammlung Bücher über die Geschichte des Glücksspiels. Wahrscheinlich hat er aus denen den Namen.« Sie brach ab und dachte nach über das, was sie gerade gesagt hatte. »Es ist so schwer, von ihm in der Vergangenheitsform zu sprechen. Ich meine immer noch, daß er gleich durch die Tür kommt und unser Leben wieder so wird, wie es vorher war…«

»Ich verstehe. Und ich versuche auch, so schnell wie möglich fertig zu werden. Ich würde gern ein paar Namen mit Ihnen durchgehen – von Leuten und von Orten, die Ihr Mann erwähnt haben könnte.«

»Bitte sehr.«

»Ned Sanderman.«

»Nein.«

»Transpacific Corporation.«

»Das ist einer von Micks größten Kunden.«

»Lionel Ong.«

»Natürlich. Lionel Ong *ist* die Transpacific.«

»Waren Mr. Ong und Ihr Mann Freunde oder bloß Geschäftspartner?«

»Eher Geschäftspartner. In den vergangenen fünf Jahren waren wir, glaube ich, auf höchstens drei Dinner-Parties bei Lionel.«

»Hat Ihr Mann jemals Stone Valley oder Promiseville erwähnt?«

»…Nicht, daß ich wüßte.«

»Ihnen ist nicht bekannt, daß Transpacific kürzlich Land im Stone Valley gekauft hat und dort eine alte Goldmine wieder eröffnen will?«

»Ich… Also, irgend etwas in der Richtung könnte ich gehört haben.«

»Was ist mit Earl Hopwood? Ist Ihnen der Name vertraut?«

Sie schloß die Augen. Nach einer Weile schüttelte sie müde

den Kopf. Sie war noch blasser geworden und die Schatten unter ihren Augen noch dunkler. Mir tat die Frau leid, und ich hätte mich zurückgezogen, hätte ich da nicht eine untergründige Unaufrichtigkeit in manchen ihrer Antworten gespürt.

»Nur noch ein paar Fragen, Mrs. Erickson«, sagte ich. »Haben Sie jemals von der California Coalition for Environmental Preservation gehört?«

Sie öffnete die Augen und nickte. »Ich bin Mitglied des Sierra Clubs und erhalte ihre Spendenaufrufe.«

»Und wie ist es mit den Friends of Tufa Lake?«

»Dem Namen bin ich schon begegnet.«

»Heino Ripinsky?«

»Was, um Himmels willen, hat denn die Ökologie mit dieser Sache zu tun?«

»Die Umweltschützer wollen das Minenprojekt der Transpacific stoppen. Hatte Ihr Mann technische Kenntnisse über den Abbau von Gold?«

»Ich... ich glaube, ja. Er hat an der Colorado School of Mines studiert.«

»Aber über das Projekt der Transpacific hat er mit Ihnen nie diskutiert – zumindest nicht so, daß Sie daraus schließen konnten, er stehe damit in Verbindung, oder?«

Sie beugte sich vor, die Ellbogen auf die Knie gestützt, Hände vorm Gesicht. Durch die Finger sagte sie: »Ich kann mich nicht erinnern. Ich... kann mich wirklich nicht erinnern.«

Ich schaltete mein Tonbandgerät aus. Genug ist genug, dachte ich. »Mrs. Erickson, es tut mir leid, daß ich Ihnen das alles zumuten mußte.«

Sie schüttelte den Kopf und wehrte meine Entschuldigung ab. Dann stand sie auf und sah sich verschreckt in ihrem Zukkerwatte-Zimmer um, als würden die Wände gleich über ihr zusammenfallen. Ohne ein Wort drehte sie sich um und rannte zur Treppe.

Ich fühlte mich wie das »schreckliche sadistische Monster«, das meine Nichte Kelley so gern zitiert, packte den Recorder in den Aktenkoffer und machte mich zum Gehen fertig. Das philippinische Dienstmädchen erschien mit teilnahmsloser Miene unter der Tür und wartete darauf, mich hinauszubegleiten.

Bevor ich zu ihr hinüberging, ließ ich noch einmal den Blick durch Margot Ericksons unbewohnbares Wohnzimmer wandern. Hier herrschten Leere, Sterilität und noch etwas... Angst? Ja, Angst. Ihre alles durchdringende Gegenwart machte das hübsche Zimmer zu einem genauso bedrückenden Gefängnis wie jenes, das durchs Fenster in der Ferne zu sehen war.

11

Die Firma Cross-Cultural Concepts residierte in einer schönen Suite im achten Stock von Embarcadero Two. Sie war wie das Stadthaus der Ericksons steril und teuer eingerichtet. Aber der Empfangsbereich und die Büros, in die ich einen Blick werfen konnte, strömten etwas Maskulines aus, als wolle man die Kunden aus den Ländern des pazifischen Raums in ihrer männlich bestimmten Haltung bestätigen. Die tannengrünen Teppiche, die dunkle Holztäfelung und die Lederpolster schienen ausdrücken zu wollen, daß man zwar eine amerikanische Firma war und sich deswegen an all diese törichten Ideen von Gleichberechtigung halten müsse, daß man bei Cross-Cultural Concepts indessen sehr wohl wisse, wer *tatsächlich* die Zügel des Welthandels in der Hand hält.

Connie Grobe, Mick Ericksons Sekretärin, rundete dieses Bild perfekt ab. Sie wirkte nicht maskulin, aber ihr streng frisiertes dunkles Haar und ihr Schneiderkostüm hätten besser zu einem Büroroboter gepaßt als zu einer Frau. In den Modemagazinen liest man, die nüchterne Kleidung der Erfolgsfrau der achtziger Jahre sei einer neuen Sanftheit und Weiblichkeit im Outfit gewichen, da wir Frauen – behaupten sie – uns nun nicht mehr beweisen müßten. Connie Grobe hielt davon offensichtlich nichts, und als ich ihr durch den Gang in ihr Büro folgte, kam es mir vor, als habe sie recht. Angesichts der neuesten Änderungen im Abtreibungsrecht und beim Anspruch auf gleichen Lohn für gleiche Arbeit kam mir nämlich langsam der Verdacht, daß wir schon bald wieder ein paar Dinge von neuem beweisen müssen...

Ein Verschlag an einer Innenwand war Connie Grobes ganzes Büro: eine Reihe Aktenschränke, ein Schreibtisch, zwei

Stühle. Kein Fenster – wahrscheinlich hielten die Verantwortlichen bei Cross-Cultural Sekretärinnen tatsächlich für Roboter ohne einen Bedarf an Licht und frischer Luft. Als ich mich auf ihrem Besucherstuhl niederließ, stieg ein Rest von jener Wut in mir hoch, die ich empfunden hatte, als ich neben dem College einen Teilzeitjob beim Sicherheitsdienst einer großen Versicherungsfirma der Stadt hatte. Jeden Freitag holte ich mir meinen mageren Scheck und sah dabei, wie die Angestellten in winzige, luftlose Verschläge gestopft saßen, während die großen Büros der Bosse mit ihren Fenstern leer standen – denn die waren gewöhnlich außer Haus oder tafelten mit künftigen Kunden. Damals hatte ich mir geschworen, niemals Opfer eines Systems zu werden, das seine Angestellten ausnutzte und dann wegwarf wie Bleistiftstummel oder verbogene Büroklammern.

Connie Grobe setzte sich an die andere Seite des Schreibtischs, faltete die Hände und fragte: »Können Sie sich bitte ausweisen, Miss McCone?«

Ich schob ihr das Lederetui mit meinen Ausweisen hinüber. Sie studierte sie einen Augenblick und gab sie mir dann zurück. »Und es gibt auch jemanden bei der Polizei, mit dem ich mich in Verbindung setzen und der mir bestätigen kann, daß Sie mit der Polizei bei den Ermittlungen über den Tod von Mr. Erickson zusammenarbeiten?«

Ich schluckte meinen Ärger hinunter – schließlich hatte die Frau ein Recht darauf, wachsam zu sein – und sagte: »Sie können sich mit Inspektor Bart Wallace von der Mordkommission von San Francisco in Verbindung setzen. Oder mit Detective Kristen Lark vom Sheriffbüro in Mono County.«

Sie machte sich Notizen auf einem Block, fragte aber nicht nach den Telefonnummern. Sie starrte das Blatt eine Weile an, seufzte dann, riß es ab, knüllte es zusammen und warf es in einen Papierkorb. Auf meinen erstaunten Blick sagte sie: »Äußerste Vorsicht war eines von Mick Ericksons Geboten, Miss McCone. Aber Mick ist tot, und deshalb zählt das jetzt wohl nicht mehr, oder?«

»Wahrscheinlich nicht. Warum war er so besonders vorsichtig?«

»Viele unserer Kunden kommen aus dem pazifischen Raum. Die politischen Verzweigungen ihrer Geschäfte in den Vereinigten Staaten können sehr weitreichend und bedeutend sein. Manche bewegen sich auf sensiblem Terrain, wie etwa eine Reihe unserer Hongkonger Firmen, die ihr Kapital hierher transferieren wollen, bevor das Territorium 1997 an die Volksrepublik China fällt.«

»Gehört die Transpacific Corporation dazu?«

»Nicht im eigentlichen Sinne. Transpacific ist eine amerikanische Gesellschaft. Ihr Vorstandsvorsitzender, Mr. Lionel Ong, ist ein naturalisierter amerikanischer Bürger und Absolvent der Harvard Business School.«

»Aber in der Firma steckt doch Kapital aus Hongkong?«

Sie zögerte. »Wenn ich gesagt habe, äußerste Vorsicht zähle jetzt nicht mehr, meinte ich das auf Mr. Erickson bezogen, nicht auf unsere Kunden. Solange Cross-Cultural als juristische Person existiert, bin ich verpflichtet, mich schützend vor sie zu stellen.«

»Das ist nur fair. Könnten wir uns dann über Mr. Ericksons angebliche Reise nach Japan unterhalten? Seine Frau sagte mir, er habe für einen wichtigen Kunden eine Reihe von Seminaren abhalten wollen.«

Connie Grobes Lippen wurden schmal, aber ich wußte nicht, aus welchem Grund. »Der Kunde war Sumeri International in Osaka.«

»Und Mr. Ericksons Reisevorbereitungen wurden über dieses Büro hier erledigt?«

»Die Reisevorbereitungen, die Versendung des Materials für die Seminare und alle damit zusammenhängenden Details.«

»Hat sich Mr. Erickson nach seiner Abreise mit Ihnen in Verbindung gesetzt?«

»Ja, bei seiner Ankunft in Japan per Telefon. Zumindest hat er das behauptet.«

»Und danach?«

»Als er anrief, um mir mitzuteilen, daß sich seine Pläne geändert haben, sagte er, er wolle verschiedene Außenstellen aufsuchen. Wenn nötig, solle ich mich über das hiesige Sumeri-Büro mit ihm in Verbindung setzen.«

»Nicht über Ihr Büro in Osaka?«

»Nein.«

»Kam Ihnen das nicht merkwürdig vor?«

»Ein bißchen schon. Aber Mick hat seine Geschäfte oft auf unorthodoxe Art geführt.«

»Haben Sie denn über Sumeri Kontakt mit ihm aufnehmen müssen?«

»Nein. Mick reist sehr häufig. Unser Büro hier ist darauf eingestellt, auch ohne ihn ordnungsgemäß weiterzulaufen. Nur im Notfall hätte ich Verbindung mit ihm aufnehmen müssen.«

Und darauf hatte er gebaut, dachte ich. »Können Sie mir Ihre Kontaktperson hier in San Francisco nennen?«

Sie zögerte und zuckte dann mit den Schultern. »Ich nehme an, dagegen ist nichts einzuwenden. Er heißt Mr. Hiroshi Kamada.«

Ich schrieb mir den Namen auf. »Hat Mr. Erickson normalerweise von unterwegs per Kreditkarte angerufen?«

»Wenn er auf einem Flugplatz war oder an anderen öffentlichen Plätzen, ja. Sonst ließ er die Gespräche auf die Hotelrechnung schreiben, oder er rief per R-Gespräch an.«

»Wenn er also nicht gerade von unterwegs per Kreditkarte anrief, wußten Sie nicht gleich, woher sein Anruf kam?«

»Das stimmt.«

»Diese Reise nach Japan – war die von langer Hand geplant gewesen?«

»Sie ergab sich eigentlich sehr plötzlich.« Sie biß sich auf die Unterlippe, und man sah den Kummer in ihren Augen. »Wir haben hier sehr hart gearbeitet und Überstunden gemacht, um das Material für die Seminare vorzubereiten. Mr. Erickson hat auch zwei Vorträge vor wichtigen hiesigen Kunden für die Reise abgesagt. Daß er das nur als Tarnung für andere Pläne getan hat, macht mich wütend. Wütend und furchtbar traurig.«

Seine Frau war also nicht die einzige gewesen, die er betrogen hatte, dachte ich. Irgendwie wirkten Connie Grobes eingestandene Wut und Sorge bitterer als die beherrschte Trauer und die heimliche Angst, die ich bei Margot Erickson verspürt hatte.

»Miss Grobe«, sagte ich, »bei der Untersuchung von Mordfällen ist es oft notwendig, auf sehr persönliche Aspekte im Leben des Opfers zu achten. Macht es Ihnen wohl etwas aus, über Mr. Ericksons Privatangelegenheiten zu reden?«

Sie dachte nach. »Nein«, sagte sie nach einer Weile. »Mick ist tot, und das Wichtigste ist, seinen Mörder zu finden. Was wollen Sie wissen?«

»Margot Erickson sagte mir, sie und ihr Mann hätten die Reise nach Japan als Trennungsversuch betrachtet. Wußten Sie das?«

Wieder zog sich ihr Mund zusammen. Diesmal fiel mir auf, daß es ein Reflex auf die Erwähnung von Margot war. »Das konnte einem kaum entgehen. Seit einem Monat hatte Mick auf der Couch in seinem Büro geschlafen. Ich würde sagen, das war schon ein Trennungsversuch.«

»Er hat hier einen ganzen Monat lang geschlafen? Warum ist er nicht ins Hotel gegangen oder hat sich ein Apartment gemietet?«

»Ich nehme an, er hoffte, daß sich die Dinge bald klären würden. Und dann war es natürlich auch eine Frage des Geldes. Dieses Stadthaus in Barbary Park ist unglaublich teuer. Als Mick und Margot es kauften, waren die Hypothekenzinsen sehr hoch. Sie hatten eine Refinanzierung vor, sobald die Zinssätze gesunken wären, aber so lange kostete das Haus mehr, als er sich leisten konnte.«

»Meinen Sie damit, daß Mick Erickson in finanziellen Schwierigkeiten war?«

»Nicht wirklich. Und wenn, dann ging es mit seinen Finanzen gerade wieder etwas aufwärts. Wissen Sie, diese Firma gehörte ursprünglich Mick und seiner früheren Frau. Nach ihrer Scheidung zog sie zurück in den Osten und gründete dort eine ähnliche Firma, und er mußte ihr ihre Anteile an dieser auszahlen. Die letzte Rate hatte er ihr vor ein paar Monaten überwiesen, und ohne diese Belastung mußte sich seine finanzielle Situation ja verbessern.«

»Ich verstehe. Kommen wir noch einmal kurz auf die Ehe der Ericksons zurück. Über die Trennung hat Mrs. Erickson nur gesagt, es sei ein rein persönliches Problem gewesen.«

Connie Grobe nickte. »Mick hätte auch nichts anderes gesagt.«

»Was bedeutete das Ihrer Meinung nach?«

»Es hatte vielleicht damit zu tun, ob sie Kinder haben wollten oder nicht.«

»Wie kommen Sie darauf?«

»Mick und Margot waren ein Paar, keine Familie im üblichen Sinne des Wortes. Sie waren beide schon einmal verheiratet gewesen, hatten aber beide keine Kinder.«

»Wünschte sich denn einer von ihnen welche?«

Connie Grobe bekam einen innigen Ausdruck. »Ich glaube, Mick wünschte sich Kinder«, sagte sie. »Ich bin eine alleinerziehende Mutter. Mein Sohn Jon ist zehn. Mick besaß Dauerkarten für die Spiele der Giants, und er hat Jon ein paarmal mitgenommen. Beiden schien die gemeinsam verbrachte Zeit wirklich Spaß zu machen.«

»Ist Margot auch mitgegangen?«

»Nein. Jon ist auf ihre Karte hineingegangen. Sie ging selten mit, weil sie Baseball haßt.«

»Was hielt sie Ihrer Meinung nach von Kindern?«

»Ich weiß nicht, aber ich kann mir Margot als Mutter nicht vorstellen.« Connie Grobe erlaubte sich ein kleines, abschätziges Lächeln. »Das hätte ihrer Figur geschadet.«

Ich schwieg einen Augenblick und ließ mir ihre Theorie über die zerbrechende Ehe der Ericksons durch den Kopf gehen. Sie waren beide Mitte Dreißig – letzte Gelegenheit zur Gründung einer Familie. Wenn der eine Partner Kinder wollte und der andere nicht (dieser Gedanke versetzte mir einen Stich, weil ich an die Pläne meines Geliebten dachte), dann konnte das zu ernsten Problemen führen. Aber ich fragte mich, ob Connie Grobe die Gefühle von Mick da richtig einschätzte. Ein paar nette Ausflüge auf den Baseballplatz mit dem Sohn einer Angestellten waren noch kein Beweis für Micks überwältigenden Wunsch nach eigenen Kindern.

Die Fragen nach weiteren Einzelheiten über die beiden brachten im Grunde nur noch eines an den Tag: die heftige Abneigung Connie Grobes Margot gegenüber. Sie kannte die Frau nicht näher, war ihr auf gesellschaftlicher Ebene nie begegnet und hatte nur ein paarmal Papiere in ihrem Stadthaus vorbeigebracht. Ihre Gefühle gegen sie waren für mich daher bloß die nicht ungewöhnliche Reaktion einer Angestellten, die mit ihrem Chef Seite an Seite arbeitet, während seine Frau zu Hause sitzt und in den Augen der Sekretärin nur faul die Früchte ihrer Arbeit erntet.

Connie Grobe war ausgesprochen überrascht, daß man Micks

Leiche im Tufa Lake gefunden hatte. Sie wußte von keiner privaten oder geschäftlichen Verbindung und von keinem sonstigen Grund, der ihn in diese Gegend gezogen hätte. Den Namen Tarbeaux hatte sie nie gehört, und sie behauptete, nichts von den Plänen der Transpacific Corporation zu wissen, die alte Mine in Promiseville wieder in Betrieb zu nehmen. Schließlich bedankte ich mich bei ihr und brach auf. Ich hatte nun nur noch zwanzig Minuten bis zu meiner Zwei-Uhr-Verabredung bei der Sino-American Alliance.

Einige Minuten gingen mit dem Anruf bei Hiroshi Kamada im hiesigen Büro der Sumeri International drauf. Er war um einiges sorgloser als Connie Grobe, was die Herausgabe von Informationen anging – eine Tatsache, die mir zu der Ansicht verhalf, daß immerhin noch nicht der gesamte pazifisch orientierte Geschäftsbereich unter paranoider Geheimniskrämerei litt. Kamada sagte, Mick Erickson habe ihn gebeten, ein paar Tage lang als Verbindungsmann für ihn zu fungieren. Kamada sollte eingehende Mitteilungen bloß entgegennehmen und warten, bis Erickson sie abrief.

Ob er sich gemeldet habe, wollte ich wissen.

Nein, sagte Mr. Kamada, das habe er nicht. Aber es seien auch gar keine Mitteilungen für ihn eingegangen.

Was mit dem Material für die Seminare sei, die aus Ericksons Büro an die Sumeri-Zentrale in Osaka geschickt wurden, fragte ich. Ob man das dort nicht merkwürdig gefunden habe, nachdem es doch gar kein Programm dafür gab?

O nein, sagte Mr. Kamada. Das hätte ich nicht richtig verstanden. Das Material sei für die Seminare im *nächsten* Monat gedacht gewesen.

Erickson hatte also sein Verschwinden so arrangiert: Der Vertrag über die Sumeri-Seminare war in Ordnung. Er hatte bloß das falsche Datum eingesetzt. Die Frage war nur, wie er das erklärt hätte, wenn der richtige Termin erreicht war.

Als ich den Hörer des öffentlichen Fernsprechers einhängte, dachte ich über Ericksons Motive nach. Der Grund für seine Reise ins Mono County mußte ein sehr heikler und geheimnisvoller gewesen sein, wenn er einen derart raffinierten Plan ausheckte, nur um ein paar Tage ohne Erklärung fort sein zu können. Ein paar Tage – um was zu tun?

Eines war sicher: Es hatte mit den Plänen von Transpacific zu tun, diese Mine wiederzueröffnen. Vielleicht konnte Marcy Cheung von der Sino-American Alliance ein wenig Licht auf diese Gesellschaft und ihren Vorstandsvorsitzenden, Lionel Ong, werfen.

Ein Spaziergang zwischen den Blocks ganz im Osten der Jackson Street, nicht weit vom Embarcadero und dem U. S. Custom House, ist wie ein Schritt zurück ins alte San Francisco. Sie liegen zwar alle im Schatten der Transamerica Pyramid – unserem hervorragendsten Beispiel architektonischer Exzesse im späten zwanzigsten Jahrhundert – und nur einen Steinwurf entfernt von den lauten Schluchten aus Stahl und Glas des zentralen Finanzdistrikts, aber diese wenigen Blocks sind ruhig, schmal und von Bäumen gesäumt. Die renovierten Ziegelbauten, und viele stammen noch aus der Zeit vor dem Erdbeben von 1906, beherbergen kleine Geschäfte, Antiquitätenläden und Ausstellungsräume von Inneneinrichtungsfirmen. Die Sino-American Alliance nahm das ganze Erdgeschoß eines dieser Häuser ein – ein Eckhaus an einer schmalen Gasse, an deren Ende sich ein Straßencafé im Pariser Stil befand.

Die ruhige Atmosphäre der Straße übertrug sich auch auf den Empfangsbereich im Innern. Er war typisch chinesisch ausgestattet: schwarzlackierte Möbel, Lampen in Melonenform, Bilder mit chinesischen Schriftzeichen. Und die Frau mit ihrem glatten, glänzenden Haar hinter dem Empfangstisch trug ein Kleid aus jadegrünem Seidenmoiré mit einem Mandarinkragen. Als sie in Marcy Cheungs Büro anrief und meine Ankunft meldete, tat sie das ohne Eile, und ihre Stimme war so weich wie meine Schritte auf dem apricotblauen Blumenmuster des Teppichs.

Doch als ich an dem dreiteiligen Seidenparavent vorbei war, war es auch mit der Stille vorbei. Auf der anderen Seite brach ein Sturm von läutenden Telefonen, klappernden Schreibmaschinen und lauten Stimmen über mich herein. Als ich dann den Raum betrat, an dem ›Abteilung für Öffentlichkeitsarbeit‹ stand, fühlte ich mich plötzlich ins Auge eines Taifuns geschleudert.

Zwei Schreibtische waren übersät mit Haufen von Fotos und

Papieren. Aufgeschlagene Aktenordner lagen herum, aus denen die Seiten quollen. Über ein Leuchtpult lagen Dias verstreut. Von einem Zeichenbrett hing eine Skizze zu Dreivierteln herunter. Die Wände bestanden aus Schichten von Postern, Flugblättern und Terminkalendern. Ein Blatt mit dem Aufdruck ›Dezember‹ war mit einem großen roten X verziert. Mitten darin steckte der Pfeil aus einem Dartspiel. Und unten auf dem Fußboden saß, umgeben von weiteren Papier- und Fotostapeln nebst den Resten eines Lunchs, eine junge Frau mit hüftlangem Haar, das im Nacken mit einem Gummi zusammengebunden war. Sie hatte Bluejeans an und saß mit ihren nackten Füßen im Schneidersitz. Sie beugte sich gerade vor und griff nach einem halben Sandwich, während sie ins Telefon sprach. Sie biß nicht in ihr Sandwich, sondern wedelte damit nur, um ihre Worte zu unterstreichen.

»*Sie* sagen, Sie haben Probleme? Die habe ich auch. Mein bescheuerter Assistent hat gekündigt. Und ich brauche diese Proben noch heute, verdammt noch mal!«

Ich umrundete einen aufgeblasenen Plastikdrachen, der eine Flamme spie mit der Aufschrift ›Die Sino-American Alliance wünscht Ihnen ein Glückliches Chinesisches Neues Jahr!‹

»Es *kümmert* mich nicht, was Sie das kostet, wenn Sie sie mir durch Boten schicken – nur, tun Sie's!« Sie warf den Hörer auf die Gabel, während eine Tomate aus ihrem Sandwich rutschte und auf dem Knie einen Mayonnaisefleck hinterließ. »Scheiße«, sagte sie kläglich und sah zu mir auf.

Marcy Cheung hatte ein rundes, leicht pockennarbiges Gesicht und einen angeschlagenen Schneidezahn. Kaum lächelte sie mich an, schlug sie sich auch schon die tintenverschmierte Hand vor den Mund und murmelte: »Vor zwei Monaten habe ich ihn mir beim Wildwasserkanufahren angehauen, und ich kann es mir noch immer nicht leisten, ihn richten zu lassen. Sie müssen denken, ich habe nicht die geringste Selbstkritik. Sie sind Sharon?«

»Ja. Und Sie Marcy?«

»Hm. Ich würde Ihnen ja gern einen Stuhl anbieten, aber...« Sie zeigte in die Runde. Sie waren alle belegt mit Schachteln, Papieren und Magazinen.

Zum Glück hatte ich dunkle Hosen an. So setzte ich mich

neben sie auf den Fußboden und wich dabei der Tomatenscheibe aus, die sie vergessen zu haben schien. »Kein Problem.«

Sie warf den Rest ihres Sandwichs in den Papierkorb. »Also«, sagte sie. »Lar meint, Sie hassen Gesundheitskost.«

»Ja. Und ich kann mir nicht vorstellen, daß Sie tatsächlich schon einmal sein Rezept für Buchweizengrütze probiert haben.«

»Stimmt – ich habe ihn angelogen.«

»Ich habe übrigens auch nie seinen Protein-Instanttrunk probiert.«

Sie lächelte, diesmal ohne Rücksicht auf ihren angeschlagenen Zahn, und streckte mir ihre Hand entgegen. Wir schüttelten die Hände, und damit war unsere Verbindung besiegelt.

Das Telefon neben Marcy summte aufdringlich. Sie sah es an, schnappte den Hörer und sagte: »Ich kann jetzt nicht reden – bin beschäftigt.« Sie drückte den Unterbrecherknopf und ließ den Hörer neben der Gabel liegen. »Die einzige Methode, um hier nur ein bißchen ungestört zu sein.«

»Ihr Büro ist...«

Während ich nach einem Wort suchte, das sie nicht beleidigte, vollendete sie für mich: »Ein höllisches Loch.«

»Und zu allem Überfluß hat auch noch Ihr Assistent gekündigt.«

»Ja.« Sie sah sich niedergeschlagen um. »Er war ein kompletter Trottel. Vielleicht war das die klügste Tat seines Lebens.«

»Ich bekomme ein richtig schlechtes Gewissen, daß ich Ihnen jetzt noch die Zeit stehle.«

»Müssen Sie nicht. Wären Sie nicht gekommen, würde ich jetzt noch immer mit dem Drucker streiten – auch so einem Trottel. Lar meinte, Sie wollten etwas über die Transpacific Corporation wissen?«

»Und über Lionel Ong, wenn möglich.«

»Warum?«

»Ich ermittle in einem Mordfall, zusammen mit der Polizei von San Francisco und dem Sheriffbüro in Mono County. Einer von Ongs Geschäftspartnern ist erschossen worden.«

»Sie verdächtigen Lionel?«

Es war nicht die Frage an sich, sondern die Art, wie sie dies als feststehende Tatsache hinstellte, die mich überraschte. »Bisher nicht. Ich suche nach Hintergrundinformationen.«

»Mein Boss hätte es wahrscheinlich nicht gern, wenn ich über eines unserer Mitglieder rede. Aber wenn es um polizeiliche Ermittlungen geht, dann muß ich es wohl. Und Sie haben mich zur rechten Zeit gefragt.« Sie streckte einen nackten Fuß aus und zog mit den Zehen einen Karteikasten zu sich heran. Auf der Seite stand mit Filzstift ›Feb. Interviews‹.

»Das hier«, sagte sie, als sie in dem Kasten herumwühlte, »ist Material für unser Februar-Magazin. Wir verschicken es an alle unsere Firmen, außerdem an Politiker, Handelsgesellschaften und alle, die sonst interessiert sein könnten. Dieses Heft soll unsere Mitglieder aus Hongkong vorstellen – falls ich es jemals fertigbekomme. Eigentlich sollte mein Assistent die Interviews machen, aber er hat nur zwei aufgenommen. Irgendwie muß ich noch drei zustande bekommen, darunter auch eines mit Ong.«

»Jedenfalls«, fuhr sie fort, zog eine Mappe hervor und reichte sie mir, »sind das meine Unterlagen zur Vorbereitung. Sie können sie sich gern anschauen und Kopien davon machen, wenn Sie wollen.«

»Danke. Aber könnten Sie ihn mir vorher wohl mit Ihren eigenen Worten schildern?«

Marcy Cheung legte die ausgestreckten Füße übereinander, stützte sich nach hinten auf die Arme und landete mit einer Hand prompt auf der vergessenen Tomatenscheibe. Ihre Nase verzog sich heftig. »So ein *Mist*! Ich kann mir nicht vorstellen –«

Ich griff in meine Jackentasche und holte ein ziemlich sauberes Papiertaschentuch hervor.

»Oh, danke. Ich bin so eine Schlampe. Wissen Sie, ich war auf der J-School – Journalismus – an der Northwestern, und die ganze Zeit habe ich mir ausgemalt, wie ich im Weißen Haus auf einer Pressekonferenz in einer ganz tollen Aufmachung ganz toll penetrante Fragen in den Raum rufe. Statt dessen lande ich hier in Jeans auf dem Fußboden meines lausigen Büros und sitze bis zu den Knien in schmieriger Tomatensauce.«

»Machen Sie sich nichts daraus: Ich habe in Berkeley Soziologie studiert und davon geträumt, großartige Untersuchungen zu machen, die der Menschheit helfen. Statt dessen verfolge ich jetzt die Spuren von Verbrechen. Und einmal schoß mir dabei jemand in den Hintern.«

Marcy hörte auf, sich die Hand abzuputzen und starrte mich sichtlich fasziniert an. »Wirklich? Das muß ja höllisch weh getan haben.«

»Und peinlich war es außerdem, wie Sie sich vorstellen können.«

»Trotzdem muß Ihr Job doch sehr befriedigend sein. Ich meine, Sie sind doch irgendwie ständig mit wichtigen Ermittlungen befaßt.«

Ich zuckte mit den Schultern. Zu Zeiten, in denen ich mich obenauf fühle, neige ich dazu, meine Arbeit zu romantisieren – und wenn ich auf dem Bauch liege, finde ich die Erinnerung daran demütigend. Außerdem habe ich dann oft den trostlosen Eindruck, daß ich nichts anderes tue, als kleine Scharmützel in einem weltweiten Krieg zu führen, die ich dann auch noch meistens verliere.

Marcy Cheung sagte: »Um auf unser Thema zurückzukommen – wenn man Lionel Ong verstehen will, muß man die Geldelite von Hongkong verstehen. Kennen Sie sich da aus?«

Ich schüttelte den Kopf.

»Vor allem sind sie alle, bis auf ein paar Patriarchen, relativ jung – mit fünfundvierzig an der Spitze. Und sie kontrollieren Milliardenbeträge. Außerdem sind sie hervorragend ausgebildet. Die reichen Hongkonger Familien schicken ihre Söhne und Töchter auf die besten Colleges und Business Schools in den USA – nach Harvard, Wharton, M. I. T., Stanford, Michigan – und übertragen ihnen dann ihre Geschäfte in den Staaten.«

»Was für Geschäfte meinen Sie?«

»Grundstücksgeschäfte en gros. Hier in der Innenstadt gehört ihnen rund ein Zehntel. Dann sind sie noch in Parkhäusern, Hotels und in der Bekleidungsbranche engagiert. Neuerdings nimmt die Zahl der Banken in chinesischem Besitz zu. Restaurants spielen keine große Rolle.« Sie lächelte. »Zu riskant und keine Basis für größere Geldtransaktionen. Zudem scheuen diese Leute vor Klischees zurück.«

»Sie sind derzeit die wirklichen Macher und Schaffer in San

Franciscos Finanzwelt«, fuhr sie fort. »Sie haben sehr gute politische Beziehungen und großen Einfluß auf den Stadtrat und das Staatsparlament. Und sie können zähe Gegner sein.«

»Zum Beispiel?«

»Haben Sie schon einmal von Sun Tzus *Die Kunst der Kriegführung* gehört?«

»Nein.«

»Also, das ist ein zweitausendfünfhundert Jahre alter Klassiker der Militärphilosophie. Es gibt einen Insiderwitz, daß die Hongkonger Geschäftswelt ihre Strategien nach ihm ausrichtet. Aber niemand lacht wirklich darüber. Sagen wir es so: Es sind Leute, die nicht gern verlieren – in *keinem* Spiel.«

Ich dachte an die Löcher in Mick Ericksons Brust und an die bewaffneten chinesischen Wächter in der Mesa über dem Stone Valley. »Wie weit würden sie gehen, nur um nicht zu verlieren?«

»Das hängt von jedem einzelnen ab.«

»Und wenn dieser einzelne Lionel Ong wäre?«

Sie dachte nach. »Der würde wohl wirklich sehr weit gehen.«

»Erzählen Sie mir mehr von ihm. Ich weiß, die Fakten stehen da in der Mappe, aber ich brauche auch ganz subjektive Eindrücke.«

»So, wie Sie über Hongkongs Geldelite Bescheid wissen müssen, um ihn zu verstehen, müssen Sie auch über die Ong-Familie Bescheid wissen. Sie ist rücksichts- und skrupellos. In der Vergangenheit hat sie viele Verluste und viele Tragödien hinnehmen müssen. Nach meinen Recherchen« – sie zeigte auf die Mappe – »kam sie in den Dreißigern aus der Provinz Guangdong in Südchina nach Hongkong. Das war während der japanischen Besetzung. Ich kenne nicht alle Einzelheiten, aber ein paar Kinder starben ihnen, und die Mutter – Lionels Großmutter – wurde beim Übertreten der Grenze erschossen. In Hongkong angekommen, wurde der Großvater zu einem unnachgiebigen Mann. In weniger als einer Generation wurden er und seine Familie praktisch aus dem Nichts zu Milliardären.«

»In welcher Branche?«

»Vor allem in der Schiffahrt.«

»Lionel ist in Hongkong geboren?«

»Ja. Besuchte die Saint Stephen's Prep School – wie viele aus der Elite. Der Großvater zog ihn seinem älteren Bruder vor, er sollte die Familienunternehmen führen. Lionel wurde nach Stanford und später auf die Harvard Business School geschickt, und er hatte dabei nur zwei Anweisungen zu erfüllen – erstklassige Zensuren nach Hause zu bringen und amerikanischer Staatsbürger zu werden. Mehr Anweisungen brauchte er auch nicht.«

»Jetzt ist die ganze Sippe in den Staaten?«

»Nur Lionel. Der Rest wird wahrscheinlich in Hongkong bleiben, bis all ihre Habe transferiert ist und die Kolonie an China zurückfällt.«

»Wo wohnt Ong?«

»Hier in der Stadt. Die meisten aus seiner Gruppe bevorzugen die höhergelegenen Vorstädte – Hillsborough ist am beliebtesten –, aber Lionel fühlt sich dort wohler, wo etwas passiert. Er hat ein riesiges Haus gleich unterhalb des Sutro Tower – das braucht er auch, weil er und seine Frau ihre Familienpflicht erfüllt und fünf Kinder in die Welt gesetzt haben. Nicht, daß ihn das ruhiger gemacht hätte. Die meisten Hongkong-Familien halten sich lieber im Hintergrund, aber Lionel nicht. Er ist hochmodisch gekleidet, fährt ein rotes Mercedes-Cabrio mit Angebernummer, speist mit den richtigen Leuten in den richtigen Läden. Hat eine Geliebte – eine weiße Amerikanerin –, die in Telegraph Hill in einem Apartmenthaus wohnt, das der Transpacific gehört, und noch eine in Sausalito für die Wochenendausflüge.«

»Er ist also schlau, gerissen und maßlos.«

»Er ist eine Maschine, die Geld macht, getrieben von Gier und ihrer sofortigen Befriedigung. Mehr sollte er auch nicht sein. Sein Großvater hielt es nicht für nötig, ihm auch noch Menschlichkeit beibringen zu lassen.«

Marcys Stimme hatte einen bitteren Unterton bekommen. Ich konnte verstehen, wie sehr ein Mann wie Ong einer jungen und durch und durch modernen amerikanischen Frau chinesischer Abstammung gegen den Strich gehen mußte.

Ich wollte noch mehr von ihr wissen, aber da erschien die Empfangsdame mit ärgerlich hochgezogener Augenbraue unter der Tür. »Marcy«, sagte sie, »würden Sie *bitte* den Hörer wieder auflegen? Der Drucker hat jetzt schon dreimal angerufen.«

»Der Trottel! Ich habe ihm gesagt –« Sie unterbrach sich und nahm mir die Mappe aus der Hand. »Hören Sie, wenn ich Ihnen verspreche, ihn wieder aufzulegen, machen Sie mir dann Kopien von diesen Blättern?«

»Das ist ein Geschäft.« Die Frau nahm die Mappe und verschwand den Gang hinunter.

Marcy machte keine Bewegung in Richtung Telefonhörer. Als sie meinen fragenden Blick sah, sagte sie: »Nicht, bevor sie mit Ihren Kopien zurück ist.«

»Es tut mir wirklich leid, daß ich Ihnen soviel von Ihrer Zeit gestohlen habe, wo Sie derart mit Arbeit überhäuft sind.« Und dann fiel mir ein, wie ich ihr einen Gefallen tun konnte – der auch für mich von Nutzen wäre. »Marcy«, sagte ich, »was halten Sie davon, wenn ich das Interview mit Lionel Ong für Sie mache? Ich interviewe täglich Leute, und ich bin ganz gut darin. Sie haben doch sicher eine Liste mit Fragen vorbereitet?«

Sie sah mich überrascht, aber dem Gedanken durchaus aufgeschlossen, an. »Hm. Und wie gesagt, es muß auf Band aufgenommen werden. Sie müßten es nicht einmal übertragen. Außerdem könnten sie die schlimmste Interviewerin der Welt sein, Sie wären immer noch um einiges besser als mein früherer Assistent.«

»Haben Sie schon einen Termin mit Ong?«

»Morgen nachmittag vier Uhr bei ihm zu Hause.«

»Also, wie wär's?«

»Warum nicht? Ich bekäme etwas mehr Luft auf meinem Terminkalender.«

»Hätten Sie etwas dagegen, wenn ich noch ein paar eigene Fragen dranhänge?«

»Überhaupt nicht. Wenn es Material ist, das ich verwenden kann, nehme ich es. Sonst streiche ich es raus.« Sie zögerte. »Noch zwei Dinge: Ich möchte auf keinen Fall, daß mein Boss erfährt, wie frei ich über Ong geredet habe. Oder daß Sie etwas anderes sind als eine professionelle Interviewerin, die mir einen Gefallen tut.«

»Klar.«

»Denken Sie dran, sich in acht zu nehmen. Lionel Ong wäre ein schrecklicher Feind.«

12

Ich verließ die Sino-American Alliance, wanderte die Gasse an dem Gebäude entlang und setzte mich unter einen Sonnenschirm vor dem kleinen Café. Zu den gedämpften Muscheln hätte ich mir gern – in Erinnerung an meine einzige Frankreichreise – einen Pernod bestellt, doch zwecks Bewahrung eines klaren Kopfes entschied ich mich für Mineralwasser. Während des Essens las ich in den Papieren, die Marcy Cheung mir mitgegeben hatte. Was ich über Ong fand, war in knappen Worten dasselbe, was sie mir erzählt hatte, aber was ich über die Transpacific Corporation las, fesselte meine Aufmerksamkeit.

Zunächst einmal schienen mir ihre jüngsten An- und Verkäufe im Widerspruch zu dem Plan zu stehen, groß in das Minengeschäft einzusteigen. Sie hatten noch nie mit Schwerindustrie zu tun gehabt, falls man nicht die Reederei zu diesem Komplex zählte – was ich nicht tat. Außerdem hatten sie die meisten Anteile daran abgestoßen, als sie ihre Aktivitäten in die Staaten zu verlegen begannen. Hier hatte Transpacific sich auf den Erwerb gewerblicher Immobilien verlegt: Bürohäuser, Parkhäuser, Hotels. Darüber hinaus hielt sie eine Minderheitsbeteiligung an der jüngsten chinesischen Bank der Stadt. Doch von ihrem Eigentum in der Stadt hatte sie vieles vor ein paar Jahren wieder verkauft, um damit einen Ferienkomplex im Carmel Valley zu finanzieren. Ein zweiter Komplex war in Palm Desert geplant.

Ich fragte mich, warum Ong und seine Partner sich wohl auf dieses neue Betätigungsfeld gestürzt hatten. Und wie hatten sie überhaupt von der Goldmine im Stone Valley erfahren? Höchstwahrscheinlich durch Mick Erickson. Aber woher hatten sie die Expertisen über die Durchführbarkeit des Projekts erhalten? Natürlich hatte man Geologen beauftragt, doch die konnten nur Empfehlungen geben. Die letzte Entscheidung mußte vom Management gefällt werden. Und warum eine erneute Diversifizierung, wo die Gesellschaft allem Anschein nach ihre Schwerpunkte gerade erst enger definiert hatte? Dazu mußte ich Larry nach seiner Meinung fragen. Und wenn ich Informationen über die Erforschung und Erschließung von

Bodenschätzen brauchte, konnte ich George fragen. Er würde mir jemanden aus der früheren Firma seiner Familie nennen. Die Kostakos hatten ihr Geld mit Öl und Erdgas gemacht.

Schließlich wandte ich mich Marcys Fragenkatalog für das Interview mit Ong zu. Sie waren geradeaus und direkt und sollten ihn und Transpacific im bestmöglichen Licht erscheinen lassen. Ich las sie mir zweimal durch, markierte ein paar Stellen, an denen ich meine eigenen Fragen einflechten konnte, ohne den Gesprächsfluß zu unterbrechen oder ihn merken zu lassen, daß ich auf mehr aus war als auf eine schmeichelhafte Eloge. Ich stopfte die Mappe in den Aktenkoffer, zahlte meine Rechnung und durfte dann in der Parkgarage des Embarcadero Centers eine Summe berappen, die nur wenig unter dem Gesamtwert meines Wagens lag.

Es war schon nach vier, als ich zu All Souls zurückkam. Ted und der Xerox-Monteur standen über das Innenleben unseres häufig defekten Kopiergeräts gebeugt und hielten Rat. Also griff ich nach den Notizzetteln, die mich betrafen, und nahm sie mit nach oben. Die einzige Botschaft, die sofort beantwortet werden mußte, kam von Kristen Lark. Ich rief in Bridgeport an und sprach mit drei Leuten, ehe ich sie am Apparat hatte.

»Ich wollte nur nachfragen, ob Sie inzwischen etwas über Michael Erickson erfahren haben«, sagte sie.

Ich berichtete, was ich bisher in Erfahrung gebracht hatte, und schloß: »Ich bin ziemlich sicher, daß seine Frau vor etwas Angst hat, aber ich komme nicht darauf, wovor.«

»Nun ja, ihr Mann ist gerade ermordet worden. Ich weiß nicht, wie es Ihnen ginge, mich jedenfalls würde das ganz schön durcheinanderbringen.«

»Sicher, aber das hier ist etwas anderes.«

»Vielleicht hat sie Grund zu der Befürchtung, daß sie als nächste drankommt.«

»Vielleicht, aber das glaube ich nicht. Ich hatte den Eindruck, sie fürchtete sich eher vor einer Frage, die ich stellen könnte, vor irgend etwas, das im Laufe der Ermittlungen an den Tag kommen könnte.«

»Warum war sie dann bereit, mit Ihnen zu reden?«

»Wahrscheinlich ist sie gar nicht auf den Gedanken gekommen, es abzulehnen. Ich habe ihr gesagt, daß ich mit der Polizei zusammenarbeite. Ich habe das Gefühl, Margot Erickson gehört zu den Menschen, die nicht im Traum darauf kämen, die Zusammenarbeit mit einer Behörde zu verweigern. Sie könnte aber auch deswegen dazu bereit gewesen sein, weil sie erfahren wollte, wieviel ich weiß.«

»Glauben Sie, daß sie wußte, was ihr Mann hier vorhatte?«

»Das bezweifle ich. Er hat seine Spuren so gut verwischt, daß sogar seine Sekretärin dachte, er sei tatsächlich in Japan.«

»Sie könnten auch beide gelogen haben.«

»Alles ist möglich. Ich folge hier nur dem Gefühl in meinem Bauch.«

Kristen Lark seufzte. »Das ist manchmal das einzige, womit man wirklich *weiterkommt*. Sie sagen, er hatte nach seinem ersten Anruf keinen Kontakt mehr zu seinem Büro?«

»So ist es.«

Sie schwieg eine Weile. Schließlich sagte ich: »Kristen?«

»Ich denke gerade nach. Es gibt ein paar Dinge, die ich Ihnen nicht gesagt habe, als Sie gestern morgen vorbeikamen. Ich hielt es nicht für nötig. Aber nach dem, was Sie herausgefunden haben… sage ich es Ihnen jetzt: Erstens wies Ericksons Körper Prellungen auf. Es sieht aus, als hätte es einen Kampf gegeben. Die Verletzungen wurden ihm nicht zum Zeitpunkt des Todes beigebracht – dafür waren sie zu aufgeschwollen –, aber der Kampf könnte vorher im Laufe des Tages stattgefunden haben.«

»Okay. Was noch?«

»Dieser gemietete Bronco – er ist abgewischt worden.«

»Komplett?«

»Nein, nur das Lenkrad, der Schalthebel und der Türgriff auf der Fahrerseite.«

»Hat der Schlüssel gesteckt?«

»Ja.«

»Also hat jemand den Wagen gefahren, nachdem er die Leiche weggeschafft hatte.«

»Sieht so aus. Wir haben nach Haaren und Fasern gesucht und nach allem, was uns bei der Identifikation des Fahrers helfen könnte, aber außer Schmutz und Laub haben wir nichts gefunden – und die könnten von überall in der Gegend stammen.«

»Irgendwelche Hinweise, daß der Wagen zum Transport der Leiche benutzt wurde?«

»Nein.«

»Er wurde also nur weggefahren, um von der Stelle abzulenken, wo Erickson getötet wurde.«

»Wahrscheinlich. Interessant ist auch, was wir im Wagen gefunden haben und was nicht. Wir haben keine Kleider, keinen Koffer, kein Rasierzeug gefunden. Nachdem er sich an dem Tag aber rasiert hatte, muß er das Zeug bei sich gehabt und in seiner Unterkunft gelassen haben. Aber wir haben keinen Anhaltspunkt, wo das gewesen sein könnte. Und was wir gefunden haben, ist eine Pistole – eine vierundsechziger Magnum – im Handschuhfach. Mit ihr ist dreimal geschossen worden, und zwar vor ziemlich kurzer Zeit.«

»Haben Sie den Besitzer der Waffe feststellen können?«

»Wir sind noch dran. Aber auf Erickson war sie nicht eingetragen.«

»Gibt es Fingerabdrücke auf der Waffe?«

»Ein paar Reste, aber nicht genug für eine Identifizierung. Und die des Toten.«

»Und nirgends Schüsse gemeldet?«

»Keine.«

Ich dachte einen Augenblick nach. »Er könnte sie für Zielübungen benutzt haben.«

»Möglich.« Aber es hörte sich an, als glaube sie das nicht.

Ich dachte noch einen Augenblick nach. Doch mir fiel nichts ein, das diese Mixtur in einen sinnvollen Zusammenhang gebracht hätte. »Was ergibt sich daraus?«

»Es sieht noch verwirrender aus als vorher.«

»Gut, vielleicht kommt bei meinem Interview mit Lionel Ong etwas Brauchbares heraus. Ich halte Sie auf dem laufenden.«

»Tun Sie das, McCone. Und schicken Sie mir das Band von Ihrem Gespräch mit Ericksons Frau.« Mit der ihr eigenen Abruptheit legte sie auf.

Ich steckte die Kassette in einen Umschlag, schrieb Kristen Larks Adresse darauf und legte ihn in den Postkorb. Auf meinem Schreibtisch lag eine Notiz von Rae. Sie wollte mich sprechen. Ich ging hinunter zu der umgebauten Kammer unter der Treppe und mußte lächeln, als mir meine Gedanken über die leerstehenden Büros der Bosse und die in kleinen Kabinen zusammengepferchten Angestellten einfielen. Dabei hatte ich

Raes Kammer selbst bewohnt, bis Hank mir nach der Heirat mit Anne-Marie und seinem Auszug aus unserer Kooperative sein Zimmer oben überlassen hatte. Raes Name stand auch nicht mehr weit unten auf der Warteliste für den nächsten größeren Raum, der verfügbar werden würde. Inzwischen hatte sie das Beste aus ihrem engen Quartier gemacht. Die früher blaßgelben Wände waren jetzt blaßblau und mit einer Collage von Ausstellungsplakaten des Young Museums geschmückt. Sie hatte den abgenutzten Schreibtisch lackiert, für gute Beleuchtung gesorgt und sogar einen kleinen Feigenbaum hereingeschleppt, der im ultravioletten Licht einer Lampe gedieh und häufig zum Luftschnappen auf die hintere Veranda gebracht wurde. Es verstörte mich schon, daß ihr in kurzer Zeit gelungen war, was ich in Jahren nicht geschafft hatte.

So saß sie also an ihrem Schreibtisch und machte sich Notizen auf einem Schreibblock. Ihren Kampf um eine leserliche Schrift begleitete sie mit der Zungenspitze zwischen den Zähnen. Als sie mich sah, legte sie den Stift nieder und seufzte erleichtert. »Ich hatte nicht gedacht, daß du heute nachmittag noch einmal herkommst. Darum wollte ich gerade einen Bericht aufsetzen«, sagte sie. »Aber jetzt können wir direkt miteinander reden.«

Ich ging auf den schäbigen Lehnsessel zu, den sie von mir geerbt hatte (selbst den hatte sie mit einem blauweißen Bezug aufgemöbelt), aber sie hielt mich zurück. »Nein – ich bekomme klaustrophobische Gefühle hier. Außerdem kannst du sicher ein Glas Wein vertragen, bevor du deine Mutter abholen mußt.«

Ich sah auf die Uhr. »Meine Mutter abholen und sie samt Dessert zu George bringen. Aber ich habe noch ein bißchen Zeit, also gehen wir.«

Wir gingen in die große, altmodische Küche auf der Rückseite des Hauses. Rae holte zwei Gläser aus dem Schrank, während ich eine Karaffe Chablis in dem überfüllten Kühlschrank entdeckte. Wir setzten uns an den runden Eichentisch am Fenster. Ich legte meine Füße auf einen Stuhl und fragte: »Was hast du also gerade in deinen Bericht geschrieben?«

Raes Gesicht leuchtete triumphierend auf, wie immer, wenn sie einen Ermittlungscoup gelandet hatte. »Das Straßenverkehrsamt hat einen frischen Strafzettel für Earl Hopwood im Register.«

»Großartig! Wo und wann?«

»Hier in der City – Ecke Clay und Sansome. Gestern vor einem Monat – verbotenes Linksabbiegen.«

Die Kreuzung Clay und Sansome liegt im Finanzdistrikt, ganz in der Nähe der Stelle, wo ich gerade gewesen war.

»Was meinst du dazu?« fragte Rae.

»Ich meine, du hast gute Arbeit geleistet. Sieh zu, daß du jetzt der Tochter auf die Spur kommst. Prüf die standesamtlichen Unterlagen über Eheschließungen und Scheidungen – es heißt, sie war dreimal verheiratet. Vielleicht haben die kalifornischen Staatsbehörden eine aktuelle Adresse von ihr – oder die Ehemaligengruppe ihrer Schule.«

Rae wirkte ein wenig enttäuscht. Sie hatte die Sache mit Hopwoods Strafmandat wohl für wichtiger gehalten, als sie war. Aber der Finanzdistrikt ist groß. Er konnte eines der zahllosen Büros besucht haben oder auch nur durchgefahren sein.

Rae trank einen Schluck Wein und fragte: »Hast du Zeit, mir von dem Fall zu erzählen?«

»In kurzen Worten, ja.«

Während ich sprach, nickte sie in regelmäßigen Abständen und legte dann ihr Gesicht in Konzentrationsfalten. »Da paßt nichts zueinander«, sagte sie.

»Bisher nicht.« Ich sah wieder auf die Uhr. Es war kurz vor fünf. »Ich sollte jetzt besser gehen, wenn ich den Kuchen noch besorgen will, bevor ich Ma abhole.«

»Kaufst du ihn bei Elena's?«

»Ja. Schokoladenkuchen, für den könnte ich gleich zweimal sterben.«

Rae rollte mit den Augen. »Sie wird ihn genießen!«

»Das würde ich ihr auch raten«, sagte ich – ein bißchen grimmig.

»Heute morgen hast du gesagt, du freust dich auf das Dinner.«

»Mas Besuch gehört zu den Ereignissen, die ihren Reiz verlieren, je näher sie heranrücken. Die Vorfreude war groß; seit der Countdown läuft, sehe ich nur noch zu, daß ich den Besuch überlebe, das ist alles.«

13

»Dein Freund gehört wohl zur Gattung der Bergziegen, daß man so viele Stufen bis zu seiner Wohnung steigen muß«, brummte meine Mutter.

Ich biß die Zähne zusammen und kletterte verbissen. Ihre Bemerkung ignorierte ich. Dafür hielt ich den Einkaufsbeutel mit dem Wein und Elenas wunderbarem Kuchen fest umklammert.

»Wie kommen alte Leute wie ich nur in diese Wohnungen hinauf? Oder lassen sie hier keine Senioren rein?«

»Alte Menschen, die auf dem Russian Hill wohnen, sind voll in Form, und zwar wegen der vielen Kletterei.«

»Hmpf«, lautete Mas einziger Kommentar.

Die Beschwerde über die vielen Stufen zu Georges Haus – sechsunddreißig insgesamt; ich hatte sie mal gezählt, als wir eine schwere Ladung Lebensmittel hinaufzuschleppen hatten – war ihr erster Satz, seit ich sie von der Greyhound-Station abgeholt hatte. Sie war ungewöhnlich still gewesen, als ich sie zu meinem Haus fuhr, sie ins Gästezimmer führte und sie mit Ralph und Allie bekannt machte – ein Benehmen, das mich wachsamer werden ließ, als wenn sie darauf herumgeritten wäre, daß ich sie fünf Minuten hatte warten lassen.

Wir kamen am oberen Ende der breiten Treppe an, und Ma blieb stehen und sah sich auf dem Innenhof um. Das weiße Gebäude im mediterranen Stil ruhte auf einer verstärkten Betonmauer hoch über der Green Street und verbreitete die elegante und leicht dekadente Atmosphäre der zwanziger Jahre. Der Brunnen war mit Kacheln mit einem Weinblattdekor verkleidet. Die Pflanztöpfe erinnerten an Marmorurnen. Knorrige Glyzinien überwucherten Balkone und maurische Bögen. Wenn abends jenseits der Golden Gate Bridge die Nebelhörner tuteten und der Hof im Nebel lag, erwartete man, jeden Augenblick unheimliche Gestalten im fahlen Lichtschein der schmiedeeisernen Laternen auftauchen zu sehen oder ein engumschlungenes Liebespaar bei einem eiligen, heimlichen Treffen.

Doch Ma konnte nichts Romantisches daran entdecken. Sie sagte: »Ich hoffe, er wohnt im Erdgeschoß.«

»Erster Stock.« Ich schob sie zum Aufgang, der direkt in Georges Wohnung führte.

Meine Mutter ließ einen gequälten Seufzer hören, als sie sich an den erneuten Aufstieg machte.

Ich wußte, ihre Klagen waren reine Rituale und entbehrten jeder Grundlage. Mit ihren zweiundsechzig Jahren ist Ma so munter drauf wie ich selbst und genauso gesund. Wir haben den gleichen Körperbau – mittelgroß und schlank –, und abgesehen von den grauen Streifen in ihrem roten Haar hätte uns jeder, der uns die Treppe hinauf folgte, für Schwestern halten können. Aber Ma hält es für ihr gottgegebenes Recht, sich jederzeit über alles und jedes zu beschweren, und vielleicht hat sie ja recht. Immerhin hat sie fünf schwierige McCones großgezogen, sich um zahllose Enkelkinder gekümmert und mußte über vierzig Jahre lang mit einer ganzen Reihe von Eigenarten meines Vaters fertig werden.

George kam in einer blauweißgestreiften Schürze an die Tür, meinem Geburtstagsgeschenk vom letzten August. Wie jedesmal gab es mir einen freudigen Stich, als ich seine große, schlanke Gestalt vor mir sah und sein schönes, kantiges Gesicht, das jetzt von der Hitze in der Küche gerötet war. Eine widerspenstige graue Locke hing ihm in die Stirn. Er umarmte mich etwas ungeschickt, weil ihm sein Asbesthandschuh im Wege war. Bevor er meiner Mutter die Hand gab, zog er ihn aus. Von drinnen schlugen uns wunderbare Gerüche entgegen.

»Was gibt es denn?« fragte ich, als wir in den Flur traten.

»Dieses Stew mit Kräutern, weißt du, das mit Biskuits überbacken wird.«

Ma wirkte beeindruckt. Ich lächelte wissend. Georges häusliches Gehabe war nichts als Show, um Ma für sich einzunehmen. Das Stew kam tiefgekühlt aus einem kleinen Bistro an der Hyde Street. Man erhitzte es, machte dann eine Rolle gefrorener Buttermilchbiskuits auf und überbackte beides zusammen. Ich hoffte, daß George die Verpackung im Müllschlucker versenkt hatte für den Fall, daß Ma vorhatte, in seiner Küche herumzuschnüffeln.

Er setzte hinzu: »Führ deine Mutter doch ins Wohnzimmer. Ich komme mit Champagner nach.«

»Champagner«, sagte Ma. »Hm.«

Ich war mir nicht sicher, wie sie das meinte, beschloß aber, nicht zu fragen, und führte sie in den vorderen Teil der Wohnung, wo man über die Dächer der Nachbarhäuser einen Blick auf die Bucht hatte. Ma stellte ihre Handtasche auf einen Beistelltisch und widmete dem Raum einen intensiven, rasch abschätzenden Blick. George hatte, was die Einrichtung anging, einen modernen, aber modern-konservativen Geschmack. Offensichtlich fand sie an den sandfarbenen Wänden, dem weichgepolsterten braunen Sofa und den dazu passenden Sesseln nichts auszusetzen. Ein wild-abstraktes Gemälde über dem Kamin dagegen und eine Drahtskulptur auf dem Kaffeetisch bedachte sie nur mit einem schiefen Blick. Neben der Skulptur stand eine Platte mit Leberpastete und Crackers. Ma, die Leber haßt und uns als Kinder niemals zum Essen vorsetzte, ließ sich so weit entfernt davon wie möglich nieder.

George kam mit einer Käseplatte herein, stellte sie ab und ging den Champagner holen. Dem Käse rückte Ma ein wenig näher. George kam zurück und machte ein großes Trara um das Öffnen der Flasche, das Einschenken und das Zuprosten »auf die beiden wunderbaren McCone-Ladies«. Ich zuckte innerlich zusammen, weil ich fürchtete, er trüge zu dick auf, aber zu meiner Überraschung wurde Ma doch tatsächlich rot.

Vielleicht wurde das doch noch ein guter Abend.

»Wann ist Ihre Maschine gelandet?« fragte George sie.

»Ich bin per Bus gekommen. Wenn es sich vermeiden läßt, gehe ich weder in die Luft noch aufs Wasser.«

»Angesichts der Sicherheitsvorkehrungen bei den Luftlinien heutzutage ganz sinnvoll.«

»Außerdem nicht so teuer.« Sie schenkte ihm einen strengen Blick. »Aber ich nehme an, das ist für Sie unerheblich. Ich höre von Sharon, daß Sie recht wohlhabend sind.«

Ich verschluckte mich am Champagner und mußte husten. George kam herüber und klopfte mir auf den Rücken. Seine braunen Augen sprühten vor Vergnügen.

»Ja«, sagte er über meinen Kopf hinweg, »das stimmt. Ich wünschte, ich könnte sagen, daß ich es verdient hätte. Aber es ist nur geerbt.«

»Geld«, sagte Ma zu ihm, »ist eine feine Sache, solange man sich nicht von ihm beherrschen läßt. Ich persönlich habe große Achtung vor dem Wert eines Dollars, und ich habe versucht, das meinen Kindern mit auf den Weg zu geben.«

Ich starrte sie verwundert an. Die Bedeutung des Geldes war in unserem Haushalt immer heruntergespielt worden, und größtenteils wohl, weil bei den McCones niemand, auch kein entferntester Verwandter, die Fähigkeit besessen hatte, es herbeizuschaffen.

»An Ihrer Stelle würde ich mich nicht unbehaglich fühlen wegen Ihres Erbes«, fügte Ma hinzu. »Schließlich arbeiten Sie ja. Stanford ist eine sehr gute Universität.«

George ging zurück zu seinem Sessel. »Mein Vater hat mich in der Überzeugung erzogen, daß ein erwachsener Mensch, gleichgültig, wie wohlhabend er ist, irgendeine nützliche Arbeit tun sollte.«

Ma nickte und ließ sich sogar dazu hinreißen, einen Klacks Pastete auf einen Cracker zu schmieren. »Ihr Vater hatte recht. Andy – Sharons Vater – und ich haben versucht, diese Einstellung auch unseren Kindern zu vermitteln. Unglücklicherweise haben alle diesen Versuchen widerstanden, bis auf Sharon. Aber sie sind sehr unabhängig und sehr selbständig geworden.«

Jetzt fiel mir das Kinn herunter. Meine älteren Brüder John und Joey haben den größten Teil ihres bisherigen Erwachsenenlebens damit zugebracht, in das große und weitläufige Haus meiner Eltern in San Diego ein- und wieder auszuziehen. Charlene hat alle ihre sechs Schwangerschaften dort zugebracht. Patsy kommt nie heim, aber sie hat es im Laufe der Jahre fertiggebracht, sich von meiner Familie eine ganz hübsche Summe zusammenzuschnorren. Und meine Art von Unabhängigkeit hat Ma stets als Beweis für einen schweren Mangel an Charakter betrachtet.

George füllte Mas Champagnerglas wieder auf. Ich runzelte die Stirn. Ma hatte nie viel getrunken. Sie schmierte sich einen neuen Cracker mit Pastete, verschlang ihn mit offensichtlichem Genuß und beugte sich vertraulich vor.

»Sind Sie katholisch, George?«

»Nein, leider nicht.«

Sie wartete.

»Ich bin methodistisch erzogen.«

»Na gut, dann glauben Sie zumindest an etwas.« Ma nahm einen Schluck Champagner und fuhr mit ihrer Neufassung unserer Familiengeschichte fort.

Das falsche Bild: Sie und Andy waren sehr fromm.

Die Wirklichkeit: In den letzten zehn Jahren hatte Ma keinen Gottesdienst mehr besucht, und Vater verbrachte seine Sonntagvormittage in der Garage, wo er herumwerkelte und dazu schlüpfrige Volkslieder sang.

Das falsche Bild: Wir Kinder erhielten unseren Religionsunterricht in der Kirche und wurden gut katholisch erzogen.

Die Wirklichkeit: John und Joey besuchten die katholische Schule, wurden aber wegen zu häufiger Schlägereien und anderer unzuträglicher Geschichten, über die bis heute niemand reden möchte, hinausgeworfen. Als einziges weißes Schaf in der Familie kam ich zwar durch den Katechismus, aber Charlene wurde als unverbesserlich entlassen, und Patsy weigerte sich schlicht, überhaupt am Religionsunterricht teilzunehmen.

Das falsche Bild: Unsere festen katholischen Grundsätze waren uns ein guter und solider Halt, nachdem wir in die Welt hinausgegangen waren.

Die Wirklichkeit: John ist geschieden. Joey lebt hin und wieder in Sünde mit einer Frau zusammen. Ich habe in dem Sommer, als ich sechzehn wurde, Beichte und Heilige Messe drangegeben und hatte zum erstenmal Sex. Die Größe von Charlenes Familie hat nichts mit dem päpstlichen Gebot zu tun, sondern allein mit der Tatsache, daß sie sich vor ihrer Tubenligatur kaum um Geburtenkontrolle gekümmert hat. Und Patsys drei Kinder sind unehelich, jedes hat einen anderen Vater.

Nachdem die Geschichte nun revidiert war, kam Ma auf das Thema, vor dem ich mich gefürchtet hatte. Ich füllte mein Glas und nahm allen Mut zusammen.

»Sie sind gerade geschieden, George?«

»Ja, Ma'am.«

»Ich hoffe, nicht wegen meiner Tochter.«

»Äh, nein. Meine Ehe war gescheitert, lange bevor ich Sharon kennenlernte.«

»Sie hatten sich auseinandergelebt?«

»Ja.«

»Fühlten Sie sich eingeengt?«

»Das auch.«

»Sie haben beschlossen, Ihre Verbindung zu beenden, solange Sie beide noch jung genug waren?«

»So ist es.«

»Also, obwohl ich Katholikin bin, habe ich stets das Gefühl gehabt, daß das dann der richtige Schritt ist. Das Leben ist zu kurz, als daß man es sich durch Schwüre ruinieren dürfte, die man einander in einem Alter gab, in dem man ihre Bedeutung noch nicht erkannte. Selbst wenn sie im Angesicht Gottes geschworen wurden.«

Plötzlich wußte ich, was die Leute meinten, wenn sie sagten: »Da verschlug es mir die Sprache.« Bei uns wurde über eine Scheidung so gejammert, als handle es sich um einen Todesfall in der Familie. ›Scheidung‹ war ein Unwort wie all die anderen einschlägigen, die mit ›Sch...‹ anfingen.

»Ich bin froh, daß Sie Verständnis haben«, sagte George. Dann warf er mir einen amüsierten Blick zu und ging den Salat schleudern.

»Ein sehr netter Mann«, sagte Ma, als er außer Hörweite war. »Vernünftig. Reif. Natürlich sind auch sein gutes Aussehen und das Geld noch Pluspunkte.« Sie wies mit der Hand auf den Durchbruch zum Eßzimmer, wo ein schön gedeckter Tisch inklusive Kerzenleucher und Schnittblumen zu sehen war. »Mir gefallen Männer, die auch für sich selbst ein nettes Haus führen.«

Den ganzen Tag hatte ich gebetet, daß sie George akzeptieren möge, doch jetzt mußte ich mir auf die Zunge beißen, um nicht zu verraten, daß seine Putzfrau es gewesen war, die den Tisch gedeckt und die letzten Vorbereitungen getroffen hatte.

Das Dinner verlief wunderbar. Das Stew war perfekt, und George hatte sogar daran gedacht, es aus der verräterischen, backofen- und mikrowellengeeigneten Verpackung herauszuholen und einer Kasserolle anzuvertrauen. Beim Essen plauderte ich über meine Fahrt zum Tufa Lake, ließ aber den Teil mit dem Mord aus, der beide nur beunruhigt hätte und ohnedies kein geeignetes Thema für ein Tischgespräch war. Dann erzählte George Ma von seinem nächsten Buch: ein Handbuch zur Selbsthilfe in Verhaltensfragen, zusammengestellt aus klassischen und modernen Forschungsergebnissen verschiedener Herkunft. Ma schien fasziniert und wollte mehrfach wissen, »zu welchem dieser kleinen Kreise, in die Sie die Leute einteilen«, sie wohl gehöre. Als George meinte, sie passe in eine

Gruppe, die er mit dem Etikett ›Führungspersönlichkeiten‹ versehen habe, schien sie zufrieden. Ich mußte mir ein Stück Biskuit in den Mund stopfen, um nicht herauszuplatzen, daß zu den weniger angenehmen Attributen dieser Kategorie auch Skrupellosigkeit, Herrschsucht und Größenwahn gehörten.

Nach dem Dinner nahmen wir den Kaffee und das Dessert mit ins Wohnzimmer hinüber. Ma war ein wenig stiller geworden, aber das lag in meinen Augen nur daran, daß sie auf die Fragen, deretwegen sie hergekommen war, ihre Antworten bekommen hatte. Sie entschuldigte sich und zog sich auf die Toilette am anderen Ende des Flurs zurück, war aber so schnell wieder da, daß ich wußte, sie konnte nicht im Bad und Schlafzimmer unseres Gastgebers nach meiner Zahnbürste und meinem Morgenmantel gesucht haben. Und bis zum Ende des Abends stellte sie auch keine peinlichen Fragen nach Georges Intentionen in bezug auf mich. An der Tür küßte sie ihn auf die Wange, sagte ihm, er könne sie ab jetzt Katie nennen, und machte sich auf den Weg die Treppe hinab – diesmal ohne Klagen über ihre armen alten Glieder. Wir waren schon auf halbem Weg zu mir nach Hause, als mir einfiel, daß ich vergessen hatte, George für die gelbe Rose zu danken, die er mir heute morgen ins Büro geschickt hatte.

Als wir zu Hause ankamen, schien Ma noch nicht geneigt, zu Bett zu gehen. Ich machte also Feuer und fragte sie, ob sie Tee oder noch einen Kaffee wolle.

»Hast du keinen Brandy?« fragte sie.

Ich wußte nicht, ob sie noch mehr Alkohol zu sich nehmen sollte. Aber irgendwie ist es schwierig, der eigenen Mutter so etwas vorzurechnen, und deswegen holte ich ihr ein Gläschen und mir ein Glas Wein. Ma saß im Schaukelstuhl am Kamin, auf ihrem Schoß die zu einer Kugel zusammengerollte Allie.

»Du meinst also«, sagte ich mit dem unvernünftigen Drang, sie ein wenig zu piesacken, »ich sollte mit George zusammenziehen?«

»Du könntest schlimmere Sachen machen. Er ist ein guter Mensch und hat eine sehr nette Wohnung.« Sie sah sich in meinem selten benutzten Besuchszimmer um. »Aber das Haus hier würde ich nicht verkaufen. Es muß inzwischen eine Stange Geld wert sein. Du hast gut für dich selbst gesorgt, Sharon.«

Das war nicht meine Mutter, die da sprach – *konnte* es nicht sein. In der Rangfolge gottloser Verhaltensweisen rangierte das unverheiratete Zusammenleben gleich neben der Scheidung.

»Ich nehme an, deine Zustimmung ist ein Trick, mit dem du mich dazu bringen willst, ihn zu heiraten«, sagte ich.

Ma seufzte und streichelte die Katze. »Sharon, du hörst dich an wie eine Zehnjährige. Das ist kein Trick. Ich möchte nur, daß du weißt: Wenn es zu einer Heirat kommt, dann mußt du sehr, sehr vorsichtig sein.«

Jetzt *wußte* ich, daß ein fremder Geist vom Körper meiner Mutter Besitz ergriffen haben mußte. Jahrelang hatte sie mein Singledasein beklagt und mich praktisch angebettelt, jeden irgendwie vorzeigbaren Mann, der vorbeikam, zu heiraten. Hätte es die Institution der im voraus arrangierten Ehen noch gegeben, sie hätte mit mir gleich nach dem Verlassen des Wochenbetts einen Heiratsvermittler aufgesucht.

Ich fragte: »Was meinst du mit ›vorsichtig‹?«

»Genau das.« Sie nahm einen Schluck Brandy und stellte das Glas gleich vor sich ab. »Und nachdem wir gerade beim Thema sind, erzähle ich dir besser, warum ich diese Pilgerfahrt von einem meiner Kinder zum anderen unternehme. Ich möchte ihnen die Nachricht persönlich überbringen. Sharon, ich habe deinen Vater verlassen.«

Das war eine Erklärung, die einen Menschen sprachlos machen kann. Und wie besinnungslos: Mein Verstand war leer. Ich konnte einfach keinen Gedanken mehr fassen.

Nach einer, wie mir schien, sehr langen Pause fügte Ma hinzu: »Mit John und Charlene habe ich bereits gesprochen und ihnen das Versprechen abgenommen, mit niemandem darüber zu reden, bis ihr Kinder es alle wißt. Ich erwarte von dir das gleiche, bis ich mit Patsy und Joey gesprochen habe.«

Endlich fand ich wieder Worte. »Ma – warum?«

Sie schwieg.

»Was hat er dir getan?«

Jetzt war sie es, die sich amüsierte. »Andy? Mir etwas *getan*?«

»Also, das muß er doch. Du verläßt doch einen Mann nicht ohne Grund, mit dem du mehr als vierzig Jahre lang verheiratet warst.«

Wieder schwieg sie und beugte sich zu Ralphie hinunter, der eifersüchtig um ihre Beine strich und auf ihrem schwarzen Hosenanzug gelbe Haare hinterließ. Schließlich sagte sie: »Sharon, in diesen rund vierzig Jahren hatte ich kein eigenes Leben. Ich war Andys Frau, die Mutter von euch Kindern, dann Schwiegermutter und Großmutter.«

»Reicht das nicht?«

»Würde dir das reichen?«

»Nein, aber du bist... anders.«

»Du meinst, ich bin deine Mutter, und mehr darf ich mir nicht wünschen. Aber das tue ich. Schon seit langem.«

»Und du glaubst, du findest es, indem du Pa verläßt?«

»Ich weiß es nicht, aber ich muß es versuchen. Was immer folgt, wenn ich ihn verlasse, es wird zumindest etwas anderes sein, als wenn ich bei ihm bliebe. Ich bin zweiundsechzig Jahre alt. Ich möchte noch etwas für mich selbst haben, bevor ich sterbe.«

»Wie denkt Pa über das alles?«

»Er ist natürlich nicht gerade Feuer und Flamme für die Idee. Aber du kannst von einem Mann, der sich seit fünfzehn Jahren draußen in der Garage versteckt, nicht erwarten, daß er fürchterlich aus der Fassung gerät.«

Damit traf sie einen Punkt, wenn sie sicherlich auch übertrieb, was die Dauer anging. In den letzten Jahren schien Pa mehr ab- als anwesend. Oft schlief er sogar in der Nacht in seiner Werkstatt auf einem Feldbett, das er sich dort, wie er behauptete, für ein Nickerchen aufgestellt hatte. Ich stellte mir vor, wie für meine Mutter die Tage nun aussahen, nachdem ihre Kinder über die Westküste verstreut zwischen San Diego und Portland lebten. Sie hatte nun weniger zu tun, aber auch nur wenige Interessen außer Haus, weil sie nie die Zeit gehabt hatte, solche zu entwickeln. Die Freunde, die zu ihr kamen, waren meist Paare, aber mein Vater hatte sich immer weniger um Geselligkeit gekümmert. Also blieb ihr nur der tägliche Kram – spülen, waschen, einkaufen, nicht gebührend gewürdigte Mahlzeiten bereiten und ab und zu ein Enkelkind hüten.

Aber passierte so etwas nicht auch anderen Frauen in ihrem Alter? Was taten die dann? Sie widmeten sich Hobbys, besuchten Kurse, schlossen sich Clubs an. Warum, um Himmels willen, konnte meine Mutter nicht, statt meinen Vater zu verlassen, einen Nähkurs belegen?

Und dann merkte ich, daß da noch mehr war, als sie mir erzählt hatte.

»Ma«, sagte ich, »gibt es da...?«

Sie beobachtete mich. Im Feuerschein ließ sich an ihrem Gesichtsausdruck nichts ablesen.

»Ich meine, hast du...?«

Sie lächelte. Verdammt, es macht ihr *Spaß*, mich nach der Frage strampeln zu sehen, ob sie einen Liebhaber hatte!

Schließlich gab sie nach. »Ja, es gibt da einen Mann. Er geht mit mir aus, redet mit mir und behandelt mich wie eine Lady. Er kredenzt mir Champagner und kocht mir Dinners wie dir dein Freund George. Und natürlich haben wir auch Spaß an anderen Dingen –«

Ich hob meine Hand zu einer Geste, die ›Darüber will ich gar nichts wissen‹ sagen sollte. »Ma«, fragte ich, »wer ist dieser Mann? Wo hast du ihn kennengelernt?«

»Er heißt Melvin Hunt. Er ist siebenundfünfzig.« Sie lächelte hinterhältig. »Ein jüngerer Mann und gut betucht. Ich habe ihn im Waschsalon kennengelernt, in den ich seit drei Jahren jede Woche gehe, weil dein Vater ja nicht mit der Reparatur meiner Waschmaschine belästigt werden kann und keinen Handwerker bezahlen will.«

»So gut betucht kann er nicht sein, wenn er in einem Waschsalon verkehrt.«

Ma schenkte mir einen vernichtenden Blick. »Melvin *gehört* die ganze Kette.«

»Oh. Hast du also vor, diesen Mann zu heiraten?«

»Nein, das habe ich nicht. Aber sobald ich wieder in San Diego bin, ziehe ich zu ihm.«

Jetzt verstand ich, warum sie so gelassen auf die Frage reagiert hatte, ob ich zu George ziehen sollte. Es *war* ein Trick gewesen, damit ich ihre Beziehung zu diesem ... wie hieß er noch? ...akzeptierte. Und ich verstand auch anderes, was mich im Laufe des Abends so verwirrt hatte. Ihre Revision unserer Familiengeschichte war ein Versuch, sich selber darin zu bestärken, daß sie ihren Kindern eine gute Mutter gewesen war und nun verdient hatte, sich eines neuen Lebens zu freuen. Ihre plötzliche Anerkennung, daß Geldhaben in Ordnung war, und ihre Nachsicht gegen Scheidungen sollten helfen, ihre Zukunftspläne zu rechtfertigen.

»Ma«, sagte ich, »wie lange kennst du diesen Mann?«

»Er hat einen Namen, Sharon. Und ich kenne Melvin jetzt seit einem Jahr.«

Ein ganzes Jahr. Bei allen unseren Telefongesprächen, beim letzten Erntedankdinner und bei meinem kurzen Besuch im Mai hatte sie die Existenz dieses... Menschen vor mir verschwiegen. Vor uns allen. Ich stand auf, überwältigt.

»Wohin gehst du?«

»Auf die Toilette. Wenn du willst, nimm dir selbst noch einen Brandy.« Sie wollte es. Sie hatte einiges an besonderen Vorlieben entwickelt, seit sie mit... ihm zusammen war.

Ich eilte durch den Flur, durch meinen privaten Wohnraum und die Küche ins Badezimmer, schloß die Tür hinter mir und lehnte mich dagegen.

Das kann nicht wahr sein, dachte ich. Mütter rennen nicht einfach mit Männern weg, die sie in Waschsalons kennenlernen. Auch dann nicht, wenn ihnen die ganze verdammte Kette gehört.

Wie konnte sie mir das antun?

Mir kamen die Tränen. Ich versuchte, sie wegzublinzeln, aber sie kamen einfach.

Nun sehe sich einer an, was sie mit mir gemacht hat!

Die ganze Sache war absurd, gehörte sich nicht. Mit diesem Mann eine Affäre zu haben. Sie verhielt sich nicht ihrem Alter entsprechend!

Aber daß sie es fertigbrachte, mich deswegen zum Heulen zu bringen...

Ich schaltete das Licht ein, stützte mich mit beiden Händen auf den Rand des Waschbeckens und beugte mich zum Spiegel vor. Das war ein Trick, den unsere Mutter uns allen beigebracht hatte, als wir noch klein waren: Sich anzusehen, wie lächerlich man aussah, wenn man weinte, war das beste Mittel, damit aufzuhören.

Das Gesicht, das mich aus dem Spiegel anschaute, hätte einem quäkenden kleinen Baby gehören können. Bis auf die lange graue Strähne im Haar, die sich dort schon in meiner

Teenagerzeit angesiedelt hatte. Um die Augen gab es einige Lachfalten. Und da war ja noch eine Runzel, die ich bisher gar nicht entdeckt hatte...

Wie konnte sie mir das antun?

Nun sehe sich einer an, was sie mit mir gemacht hat!

Sie verhielt sich nicht ihrem Alter entsprechend

Sie verhielt sich nicht ihrem Alter entsprechend?

Der Flunsch verschwand aus meinem Gesicht, und zugleich stieg ein Lachen in mir hoch. Die bislang nicht entdeckte Runzel über der Braue glättete sich. Die Tränen versiegten.

Ich kicherte. Legte den Kopf zurück und lachte laut los.

Die Tür ging auf. Ma sagte: »Ich habe mir gedacht, daß ich dich vor dem Spiegel finde. Es klappt immer, nicht?«

14

Um halb neun saß ich am nächsten Morgen an meinem Schreibtisch. Zu Hause in meinem Gästezimmer schlief meine Mutter den Schlaf der Gerechten – und ich war nicht ganz sicher, ob sie das Recht dazu hatte. Als erstes versuchte ich, meinen Vater in San Diego zu erreichen. Das Telefon klingelte ein dutzendmal, bevor mir aufging, daß er wahrscheinlich in der Garage war, wo es keinen Anschluß gab. Als nächstes rief ich bei meinem Bruder in Chula Vista an. Dort meldete sich aber nur der Anrufbeantworter des Malergeschäfts, das er von seiner Wohnung aus managte. Auch bei Charlene war niemand daheim, und Ma hatte mir verboten, mit den anderen Geschwistern zu sprechen.

Das ist lächerlich, dachte ich. Mitten in der größten Familienkrise aller Zeiten war kein McCone zu erreichen, mit dem man darüber reden konnte.

Noch immer finsteren Blicks schlürfte ich meinen Kaffee und blätterte im Terminkalender. Bis ein Uhr hatte ich nichts eingetragen. Dann war ein Treffen mit einem stellvertretenden Bezirksstaatsanwalt wegen meiner Aussage in einem bevorstehenden Mordprozeß fällig. Ich sah mir meine Unterlagen über den Fall an, und meine düstere Stimmung wurde noch düsterer. Es war der Fall, an dem ich gearbeitet hatte, als ich George kennenlernte, und die Fakten erschienen mir noch genauso deprimierend und schmutzig wie vor Monaten. Ich brauchte mich nicht auf das Gespräch vorzubereiten, und so wandte ich mich schnell dringenderen Geschäften zu und wählte die Nummer des Coalition-Wohnwagens in Vernon. Niemand hob ab, also rief ich nebenan an, wo die Friends of Tufa Lake residierten.

Ripinsky meldete sich. Er klang müde und schlecht gelaunt – ein Morgenmensch war er gewiß nicht –, wurde aber freundlicher, als ich meinen Namen nannte. »Hoffe, Sie rufen an, um mir eine gute Nachricht zu verkünden.«

»Eigentlich wollte ich nur etwas fragen.«

»Dann mal los.«

»An dem ersten Abend, als ich bei Ihnen draußen war, erwähnten Sie, daß Sie an einer PR-Tour durch das Minengebiet teilgenommen und mit dem beauftragten Geologen von Transpacific gesprochen haben. Gehörte er zum Stab der Angestellten, oder hatte er einen Beratervertrag?«

»Er war Berater. Ich habe hier irgendwo seine Karte. Moment.« Er legte den Hörer mit einem Knall nieder. Nach einer halben Minute war er wieder am Apparat. »Habe sie gefunden. Er heißt Alvin K. Knight. Adresse: Los Palmos Drive in San Francisco.« Er las sie mir mitsamt der Telefonnummer vor.

»Steht da auch ein Firmenname?«

»Nein, es heißt nur ›Bergbaugeologe‹. Vielleicht ein Einmannbetrieb.«

»Seltsam – ich hätte gedacht, Transpacific würde sich bei einem Projekt dieser Größe auch an eine große Firma wenden.«

»Vielleicht ist der Bursche besonders gut, McCone.«

»Vielleicht.« Ich zögerte. »Ist bei euch alles okay?«

»Abgesehen davon, daß Ned noch in Sacramento und Anne-Marie stinksauer auf ihn ist, ja.«

»Keine weiteren Einbrüche oder... sonstwas?«

»Alles bestens. Wirklich, ich habe so wenig zu tun, daß ich daran denke, das Büro zu schließen und heute blauzumachen.«

»Wo ist Anne-Marie? Ich habe bei der Coalition angerufen, aber dort hat niemand abgehoben.«

»In ihrer Hütte. Arbeitet an dem Projekt, das sie unterbrechen mußte, als sie herkam.«

»Ihr wartet also alle beide nur auf mich.«

»So ungefähr.«

»Na gut, ich versuche, euch bald etwas zu liefern.«

»Tun Sie das. Und melden Sie sich wieder.«

Ich hängte ein und wählte dann die Nummer von Alvin K. Knight, dem Bergbaugeologen. Wieder meldete sich ein Anrufbeantworter und nahm meine Nachricht auf. Manchmal hasse ich die angenehme Erfindung dieser Maschinen.

Ich hatte noch Routinearbeiten zu erledigen: Akten ablegen, Briefe beantworten – alles, was zu den Schattenseiten einer Existenz als Privatdetektivin gehört. Um halb zwölf hatte ich noch fünf Anrufe erledigt und den größten Teil des Papierkrams hinter mich gebracht. Nachdem die Anrufe alle ein wenig lästig gewesen waren, reagierte ich ärgerlich auf das Lämpchen, als es den sechsten ankündigte. Statt das Gespräch entgegenzunehmen, hieb ich auf den Verbindungsknopf der Sprechanlage.

»Was ist?« wollte ich wissen.

»Einen ganz besonders schönen guten Morgen wünsche ich«, sagte Ted.

»Tut mir leid. Beim üblichen Montagskrach war ich nicht hier, der Dienstag ging gut, aber der Mittwoch hat mich voll erwischt.«

»Entschuldigung akzeptiert. Es ist George – das sollte dich aufmuntern.«

»Danke.« Ich hieb auf den flackernden Leuchtknopf. »Hi. Hast du dich von Mas Besuch schon erholt?«

»Erholt, wovon? Sie war charmant. Sie hat gerade angerufen und vorgeschlagen, daß wir uns zum Lunch treffen. Damit wir uns noch besser kennenlernen.«

»*Wie bitte?* Gehst du hin?«

»Sicher. Ich habe heute keine Vorlesung und hing ein bißchen in der Luft.«

»Also gut. Vielleicht kannst du ihr etwas Vernünftiges beibringen. Weißt du, womit sie mich gestern abend, als wir wieder zu Hause waren, überfallen hat?« Ich erzählte ihm ziemlich ausführlich von Mas Plänen.

Als ich fertig war, schwieg er einen Augenblick. »Also, ich kann mir vorstellen, was das für ein Schock ist.«

»Ein Schock? Das kommt einem Erdbeben gleich! Sie ist dabei, einen schrecklichen Fehler zu machen.«

»Bist du sicher? Nach dem, was du mir über deine Eltern gesagt hast, führen sie seit einiger Zeit kaum mehr eine richtige Ehe. Und wenn sie diesen Melvin seit einem Jahr kennt, dann ist das ja keine plötzliche Schnapsidee.«

»Darum geht es nicht, George.«

»Worum dann?«

»... Ich weiß nicht. Es ist nur... Ach, verdammt, ich möchte jetzt nicht darüber reden. Wohin fährst du mit ihr?«

»Sie gab mir einen Wink, daß sie noch nie im Top of the Mark war.«

»O Gott! Ich hätte ihr nie sagen sollen, daß du Geld hast.«

»Ich wüßte nichts Besseres damit zu tun, als es auszugeben.«

Wollte er mir auf die Weise sagen, daß er kein Kind hatte, dem er sein beträchtliches Vermögen hinterlassen konnte? Oder litt ich bloß unter einer Paranoia? Schnell sagte ich: »Gut, dann lasse ich dich jetzt mal gehen, damit du nicht zu spät zu deinem großen Rendezvous kommst.«

»Wünsch mir Glück.«

»Ich glaube, du brauchst es.«

Ich hängte ein, drehte mich auf dem Sessel zum Fenster und sah auf die Bucht hinaus. Trotz des Sonnenlichts und der herbstlich gefärbten Bäume sah der dreieckige Park vor All Souls freundlos und wenig einladend aus. Die Häuser auf der anderen Seite wirkten schäbiger als sonst und verlassen. Manchmal, wenn ich nachdenklich aus meinem Bürofenster schaute, hatte ich das unheimliche Gefühl, ich wäre der einzige Mensch hier auf den Bernal Heights und alle anderen wären vor irgendeiner bevorstehenden Gefahr geflohen, deren Warnzeichen ich nicht zur Kenntnis genommen hatte.

Ich wußte zwar, daß diese Wahnvorstellung nur die Folge meiner gegenwärtigen Stimmung war, aber ich hatte sie nicht zum erstenmal. Sie schien mich neuerdings häufiger heimzusuchen. Litt ich noch unter einem posttraumatischen Schock aufgrund der Ereignisse im letzten Sommer? Oder war das große Erdbeben die Ursache? Beides schien wenig wahrscheinlich, aber wenn weder das eine noch das andere der Grund waren, dann wollte ich nicht darüber spekulieren, ob …

Ich drehte mich wieder zum Schreibtisch und läutete bei Rae an, um sie daran zu erinnern, daß ich heute den Lunch kaufen würde. Ihre Reaktion auf die Bombe, die meine Mutter gezündet hatte, fiel um einiges befriedigender aus als die von George, und vielleicht würde meine Familienkrise uns dabei helfen, den Bruch zwischen uns zu überwinden, so wie gestern unser gemeinsames Lachen.

San Francisco ist zu großen Teilen wie ein Gitternetz angelegt – die Avenues im Westteil der Stadt sind dafür ein gutes Beispiel –, aber wenn man die Hügel hinauffährt, verschwindet dieser Eindruck von Ordnung. Hier geht es vor allem darum, einen möglichst guten Ausblick zu haben. Die Straßen winden sich eng an Steilhängen hoch, und die bedenkliche Lage der Häuser ist ein Zeugnis für die Wunder, die moderne Ingenieurskunst ermöglicht, oder auch für menschliche Torheit. Man kann sich leicht in dem Gewirr von schmalen Straßen und Sackgassen, die unsere Hügel bedecken, verirren – und genau das passierte mir am späten Nachmittag bei der Suche nach Lionel Ongs Haus.

Als ich auf der Straße landete, die am Sutro Forest entlangläuft, einer Wildnis mitten in der Stadt am Fuß des rostroten, futuristischen Fernmeldeturms, merkte ich, daß ich mich verfahren hatte. Also fuhr ich die Route zurück und kam darauf, daß ich einen Block tiefer die Saint Germain Avenue übersehen hatte. Sie war eng und kurz und endete vor einer Stützmauer aus Backsteinen, hinter der hohe Koniferen und Zypressen einem Panoramablick den richtigen Rahmen gaben. Die Häuser rechts waren hoch und den Hang hinauf gebaut worden, so daß man aus den Fenstern über die Dächer der Nachbarn hinwegschauen konnte. Auf der linken – auf Ongs Seite – waren sie flach und lagen über den Abhang verstreut.

Ongs Haus war hellgrau und von einer hohen Mauer umgeben, der Verlängerung einer Dreier-Garage. Darüber erkannte ich die stacheligen Blätter von Yuccapalmen und einen Teil des Hauses selbst: eine Reihe verwinkelter Gauben mit Oberlichtern und kleinen Fenstern, die die Nachmittagssonne widerspiegelten. Das Tor bildete schwere, schräg gekreuzte Holzbalken. In die Mauer war eine Sprechanlage eingelassen.

Ich drückte den Summer, eine männliche Stimme meldete sich, und ich nannte meinen Namen. Nach wenigen Sekunden schwang das Tor auf, und ich trat in einen streng gegliederten Hof voller Yuccapalmen und Zitrusbäume. Der Hauseingang lag direkt gegenüber. Als ich näher kam, erschien ein Mann im Türrahmen.

Er war mittelgroß und schlank, hatte dichtes schwarzes Haar und einen kühl abschätzenden Blick. Er taxierte mich, während ich auf ihn zuging, und wurde dann richtig freundlich und entgegenkommend, als hätte er auf irgendeinen inneren Knopf gedrückt. Offenbar hatte ihn das, was er von mir zu sehen bekommen hatte, entgegenkommender gestimmt.

»Miss McCone.« Er kam auf mich zu und streckte mir die Hand entgegen. »Ich bin Lionel Ong.«

Ich schüttelte seine Hand und folgte ihm in einen kahlen, mit schwarzem Marmor ausgelegten Vorraum. Die Wände waren schneeweiß und schmucklos. Die Sonnenstrahlen, die durch das Oberlicht in der Mitte hereinfielen, konnten sie nicht erwärmen. Breite Schiebetüren teilten die Wand gegenüber in zwei Hälften. Sie waren geschlossen.

In seiner Kleidung paßte Ong zu dem Raum: Er trug schwarze Anzughosen. Die schwarze Seidenkrawatte hatte er gelockert. Die Ärmel seines weißen Hemds waren ein Stück aufgerollt, so daß seine Uhr mit goldenem Gliederarmband, das für sein zartes Handgelenk zu schwer schien, sichtbar war. Sein Blick war unverbindlich – und berechnend. Ich hatte den Eindruck, Ong tat nichts, nicht einmal die Ärmel aufrollen, ohne auf die optische Wirkung zu achten.

»Hatten Sie Schwierigkeiten, mich zu finden?« fragte er.

»Einige«, gab ich zu. »Ich kenne mich in dieser Gegend nicht so gut aus.«

»Das geht vielen so – einer der Gründe, warum ich hier wohne. Es ist ruhig hier, ein guter Ort, wenn man eine Familie hat.«

Es war tatsächlich ruhig. Ich hörte nicht einen Laut, und nichts wies darauf hin, daß in diesem Haushalt fünf Kinder lebten.

Ong schien zu merken, was ich dachte. Er lächelte. »Meine Familie ist in Hongkong zu Besuch bei Verwandten, und meinem Personal habe ich freigegeben. Gehen wir in mein Arbeitszimmer.« Er zeigte auf eine schmiedeeiserne Wendeltreppe, die zum Souterrain führte.

Das Zimmer dort unten hatte eine Glaswand, die auf eine Terrasse führte. Von dort sah man auf die nördlichen Ausläufer der Stadt und die Bucht im Hintergrund. Eingebaute Bücherregale, anscheinend aus weißen Rohren gebaut, bedeckten zwei weitere Wände. Ähnliche Rohre, mit einem Zickzack-Motiv verziert, stützten die Decke und sicherten die Galerie eines Zimmers darüber. Das Arbeitszimmer war spärlich mit Glas- und Chromtischen und tiefen Sesseln mit schwarzweiß gestreiften Polstern möbliert. Mir fiel sofort auf, daß alles fehlte, was auf Ongs chinesische Herkunft hindeuten konnte.

Er forderte mich auf, Platz zu nehmen, und ging zu einer Bar an der Wand gegenüber dem Fenster. »Cognac?« fragte er.

Ich wußte, daß reiche Chinesen eine Vorliebe für Cognac hatten. Einer unserer großen Schnapsvertreiber hatte vor kurzem damit begonnen, einen erstklassigen französischen Weinbrand speziell für den asiatischen Markt ins Sortiment zu nehmen. Aber auf fast leeren Magen vertrug ich so etwas nicht. »Hätten Sie etwas Leichteres?«

Ong nickte und holte einen Chardonnay aus dem Napa Valley aus dem kleinen Kühlschrank. Ich nickte zustimmend und nahm mein Bandgerät und Marcy Cheungs Mappe aus meinem Aktenkoffer. Wir tranken auf ein gutes Interview, und dann machten wir uns an die Arbeit.

Marcys erste Fragen waren die üblichen, und Ong beantwortete sie glatt und auf eine Weise, als habe man sie ihm schon oft gestellt. Zu seiner Kindheit in Hongkong: »Ich schäme mich sagen zu müssen, wie glücklich sie war. Wir hatten Dienstpersonal, gingen auf eine Privatschule. Meine Brüder und ich wurden ganz entsetzlich verwöhnt.« Über seine Ankunft in den Vereinigten Staaten: »In dem Augenblick, als ich San Francisco sah, wußte ich: Hier wollte ich mich niederlassen. Es ähnelt in vielem Hongkong, müssen Sie wissen – eine Hafenstadt, auf Hügeln erbaut. Aber am meisten zog uns die Freiheit an, die wir hier genossen.« Über seine Ausbildung in Stanford und

Harvard: »Immer die oberste Schublade. Chinesische Familien sehen in der Erziehung ihrer Sprößlinge eine Investition für die Zukunft der ganzen Sippe, und sie investieren klug.« Über den Transfer des größeren Teils des Familienvermögens in die Staaten: »Das Ende des Pachtvertrags im Jahr 1997 hing wie ein Damoklesschwert über uns. Und die Ereignisse auf dem Platz des Himmlischen Friedens haben unsere Befürchtungen noch bestätigt.«

Nur eine von Marcys einleitenden Fragen bewirkte eine energischere Antwort, deren Schärfe mich überraschte. Ich fragte ihn: »Führen Sie den Erfolg Ihrer Familie auf das Elend zurück, das Ihr Volk erleiden mußte, bevor Sie China verließen?«

Sein Gesicht verhärtete sich, und seine Augen wurden zu kleinen glänzenden Steinen. »Ich würde sagen, die Widrigkeiten, gegen die meine Familie in China und anderswo angekämpft hatte, waren die treibende Kraft unserer Erfolge. Sie haben mich sicherlich dazu gebracht, nach oben zu streben.« Und dann lächelte er ironisch, als mokiere er sich über den Gefühlsausbruch, dem er erlaubt hatte, seine sorgfältig errichtete Fassade zu durchbrechen.

Im Verlauf des Interviews erklärte Ong auch, wie es zu der Diversifikation der Transpacific Corporation gekommen sei. »Der Hafen von Oakland schien nicht mehr aufnahmefähig für eine größere Frachtflotte, als wir daran dachten, unsere Linie dorthin zu verlegen. San Francisco war hoffnungslos: Mit dem Hafen ging es bergab, und er war ohnedies nie für den Containerumschlag geeignet, weil die Geographie dem Ausbau eines größeren Schienennetzes entgegensteht. Also mußten wir uns aus der Schiffahrt zurückziehen.«

»Und Sie lösten die Schiffahrtslinie auf und stiegen ins Immobiliengeschäft ein.«

»Ja, und das war eine Zeitlang äußerst lukrativ. Aber San Francisco hat für den Handel ein Problem: Durch die steigenden Kosten waren wir nicht mehr konkurrenzfähig. Viele Firmen ziehen aus der City fort und in Gegenden wie das nördliche Marin oder Contra Costa County. Wir mußten uns also wieder umstellen – auf Hotels und, zuletzt, auf den Bau von Feriensiedlungen.«

»Zunächst investierten Sie in Hotels?«

»Ja. Hotels werfen noch immer Gewinn ab, aber auch hier gibt es in San Francisco ein Problem: viele Hotelzimmer stehen leer.«

»Warum?«

»Wir – die Hoteliers der Stadt – haben in den achtziger Jahren zuviel gebaut. Dann gab es eine schlechte Presse für die Stadt, die zu einem Rückgang des Tourismus führte: die Aids-Epidemie, das Erdbeben von 1989, die steigenden Obdachlosenzahlen.«

»Deswegen haben Sie sich jetzt auf die Erholungsgebiete verlegt. Carmel Valley und bald auch Palm Desert?«

Ong nickte und begann mit einer enthusiastischen Schilderung der Orte und ihrer Annehmlichkeiten. Einen Anhänger des Club Med mochten Golfplätze, Discos, Weltklasse-Restaurants und Gruppenleben entzücken, mich ließ das alles kalt. Ein Buch und ein weithin unbevölkerter Strand – oder auch nur meine Liege hinterm Haus, wenn das Geld nicht reichte – waren mir um vieles lieber.

»Und jetzt«, sagte ich, als er schwieg, »sind Sie noch einmal umgestiegen – auf Goldminen.«

Ong zog bei der Frage, die ich zwischen Marcys eingeschoben hatte, die Augenbrauen zusammen. Er griff nach seinem Cognacglas und fragte: »Woher haben Sie denn die Information?«

»Ich dachte, das wäre allgemein bekannt.«

»Das ist es nicht. Wir haben über das Golden-Hills-Projekt noch keinerlei Ankündigung gemacht, weil wir mit den Bodenproben noch nicht fertig sind. Wie haben Sie davon erfahren?«

Ich improvisierte. »Ich habe einen Verwandten in Mono County. Die Aussicht, daß die Mine von Promiseville wieder in Betrieb genommen wird, ist dort großes Tagesgespräch.«

Er nickte und schien mit der Erklärung zufrieden zu sein. »Ich ziehe es vor, auf dieses Thema mit Blick auf Ihren Artikel nicht weiter einzugehen. Wie gesagt, man hat gerade erst mit den Proben begonnen. Wir wissen nicht, wieviel Gold es noch in der Mesa gibt – ob es genug ist, einen fachgemäßen Abbau zu rechtfertigen.«

Doch nach Lily Nickles' Beobachtung hatte man mit den Probeentnahmen begonnen und kurz darauf abrupt wieder aufgehört. Und der geologische Berater von Transpacific, Alvin K. Knight, hatte Ripinsky erzählt, daß die Gesellschaft mit einem Ertrag der Mine von wenigstens einer halben Million Unzen Gold rechnete. Ich sagte: »Jetzt einmal inoffiziell, und es wird in dem Artikel nicht erwähnt: Wie hat Transpacific von dem Goldvorkommen im Stone Valley erfahren?«

Ong lächelte dünn. »Wir haben unsere Finger am Puls günstiger Gelegenheiten, Miss McCone. Wenn irgendwo ein potentieller Profit winkt, dann ist Transpacific davon unterrichtet.«

»Auch wenn es sich um einen Bereich handelt, der wenig mit Ihren sonstigen Geschäftsbereichen zu tun hat?«

»Auch dann.«

»Wie testen Sie solch ein Projekt auf seine Realisierungschancen?«

Er stand auf, nahm beide Gläser und ging an die Bar. In ihrer verspiegelten Rückwand sah ich sein Gesicht. Es war angespannt und die Augen wachsam. Ich dachte an Ripinskys Beschreibung von Frank Tarbeaux, dem Spieler: »Eiskalt und total konzentriert.«

Ong wollte Zeit gewinnen und spülte die Gläser aus, bevor er sie wieder füllte. Als er zurückkam, fragte er: »Könnten Sie Ihre letzte Frage wiederholen?«

Ich tat es.

Er zuckte mit den Schultern, als fände er die Frage naiv oder dumm, und setzte sich wieder. »Wie das alle Firmen tun, wir verlassen uns auf die Meinung von Experten.«

»Dazu gehören natürlich auch Geologen. Was ist mit den Verkäufern des Landes?«

»Was soll mit denen sein?«

»Als Sie mit ihnen Kontakt aufgenommen haben, haben Sie da etwas über das Goldvorkommen in der Mine verlauten lassen?«

Ein Anflug von Verärgerung zog über Ongs Gesicht. »Natürlich«, sagte er mit übertriebener Geduld. »Schließlich wollten sie uns das Land ja verkaufen. In jedem Fall haben sie den Wert wohl zu hoch angesetzt.«

»Schienen Franklin Tarbeaux oder Earl Hopwood qualifiziert für eine Einschätzung des Vorkommens?«

Wieder dieser ärgerliche Ausdruck, diesmal mit Überraschung gepaart. »Woher kennen Sie die Namen?«

»Von meinen Verwandten in Mono County.«

»Ich verstehe.« Aber man sah ihm an, daß er mir nicht glaubte. Er nahm einen großen Schluck Cognac – mir war aufgefallen, daß er nicht daran nippte, sondern ihn wie Bier hinuntergoß. In dem folgenden Schweigen schien er nach einer passenden Erwiderung zu suchen.

Ich fügte hinzu: »Kannten Sie Franklin Tarbeaux' wirkliche Identität? Und wußten Sie, daß Mick Erickson am vergangenen Samstagabend in der Nähe des Tufa Lake erschossen worden ist?«

Langsam drehte er den Kopf zu mir und sah mich mit zusammengekniffenen Augen und einem harten Blick an. Er stellte sein Glas vorsichtig ab und wollte wohl gerade etwas sagen, als neben ihm das Telefon läutete. Er nahm rasch den Hörer auf.

»Ong… Wer?… Wo sind Sie?… In Ordnung, nehmen Sie die 17. Straße und – ja, von der Glenbrook dann in die Saint Germain.« Als er einhängte, hatte sein Gesicht wieder den früheren freundlichen Ausdruck angenommen.

»Sie müssen verzeihen«, sagte er. »Mein Büro schickt mir ein paar Verträge herüber. Es scheint eine andere Botenfirma zu sein als sonst, und der Fahrer hat sich verirrt. Ich muß hinaus und dafür sorgen, daß er das Haus findet.« Er nahm noch einen großen Schluck und klapperte die Wendeltreppe hinauf.

Die Unterbrechung kam zur Unzeit und ärgerte mich. Ich schaltete das Tonbandgerät ab und ging zu der Glastür, die auf die Terrasse führte. Sie war nicht verschlossen, und so trat ich hinaus. Der Wind blies heftig hier oben, auch an solchen warmen Oktobertagen, die man scherzhaft den Sommer von San Francisco nennt. Er brachte meine Haare durcheinander und preßte mir den Rock gegen die Beine. Unter mir breitete sich die Stadt aus. Schwacher Dunst ließ die Linien weicher erscheinen.

Einen Augenblick lang stand ich still und betrachtete nachdenklich die winzig aussehenden Häuser. Das kleinste war in der Ferne kaum noch erkennbar, und das größte wirkte auch nicht imposanter als ein Bauklötzchen. Auf Menschen, die nach Macht gieren, mußte ein Anblick wie dieser inspirierend wirken – das Gebäude der Bank of America auf einem Handteller. Ein Mann wie Ong, der bereits über Macht verfügte, konnte sich dadurch nur bestätigt fühlen.

Nach einer Weile ging ich vor zur Balustrade der Terrassenmauer und schaute den überwachsenen Hang hinunter. Durch die Zweige einer Konifere wurde das rote Dach eines anderen Hauses sichtbar. Auf der Straße, die ich gekommen war, näherte sich in einiger Entfernung ein alter gelber Lieferwagen – der erwartete Bote? Ich wartete, bis er auf der kurvigen Straße wieder aus meinem Blickfeld verschwand, und ging ins Haus zurück.

Ong war noch nicht zurück. Zuerst hörte ich auch von oben nichts. Dann schlug eine Autotür, und vom Hof drangen entfernte Stimmen zu mir herunter.

Ich ging durch das Zimmer und sah mir Ongs Bücherregale an. Die Titel verrieten einen ziemlich eklektischen Geschmack: Neben den erwarteten Büchern über Finanzfragen, Immobilien und Management standen dort eine eindrucksvolle Sammlung von Titeln zur Weltgeschichte und zur Philosophie und daneben die wichtigsten Romane und Gedichtausgaben. Ich griff nach einem schmalen Band von Robinson Jeffers, einem unserer kalifornischen Dichter, und wollte ihn gerade aufschlagen, als die Stimmen im Hof lauter wurden. Ich stellte das Buch an seinen Platz zurück und ging zur Treppe.

»Das ist absurd!« sagte Ong. Seine Stimme klang erregt und verbarg nur unzulänglich eine unterschwellige Panik.

Jetzt sprach die andere Person – höher und nicht so laut. Die Worte konnte ich nicht verstehen, und ich konnte auch nicht feststellen, ob die Stimme männlich oder weiblich war.

Als ich den Fuß der Treppe erreicht hatte, waren die Stimmen verstummt. Ich überlegte noch, ob ich mich nach oben wagen sollte, da hörte ich erneut eine Autotür. Dann noch eine. Ein Motor sprang an. Fuhr der Bote wieder weg?

Noch immer war Ong nicht wieder im Haus. Ich setzte einen Fuß auf die unterste Stufe, zog ihn dann aber wieder zurück. Ong hätte Schnüffeleien ganz bestimmt nicht geschätzt. Ich wollte das dünne Band, das nach meinen Fragen nach der Goldmine vielleicht doch noch bestehen mochte, nicht mutwillig zerreißen.

Doch wo steckte er?

Ich spähte die Treppe hinauf, sah aber nur das sterile Licht der Diele. Ich lauschte, hörte aber nichts als den Wind, der durch die Zweige der Yuccapalmen im Hof fuhr.

Schnell stieg ich die Wendeltreppe hinauf. Die Diele war leer, die Haustür stand offen. Ich eilte über den schwarzen Marmorboden und sah hinaus. Im Hof war niemand. Auch das Tor war nur angelehnt. Als ich darauf zuging, fiel mir ein Gegenstand auf dem Boden neben dem Tor auf. Ein dicker DIN-A4-Umschlag. Ich hob ihn auf. Kein Adressenaufkleber, kein sonstiger Hinweis. Die Lasche war offen, der Inhalt aber unberührt. Ich zog die Papiere heraus, blätterte sie durch. Lauter leere Blätter, ungefähr ein halber Block billiges liniertes Notizpapier. Daneben war ein Terrakotta-Blumentopf mit Sukkulenten umgestoßen worden. Der Kies auf dem Weg war an dieser Stelle aufgescharrt. Ich rannte zum Tor und schaute hinaus.

Die Straße lag verlassen da. Kein Bote, kein Wagen. Und auch kein Lionel Ong.

Ich sah zum Haus zurück. Nein, ich hätte ihn gehört, wenn er zurückgekommen wäre.

Das ist absurd!

Mir fiel der panische Ton in Ongs Stimme wieder ein. Ich sah mir noch einmal die Spuren des offensichtlichen Kampfs im Hof an. Und erinnerte mich, daß ich zwei Autotüren hatte zuschlagen hören.

War Ong einfach weggefahren, ohne mir Bescheid zu sagen? Oder war er entführt worden, während ich unten in seinem Studio wartete?

15

Ich warnte mich selbst vor vorschnellen Schlüssen, ging in den Hof zurück und sah mich noch einmal um. Die Anzeichen, die auf einen Kampf schließen ließen, konnten auch durch Hast oder eine Ungeschicklichkeit verursacht worden sein. Der Umschlag mit den leeren Blättern mußte nicht zwangsläufig etwas mit Ong zu tun haben, sondern konnte ebensogut für eines seiner abwesenden Kinder durch das Torgitter geworfen worden sein. Und die Panik in seiner Stimme? Konnte ich mich da verhört haben?

Nein, dachte ich, das war nicht möglich.

Ich ging über den Hof zurück ins Haus. Dort herrschte die lastende Stille, wie man sie nur in leeren Häusern spürt. Zwar war ich sicher, daß Ong nicht da war, dennoch rief ich nach ihm. Meine Stimme hallte von den Wänden der Diele wider.

Und was sollte ich nun tun? 911 anrufen? Was sollte ich sagen? Es war kein Fall für die Polizei, falls Ong nur einfach mit seinem Besucher davongefahren war. Und wenn ich die Vermutung äußerte, er könnte gekidnappt worden sein, würde man mich fragen, wie ich darauf käme.

Ein etwas aufgewühlter Boden, ein umgeworfener Blumentopf, der Umschlag und die Panik in Ongs Stimme, die nur ich gehört hatte: Das war nicht gerade viel. Die Polizei würde mir raten, vierundzwanzig Stunden zu warten, und wenn er dann noch immer nicht zurück wäre, einen Verwandten zu veranlassen, eine Vermißtenanzeige zu erstatten.

Außerdem, sobald die Polizei die ganze Geschichte kannte, würde sie eher annehmen, Ong sei aus eigenem Antrieb verschwunden, vielleicht, weil er meine Fragerei leid war oder weil ihm die Richtung unbehaglich wurde, in die unser Interview lief. Es schien zwar widersinnig, eine Fremde im unverschlossenen Haus zurückzulassen, aber denkbar wäre es schon. Und wenn es der Fall wäre und er käme zurück und sähe, daß ich die Polizei gerufen hätte, geriete ich in Schwierigkeiten. Er war ein Mann, der Aufsehen bei den Behörden vermied. Es würde ihm Ärger machen, und er würde es als ein Eindringen in seine Privatsphäre empfinden – Gegebenheiten, die Leute wie Ong wohl veranlassen würden, gleich nach ihren Anwälten zu...

Ich ging durch die Diele und schob die Doppeltür auf. Vor mir lag ein Wohnzimmer – es war der Raum, dessen Galerie ich vom Studio aus gesehen hatte. Auf einer Anrichte gleich neben der Tür stand ein Telefon. Ich nahm den Hörer auf und rief All Souls an.

Ted meldete sich und sagte, Hank spreche auf einer anderen Leitung. Ich las ihm die Nummer vor, die unterhalb der Tastatur meines Apparats stand, und ließ ihn meinen Boss bitten, er möge zurückrufen. Dann hängte ich ein und fing mit nervöser Hast an, das Haus zu erforschen.

Das Erdgeschoß war ausschließlich Wohn- und Wirtschaftsbereich, aufwendig möbliert, aber wieder ohne jeden Hinweis darauf, daß hier eine chinesische Familie wohnte. Eine zweite Wendeltreppe führte zu einem Flur ins erste Untergeschoß, von dem drei Schlaf- und Badezimmer und ein Elternschlafzimmer abgingen. Ich ging schnell daran vorbei und kam zu einer weiteren Treppe, die mich noch ein Geschoß tiefer führte. Von der oberen Terrasse hatte man davon nichts gesehen. Die Zimmer hier waren eindeutig Kinderzimmer. Es gab auch einen Spielbereich voller Spiele, Spielzeug und elektronischer Geräte. Noch immer nervös, weil Ong zurückkommen und mich an einem Ort antreffen könnte, an den ich nicht gehörte, schenkte ich diesen Zimmern nur kursorische Blicke, bevor ich ins Studio zurückging.

In einer der Wände unterhalb der Galerie befand sich seitlich eine Tür, die ich vorher nicht bemerkt hatte. Mit einem Ohr auf Schritte oder ein Auto lauschend, öffnete ich sie und fand ein Büro mit Computer und einer Reihe stählerner Aktenschränke. Auf dem Schreibtisch lagen keine Papiere, sondern nur ein lederner Aktenkoffer. Ich versuchte, ihn zu öffnen, aber er war mit einem soliden Schloß gesichert. Das gleiche galt für die Aktenschränke. Sollte es einen Safe geben, würde ich ihn sicher auch finden, aber Safeknacken zählte nicht zu meinen etwas zweifelhafteren Fertigkeiten.

Ich seufzte, lauschte noch einmal, setzte mich dann in den Schreibtischsessel und sah nachdenklich den Computer an. Von Computern verstand ich nur unwesentlich mehr als vom Safeknacken, und Ong hatte sicher keine interessanten Dinge an leicht zugänglicher Stelle gespeichert.

Das Telefon läutete. Automatisch griff ich nach dem Hörer. Dann zögerte ich. Wahrscheinlich war es Hank, aber …

»Hier bei Ong«, meldete ich mich.

»Sharon?«

»Hank. Danke, daß du zurückrufst. Ich brauche juristischen Rat.«

»Raus damit.«

Ich erklärte ihm, was hier passiert war, und sagte schließlich: »Bin ich im Recht, wenn ich mich und All Souls schütze und nicht die Polizei verständige?«

Hank schwieg. Er hatte noch nie unüberlegte Ratschläge gegeben. Nach einer Weile fragte er: »Hat Ong keine Andeutung gemacht, daß er das Interview abbrechen wollte?«

»Nun, er mochte die Richtung nicht, die ich mit meinen Fragen eingeschlagen hatte. Aber wenn ich ihn richtig verstanden habe, interessierte es ihn schon, warum ich diese Fragen stellte und wieviel ich wußte. Ich glaube nicht, daß er unser Gespräch an diesem Punkt freiwillig abgebrochen hat.«

»Und du sagst, dieser Bote hat ihn angerufen?«

»Ja. Also, irgendwer hat ihn angerufen.«

Wieder Schweigen. »In Ordnung – zwei Dinge. Erstens bist du nicht verpflichtet, die Polizei zu rufen, weil du keinen wirklichen Hinweis darauf hast, daß Ong etwas zugestoßen ist. Er kann freiwillig gegangen sein, aus welchem Grund auch immer. Du fischst dort ein wenig im trüben, und wenn du die Polizei rufst, gehst du, rechtlich gesehen, ein großes Risiko ein. Aber zweitens glaube ich, Ong hat dich reingelegt.«

»Inwiefern?«

»Dieses Verschwinden – oder diese Entführung, was immer – kommt mir inszeniert vor. Daß niemand sonst im Haus ist, der Zeitpunkt des Anrufs, die kleinen Anzeichen eines Kampfes, das paßt alles ein wenig zu gut zusammen.«

Ich dachte einen Augenblick darüber nach. »Aber warum? Ong weiß nicht, daß ich Ermittlungen anstelle. Er hält mich für eine freie Journalistin.«

»Ich meine auch nicht, daß er dich persönlich reingelegt hat. Du kamst nur im rechten Augenblick. In meinen Augen wollte er eine Entführung vortäuschen, und dazu brauchte er eine Zeugin.«

Das Szenario, das Hank da entwarf, kam mir verwirrend bekannt vor. Zuerst war Mick Erickson nach einem ausgeklügelten Plan untergetaucht. Jetzt hatte Ong wahrscheinlich das gleiche getan. Und Ericksons verdeckte Abwesenheit hatte ein tödliches Ende gefunden...

»Na gut«, sagte ich schließlich, »so können wir den ganzen Tag weiterspekulieren.«

»Komm jetzt lieber da raus. Wir unterhalten uns später weiter.«

Ich dankte ihm und hängte ein. Jetzt hatte ich es eilig, der bedrückenden Stille in Ongs verlassenem Haus zu entkommen. Aber als ich das Büro gerade verlassen wollte, fiel mir etwas ins Auge – etwas, das mir weniger falsch als unpassend vorkam. Ich blieb in der Tür stehen und starrte es an.

Es war der einzige chinesische Gegenstand, der mir im ganzen Haus aufgefallen war: das Bild einer Tannenlandschaft, über der ein zerklüfteter Berg thronte. Im Vordergrund waren kleine, zeltähnliche Gebilde – vielleicht Pagoden? – zu erkennen und noch kleinere Gestalten mit Kulihüten auf den Köpfen. Auf der rechten Seite standen ein paar Reihen senkrecht nach unten verlaufender, fein gepinselter Schriftzeichen, aber unten war auf einer aufgesetzten Inschrift in englisch zu lesen: »Gum San, 1852.«

Was mir daran unpassend vorkam, war natürlich die Tatsache, daß so ein Bild in einem Haus hing, dessen Familie entschlossen zu sein schien, alle Erinnerungen an ihre Herkunft zu tilgen. Doch auch das Bild selbst – prominent an der Wand gegenüber dem Schreibtisch aufgehängt – kam mir seltsam vor. Es war nicht auf Papier oder Seide gemalt, wie ich das von den chinesischen Stücken im Museum kannte, sondern auf Leinen, in diesem Fall sogar auf Grobleinwand. Sogar meinem ungeschulten Auge kam die Ausführung amateurhaft vor, und die englische Unterschrift war offenbar später hinzugefügt. Ihr mangelte es völlig an der kalligraphischen Kunst, die die chinesischen Schriftzeichen immerhin noch aufzuweisen hatten. Wenn das Bild auch ziemlich alt zu sein schien, hätte ich es doch für billigen Touristenkram gehalten, wenn ich mir hätte vorstellen können, daß Lionel Ong sich ein Werk rahmen läßt und in seinem Büro aufhängt, das aus einer Mappe von den Gehsteigen der Grant Avenue stammte.

Ohne lange zu überlegen, riß ich ein Blatt Papier von einem Notizblock auf dem Schreibtisch und schrieb mir die Worte »Gum San, 1852« auf. Dann befolgte ich Hanks Rat und verließ das Haus.

Der beratende Geologe von Transpacific, Alvin Knight, wohnte ganz in der Nähe in einem ruhigen Wohnviertel zwischen dem Mount Davidson Park und dem Monterey Boulevard nahe der Südgrenze der Stadt. Ich hielt an einer Telefonzelle in einem kleinen Einkaufscenter am oberen Ende der Portola an und wählte Knights Nummer. Er meldete sich, und ich erklärte ihm, daß ich gerade mit Lionel Ong gesprochen hätte. Ich fragte, ob ich bei ihm vorbeischauen dürfe. Knights Antwort klang zögernd, aber er war einverstanden und sagte mir, wie ich fahren mußte.

Die Straßen in dem Viertel sind genauso steil und gewunden wie in Ongs Gegend, aber das ist auch schon die einzige Ähnlichkeit. Die kleinen verputzten Reihenhäuser stehen nah an den schmalen Gehsteigen, es gibt keine oder nur winzige Gärten, und der Blick – soweit noch vorhanden – öffnet sich auf andere Hügel mit ähnlichen Häusern. Es ist eine Gegend, in der Familien der Mittelklasse ihren Kampf gegen die hohen Lebenshaltungskosten in San Francisco führen – Kosten, die unangemessen scheinen angesichts der Einförmig- und Eintönigkeit und der Entfernung ihrer Behausungen vom Herz der City.

Knights Haus unterschied sich von denen der Nachbarn nur durch seinen seltsam blauen Anstrich und einen feuerroten Hydranten vor der Tür. Ich parkte etwas weiter den Hügel hinauf, zog die Handbremse fest an und wanderte wieder abwärts. Der Geologe – ein kleingewachsener, untersetzter Mann, dessen sonnengegerbte Haut ihn als jemanden auswies, der viel Zeit im Freien verbringt – war nach meinem Klingeln gleich an der Tür. Er führte mich in ein kleines, vollgestopftes Büro, das durch den Umbau eines Teils der Garage entstanden war. Durch die Art, wie er meine Entschuldigung für die Störung zur Mittagsstunde beiseite wischte, erwies sich Knight als ein herzlicher, aber wachsamer Mensch. Ich nahm in dem zerrissenen Regiestuhl Platz, den er mir anbot, und sah mich um.

Die Wände des engen Raums hingen voll mit Karten und Tabellen. Der Schreibtisch, die Aktenschränke und Teile des Fußbodens waren bedeckt mit Stapeln von Papier und gebundenen Berichten. Über allem lag Staub. Knight zog einen zweiten Stuhl aus einer Ecke hervor und setzte sich mir gegenüber. »Entschuldigen Sie das Durcheinander«, sagte er. »Ich war einen

Monat draußen im Einsatz. Sie sagten, Sie gehören zur Gemeinschaftskanzlei All-Souls-Kooperative?«

»Ja.« Ich hatte beschlossen, das verkrampfte Märchen von der Journalistin nicht weiterzuspielen.

»Anwältin?«

»Nein. Privatdetektivin.« Ich reichte ihm meine Karte.

»Aha.« Er studierte sie, runzelte dabei die Stirn und zog die buschigen grauen Augenbrauen zusammen.

»Ich habe mich mit Mr. Ong über das Golden-Hills-Projekt unterhalten«, fügte ich hinzu. »Er meinte, Sie könnten mich über Details informieren.«

»Wieso interessieren Sie sich für Golden Hills?«

»Am vergangenen Wochenende wurde dort ein Mann getötet. Ich helfe der Polizei von Mono County bei den Ermittlungen.«

Knight kniff die Augen zusammen, zeigte aber sonst keine stärkere Reaktion. »Jemand wurde getötet? Ein Unfall?«

Ich schüttelte den Kopf. »Ein Mord – der Mann wurde erschossen.«

»Wer?«

»Mick Erickson.« Als er nichts sagte, fügte ich hinzu: »Vielleicht kennen Sie ihn auch unter dem Namen Franklin Tarbeaux.«

»Wer hat ihn erschossen?«

Diese Antwort hatte ich nicht erwartet. Ich ignorierte die Frage und fragte statt dessen: »Sie kennen also beide Namen?«

Nun ignorierte Knight wieder meine Frage. »Wer hat ihn erschossen?« wiederholte er.

»Das ist bis jetzt nicht bekannt.«

Die sonnenbraune Haut um seine Augen bildete Falten. Er wirkte verwirrt und unschlüssig. Er sagte: »Ich rufe besser Mr. Ong an und versichere mich, daß er Sie geschickt hat.«

»Bitte, tun Sie das.«

Knight stand auf. Aber anstatt ans Telefon auf dem Schreibtisch zu gehen, wandte er sich zur Tür. »Bin in ein paar Minuten zurück.« Kurz darauf hörte ich die Treppenstufen unter seinem Gewicht knacken, dann Schritte im Stockwerk über mir.

Interessant, daß er meinte, Ong nicht in meiner Gegenwart anrufen zu können.

Ich stand auf und ging in der Hoffnung zum Schreibtisch, daß der Apparat dort ein Nebenanschluß zu dem oberen war. Ich hob den Hörer von der Gabel und drückte ganz langsam den Verbindungsknopf. Wiederholtes Läuten drang an mein Ohr. Dann grunzte Knight unzufrieden und unterbrach die Verbindung. Ich legte den Hörer auf und ging zurück zu meinem Stuhl.

Knights Schritte kamen nicht über den Fußboden zurück. Ich lauschte einen Moment, ging wieder zum Schreibtisch und nahm erneut den Hörer auf. Eine andere Stimme als die des Geologen war zu hören.

»Ich sage doch, ich weiß nicht, wo er ist.«

»Wer...?«

»Er muß Ihnen doch etwas gesagt haben.«

»Nein. Er sollte, aber er hat nicht.«

Diese Stimme kannte ich!

»Aber sie sagt, sie hat ihn getroffen –«

»Schaun Sie, es tut mir leid, aber ich kann Ihnen nicht helfen. Ich wüßte selber gern, wann er herkommt.«

Knight seufzte schwer: »Okay, wenn er bei Ihnen auftaucht, sagen Sie ihm nur, er soll mich bitte anrufen, ja?«

Ich legte den Hörer auf und zog mich schnell auf den Regiestuhl zurück. Mir schossen die verschiedenen Möglichkeiten durch den Kopf. Diese neueste Entwicklung mußte ich äußerst sorgfältig durchdenken. Sie brachte meine Theorien über das, was da am Tufa Lake vor sich ging, erheblich durcheinander. In diesem Zusammenhang sollte ich wohl auch darüber nachdenken, was mit meiner gesunden Menschenkenntnis passiert war.

Die Person, mit der Knight gesprochen hatte, war Hy Ripinsky.

16

Als er wieder herunterkam, sagte Knight, er habe Lionel Ong nicht erreicht, könne aber mit mir über das Golden-Hills-Projekt erst reden, wenn er Ongs Okay habe. Ich fragte ihn nach der Verbindung zwischen ihm, Ong und Ripinsky, doch da wurde er ärgerlich und behauptete, Hy nicht zu kennen – was ich ihm nach dem gerade geführten Telefongespräch schwerlich glauben konnte. Als ich weiterbohrte, um zu erfahren, was er von Mick Erickson und seiner Verwendung des Namens Tarbeaux wußte, wurde er noch ärgerlicher und forderte mich auf zu verschwinden. Ich sagte, ich würde ihn am nächsten Tag anrufen, um ihm Zeit zu lassen, sich mit Ong in Verbindung zu setzen. Aber ich war sicher, er würde dann – ob er nun mit Ong gesprochen hatte oder nicht – eine Entschuldigung vorschieben, um nichts mehr mit mir zu tun haben zu müssen.

Eigentlich war ich froh, mich von Knight verabschieden zu können. Ich mußte über das, was ich erlauscht hatte, nachdenken. Der Schock, den es mir vorhin versetzt hatte, Ripinskys Stimme zu erkennen, ließ langsam nach, und ich fragte mich, was Hy sich wohl dabei gedacht hatte, als er an jenem Morgen freiwillig mit Namen und Telefonnummer des Geologen herausgerückt war. Hatte er angenommen, die Verbindung sei so gut getarnt, daß ich ihr nie auf die Schliche kommen würde? Oder hatte er Knight gewarnt und von ihm verlangt, jede Verbindung zu leugnen? Wie dem auch sei, er bewegte sich dadurch, daß er mir einen Kontakt zu ihm ermöglichte, auf gefährlichem Grund. Aber ich hielt Ripinsky nicht für einen Mann, der Gefahren scheute – nicht, wenn es seinen Plänen nützte, welcher Art sie auch immer waren.

Die Frage war nur, was ich jetzt im Hinblick auf Ripinsky unternehmen sollte. Anne-Marie und Ned Sanderman mußten von seiner Verbindung zu Ong und seinem Geologen erfahren. Andererseits war gar nicht sicher, ob ich ihnen tatsächlich einen Gefallen tat, wenn ich ihnen das ohne weitere Beweise erzählte. Anne-Marie konnte noch nie ihre Gefühle verbergen, und selbst wenn sie es versuchte, würde sie den Zorn, den sie gegen Ripinsky empfinden mußte, nur höchst unzulänglich beherrschen können. Auch Sanderman hielt ich für keinen guten Schauspieler. Er würde wahrscheinlich bei Gelegenheit einfach mit dem herausplatzen, was er wußte. Ripinsky mit seiner mysteriösen und wahrscheinlich gewalttätigen Vergangenheit wiederum könnte, wenn man ihn herausforderte, für die beiden zu einer Bedrohung werden. So kam ich zu dem Schluß, ihnen vorerst noch nichts von meinem Verdacht zu sagen.

Als ich beim Einkaufszentrum oben an der Portola ankam, war die Nacht hereingebrochen. Ich sah auf die Uhr und stellte überrascht fest, daß es schon nach sieben war. Ma, dachte ich schuldbewußt. Ich bog auf den Parkplatz ein, um sie anzurufen und ihr zu sagen, daß ich auf dem Heimweg war.

Aber ich wollte auch noch einmal an Ongs Haus vorbeifahren und nachsehen, ob er inzwischen zurück war. Und um auf alle Fälle ein Auge auf den Ort des Geschehens zu werfen. Ich hatte noch keine Ruhe – war viel zu nervös, um den Abend mit meiner Mutter und der jüngsten McCone-Krise zubringen zu können.

Bei mir zu Hause nahm niemand ab. Ich versuchte es bei George, denn sie konnte ja noch bei ihm sein, erreichte aber nur seinen Anrufbeantworter. Schließlich rief ich All Souls an in der Hoffnung, sie könnte dort eine Nachricht hinterlassen haben.

»Eine Nachricht von deiner Mutter?« Ted klang amüsiert. »Nein, aber ich stelle in dein Büro durch, dann kannst du mit ihr reden.«

»Augenblick mal – Ma sitzt in meinem Büro?«

»Hm. Sie, George, Rae und Hank. Und ab und zu noch ein paar andere. Sie und dein Allerliebster haben den Tag miteinander verbracht – ich habe da etwas vom Cable Car gehört und von Eiskrem-Sodas am Ghirardelli Square. Nachdem es ihnen nicht gelang, dich aufzutreiben, wollte sie von ihm hierhergebracht werden. Sie wolle dein neues Büro sehen, sagte sie, egal, ob du nun da seist, um es ihr vorzuführen oder nicht.«

»Mein Gott. Armer George.«

»Da würde ich mir keine Gedanken machen – mir macht er ganz den Eindruck, als gehe es ihm gut. Ihnen allen geht es gut. Sie haben gerade darüber diskutiert, ob sie sich nicht etwas von dem Mexikaner kommen lassen sollten, der diese Knoblauch-Hähnchen macht.«

»Was macht sie für einen Eindruck? Ist sie wütend, weil ich den ganzen Tag weg war?«

»Das bezweifle ich. Alle hier mögen sie, und sie sonnt sich in der Aufmerksamkeit. Sie hat Familienfotos herumgezeigt – auch das von dir als nacktem, dünnem Baby –, und im Moment unterhalten die anderen sie mit Sharon-Geschichten.«

Sharon-Geschichten – das war genau das, was Ma unbedingt hören wollte. »Mein Leben ist ein einziger Schiffbruch«, sagte ich zu Ted. »Kannst du mich mit meinem Büro verbinden?«

Er tat mir den Gefallen. Sofort meldete sich eine Stimme: »Hier Miss McCones Büro, ihre Mutter am Apparat«, und dazu erscholl aus dem Hintergrund Gelächter.

Ich schloß die Augen und unterdrückte einen Seufzer. »Ma, ich bin's.«

»Hallo, mein Kleines.«

»Ma, hast du schon wieder getrunken?«

»Ja, wir haben ein Glas Wein getrunken. Seit wann bist du so prüde?«

Berechtigte Frage, dachte ich. Ich benahm mich tatsächlich prüde – aber die Erkenntnis machte mich keineswegs weniger grantig. »Sieh mal, Ma«, sagte ich, »es tut mir leid, daß ich dich vernachlässigt habe –«

»Du brauchst dich gar nicht zu entschuldigen. Mir gefällt es hier gut mit deinen Freunden. Wir haben vor, uns Pollo Humungo zu bestellen –«

»Supremo.«

»Wie bitte?«

»Es heißt El Pollo Supremo.«

»Wie auch immer. Wenn du willst, kannst du ja hier bei All Souls zu uns stoßen.«

Aber mir war schon eine Lösung meines Problems eingefallen. »Das würde ich gerne, Ma«, sagte ich unaufrichtig, »nur arbeite ich an einem Fall und muß heute nacht jemanden observieren.«

Meine Mutter gab keine Antwort. Im Hintergrund hörte ich Gemurmel. »Ma?«

»Hank fragte gerade, wie viele Hähnchen. Ißt du jetzt mit uns oder nicht?«

»Ich sagte doch gerade, ich muß jemanden observieren.«

»Ach.« Ma sprach vom Hörer weg. »Sie kommt nicht, aber bestellen Sie auf alle Fälle eines extra. Ich kann mir damit morgen dann ein paar Sandwiches belegen für den Bus.«

O Gott, ich hatte vergessen, daß sie sich morgen um acht Uhr früh zu meiner Schwester Patsy nach Ukiah aufmachen wollte! »Ma –«

»Keine Sorge, Sharon. George hat gesagt, er bringt mich heim. Mach du nur deinen Servierdienst.«

»Eine *Observierung*, Ma.«

»Stimmt.«

»Ma, möchte George mit mir –?«

»Ich muß jetzt Schluß machen, Sharon. Wir sehen uns bei dir zu Hause.« Und dann war die Leitung tot.

Ich knallte wütend den Hörer auf den Haken. Die Vehemenz meiner Reaktion überraschte mich, und ich sagte laut: »Was ist eigentlich los mit dir?«

Eine Frau auf dem Gehsteig warf mir einen befremdeten Blick zu. Ich starrte sie an. Sie starrte zurück, und ich verzog mich zu meinem Wagen, weil ich fürchtete, einen dieser sinnlosen gewalttätigen Zwischenfälle zu provozieren, die neuerdings immer häufiger vorzukommen scheinen. Vielleicht war das mein Problem – die verrückten Dinge, von denen man ständig in der Zeitung liest, hatten angefangen, mich direkt zu beeinflussen.

Und vielleicht rutscht du auch gerade in diese typische Midlife-Nörgelphase, merkte meine stets wachsame innere Stimme an.

»Halt die Klappe«, sagte ich zu ihr und lenkte den MG in die Gegend von Ongs Haus.

Die Saint Germain Avenue lag im Dunkeln. Nur aus den zugezogenen Fenstern fiel schwaches Licht auf die Straße. Hinter der Ziegelmauer am Ende der Fahrbahn bogen sich Zypressen im Wind. Zwischen ihnen schienen Lichter aus der Ebene und von den East-Bay-Hügeln herüber. Ongs Haus stand als schwarze, verwinkelte Silhouette vor dem Nachthimmel.

Ich fuhr bis zum Ende der Straße, stellte den MG nah an der Mauer ab und schaltete die Scheinwerfer aus. Einige Minuten lang beobachtete ich die Häuser in der Umgebung auf Bewegungen der Vorhänge oder Gestalten an den Fenstern. Es war nichts zu sehen. Die Häuser gegenüber dem von Ong waren zu hoch in den Hang gebaut, als daß ihre Bewohner vorbeifahrenden oder parkenden Autos sehr viel Aufmerksamkeit geschenkt hätten, und bei den anderen waren die Fenster so angelegt, daß der Blick in die entgegengesetzte Richtung ging.

Ich war froh, daß niemand meine Ankunft beobachtet hatte, schlüpfte aus dem Wagen und schlich im Schatten auf Ongs Tor zu. Beim Hinausgehen vorhin hatte ich ein kleines Stück Papier in den Spalt gesteckt und erst dann zugezogen. Daran konnte ich erkennen, ob jemand hineingegangen war. Das Papier steckte noch. Ein rotes Lämpchen unter dem Schloß zeigte an, daß die Alarmanlage eingeschaltet war – wahrscheinlich automatisch zu bestimmten Uhrzeiten –, und über das ganze Anwesen verteilt leuchteten Sicherheitsstrahler.

Die Nacht war kalt geworden. Der Wind blies heftig und zerrte an den Blättern der Yuccapalmen im Hof. Ich zog mir die Jacke enger um die Schultern und ging zu meinem Wagen zurück. Von dort hatte man eine gute Sicht. Der Mond ließ das Hausdach und die Scheiben der Oberlichter silbern glänzen. Ich richtete mich auf eine lange Wartezeit ein und machte es mir bequem. Der Kaffee in dem großen Styroporbecher und das gequetschte, plastikverpackte Sandwich, die ich mir in dem kleinen Einkaufszentrum besorgt hatte, waren zwar nicht gerade ein Zuwachs an Lebensqualität, aber ich würde sie zu fortgeschrittener Stunde sicher noch sehr hoch zu schätzen wissen. Eine Zeitlang versuchte ich, Radio zu hören, aber Interferenzen störten dem Empfang – was wahrscheinlich auf die Nähe zum Sutro Tower zurückzuführen war. Meine Beine wurden steif, doch in einer derart ruhigen Umgebung konnte ich nicht einfach aussteigen und auf und ab gehen. Ich konnte nicht einmal soviel Kaffee trinken, wie ich gewollt hätte. Sonst würde ich prompt in dem Augenblick im Gebüsch hocken, wenn etwas Interessantes passierte.

Eine Zeitlang ließ ich in Gedanken die Fakten Revue passieren, die ich bisher in der Hand hatte. Aber dann schweifte ich ab, und vor meinem inneren Auge tauchten nur noch Bilder auf: mein erster Blick auf den spiegelglatt daliegenden Tufa Lake, auf die Kalisalz-Ebene und die Krater der Vulkane im Süden; auf das gezackte Basaltgestein des Stone Valley und die Überreste der zerstörten Zivilisation von Promiseville; und auf den alptraumhaften Tufa-Wald.

Noch andere Bilder tauchten auf, gewöhnlichere und zugleich bezeichnendere. Die schlichte Häßlichkeit der Hütte im Willow Grow Lodge. Zelda's Bierreklame und die Einrichtung aus astigem Kiefernholz hinter Wolken von Qualm. Hy Ripinskys gemütliches Wohnzimmer mit den Büchern in ihren bunten Schutzumschlägen rund um den Natursteinkamin. Und Hy selber: sein Profil mit der Hakennase, das dunkelblonde, zottige Haar, das ihm in Locken über den Kragen der schäbigen Wildlederjacke hing, sein schlaksiger Körper, der stets wie auf dem Sprung wirkte...

Mein Gott, wie ich mich in ihm getäuscht hatte. Ich hatte ihn für meinen Verbündeten gehalten, für einen Menschen, der den Umweltschutz ganz zu seiner Sache gemacht hatte und nichtsdestoweniger den Überblick und die Zähigkeit besaß – meinetwegen auch den Zynismus –, sich ein realistisches Bild von den Ereignissen zu erhalten. Und jetzt hatte ich erfahren, daß er diese Fassade nur als Tarnung für sein wirkliches Engagement benutzte... aber *wofür*?

Doch vielleicht ging ich zu weit. Vielleicht war Hy in gar nichts verwickelt. Ich rief mir noch einmal rasch ins Gedächtnis, was ich bei seinem Gespräch mit Knight mitgehört hatte, schüttelte dann aber den Kopf. Ich wollte gern an seine Unschuld glauben, doch dieser Wunsch hielt den Beweisen nicht recht stand. Und es kam noch einiges hinzu: seine undurchsichtige Vergangenheit, die extreme Zurückhaltung, wenn es um seine Person ging, die unausgesprochene Antipathie gegen Ned Sanderman...

Ich ging noch einmal die Fakten durch und versuchte mir vorzustellen, warum Mick Erickson an den Tufa Lake gefahren war und warum Ripinsky und Knight gleichermaßen annahmen, daß auch Ong dort auftauchen würde. Und während ich darüber nachdachte, spürte ich, wie tief mich Ripinskys Verrat getroffen hatte. Doch das ergab keinen Sinn: Ich kannte ihn gerade drei Tage. Wir hatten die Dinge durchgesprochen, Informationen ausgetauscht, ein paar Bier getrunken und getanzt. Warum...?

Weil du ihm vertraut hast. Du hast nicht nur Bier mit ihm getrunken und mit ihm getanzt, sondern du hast ihm etwas von dir anvertraut. Du hast diesem Mann etwas über dich erzählt, was du noch niemandem erzählt hast – nicht einmal George.

Das war also die Ursache für meinen Schmerz. Ich hatte gedacht, auf eine verwandte Seele gestoßen zu sein, hatte ihm ein Stück von mir selbst preisgegeben, das ich niemals glaubte mit jemandem teilen zu können. Ich hätte merken müssen, daß Ripinsky sich mir nicht geöffnet hatte –

In der Nähe von Ongs Einfahrt bewegte sich etwas.

Ich setzte mich gerade auf und beugte mich vor, um durch die Windschutzscheibe zu spähen. Eine Gestalt bewegte sich die graue Mauer entlang. Der Wind blähte ihre dunkle Kleidung auf. Sie blieb vor dem Tor stehen, drückte wahrscheinlich auf die Klingel und wartete. Ich bemühte mich, Einzelheiten zu erkennen, aber alles, was ich sicher sehen konnte, waren ein loser Mantel und irgendeine Art Mütze. Die Gestalt war nicht groß, aber ich konnte weder ihre Größe annähernd schätzen noch feststellen, ob die Person männlich oder weiblich war, asiatisch oder weißer Abstammung.

Nach ein paar Augenblicken ging die Gestalt über den Gehsteig zu den Toren der Doppelgarage und versuchte vergeblich, sie zu öffnen, erst das eine, dann das andere. Also niemand, der zufällig vorbeikam oder ein Vertreter, sondern jemand, der sehr dringlich ins Haus wollte. Möglicherweise ein guter Bekannter der Familie Ong.

Ich beobachtete, wie die Gestalt sich wieder umdrehte und die Straße bis zur Kreuzung mit der Glenbrook hinunterging. Als sie aus meinem Blickfeld war, startete ich den MG und fuhr langsam und ohne Licht bis zur Ecke. Weiter unten parkte ein Wagen – einer von diesen schnittigen Miatas, wie sie mir seit kurzem in den Straßen auffielen. Die Gestalt stieg gerade ein.

Warum parkte sie hier unten? Warum nicht direkt vor dem Haus?

Ich hielt unter den herabhängenden Zweigen einer Akazie an und duckte mich, als der Miata wendete und seine Scheinwerfer über meinen Wagen streiften. Als er kurz hinter der ersten Kurve die Glenbrook hinunter verschwand, schaltete ich meine eigenen Scheinwerfer ein und folgte ihm.

Der Miata fuhr flott und sicher durch die gewundenen Kurven bis zum Upper Market und von dort in Richtung Innenstadt. An der Castro huschte er noch bei Gelb über die Ampel, aber an der Sixteenth Street hatte ich ihn wieder eingeholt. Bisweilen direkt hintereinander, bisweilen mit einem oder zwei Wagen zwischen uns kamen wir so fast bis ans Ende der Market Street. Ich versuchte, nahe genug aufzufahren, um einen Blick auf den Fahrer zu werfen, mußte mich aber wieder zurückfallen lassen, damit ich nicht entdeckt wurde.

Schließlich bog der Wagen um einen Block und fuhr auf der Kearny durch den verlassenen Finanzdistrikt. Die Straße stieg langsam zum Telegraph Hill an. Dann bog er in die Zufahrtstraße ab, die sich unterhalb des Coit Tower durch den Park schlängelte.

Überrascht ging ich vom Gas und fuhr an den Bordstein. Ich wußte, daß die Straße an der Aussichtsstelle und dem Parkplatz am Tower endete. Tagsüber ist die Gegend voller Mietwagen und Touristenbusse, T-Shirt- und Souvenirverkäufer, aber nachts ist sie weitgehend verlassen. Wegen des klaren Wetters waren noch einige Leute da, die den Ausblick bewunderten, und natürlich die unvermeidlichen Liebespärchen, aber ich konnte mir nicht vorstellen, warum der Miata dorthin gefahren war.

Es sei denn, der Fahrer oder die Fahrerin hätte mich entdeckt und wollte mich zu einer Konfrontation zwingen. Ich konnte hier warten, weil diese Straße auch die einzige Ausfahrt war, und mich wieder an den Wagen hängen, sobald er zurückkam. Oder ich konnte ihm gleich folgen und nachsehen, wer ihn fuhr und was er oder sie vorhatte.

Ich legte den ersten Gang ein und ließ den Wagen wieder auf die Fahrbahn rollen.

Auf der Hügelspitze erhob sich der weiß glänzende Tower im Flutlicht gegen den Himmel. Er gleicht einem Löschrohr und dient als Denkmal für San Franciscos tapfere Feuerwehrleute (oder für Lillie Hitchcock Coits Faible für die Feuerwehr – das hing von der Interpretation der Lokalhistorie ab). Die Straße endete auf einem halbkreisförmigen Parkplatz, auf dem ein paar Autos ohne Licht mit der Nase zur Stadt standen, die sich schimmernd vor ihnen ausbreitete.

Der Miata war nicht unter ihnen.

»Unmöglich«, sagte ich laut. Der Wagen war nicht wieder an mir vorbeigefahren, und einen anderen Weg bergab gab es nicht und auch keine Stelle hier oben, an der er sich versteckt haben könnte.

Und dann fielen mir die Zufahrten ein, die von der Straße weiter unten abgingen – schmale Straßen zu den Garagen der teuren Villen und Apartmenthäuser, die sich zwischen der dichten Vegetation an den Hang schmiegten. Der Miata konnte in so eine Zufahrt eingebogen sein, gewartet haben, bis ich vorbei war, und dann davongefahren sein. Oder der Fahrer beziehungsweise die Fahrerin wohnte hier in der Nähe.

Ich stellte den MG auf dem Parkplatz ab und stieg aus. Der Wind blies hier so scharf wie auf Ongs Hügel und trug einen Geruch von Zypressen, Eukalyptus und Lorbeer herauf. Ich schloß den Wagen ab, knöpfte mir die Jacke zu und holte eine kleine Taschenlampe aus meiner Tasche. Mit nach unten gerichtetem Strahl ging ich zu einer schmalen Backsteintreppe, die in ein Koniferendickicht führte.

Von meinen früheren Besuchen – meistens mit Stadtfremden auf Besichtigungstour – wußte ich, daß die Treppe im Zickzack den Hügel hinabführte. Von ihr zweigten Pfade und Stege zu den Häusern ab. Schließlich endete die Treppe unten auf einer der Straßen – der Montgomery? Der Greenwich? Ich war mir nicht sicher.

Ich folgte dem Lichtkegel meiner Taschenlampe die Stufen hinab, hielt mich am eisernen Geländer fest und wünschte, ich hätte Schuhe angezogen, die sich für den Abstieg besser eigneten. Der Geruch des Lorbeers war hier stärker. Ein kleines Tier huschte durch den Efeu an mir vorbei bergauf. Durch die Bäume konnte ich ein kleines Stück unterhalb drei Apartmenthäuser gleicher Bauweise erkennen. Auf dem hellerleuchteten Dachgarten des entferntesten fand eine Party statt. Gelächter und Musik wehten herüber.

Am Fuß dieses Treppenstücks zweigte ein Weg ab. Ein Pfad führte weiter zur nächsten Treppe, vorbei an einem Haus im Cottagestil, der andere zu einem Steg zwischen den Apartmenthäusern und dem efeubewachsenen Hang. Zu diesem Steg hin öffneten sich auch die beleuchteten Haustüren. Ich blieb stehen und sah sie mir an.

Während ich dastand, hörte ich Schritte vom anderen Ende des Wegs – das schnelle, hohl klingende Klappern von hohen Absätzen. Ich duckte mich hinter einer Zypresse, die sich im Wind bog. Die Schritte kamen näher, hielten an.

Ich lugte vorsichtig durch die Zweige. Eine Frau, ähnlich gewandet wie die Gestalt vor Ongs Haus, stand mit dem Rücken zu mir vor dem Eingang des mittleren Hauses. Sie drückte auf einen der Klingelknöpfe. Ärgerlich zwei-, drei-, viermal.

Die Frau wartete fast eine Minute lang und trommelte ungeduldig mit den Fingern gegen den Türrahmen. Dann stampfte sie mit dem Fuß auf und wühlte in ihren Manteltaschen und in der Umhängetasche, als suche sie nach Schlüsseln. Aber ihre Hände blieben leer, und so trat sie weiter zurück auf den Steg und sah zu den oberen Fenstern hinauf. Sie waren alle dunkel. Schnell lief sie zur Hausecke, beugte sich über das hüfthohe Geländer und sah nach den Seitenfenstern. Auch sie waren dunkel. Im nächsten Augenblick drehte sie sich um und sah in meine Richtung. Ihr Gesicht war in der Nachtbeleuchtung gut zu erkennen.

Margot Erickson.

Meine erste Überraschung wandelte sich zum Schock, als ich ihr mißhandeltes und geschwollenes Gesicht sah. Die rechte Seite war voller Prellungen, rot unterlaufen, das Auge fast zugeschwollen. Ich mußte unabsichtlich die Zweige bewegt haben, denn sie warf den Kopf zu meinem Versteck herum.

»Mrs. Erickson«, sagte ich und ging auf sie zu.

Ihre Hand flog zur Wange hoch – ein vergeblicher Versuch, die Verletzungen zu verbergen. Ihr unverletztes Auge weitete sich und verzerrte ihr Gesicht zu einer grotesken Maske. Selbst in dem schwachen Licht war jetzt das volle Ausmaß der Angst zu erkennen, die ich gestern morgen nur erahnt hatte.

»Ist schon in Ordnung«, sagte ich und streckte ihr beide Hände entgegen. »Ich will Ihnen nichts tun.«

Sie fuhr zurück, preßte sich an das Geländer.

Ich ging zu ihr. Bevor ich ein weiteres Wort sagen konnte, sprang sie plötzlich auf mich zu und warf mich fast um.

Ich rappelte mich hoch und bekam ihren Ellbogen zu fassen. Sie wirbelte herum, und ihre Fingernägel kratzten mir den Handrücken auf. Ich ließ ihren Arm wieder los. Ihre flache Hand traf meine Wange mit solcher Wucht, daß ich gegen das Geländer taumelte. Als ich mich wieder gefangen hatte, rannte sie bereits auf die Treppe zu.

Ich lief ihr rufend nach. Sie blieb stehen, drehte sich um und trat nach meinen Beinen. Ihr Schuh traf mein Schienbein, und diesmal ging ich zu Boden. Rückwärts auf die Stufen, die am Cottage vorbeiführten.

Ich griff nach dem Eisengeländer und schwang herum, bekam aber das Gleichgewicht nicht wieder. Dann stürzte ich nach vorn, ruderte mit den Händen, fand aber keinen Halt. Knie und Schienbeine scheuerten über die rauhen Stufen, mein Kopf schleuderte gegen die Stützmauer an der Seite.

Während ich hinabrollte und mich schließlich seitlich der Stufen abstemmen konnte, hörte ich Margot auf dem Steg davonrennen. Der Schmerz zuckte in Wellen durch meinen Körper. Ich biß die Zähne zusammen, um nicht loszuheulen. Und schmeckte Blut.

Einen Augenblick blieb ich kopfüber ausgestreckt auf den Stufen liegen. Seltsamerweise hatte sich rundum nichts verändert: Auf dem Dach ging die Party weiter. Im Cottage murmelte ein Fernseher. Hoch über mir zwitscherte ein Vogel. Dann quietschten Reifen auf Asphalt – jemand fuhr die Rampe der Tiefgarage unter einem dieser Häuser hoch Margot Erickson.

Warum war sie nicht von der Garage aus durch den Innenaufgang zu dem Apartment gegangen? Warum außen herum über den ganzen Steg zur Haustür? Die Schlüssel... scheinbar hatte sie die Schlüssel verlegt. Im Wagen hatte sie den automatischen Türöffner für die Garage gehabt, aber ohne Schlüssel kam sie nicht ins Haus.

Und wessen Schlüssel waren das? Ihre? Die von Freunden? Wem gehörte das Apartment?

Ich glaubte, es zu wissen.

Nach einer Weile zog ich mich in eine Sitzposition hoch. Bewegte langsam Arme und Beine, um festzustellen, ob etwas gebrochen war. Alles schien unversehrt. Ich beugte noch einmal meine Gliedmaßen und tastete dann nach den eher oberflächlichen Verletzungen: eine Beule an der Stirn, wo ich gegen die Mauer gestoßen war, eine Schwellung auf der Gesichtsseite, wo ihre Ohrfeige gelandet war, ein schmerzendes Schienbein und Kratzer überall dort an Beinen und Knien, wo meine lange Hose zerrissen war. Die Handflächen waren aufgeschürft. Zähne und Kinn taten weh. Die aufgebissene Stelle im Mund blutete noch immer. Kopfweh, das immer heftiger wurde.

Verdammtes Weib, dachte ich wütend. Wohin haut sie ab, nachdem sie mir das angetan hat, wo ich doch nur mit ihr reden wollte?

Sie hat Angst, eine wahnsinnige Angst.

Wovor?

Du meinst, vor wem. Wer hat sie aufgescheucht?

Keine Antwort.

Endlich kam ich auf die Füße. Hangelte mich am Geländer die Stufen hoch und fand meine Umhängetasche dort, wo ich sie fallen gelassen hatte. Dann wankte ich über den Steg zum Eingang des mittleren Hauses.

Die Namensschilder neben den drei Klingelknöpfen waren alle leer. In keinem Stockwerk war Licht hinter einem Fenster. Einen Moment lang dachte ich daran, trotzdem zu klingeln, entschied mich dann aber anders. Niemand zu Hause, wozu also die Mühe? Ich konnte versuchen, die Nachbarn zu befragen, aber in meinem augenblicklichen Zustand würde ich ihnen nur Angst einjagen.

Außerdem reichte es mir für heute abend. Ich schrieb mir die Adresse des Hauses auf und wuchtete meinen schmerzenden Körper hinauf zu meinem Wagen.

17

Ma saß in meinem Besuchszimmer im Schaukelstuhl, als ich nach Hause kam. Ralph und Allie saßen auf ihrem Schoß. Im Kamin brannte das Feuer. Als sie meinen Zustand sah, stand sie auf. Die Katzen sprangen. Allie maulte indigniert.

Ich sagte: »Ma, ich bin okay.«

»Du siehst aber nicht okay aus.«

»Na ja, nichts, was nicht wieder heilt. Ich muß mich waschen und telefonieren. Dann erzähle ich dir alles.«

Sie nickte skeptisch und setzte sich wieder. Sofort sprangen die Katzen wieder auf ihren Schoß und schmiegten sich an sie. Sie merkten instinktiv, daß etwas nicht in Ordnung war.

Ich ging in mein Schlafzimmer und zog unterwegs die ruinierten Sachen aus. Gott sei Dank, daß der Hosenanzug ein alter grauer Pendleton war – ich war ihn sowieso furchtbar leid. Nachdem ich alles hatte zu Boden fallen lassen, zog ich meinen weißen Frotteebademantel an, setzte mich aufs Bett und rief Rae bei All Souls an.

»Hallo«, sagte sie. Sie klang ein wenig aufgekratzt. »Wir haben uns mit deiner Mama großartig amüsiert –«

»Später! Rae, ich kann nicht lange sprechen. Kannst du wohl gleich etwas für mich tun?«

»Sicher.«

»Schau im Straßenverzeichnis nach, wer in den Apartments unter folgender Adresse wohnt.« Ich las ihr Straße und Hausnummer des Gebäudes auf dem Telegraph Hill vor.

Sie ging in die Bibliothek, wo die Adreßbücher der Telefongesellschaften standen, und kam nach einer Minute wieder. »Shar, es ist nichts eingetragen.«

Kein Telefonanschluß also. Eigenartig – das Haus hatte nicht unbewohnt gewirkt. Vielleicht waren es Geheimnummern. »Okay«, sagte ich, »dann mußt du morgen als erstes zum Rathaus gehen und nachforschen, wem das Haus gehört.«

»Mach' ich. Ich wollte ohnehin beim Personenstandsregister nachfragen, ob ich einen Draht zu dieser Peggy Hopwood kriege.«

»Gut. Ich muß Ma um acht am Busbahnhof abliefern. Danach bin ich wahrscheinlich in meinem Büro. Wenn nicht, versuch mich hier zu erreichen, sobald du etwas weißt.«

Rae versprach es, und ich hängte ein. Dann verarztete ich mich, so gut ich konnte. Anschließend füllte ich einen Eisbeutel für die geschwollene Wange, goß mir ein Glas schweren Rotwein ein und ging zurück ins Besuchszimmer.

Ma sah mich von oben bis unten genau an, als ich mich in meinem Lieblingssessel niedergelassen hatte. »Nun?« sagte sie.

Ich erzählte ihr die halbe Wahrheit. »Niemand hat mir etwas getan. Ich bin gefallen.«

»Und?«

»Sonst nichts.«

»Sharon, erzähl mir doch nichts.«

Ich seufzte und dachte: Ach, zum Teufel. Umständlich begann ich, meine Ermittlungen zu erklären. Am Ende saß meine Mutter eine Minute schweigend da.

Schließlich sagte sie: »Ich frage mich, warum diese arme Frau solche Angst vor dir hatte.«

»Na ja, irgendwer hatte sie ganz schön verprügelt.«

»Das reicht nicht. Wie du es erzählst, hatte sie keinen Grund zu glauben, daß du ihr etwas antun wolltest. Vielleicht suchst du sie morgen noch einmal auf, bis dahin wird sie sich beruhigt haben und mit dir reden können.«

Ich wartete. Aber sie sprach nicht weiter, und so sagte ich: »War das alles? Willst du mir keinen Vortrag darüber halten, daß ich mir einen netten, sicheren Job suchen soll?«

»Nein, das habe ich nicht vor. Ich kann nicht sagen, daß ich glücklich darüber bin, in welche Gefahr du dich andauernd begibst. Aber was immer ich dir sage, es würde nichts ändern. Du wirst auch weiterhin genau das tun, was du dir vorgenommen hast, ob ich es nun billige oder nicht.«

»Das sind ja ganz neue Töne.«

Sie zuckte mit den Schultern. »Ich habe beschlossen, dich erwachsen werden zu lassen.« Nach einer Pause fügte sie hinzu: »Weißt du, eines Tages wirst du es mit mir genauso machen müssen.«

»Was soll das bedeuten?«

»Ich weiß, du bist unglücklich über die Scheidung – und über Melvin. Es tut mir leid, daß du dich so fühlst, aber es ist mein Leben, und genau wie du habe ich vor, es in meine eigenen Hände zu nehmen – mit oder ohne *deine* Billigung.«

Natürlich hatte sie recht. Es war Zeit zum Loslassen. Nicht nur die jungen Vögel verlassen das Nest. Auch die Vogelmutter tut es, und schließlich zerfällt das Nest und wird vom Wind fortgetragen. Wenn mir das nun mit dem eigenen Familiennest passierte, hieß das, daß ich mir ein eigenes festeres bauen mußte – oder zugeben, daß ich dazu nicht fähig war oder nicht willens...

»Ma«, sagte ich, »was hältst du wirklich von George?«

Sie schien keineswegs überrascht von dem Gedankensprung. »Ich habe dir bereits gesagt, daß ich ihn sehr mag.«

»Aber du hast mir auch gesagt, ich soll vorsichtig sein, was das Heiraten angeht. Das war nicht nur, weil du Pa verläßt und Zukunftspläne mit Melvin hast.«

Sie seufzte und steckte das lose Ende von Ralphies Halsband in die Schnalle zurück. »Nicht ganz, nein.«

»Was ist es also dann?«

»George ist ein einfacher Mann, Sharon. Vielleicht zu einfach für dich.«

»Einfach? Ma, der Mann ist Professor an der Stanford University! Er hat ein bahnbrechendes Buch geschrieben über –«

»Ich habe nicht gesagt, daß er nicht intelligent ist. Aber denk einmal an das Buch: Der Mann hat Persönlichkeitsbilder entworfen und sie zu kleinen festen Gruppen geordnet. Dann hat er sie in Kranke und Gesunde aufgeteilt und versucht, den Kranken zu sagen, wie sie gesünder werden können.«

Das war in Grundzügen die Beschreibung seines Werks, wie George sie ihr am Abend zuvor beim Dinner dargelegt hatte. Aber in der unkomplizierten Ausdrucksweise meiner Mutter hörte sich das Ganze irgendwie dümmlich an. Eilig verteidigte ich seine Arbeit. »Was ist daran falsch? Wir könnten ganz gut ein paar pathologische Persönlichkeiten weniger gebrauchen.«

»Sicher, aber Tatsache ist, daß die Welt nicht so funktioniert, wie George es gern hätte. Die Leute lassen sich nicht in kleine feste Gruppen einordnen. Und nicht jeder kann gesund werden – oder will es überhaupt.«

»... Ja, das weiß ich.«

»George weiß es nicht.«

»Dann ist er eben ein Optimist.«

»Ja, er ist ein Optimist. Und er möchte glücklich sein.«

»Und du glaubst, ich kann ihn nicht glücklich machen?«

»Sharon, jetzt pluster dich nicht auf. Ich weiß es nicht. Aber ich glaube, am Ende würde er dich unglücklich machen. Du wirst *mit Sicherheit* in keine seiner Gruppen passen.«

»Willst du damit sagen, daß ich emotional instabil bin?«

Ma schüttelte amüsiert den Kopf. »Abgesehen vom aufbrausenden Temperament deines Vaters bist du völlig gesund. Aber du hast auch noch eine andere Seite. In dir ist etwas... Wildes, das sich nicht im Zaum halten läßt. Diese Seite von dir wird es nie zulassen, daß du in einer dieser festen Gruppen ein angenehmes Leben verbringst – nicht einmal mit einem guten Mann, den du liebst. Aber du *wirst* dich schuldig fühlen und unglücklich sein, weil du es nicht kannst.«

Ich brachte kein Wort hervor – nicht nur das, was sie gesagt hatte, war ein Schock für mich, sondern auch die Tatsache, daß ich zum erstenmal in meinem Leben mit meiner eigenen Mutter ein sinnvolles Gespräch unter Erwachsenen führte. Nach einer Weile fragte ich: »Woher weißt du das alles über mich?«

»Ich habe dich nicht umsonst dein ganzes Leben lang beobachtet. Und es war auch kein Scherz, als ich sagte, du seist wie dein Vater. Was, glaubst du denn, hat er da draußen in der Garage anderes gemacht, als sich seiner dunkleren Seite zu widmen?«

Ich nickte und dachte an Pa: an diesen plötzlichen Wechsel von seiner gewohnten heiteren Stimmung in schwarze Depressionen, die man bei ihm erleben konnte, und an sein zwanghaftes Bedürfnis nach Einsamkeit. Und ich dachte an das Vertrauen, das ich unklugerweise Hy Ripinsky entgegengebracht hatte – diese Enthüllung meiner anderen Seite, von der ich selbst George gegenüber nur Andeutungen gemacht hatte. Ich dachte daran, wie sehr ich mich bemühte, den Mann, den ich liebte, vor allen Aspekten meiner Arbeit, die über Routine und amüsante Anekdoten hinausgingen, zu bewahren.

»Du meinst also«, sagte ich nach einer Weile, »ich soll ihn nicht mehr sehen?«

»Das ist nicht nötig. Aber du solltest vorsichtig sein und dir Zeit lassen.«

Ralphie brummte, kletterte von Mas Schoß und zog sich in die Sofaecke zurück, die – zumindest in dieser Woche – sein Schlafplatz war. Allie setzte sich auf und schüttelte verwirrt den Kopf. Das Halsband klirrte. Ma schaute auf die Uhr, stand auf und stopfte sich ihre Plüschdecke unter den Arm. »Ich gehe jetzt lieber ein bißchen schlafen«, sagte sie. »Die Busfahrt nach Ukiah dauert lange, und ich fürchte, mit Patsy wird es Ärger geben. Obwohl sie ein reichlich unordentliches Leben geführt hat, ist deine Schwester sogar noch prüder als du.« Doch sie lächelte dazu, um ihrer Bemerkung den Stachel zu nehmen, und tätschelte mir im Vorbeigehen die Wange.

Als sie an der Tür war, sagte ich: »Ma?«

»Ja?«

»Ich habe beschlossen, dich erwachsen werden zu lassen.«

»Danke, Sharon. Vielen Dank.«

Ich legte den Eisbeutel auf den Kaminsims und ging zum Schaukelstuhl, schwenkte das Weinglas in beiden Händen und starrte in die erlöschenden Flammen. Was Ma mir gesagt hatte, hatte mich überrascht. Doch nun wurde mir klar, daß ich das schon immer gewußt hatte, mich aber gegen die Erkenntnis gewehrt und sie tief in mein Unterbewußtsein verbannt hatte. Ich würde ihre Warnung beachten und mir Zeit lassen – nicht, weil meine Mutter mich gewarnt hatte, sondern weil ich hier und da mich selbst schon zur Vorsicht gemahnt hatte.

Aber verdammt noch mal – warum sagten mir in letzter Zeit so viele Leute Dinge, die ich gar nicht hören wollte?

18

Am nächsten Morgen war ich schlecht gelaunt. Nachdem ich Ma am Bus verabschiedet hatte, fuhr ich also wieder heim und wartete auf die Informationen, um die ich Rae gebeten hatte. Das Haus kam mir seltsam leer vor. Auch Ralphie und Allie merkten es. Sie schlichen durch ihren Katzeneingang hinaus und wieder herein und tappten immer wieder durch den Flur und steckten ihre Nasen ins Gästezimmer. Wie man weiß, bringen eifrige Geschäftigkeit und das Wiederherstellen des gewohnten Zustands einen am ehesten darüber hinweg, daß man einen Menschen vermißt. So zog ich denn rasch das Bett ab. Aber zu guter Letzt fand ich mich doch vor dem Kommodenspiegel wieder und starrte mich an.

Auf dem linken Wangenknochen, wo mich Margot Ericksons Schlag getroffen hatte, war eine Schwellung, und auf der Stirn prangte eine rote Beule. Unter meinen Jeans hatte sich ein weiteres Sortiment von Prellungen, Schürfwunden und Kratzern ausgebreitet. Die Muskeln taten mir weh, vor allem am verlängerten Rücken, so daß meine Bewegungen recht steif ausfielen.

Ich seufzte bei der Vorstellung, nun den ganzen Tag lang lästige Fragen beantworten zu müssen, was denn passiert sei, oder ihnen auszuweichen.

Und warum war mir das überhaupt passiert? Ma war der Meinung, die Schläge, die Margot vorher bekommen hatte, reichten nicht aus als Erklärung für ihren gewalttätigen Angriff auf mich, und in gewisser Weise stimmte ich ihr zu. Sie hatte aus Angst so reagiert – aus einer Angst, die schon da gewesen war, bevor sie geschlagen worden war. Doch in ihrem Angriff auf mich hatte auch Wut mitgewirkt, ein beabsichtigter und brutaler Ausbruch, und einige meiner Verletzungen spiegelten ihre eigenen wider. Es schien, als hätte sie mir heimzahlen wollen, was man ihr angetan hatte.

Aber wer war das gewesen? Und warum?

Ich drehte mich vom Spiegel weg, zog das Bett fertig ab und warf die Bezüge in den Wäscheschlucker, der in der Waschecke in der Garage endete. Dann ging ich ins Badezimmer, wo besseres Licht war, und legte ein Extra-Make-up auf in der Hoffnung, so meine schlimmsten Wunden im Gesicht abdecken zu können. Am Ende wirkten sie nur noch unheimlicher. Also wusch ich mir das Gesicht und machte mich wie üblich zurecht.

Ich ging in die Küche und schob die Katzen mit dem Fuß hinaus, goß mir eine Tasse Kaffee ein und legte alle drei Bände des Telefonbuchs von San Francisco auf den Tisch. In den Gelben Seiten fand ich keine Rubrik ›Geologen‹, aber auf den weißen Seiten stand unter ›Staat Kalifornien‹ die Nummer einer Kommission in Sacramento, bei der Geologen und Geophysiker registriert waren.

Ich rief dort an, erklärte, meine Firma habe vor, Alvin K. Knight eventuell als Berater zu engagieren, und fragte, ob ich Informationen über ihn bekommen könnte. Der Mann, der sich gemeldet hatte, sagte, die Kollegin, die mir da helfen könne, sei erst am Nachmittag im Hause. Ob sie zurückrufen solle? Ich gab ihr die Nummer von All Souls.

Danach rief ich bei Ong zu Hause an. Wie erwartet, läutete das Telefon und läutete. Ich rief die Transpacific Corporation an und wurde mit seiner Sekretärin verbunden. Sie sagte, Ong sei noch nicht da. Ich erklärte ihr, ich sei Journalistin, arbeite an einem noch unvollständigen Interview für das Magazin der Sino-American Alliance und müsse Mr. Ong dringend sprechen. Auch da nannte sie keine bestimmte Zeit, zu der er im Büro erwartet würde, aber mir kam es so vor, als klänge in der Stimme der Frau unterschwellig eine gewisse angespannte Verwirrung mit.

Schließlich rief ich in der Wohnung der Ericksons im Barbary Park an. Eine kurze, von einer männlichen Stimme auf Band gesprochene Nachricht ließ mich wissen, daß Mick und Margot im Moment nicht zu erreichen seien, aber so bald wie möglich zurückrufen würden.

Ich hängte vor dem Pfeifton ein, denn ich war sicher, Margot würde nicht zurückrufen. Aber die Stimme auf dem Band – es mußte wohl Micks sein – verfolgte mich. Nach einer Weile nahm ich meinen Kaffee, ging auf die Terrasse und wanderte ziellos umher, den Blick nachdenklich auf die Rosenbüsche am Rand gerichtet. Ihre späte Blüte war fast vorüber. Die verbliebenen Reste waren verkümmert und welk. Wieder hörte ich Mick Erickson seine Sprüche »nicht zu erreichen« und »so bald wie möglich« aufsagen.

Auf immer unerreichbar, dachte ich, und was möglich erschienen war, als er die Ansage auf Band gesprochen hatte, blieb ihm nun und für alle Zeiten verwehrt. Vielleicht würde auch mich meine Stimme eines Tages überleben und zu meinen Freunden und Verwandten wie aus dem Grab sprechen...

Es war nicht klug, sich derartigen Gedanken hinzugeben, auch nicht in der hellen Morgensonne. Ich ging wieder hinein und sah ungeduldig auf die Küchenuhr. Zehn Uhr siebzehn. Warum, zum Teufel, hatte Rae noch nicht angerufen? Sie hatte gesagt, sie wolle als erstes ins Rathaus gehen und sich nach dem Besitzer des Hauses am Telegraph Hill erkundigen.

Mein Aktenkoffer mit dem Tonbandgerät und dem Ong-Interview lag noch im Wagen. Ich ging hinunter in die Garage, holte ihn und spielte das Band. Nichts hatte einen direkten Bezug zu meinen Ermittlungen. Ich war gerade erst bei meinen zusätzlichen Fragen zu dem vorbereiteten Interview angekommen, als Ongs Telefon läutete. Als nächstes ging ich meine Aufzeichnungen über den Fall durch. Ich hatte sie wahllos in mein Ringbuch gekritzelt, das ich immer in der Handtasche hatte. Fakten, Eindrücke, Vermutungen, Theorien. Ein paar kreuzte ich an, andere unterstrich ich, wieder andere wurden mit einem dicken X durchgestrichen. Aber das war nur Beschäftigungstherapie. Eigentlich wartete ich nur auf Raes Anruf.

Nach einer weiteren Viertelstunde meldete ich mich bei All Souls. Vielleicht hatte sie ja vergessen, daß sie hier anrufen sollte, wenn ich nicht im Büro war. Keine Nachricht von ihr, dafür aber zwei andere. Marcy Cheung wollte wissen, wie das Interview verlaufen sei, und Kristen Lark aus Mono County fragte nach meinen Fortschritten in unserem Fall.

»Hank will auch noch mit dir sprechen über...« Ted unterbrach sich. Ich konnte hören, wie er seine Zettel durchblätterte. »Über die Geschichte, die ihr gestern am späten Nachmittag besprochen habt. Er nimmt gerade eine Aussage zu Protokoll. Gegen Mittag ist er frei.«

»Sag ihm, ich komme später vorbei.«

Ich legte auf und rief die Sino-American Alliance an. Marcys Apparat war besetzt. Ich blieb in der Leitung, aber nach ein paar Minuten meldete sich die Telefonistin: »Noch immer besetzt.«

»Sind Sie sicher, daß sie nicht einfach den Hörer ausgehängt hat?«

Ein Seufzer. »Ich habe da tatsächlich vor einiger Zeit ein paar Flüche in der Richtung gehört.«

»Könnten Sie wohl nachsehen? Ich muß wirklich mit ihr sprechen.«

»Bleiben Sie bitte dran.«

Eine halbe Minute später hörte ich Marcy Cheungs Stimme. »Sharon – tut mir leid. Dieser vertrottelte Drucker... aber das wollen Sie ja nicht hören. Wie ging es mit Ong?«

»Er hat sich kurz gefaßt, aber ich glaube, ich habe genug, daß Sie das Interview bringen können.«

»Sie haben auch gekriegt, was Sie wollten?«

»Nicht ganz. Hören Sie, sind Sie über Mittag in Ihrem Büro? Ich möchte das Band gern vorbeibringen und Sie noch ein paar Sachen fragen.«

»Wahrscheinlich werde ich hier für den Rest meines Lebens sitzen, wenn es so weitergeht. Wie wäre es, wenn Sie ein paar Sandwiches mitbringen und gegen halb eins bei mir sind? Im Büroeisschrank haben wir noch Tsing-Tsao-Bier von einem unserer Empfänge.«

»Mach' ich. Bis dann.«

Jetzt war die Frage, wie ich auf Kristen Larks Anruf reagieren sollte. Ich wollte mit der Polizeibeamtin eigentlich nicht reden, bevor ich genauer wußte, was vor sich ging, und eine genauere Vorstellung davon hatte, was mit Lionel Ong passiert war... und warum Alvin Knight so ängstlich war, sich mit mir ohne Ongs Okay zu unterhalten... und was Ripinsky mit den beiden zu tun hatte... und warum er und Knight glaubten, Ong könne womöglich in Mono County auftauchen… und wer Margot Erickson geschlagen hatte…

Ich beschloß, Kristen Larks Anruf vorerst zu ignorieren.

Es war fast halb zwölf, als Rae anrief. Ich hatte inzwischen das Spülbecken in der Küche gescheuert und mich der unangenehmen Aufgabe unterzogen, das Gemüsefach zu säubern. »Was hast du für mich herausbekommen?« fragte ich, bevor sie irgendwelche lockeren Bemerkungen loswerden konnte.

»Das Haus am Tel Hill gehört der Transpacific Corporation.«

Das hatte ich erwartet, und es paßte zu dem, was Marcy Cheung mir gesagt hatte – nämlich daß Ong sich eine weiße Mätresse in einem Haus am Telegraph Hill hielt. Aber Margot Erickson, die Frau seines Geschäftspartners? Die Frau, die meiner Ansicht nach die Wahrheit gesagt hatte, als sie behauptete, sie und ihr Mann würden Ong nicht besonders gut kennen und hätten ihn in den letzten fünf Jahren nur wenige Male bei gesellschaftlichen Anlässen gesehen? Meine Menschenkenntnis schien wirklich im Schwinden begriffen.

»Shar?«

»Danke, Rae. Konntest du etwas über Hopwoods Tochter herausbekommen?«

»Ich bin jetzt auf dem Weg zum Personenstandsregister.«

»Jetzt? Warum bist du so spät dran?«

Schweigen. Dann sagte sie ein bißchen gereizt: »Ich habe heute morgen verschlafen. Ich war gestern abend lange auf, um deine Mutter zu unterhalten, während du Gott-weiß-wo unterwegs warst. Und sie ist keine Lady, mit der man so leicht Schritt hält. Verträgt den Schnaps um einiges besser als ich.«

»Na ja, ich habe dich nicht gebeten, sie zu unterhalten – oder dir einen Kater anzutrinken. Und mein ›Gott-weiß-wo‹ war eine Observierung.«

Wieder eine lange Pause. »Es hat mir nichts ausgemacht, sie zu unterhalten, Shar. Wir hatten Spaß miteinander. Das gehört nun mal zum Leben. Vielleicht solltest du dir auch mal etwas davon gönnen.« Und dann legte sie einfach auf.

Ich blinzelte vor Überraschung und saß einfach da, den Hörer noch immer ans Ohr gepreßt. Selbst zu unseren schlimmsten Zeiten hatte Rae so noch nie mit mir gesprochen und schon gar nicht einfach aufgelegt. Unsere Beziehung, die berufliche wie die persönliche, war total zusammengebrochen, und ich wußte nicht, was ich dagegen tun sollte.

Das Freizeichen bohrte mir ins Trommelfell. Ich legte den Hörer auf die Gabel. Nun war ein klärendes Gespräch zwischen meiner Assistentin und mir fällig geworden, und ich wußte, es sollte bald stattfinden. Aber zuerst mußte ich meine selbstverordneten Runden drehen.

Runde eins führte mich zu Ongs Haus, das noch immer still und verlassen in der Mittagssonne lag. Am Barbary Park kam ich nicht an den Wachleuten in der Lobby vorbei. Als ich oben in Ericksons Wohnung anrief, meldete sich das philippinische Dienstmädchen und sagte, ihre Arbeitgeberin sei nicht in der Stadt. Aber das bezweifelte ich, denn in der Morgenzeitung hatte gestanden, daß morgen nachmittag ein Gedenkgottesdienst für Mick stattfinden würde. Ich hinterließ die Bitte an Margot, mich gleich nach ihrer Rückkehr anzurufen. Dann fuhr ich zum Telegraph Hill. Niemand meldete sich auf mein Läuten in den drei Transpacific-Apartments.

Zur Sino-American Alliance kam ich eine halbe Stunde zu spät, aber ich brachte zwei Pastrami-Käse-Sandwiches mit, zwei riesige Knoblauch-Dill-Gurken und einen kleinen Becher Kartoffelsalat. Marcy Cheung hing über dem Leuchtpult und begutachtete einen Stapel Dias. Ihr Kinn fiel herunter, als sie die Verletzungen in meinem Gesicht sah.

»Nicht von Ong«, sagte ich schnell. »Ich bin mit einer widerspenstigen Zeugin zusammengestoßen.«

Sie registrierte meinen entschiedenen Ton und fragte taktvollerweise nicht nach weiteren Details. Nachdem sie mit Begeisterung in dem Lunchpaket herumgewühlt hatte, holte sie das versprochene Bier, und wir setzten uns wie beim letztenmal in ihrem Büro auf den Fußboden. Ich hatte mich diesen Morgen so zerschlagen gefühlt, daß ich glaubte, den ganzen Tag keinen Bissen herunterzukriegen. Aber jetzt war mein gewohnter Heißhunger wieder da.

Ich erwartete, daß Marcy gleich die Kassette mit dem Interview abspielen würde, aber sie warf sie nur auf den Schreibtisch und stürzte sich auf ihr Sandwich. Als ich sie fragte, ob sie nicht in das Band hineinhören wolle, winkte sie ab. »Was immer Sie draufbekommen haben, ich nehme es. Dieser Hurensohn ist selber schuld, wenn er sich davongemacht hat, bevor Sie fertig waren.«

Ich spielte mit meiner Gurke herum und fragte mich, wieweit ich Marcy trauen könnte. Sie sah mich mit scharfem Reporterblick an, paßte wieder auf Nuancen auf, ohne neugierig zu wirken. Nach einer Weile beschloß ich, ihr zu trauen. Schließlich hatte auch sie mir genügend Vertrauen entgegengebracht, indem sie mich Dinge tun ließ, die ihr bei ihrem Chef ernsthaften Ärger hätte bereiten können. Ich sagte: »Ong hat sich nicht eigentlich davongemacht. Ich bin sicher, er ist nicht freiwillig gegangen.«

Den Mund voll Pastrami, zog sie die Augenbrauen hoch.

Unter dem Siegel der Verschwiegenheit erzählte ich ihr, was in Ongs Haus passiert war.

»Ein tolles Ding«, sagte sie, als ich zu Ende war. »Was ist Ihrer Meinung nach mit ihm passiert?«

»Ich weiß nicht, was ich davon halten soll. Mein Boss vertritt die Theorie, ich sei hereingelegt worden – Ong habe eine Zeugin für ein inszeniertes Verschwinden gebraucht. Aber eine andere Person, die mit dem Fall zu tun hat – das Mordopfer nämlich –, hatte etwas ganz Ähnliches arrangiert, und ich glaube, zwei solche Zufälle kann ich nicht akzeptieren.«

»Also ist er vielleicht entführt worden.«

»Vielleicht. Aber warum dann keine Lösegeldforderungen?«

»Sie wissen von keiner, aber vielleicht wurden schon welche erhoben. Über solche Dinge geben die Polizei oder das FBI ja nicht gleich eine Meldung an die Presse.«

»Stimmt. Ich wünschte, ich fände es heraus.«

»Mal sehen, ob ich Ihnen helfen kann.« Marcy griff nach der Telefonschnur und zog den Apparat unter dem Schreibtisch hervor. »Ich kenne Lionels Sekretärin ziemlich gut. Ich rufe sie an und sage ihr, ich müsse mit ihm ein paar Dinge für das Interview durchgehen. Selbst wenn sie mir nichts sagen will, kommt vielleicht doch ein Gefühl für die Situation rüber.« Sie wählte und ließ sich mit Ongs Büro verbinden. Und wartete.

»Komisch«, sagte sie und hielt die Hand über die Sprechmuschel. »Lynn geht kaum jemals zum Lunch aus, aber sie verbinden mich jetzt mit dem Büro, das Mitteilungen entgegennimmt.«

»Hinterlassen Sie eine und sehen Sie mal, ob sie zurückruft.«

Sie tat es und widmete sich dann wieder ihrem Lunch. »Was haben Sie nun vor?« fragte sie. »Zur Polizei gehen?«

»Wenn eine Erpresserforderung existiert und die Polizei hinzugezogen wurde, muß ich alles berichten, was ich weiß. Ist das nicht der Fall, soll ich mich raushalten, hat mein Boss mir geraten. Er fürchtet sonst eine Anklage gegen mich und gegen unsere Kooperative, falls ich mit meiner Einschätzung der Ereignisse falsch liege.«

»Anwälte. Die sollte man alle umlegen.«

»Manchmal bin ich Ihrer Meinung – und doch sind die meisten meiner guten Freunde Anwälte.«

»Na gut, einige haben auch ihre humane Seite, und die von All Souls sind noch die besten in der ganzen Bande. Sehen Sie sich Koslowski an – er versucht die Welt mit seinem Protein-Getränk zu retten.«

»Ja, und am Ende wird er uns alle vergiftet haben.« Ich aß meine Gurke, klappte das Sandwich auf und aß nur den Käse und die Pastrami. »Marcy, ich muß mehr über Lionel Ong wissen. Gestern haben Sie von zwei Geliebten gesprochen, einer in Sausalito und einer am Telegraph Hill. Wissen Sie Genaueres über die eine oder die andere?«

»Nicht viel. Über die in Sausalito habe ich nur Gerüchte gehört – daß beide zusammen segeln und daß er ihr ein Boot gekauft hat. Über die andere könnte ich wahrscheinlich etwas herausbekommen. Ich habe einen Freund, der im selben Haus wohnt und sie kennengelernt hat.«

»Würden Sie das für mich tun? Ich brauche eine Adresse, einen Namen. Wenn sonst nichts, dann wenigstens eine Beschreibung von ihr.«

»Klar.« Sie sah auf die Uhr. »Er wird jetzt nicht in seinem Büro sein – er gehört zu diesen Burschen, die entweder mit dem Bürgermeister zu Mittag essen oder sich auffällig an den Nebentisch setzen und ihn daran erinnern, daß er ihm noch einen Gefallen schuldet. Aber ich schnappe ihn mir später und sag' Ihnen Bescheid.«

»Danke.« Ich gab das Sandwich auf und wickelte seine Reste

ein. »Ich staune, wie eng die chinesische Gemeinde zusammenhängt. Sie scheinen jeden zu kennen.«

Sie zuckte mit den Schultern. »Wir hängen sehr voneinander ab. Das kommt von unserer Großfamilien-Tradition. Und das muß auch so sein. Unser Volk mußte in diesem Land eine Menge Scheiße über sich ergehen lassen. Denken Sie nur an das Ausschließungsgesetz von achtzehnzweiundachtzig. Die ›Heiden aus China‹ waren die einzige ethnische Gruppe in der Geschichte, der die Einwanderung in die USA expressis verbis verweigert wurde.«

»Ich erinnere mich. Aber meinen Sie nicht, daß diese ganze Diskriminierung Ihnen auch geholfen hat, Ihre ethnische Identität zu bewahren? Sehen Sie zum Beispiel mich an: Ich bin zu sieben Achteln schottisch-irisch mit einem Achtel Schoschonenblut. Und ich identifiziere mich mit keiner Gruppe.«

»Und? Wollen Sie zu diesen schwachsinnigen Liberalen gehören, die die Indianer gar nicht ausstehen können und gleichzeitig mit ihrem Kopfschmuck herumrennen und für die Rechte der eingeborenen Amerikaner demonstrieren?«

Ich verzog das Gesicht. »Nein.«

»Sehr gut, denn sonst wären Sie auch nur so ein verlogener Blödkopf, den ich am liebsten nicht kennen würde.«

Ich lächelte und trank einen Schluck Bier.

Marcy aß ihr Sandwich auf und sammelte die Reste vom Boden rund um uns auf. Ich wühlte in meiner Tasche nach einer Karte, um ihr meine Privatnummer daraufzuschreiben. Dabei stieß ich auf den Zettel, auf dem ich die Unterschrift des Bildes in Ongs Büro notiert hatte.

»Übrigens«, sagte ich und hielt ihn ihr hin, »können Sie mir sagen, was das hier bedeutet?«

Sie warf einen Blick darauf. »Gum San. Das ist Umgangssprache und bedeutet in etwa ›Land der goldenen Hügel‹.«

Goldene Hügel. So hatten Ong und auch Alvin Knight das Minenprojekt im Stone Valley genannt. »Wo liegt es?«

»Damit ist Kalifornien ganz allgemein gemeint. Der Name stammt von den Chinesen, die in den Vierzigern des vorigen Jahrhunderts hierher kamen, um in den Goldfeldern zu arbeiten. Wo sind Sie dem begegnet?«

Ich beschrieb ihr das Bild an Ongs Wand.

Sie nickte. »Ich habe solche Bilder schon gesehen. Vor ein paar Jahren haben wir eine Ausstellung über chinesische Gebrauchskunst aus der Zeit des Goldrauschs gemacht. Die Bilder sahen so aus wie unsere typischen Aquarelle mit den Schriftzeichen, außer daß die Künstler... na ja, die meisten waren eigentlich keine. Und sie mußten mit den Materialien arbeiten, die sie gerade zur Hand hatten – das Bild in Ongs Besitz ist wahrscheinlich auf Leinen gemalt, das aus einer Zeltwand geschnitten wurde.«

Mir fielen die zeltähnlichen Gebilde im Vordergrund des Bildes auf, die ich für Pagoden gehalten hatte. »Dann war das in Wirklichkeit also ein Bild von einem Goldsucherlager. Wo kann Ong das herhaben? Bekommt man sie in Galerien oder Antiquitätenläden?«

»Nein, es sind nicht viele erhalten geblieben. Wahrscheinlich ist es ein Erbstück. Als wir uns an die erwähnte Ausstellung machten, hat Lionel sie recht substantiell unterstützt. Er sagte, er wolle die öffentliche Aufmerksamkeit auf das harte Los und die Diskriminierung lenken, die unser Volk auf den Goldfeldern erleiden mußte. Der Bruder seines Großvaters war in einem Kampf zwischen rivalisierenden chinesischen Goldsuchergruppen, die sich zu Geheimbünden zusammengeschlossen hatten, ums Leben gekommen. Das war in den fünfziger Jahren des vorigen Jahrhunderts in der Nähe von Weaverville. Der Bruder könnte das Bild gemalt und nach China geschickt haben, so, wie man heute Schnappschüsse oder Ansichtskarten verschickt.«

»Dann ist an Ong mehr, als ich dachte. Wie er sich gibt und sein Haus einrichtet, hätte ich schwören können, er tut alles, um sich von seiner Abkunft zu distanzieren. Andererseits betont er leidenschaftlich die Mühsal, die seine Familie durchgemacht hat – der schreibt er ihren Erfolg zu.«

»Ich glaube, Lionel hat, wie die meisten von uns, eine verworrene Vorstellung von ethnischer Identität.«

»Auf ihre Art ist sie doch stark. Die Tatsache, daß er sein Minenprojekt ›Golden Hills‹ genannt hat – Gum San –, zeigt, wie tief seine Wurzeln reichen. Offensichtlich bedeutet ihm das Projekt sehr viel – genug vielleicht, daß er sich über alles hinwegsetzt, nur um seinen Erfolg zu sichern.«

Marcy nickte. Diese Vorstellung verwirrte sie sichtlich, und sie sammelte die letzten Reste ihres Lunchs ein. An dem Blick, den sie auf die Dias auf dem Leuchttisch warf, erkannte ich, daß sie gern an ihre Arbeit zurückwollte. Also schrieb ich ihr meine Privatnummer auf und sagte, sie könne mich jederzeit dort anrufen, wenn ich nicht bei All Souls zu erreichen wäre, sie wolle sich gleich melden, wenn sie mit Ongs Sekretärin gesprochen habe oder mit ihrem Freund, der im Transpacific-Haus gewohnt habe.

Auf dem Weg zurück zum Empfang blieb ich vor einem der hochstilisierten Bilder mit den Schriftzeichen stehen. Es zeigte eine Szene, die der in Ongs Büro ähnelte: ein Berg und davor eine Ebene, auf der Koniferen wuchsen. Und sogar ich konnte feststellen, daß es von einer künstlerisch geschickteren Hand stammte. Doch irgendwie berührte es mich nicht so wie Ongs Bild. Mochte es auch von gröberer Machart sein, es hatte etwas, das dieses Bild nicht ausstrahlte.

Leidenschaftlichkeit? Ja, Leidenschaftlichkeit. Und noch etwas. Wut?

Ja, Wut.

19

Vierzig Minuten später war ich bei All Souls. Ted saß hinter seinem Schreibtisch im einstmals herrschaftlichen Foyer des viktorianischen Hauses und ließ die langen, schmalen Finger über die Tastatur seines IBM-Computers gleiten. Ich lächelte und dachte wie so oft, daß er mit seinen feinen Gesichtszügen und dem schwarzen, ordentlich gestutzten Kinnbart eher aussah, als komponierte er am Flügel gerade ein Konzert und schreibe nicht irgendeinen juristischen Text in den Computer. Ohne aufzuschauen oder sein Tippen zu unterbrechen, sagte er: »In deinem Fach liegt eine Nachricht, und von Hank soll ich ausrichten, er mußte aus dem Haus und meldet sich später bei dir.«

Ich nahm den pinkfarbenen Zettel heraus. Eine Miss Ryder von der staatlichen Kommission, bei der die Geologen und Geophysiker registriert sind, hatte zurückgerufen. »Ist Rae da?«

Ted schüttelte den Kopf.

»Und sie hat auch nicht angerufen?«

»Nein.«

»Verdammt noch mal! Was ist nur mit ihr los?«

Ted fuhr auf seinem Sessel herum und sah mich an. Sein Gesicht wurde blaß. »Mein Gott, was ist denn mit dir los?«

Ich faßte mir vorsichtig an die geschwollene Stirn. »Ein böser Sturz. Ich habe eine Zeugin am Telegraph Hill observiert – dort, wo diese Treppen vom Parkplatz am Coit Tower hinunterführen, weißt du? – und habe mir dabei den Kopf angeschlagen.« Mehr wollte ich ihm von der Sache nicht erzählen.

Er sah irgendwie enttäuscht aus. Ted ist in unserer Kooperative der Hauptumschlagplatz für Klatsch und Tratsch, und er liebt seine Geschichten möglichst dramatisch. Auf weiteren Nachschub erpicht, fragte er: »Was hat Rae denn verbrochen?«

»Hat einfach aufgelegt.«

»Was hast du ihr getan?«

»Wie kommst du immer darauf, daß ich im Unrecht bin?«

Er zog die Schultern hoch, und seine Mundwinkel zuckten amüsiert. »Rae ist nun wirklich besonders umgänglich. Da muß schon einiges passieren, bis sie einfach den Hörer auflegt – vor allem bei dir. Du bist schließlich ihr großes Idol.«

»Du meinst, ich *war* ihr Idol, bis letzten Sommer alles schiefging.«

»Nach der Schießerei?«

»Ja, seitdem ist alles anders zwischen uns. Sie hat nie ein Wort darüber verloren, aber ich sehe es an ihrem Blick, höre es bisweilen an ihrem Tonfall.« Bei *dir* auch.

Ted nickte, sah mich forschend an und strich sich über den Bart. Es war, als habe er meine unausgesprochenen Worte gehört. Nach einer Weile sagte er: »Ja, das war für uns alle eine schlimme Zeit – aus vielerlei Gründen.« Er hatte in derselben Woche seinen ältesten und besten Freund durch Aids verloren. »Aber schließlich sind wir mit der Zeit doch alle darüber hinweggekommen.«

»Außer Rae.«

»Ja.« Sein Blick richtete sich für einen Moment nach innen, als wolle er seine wahren Gefühle darauf testen, ob er den

Zwischenfall tatsächlich überwunden hatte. »Rae hält dich keineswegs für einen schlechten Menschen, Shar. Sie hat nur Angst.«

»Vor *mir*?«

»Das meine ich nicht.«

»Was dann?«

»Warum fragst du sie nicht selber?«

»Würde sie es mir sagen?«

»Ich frage mich, ob ihr überhaupt bewußt ist, daß sie Angst hat. Aber wenn du mit ihr darüber sprichst, könnte sie das zwingen, sich dem zu stellen, was wirklich in ihr vorgeht.«

Ich schüttelte verwirrt den Kopf. »Manchmal kannst du so verdammt... *kumulös* sein!«

»Gibt es das Wort?«

»Ich weiß nicht. Schau nach.« Ich ging hinauf in mein Büro, die Nachricht in der Hand.

Die gelbe Rose in der Vase auf meinem Schreibtisch war welk geworden, und braune Blütenblätter lagen auf der Ecke meines Merkbuchs. Während ich sie in den Papierkorb wischte, nahm ich mir vor, George anzurufen, sobald er aus Stanford zurück sein mußte. Dann setzte ich mich und wählte die auf dem Zettel notierte Nummer in Sacramento.

Miss Ryder war zuständig für das Register und hatte bereits Alvin K. Knights Akte gezogen. Sie teilte mir mit, daß Mr. Knight seit 1973 bei ihnen geführt werde. Seit diesem Datum habe es nur eine Beschwerde gegen ihn gegeben, und die sei später wieder zurückgezogen worden.

»Worum ging es da?«

»Tut mir leid. Da sie zurückgezogen wurde, darf ich keine Einzelheiten nennen.«

Warum hatte sie es dann überhaupt erwähnt? »Gibt es eine Agentur oder sonstige Berufsorganisation, von der ich Referenzen über Mr. Knight bekommen könnte?«

»Versuchen Sie es bei der American Society of Consulting Geologists and Mineralogists in Berkeley.« Sie gab mir die Nummer.

Ich rief in Berkeley an und sprach mit einem Mr. Hay. Er war nicht an bürokratische Einschränkungen gebunden und konnte mir eine Menge über Alvin Knight erzählen.

»Mr. Knight hat vor fünf Jahren seine Mitgliedschaft bei uns gekündigt«, sagte er. »Er war wegen Verstoßes gegen das Berufsethos vor unseren Beschwerdeausschuß zitiert worden. Er hatte ein Gesteinsgutachten über einen Claim gefälscht, der gerade beim Landvergabebüro eingetragen werden sollte.«

Ich nahm die Akte, die Anne-Marie mir über Goldminen zusammengestellt hatte, aus einem Ablagekorb. »Die Eintragung eines Claims beim Landvergabebüro läuft darauf hinaus, daß man es kauft, nicht wahr? Die Regierung vergibt den Besitztitel an den Antragsteller für eine bestimmte Summe pro Acre, ohne weitere Bedingungen?«

»Das ist im wesentlichen richtig. Der Rechnungshof hat zwar empfohlen, das Gesetz über die Vergabe von Schürfrechten abzuändern und den Erwerbern von Claims nur diese Rechte zu verkaufen und nicht das Land selbst. Das war eine Reaktion auf eine Reihe von Vorfällen, wo Leute billig Land erworben, dort aber gar nicht geschürft haben. Auf diesem Wege sind sie billig an wertvollen Grund gekommen. Doch bislang ist es bei diesem Vorschlag geblieben.«

»Und was muß man nun tun, um sich mit einem Claim eintragen zu lassen?«

»Vor allem muß der Bewerber dem Büro nachweisen, daß auf dem Land wertvolle Mineralien gefunden wurden und daß es darüber ein Gutachten gibt, und zwar von einem beim Landvergabebüro registrierten Fachmann.«

»Und Knight hatte die Qualifikation?«

»Ja. Leider wurden Zweifel an der Stichhaltigkeit seines Gutachtens laut. Eine beunruhigte Gruppe von Umweltschützern hatte bei einer staatlichen Agentur eine Beschwerde eingebracht, weil sie fürchtete, Knight sei an einem Komplott beteiligt, bei dem Land zu anderen als Schürfzwecken erworben werden sollte. Die Beschwerde wurde später zurückgezogen, aber wir hielten es doch noch für notwendig, ihn vor den Ausschuß zu zitieren und eine Erklärung zu verlangen.« Mr. Hays Stimme hatte einen Unterton von Schadenfreude angenommen. Offenbar hatte er Knight nicht gemocht – oder er war nur einer von diesen Menschen, die sich am Pech anderer Leute weideten.

Doch was er zu berichten hatte, animierte mich, vorsichtig

weiterzutasten. Also fragte ich: »Ihres Wissens steht Mr. Knight noch auf der Gutachterliste des Landvergabebüros?«

»Ich sehe keinen Grund, warum sein Name hätte gestrichen werden sollen.«

»Aber er hat lieber seine Mitgliedschaft in Ihrer Gesellschaft gekündigt, als vor Ihren Ausschuß zu treten.«

»Ja. Mr. Knight gehört nicht zu den Leuten, die gut auf Autoritäten zu sprechen sind.«

Da ich Mr. Hays selbstgefälligen Ton nicht mochte und selber genausowenig gut auf Autoritäten zu sprechen bin, entdeckte ich in mir eine gewisse Sympathie für den Geologen. Allerdings keine so große, daß ich nach dem Gespräch nicht sorgfältig meine Unterlagen durchgegangen wäre. Besonders interessierte ich mich für zwei Zeitungsartikel mit den Überschriften »FORSTBEHÖRDE WARNT VOR VERKAUF VON EHEMALIGEM BUNDESLAND ZU ANDEREN ALS SCHÜRFZWECKEN!« und »SCHÜRFER KAUFT LAND ZU SPOTTPREISEN«.

Kurz vor drei wählte ich Knights Nummer und hängte gleich ein, als der Geologe sich meldete. Dann fuhr ich los, um ihn direkt aufzusuchen.

Alvin Knight war nicht gerade erfreut, als ich auf seiner Schwelle stand, aber mein ramponiertes Äußeres lenkte ihn ab, und bevor er mich noch aufhalten konnte, stand ich schon in seiner Wohnung. Er gaffte mich an und sagte: »Miss McCone, was hat das zu –«

»Wir müssen miteinander reden. Gehen wir in Ihr Büro?«

»Ich bin sehr beschäftigt –«

Ich ging an ihm vorbei auf den Raum im hinteren Teil der Garage zu. »Ich bezweifle, daß Sie zu beschäftigt sind, um sich anzuhören, was ich zu sagen habe.«

Knight rührte sich nicht von der Stelle, die Hand auf dem Knauf der offenen Tür. Ich blieb am anderen Ende des Vorraums stehen und sah ihn mit ungeduldig hochgezogenen Brauen an. Er legte die Stirn in Falten und schob Lippen und Unterkiefer vor, bis er wie die Karikatur einer Bulldogge aussah. Nach einer Weile zuckte er schwach mit den Schultern und zog die Tür hinter sich zu. Ich ging weiter zu seinem Büro.

Der kleine, dämmerige Raum sah genauso aus wie am Abend zuvor. Nicht ein Blatt war verschoben, die Staubschicht nirgends aufgewirbelt. Womit Knight auch immer beschäftigt sein mochte, Arbeit war es nicht. Er folgte mir und bot mir den Regiestuhl an. Dann setzte er sich selbst. Ich blieb stehen.

»Mr. Knight«, sagte ich, »Sie stehen auf der Liste der zugelassenen Gutachter beim Landvergabebüro, nicht wahr?«

Er nickte. Argwöhnisch, dachte ich.

»Und vor fünf Jahren hat eine Umweltschutz-Organisation gegen Sie eine Beschwerde erhoben, weil sie meinte, Sie hätten ein falsches Gutachten über einen Goldschürfer-Claim abgegeben, der beim Vergabebüro eingetragen werden sollte?«

»Die Beschwerde war völlig haltlos und wurde später zurückgezogen – mit dem Ausdruck größten Bedauerns.«

»Welche Gruppe hatte die Beschwerde eingereicht?«

»Die California Coalition for Environmental Preservation.«

»Und wo befand sich der Claim?«

»In Lassen County.«

»Nicht Mono County?«

Er schüttelte den Kopf, jetzt mit unverhohlenem Argwohn.

»Und wurde der Claim dann eingetragen?«

»Ja. Wie gesagt, die Beschwerde war völlig haltlos.«

»Aber als die American Society of Consulting Geologists and Mineralogists Sie vor ihren Untersuchungsausschuß zitierte, damit Sie sich zu der Beschwerde äußerten, zogen Sie es vor, die Mitgliedschaft zu kündigen.«

»Das war eine Beleidigung! Das ist ohnehin nur ein Verein von Nichtstuern.«

»Ich verstehe. Und seitdem haben Sie weiter Ihre Gutachten für Bewerber beim Landvergabebüro gemacht?«

»Natürlich. Worauf wollen Sie eigentlich hinaus?«

Ich trat zwei Schritte vor und setzte mich auf eine Ecke seines Schreibtischs. Meinen Aktenkoffer stellte ich neben mich auf einen Stapel Papiere. »Ich interessiere mich für den Genehmigungsprozeß. Kann der Bewerber sich einen beliebigen Gutachter von der Liste des Büros wählen?«

»Ja.«

»Und nach welchen Kriterien sucht eine Person oder eine Gesellschaft ihn aus?«

»Manchmal ist es einfach der Standort – wohnt der Gutachter in dem Gebiet? Oder der Termin entscheidet: Wer ist in dem vorgeschriebenen Zeitraum gerade frei? In anderen Fällen kennt der Bewerber den Gutachter oder seine Arbeit.«

»Oder seinen Ruf?«

»Ja, natürlich.«

Ich öffnete meinen Aktenkoffer und holte die Akte zum Thema Goldschürfen heraus. Knight sah mißtrauisch zu, wie ich sie bis zu den Kopien der ausgefüllten Eintragungsformulare über die 700 Acres durchblätterte, die Mick Erickson – unter dem Namen Franklin Tarbeaux – an die Transpacific Corporation verkauft hatte. Ich zeigte ihm die letzte Seite des mineralogischen Gutachtens und fragte: »Ist das Ihre Unterschrift, Mr. Knight?«

Er sah sie an und nickte.

»Als Mick Erickson – oder wie er in diesen Dokumenten heißt: Franklin Tarbeaux – Sie als Gutachter für diesen Claim in Mono County aussuchte, welches Kriterium wandte er da an?«

»Ich verstehe nicht –«

»Hat er Sie ausgewählt, weil Sie in der Nähe wohnten? Oder weil Sie verfügbar waren? Hatten Sie früher schon für ihn gearbeitet?«

Keine Antwort.

»Oder war es Ihr Ruf? Ihr Ruf als jemand, der falsche Angaben über die Vorkommen in einem Claim macht, damit der Vergabeprozeß erleichtert wird.«

Knight ballte seine plumpen Hände zu Fäusten. Mein Körper versteifte sich, aber er legte nur beide Fäuste auf die Schenkel und starrte sie an. Ich entspannte mich wieder und war jetzt sicher, auf der richtigen Spur zu sein. Ein unschuldiger Mann hätte sich dagegen verwahrt und mich aus dem Haus gewiesen, aber Knight tat weder das eine noch das andere.

»Haben Sie Erickson gefragt, warum er einen falschen Namen auf den Bewerbungen angab?«

»Das hatte irgendwas... irgendwas damit zu tun, daß er das Minengeschäft von seiner Beratungstätigkeit trennen wollte.«

»Und das haben Sie ihm geglaubt?«

Achselzucken.

»Vielleicht hat es Sie auch nicht gekümmert. Die Benutzung eines falschen Namens ist ja eine Kleinigkeit im Vergleich zur Fälschung eines mineralogischen Gutachtens. Hat Erickson Ihnen dann später den Job als leitender Geologe beim Golden-Hill-Projekt verschafft?«

»...Ja.«

»Und Sie haben dort oben bis vor ein paar Wochen Proben genommen – oder so getan, als ob?«

»Ja.«

»Ja – was? Tatsächlich Proben genommen oder nur so getan?«

»Also gut – ich habe getan, als ob.«

»Weil in dem Claim, den Erickson an Transpacific verkauft hat, nur wenig Gold zu finden ist – wenn überhaupt. Und die Mine auf dem Land, das sie Earl Hopwood abgekauft haben, ist auch schon ziemlich ausgebeutet.«

Endlich sah Knight auf. Seine schlaffen Gesichtszüge zeigten, daß er sich geschlagen gab. Sein Blick war trübe vor Angst.

Ich fuhr fort: »Die Leute von Transpacific konnten ganz legal mit dem Hopwood-Land machen, was sie wollten, denn sie hatten es von einer Privatperson erworben. Allerdings gab es gegenüber der Öffentlichkeit ein Problem. Und die siebenhundert Acres früheren Bundeslandes nicht zu Schürfzwecken zu nutzen, war sogar ein noch größeres Problem – wegen der Querelen mit der Regierung, die auf Einhaltung ihrer Vorschriften bestehen müßte. Würde aber auch dieses Land von einer Privatperson erworben, dann...«

Ich holte tief Luft. »Der nicht existente Mittelsmann, Franklin Tarbeaux, war die perfekte Lösung. Er würde das Land an Transpacific verkaufen und danach verschwinden. Sollte sich später durch Bodenproben herausstellen, daß die Gesellschaft von Tarbeaux hereingelegt worden war, hätte sie die Sympathien auf ihrer Seite. Wer würde ihr dann Vorwürfe machen, wenn sie das Gebiet, in das sie so viel Kapital gesteckt hatte, so nutzte, daß wenigstens ihre Investition wieder hereinkam?«

»Was könnte sie denn Ihrer Meinung nach überhaupt in so einer gottverlassenen Gegend anstellen?« fragte Knight.

»Kommen Sie, Knight. Sie waren da draußen. Sie haben den See gesehen, die Vulkankrater, die Geisterstadt. Wenn sie dort in die Mesa ein Erholungszentrum der Luxusklasse mit angeschlossenem Flugplatz stellen, dann sind sie in ein paar Jahren in den schwarzen Zahlen. Und das genau ist die Branche, in die sich Transpacific begeben hat – Luxus-Erholungszentren.«

Knight seufzte schwer.

Ich nahm seine Reaktion als Zeichen, daß er nicht mehr das Unschuldslamm spielen wollte, und nutzte meinen Vorteil. »Sie müssen Ihnen für Ihre Hilfe einen Haufen Geld bezahlt haben«, sagte ich. »Anders als Mick Erickson mußten Sie Ihren echten Namen unter diese Dokumente setzen. Wenn die Sache auffliegt, werden Sie nie mehr in Ihrem Beruf arbeiten können. Vielleicht werden Sie sogar strafrechtlich verfolgt.«

»Sie können von alledem nichts beweisen. Sie können mir nichts anhaben.«

»Ich habe kein Interesse daran, daß Sie verfolgt werden. Ich möchte nur die Wahrheit wissen, dann lasse ich Sie in Ruhe. Haben sie Ihnen genug gezahlt, daß Sie sich zurückziehen und verschwinden können?«

Sein Nicken war kaum wahrnehmbar.

»Warum sind Sie dann noch hier?«

»Weil der größte Teil des Geldes erst am 1. Januar ausgezahlt wird. Man hat mir zugesagt, daß nichts von den Plänen publik wird, bevor ich von hier weg bin.«

»Und ich habe recht, was die Pläne angeht?«

Schweigen.

»Also, Ihnen zuliebe hoffe ich, daß sie viel zahlen. Der arme Earl Hopwood ist nicht so gut davongekommen: Er ist nicht nur um den ordentlichen Marktwert seines ererbten Landes betrogen worden. Auch sein Traum, daß die Mine wiedereröffnet wird, ist dahin. Und den Menschen in Mono County geht es ebenfalls nicht besser: Promiseville ist ruiniert, und das Ökosystem des Tufa Lake wird mit Sicherheit leiden.«

»Natürlich«, fügte ich hinzu, »haben Lionel Ong und Transpacific sich eine Goldmine zugelegt – eine touristische. Und auch Mick Erickson: Er hat wahrscheinlich eine fette Provision kassiert – bevor sie ihn getötet haben.«

Knight schauderte.

»Was hat Hy Ripinsky bekommen?« fragte ich.

»Ich weiß nicht –«

»Und wo steckt Ong? Ist er schon in Mono County angekommen? Haben Sie von ihm gehört?«

Er schüttelte den Kopf.

»Warum geht er nach Mono County?«

Keine Antwort.

»Knight –«

Er schüttelte den Kopf, stand auf und stützte sich dabei schwer auf die Armlehnen seines Sessels. Vorhin hatte seine untersetzte Gestalt kraftvoll gewirkt. Jetzt sah er schwach und gebrechlich aus. Er sagte: »Sie haben gesagt, Sie wollten die Wahrheit wissen und mich dann in Ruhe lassen. Sie haben sie erfahren. Jetzt gehen Sie.«

»Sie haben mir nicht alles gesagt –«

»Ich habe Ihnen gesagt, was ich weiß. Sie haben eine Minute Zeit zu verschwinden, und dann rufe ich die Cops.«

»Das würde Sie in eine schlimme Lage bringen.«

»Nicht schlimmer als die, in der Sie dann wären.«

Er war im Vorteil, aber ich nahm mir die ganze Minute zum Verschwinden.

20

Die Telefonzelle oben am Portola Drive war besetzt, als ich dort ankam, und ich ertappte mich amüsiert dabei, daß ich schon so etwas wie einen Besitzanspruch an der Zelle geltend machte. Als sie frei wurde, rief ich Ted an und ließ mir die Nachrichten für mich durchgeben: eine von George und eine von Marcy Cheung.

George ließ mich wissen, daß er um sieben bei mir zu Hause vorbeikomme. Mir fiel einfach nicht mehr ein, was wir uns vorgenommen hatten, deshalb rief ich ihn an und fragte ihn. Der schmerzliche Tonfall, in dem er mich daran erinnerte, daß wir Karten für die Abendvorstellung im American Conservatory Theatre hatten, machte mir deutlich, wie sehr ich ihn in letzter Zeit vernachlässigt hatte. Nachdem er nun sogar bei meiner Mutter einen ganzen Tag Kavaliersdienste geleistet hatte, hatte mein Liebhaber eine solche Behandlung nun wirklich nicht verdient. Ich bat ihn um Verzeihung – wahrscheinlich mehr als nötig – und nahm mir vor, mich zu bessern.

Aber als ich dann die Nummer der Sino-American Alliance wählte, ging mir auf, daß dies für George der erste Vorgeschmack auf mein Benehmen war, wenn ich an einem komplizierten Fall arbeitete. Natürlich hatte er schon gelernt, sich mit meinen langen und unregelmäßigen Arbeitszeiten und unseren gelegentlich über den Haufen geworfenen Plänen zu arrangieren. Genauso hatte ich gelernt, mich an seine Launen beim Schreiben und an seine Stundenpläne zu gewöhnen. Aber er hatte vielleicht doch seine Probleme, mit einer konzentriert und zwanghaft arbeitenden Frau umzugehen. Und zu der wurde ich, wenn ich mich in einen Fall vertiefte.

Diesmal lag Marcys Hörer ausnahmsweise nicht neben der Gabel. »Ich habe von Lionel Ongs Sekretärin erfahren, daß man bei Transpacific langsam in Panik gerät«, sagte sie, kaum daß ich mich gemeldet hatte.

»Wurde ein Lösegeld gefordert?«

»Nichts dergleichen. Aber sie erreichen Ong nirgends. Er hat eine wichtige Verabredung zum Lunch nicht eingehalten und eine Reihe Gespräche. Außerdem gibt es an der Börse in Tokio ein dringendes Problem, zu dem nur er eine endgültige Entscheidung treffen kann.«

»Das hört sich nun gar nicht so an, als habe er sein Verschwinden inszeniert.«

»Nein. Ich habe auch mit meinem Freund geredet, der die Frau kennt, die Ong angeblich am Tel Hill beherbergt. Er bezweifelt, daß sie Ongs Freundin ist. Meint, sie verhält sich nicht so, auch wenn sie die Wohnung immer mit eigenem Schlüssel betritt und die Stapel Post durchgeht, die sich dort ansammeln. Aber zwischen den beiden hat es nicht gefunkt.«

»Wie heißt sie?«

»Ong hat sie ihm nur als Margot vorgestellt. Sie ist zierlich, blond, Mitte Dreißig. Gutaussehend, aber nicht der Typ, mit dem man Ong sonst sieht. Es ist die Penthouse-Wohnung des Hauses, das Sie mir nannten. Mein Freund hat den Eindruck, der ganze Laden ist eine Deckadresse.«

»Für was?«

»Nun ja, Ong gehört zum inneren Kreis der Mächtigen dieser Stadt. Jeder weiß, das Fundament unserer Stadtregierung besteht eher aus vielen Handschlägen als aus den Regeln der Gemeindeordnung. Nachdem nun das große Händeschütteln zu einem erklecklichen Teil im privaten Rahmen vor sich geht, könnte Ong in dem Haus dort all jene Geschäfte abwickeln, für die weder sein Büro noch seine Wohnung der rechte Ort sind.«

Das war eine einleuchtende Theorie. »Sonst noch etwas?«

»Das wär's.«

»Danke, Marcy. Dafür schulde ich Ihnen ein Dinner.«

»Solange es keine Naturkost ist.«

Die späte Nachmittagssonne dämpfte das grelle Rot der neuen Ziegelbauten am Barbary Park. Eine sanfte Brise wehte von der Bucht herauf und fuhr in die Blätter des Weißdorns und des japanischen Ahorns. Ich ging über die bucklige Steinbrücke, die über den kleinen Weiher mit den japanischen Fischen führte, und folgte dem Weg zur Nummer 551.

Als ich von der Halle aus oben anrief, meldete sich wieder das philippinische Dienstmädchen und sagte, Mrs. Erickson sei nicht in der Stadt. Ich hatte den starken Verdacht, daß Margot sich in ihrem Zuckerwattehaus eingeigelt hatte, und zog mich ins Embarcadero Center zurück. Ich lungerte dort herum, wo vom Fußgängerbereich ein Weg zum Wohnhauskomplex hinüberführte. Ein Mann im Geschäftsanzug ging auf das Tor zu und schob eine Plastikkarte, die als Schlüssel diente, in ein Kästchen neben dem Tor. Es schwang auf und fiel wieder langsam hinter ihm zu.

Ich setzte mich auf den Rand eines großen Betonkübels mit Ringelblumen und beobachtete, wie zwei weitere Personen auf die gleiche Weise das Tor passierten. Als dann eine dritte darauf zuging, hielt ich mich dicht hinter ihr und tat so, als suchte ich in meiner Tasche nach der Schlüsselkarte. Die Frau ging durch das Tor und nahm mich nur flüchtig wahr. Ich schlüpfte hinter ihr her, als es gerade zurückschwingen wollte.

Jetzt betrat ich den privaten Eingangsbereich vor Nummer 551. Die Sonne fiel schräg durch das gläserne Schutzdach und sorgte für eine Treibhausatmosphäre. Die tropischen Pflanzen, die hier in Töpfen gehalten wurden, waren gerade gewässert worden, und ein dampfender Erdgeruch stieg mir in die Nase. Niemand reagierte auf mein wiederholtes Läuten. Entweder war das Dienstmädchen nach meinem Anruf aus der Lobby heimgegangen, oder sie ignorierte mich auf Anweisung der Hausherrin.

Ich ging wieder hinaus und dachte die Möglichkeiten durch, die mir blieben. Dann folgte ich dem Weg zum Aufzug. Als er kam, drückte ich den Knopf zur Garage.

Die Garage war weiß getüncht und neonbeleuchtet. Von tiefer unten hörte man die Reifen von heraufkommenden Wagen quietschen. Ich sah auf die Uhr, als ich am Servicebereich vorbeikam. Gerade fünf, die Zeit, in der die Büros und die Parkplätze des Finanzdistrikts sich zu leeren beginnen. An der Tür zum Büro wartete ich, während ein Mann mit dem Angestellten über die steigenden monatlichen Parkgebühren stritt. Die Gebühren der Stadt stiegen schneller als sein Schwanz, klagte er. Der Angestellte – ein Jüngling mit schmutzig-blondem Haar, der noch nicht länger als ein Jahr aus der High-School sein konnte – runzelte die Stirn und sah betont in meine Richtung. Das tat auch der Beschwerdeführer. Aber die Gegenwart einer Frau animierte ihn nur, seinen Kommentar noch einmal zu wiederholen. Nachdem er seine Rechnung bezahlt hatte, stieg er in einen Cadillac mit Extra-Grünmetallic-Lackierung, was nur bewies, daß sein schlechter Geschmack sich auch auf die Wahl seiner Transportmittel erstreckte.

Ich zeigte dem jungen Mann meinen Ausweis und fragte ihn, ob er Mrs. Margot Erickson kenne. Er nickte und sagte, das sei doch ein Jammer mit ihrem Mann. Sie sei eine so nette Lady, und dann ihren Mann auf diese Weise zu verlieren und dazu noch so einen Unfall zu erleben –

»Was für ein Unfall?«

»O Mann, Sie hätten sie sehen sollen. Ihr Gesicht war völlig... zermatscht. Ich habe sie gefragt, was passiert ist, und sie hat gesagt, sie war mit einem Taxi unterwegs, und das hat einen Zusammenstoß gehabt.« Er unterbrach sich und sah mich aufmerksam an. »So etwas scheint Ihnen auch passiert zu sein, nicht?«

»So etwas Ähnliches. Wann haben Sie Mrs. Erickson zuletzt gesehen?«

Jetzt wurde er unsicher. »Ich glaube, ich sollte nicht über Hausbewohner reden.«

»Ich untersuche den Tod ihres Ehemanns, in Zusammenarbeit mit dem Sheriff-Büro von Mono County. Wenn Sie das nachprüfen wollen, können Sie Inspektor Bart Wallace von der Polizei in San Francisco anrufen.«

»Nein, das ist schon okay.« Es schien ihm noch ungemütlicher, mit einem Polizeibeamten zu sprechen als mit mir.

»Steht Mrs. Ericksons Wagen in der Garage?«

»Nein.«

»Wann haben Sie sie zuletzt gesehen?«

»Heute früh, als sie den Service für den Miata bezahlte. Vorher hatte sie von oben angerufen und gebeten, ihn für eine lange Fahrt fertigzumachen.«

»Hat sie gesagt, wohin die Reise ging?«

»Mir nicht. Vielleicht Ken.« Er zeigte auf einen schwergewichtigen Mann mittleren Alters im Overall, der an einer Tanksäule lehnte.

Ich bedankte mich und ging zu Ken, zeigte ihm meinen Ausweis und erklärte ihm das gleiche wie seinem Kollegen. Ken war weniger vorsichtig, was Auskünfte über Bewohner betraf. So lustlos, wie er sprach, und so lässig, wie er dastand, war ihm Vorsicht offenbar eine viel zu anstrengende Sache. Ja, sagte er, er habe den Miata heute morgen gewartet.

»Hat Mrs. Erickson erwähnt, wohin sie fahren wollte?«

»Ja – nach Hause.«

»Wo ist das?«

Achselzucken. »Sie hat nur gesagt, sie muß ein paar Tage nach Hause. Und dann vergißt sie das Trinkgeld. Können Sie sich das vorstellen? Ich hänge mich voll rein, um den Wagen fertig zu kriegen, bevor ich noch mein Doughnut und meinen Kaffee intus hatte, und sie vergißt das Trinkgeld.«

»Sind Sie sicher, daß sie nicht erwähnte, wohin –«

Ein Wagen kam die Rampe hoch und bog zum Service ein. Ken seufzte gequält auf, als er im Full-Service-Bereich stehenblieb. Er stieß sich von der Tanksäule ab und sagte: »Sie meinte nur, nach Hause«, und sah mich hoffnungsvoll an.

Ich drehte mich um, ging weg und vergaß beides, ein Trinkgeld wie ein Dankeschön.

Als ich wieder zurück war bei All Souls, hatte Ted seinen Schreibtisch bereits verlassen. Aber in meinem Fach lag eine Nachricht, ich solle Anne-Marie im Wohnwagen der Coalition anrufen. Ich ging in Raes Büro, aber es war leer und dunkel. Oben holte ich den Aktendeckel mit den Landerwerbseintragungen im Stone Valley aus meinem Aktenkoffer. Da stand schwarz auf weiß, worauf ich vorher gar nicht geachtet hatte: Die von Franklin Tarbeaux angegebene Adresse war die des Transpacific-Hauses am Tel Hill. Jetzt konnte ich mir vorstellen, was Margot Erickson dort zu tun gehabt hatte.

Als nächstes rief ich in Mono County an. Beim ersten Läuten war Anne-Marie am Apparat. »Was gibt's?« wollte ich wissen.

»Das wollte ich dich fragen.«

»Also gut. Ich habe etwas herausgefunden, das euch helfen könnte, die Erschließung der Mesa durch die Transpacific zu stoppen. Aber das erzähle ich dir lieber unter vier Augen.«

»Wann kommst du wieder?«

Ich sah auf, als Ted ins Zimmer kam und mir einen Zettel hinschob. »Was ist das?« fragte ich.

»Wie bitte?« sagte Anne-Marie.

»Ich spreche mit Ted.«

Ted sagte: »Es ist eine Nachricht von Rae. Frag mich, wenn du dir keinen Reim drauf machen kannst.«

»Shar? Bist du noch dran?«

»Ja.« Ich überflog Teds Gekritzel.

»Ich habe dich gefragt, wann du wieder herkommst. Wenn du etwas Wichtiges für uns hast, dann müssen wir den nächsten Zug tun. Übrigens, hier läuft alles schief, und ich könnte –«

»Einen Augenblick. Bleib' dran.« Ich überflog die ganze Seite, las das Ganze dann noch einmal Wort für Wort.

Peggy = Spitzname für Margaret Hopwood (aus den Unterlagen der Berkeley-Universität)

Margaret H. verh. m. James Hill, SF, 7/71

M. H. gesch. v. J. L. H., SF, 10/74

M. H. verh. m. Robert Krause, SF, 12/75

M. H. geschied. v. R. K., Marin, 5/83

M. H. verh. m. Michael M. Erickson, Marin, 6/83

»Shar? Das kostet Geld.«

»Nur noch einen Augenblick.«

Margot – eine hübsche Phantasie-Variante von Margaret. Ein Name, der Earl Hopwoods aufstrebender und oft verheirateter Tochter recht nützlich war.

»Hy meint, du solltest heute abend noch herfliegen. Er holt dich am Flughafen von Reno ab.«

Margot hatte dem Servicemann in der Garage am Barbary Park gesagt, sie fahre für ein paar Tage nach Hause.

»Du sagst, ich soll heute abend nach Reno fliegen?« fragte ich.

»Ja, das geht schneller. Hy leiht dir seinen Landrover, wenn du hier bist.«

Ted drehte sich um und ging hinaus.

Ich zögerte, dachte über ihren Vorschlag nach. Bei dem Verdacht, den ich gegen ihn hegte, schmeckte mir die Idee gar nicht, die einsame Bergstrecke zwischen Reno und Vernon mit Hy Ripinsky zu fahren. Aber es war unwahrscheinlich, daß er von dem Verdacht wußte, und möglicherweise war er so wenig auf der Hut, daß ich ihm unterwegs noch etwas entlocken würde.

»Ted schaut gerade in den Flugplan«, sagte ich zu Anne-Marie. »Was ist denn Schlimmes passiert?«

»Ach.« Heftiges Atmen und so nah am Weinen, wie ich es noch nie von ihr gehört hatte. »Das hebe ich lieber auf, bis du hier bist.«

Ich fragte mich, ob ihre Zurückhaltung mit Ripinskys Anwesenheit im Büro zu tun hatte. Hatte auch sie Verdacht geschöpft?

Ted kam wieder herein. »Ich habe für dich den Acht-Uhr-Zehn-Flug mit AirCal von San Francisco gebucht.« Er legte mir ein Blatt mit der Flugnummer und der Ankunftszeit auf den Tisch.

Ich las es Anne-Marie vor und sagte, daß wir uns dann in der Feriensiedlung sähen.

»Sehe ich das richtig, daß ich jetzt bis auf weiteres Stallwache bei dir habe?« fragte Ted.

»Wenn es dir nichts ausmacht.«

»Ausmachen? Ha! Es bedeutet nur, daß ich mir ein paar Videos leihe und sie in deinem Recorder abspielen kann, ohne vom Telefon oder unseren geschätzten Kollegen unterbrochen zu werden.«

Ich sah ihm nach, als er das Büro verließ, und mir ging durch den Kopf, wie sehr ich und wir alle von Ted abhängig waren. Wir kamen nie auf den Gedanken, daß er auch einmal wirklich freihaben wollte, wenn der Zeiger auf fünf Uhr rückte. Wir dachten uns nichts dabei, ihm das Ausrichten von Botschaften aufzubürden, ihn Plätze im Flugzeug reservieren, Dinge nachschlagen und verlorene Sachen suchen zu lassen, und das alles bei Tag und bei Nacht. Ich habe selten einmal über sein Privatleben nachgedacht, geschweige denn bemerkt, daß er seit dem Tod seines Freundes Harry keine intimen Beziehungen mehr eingegangen war – die Aids-Bedrohung war für ihn zur vollen Realität geworden. Ted war mir nie wie ein einsamer oder überlasteter Mann vorgekommen, aber jetzt wurde ich gewahr, daß er beides war, und das machte mich traurig. Ich würde in Zukunft mehr an seine Bedürfnisse denken müssen, genau wie an Georges –

George! Hastig wählte ich seine Nummer und machte mir Gedanken, wie er wohl auf eine derart kurzfristige Absage unserer Verabredung reagieren würde. Die Leitung war besetzt. »Verdammt!« Ich warf den Hörer auf die Gabel, nahm ihn gleich wieder hoch und rief Bart Wallace in seiner Dienststelle an.

Bevor er sich nach den Fortschritten meiner Ermittlungen erkundigen konnte, sagte ich: »Ich möchte Ihr Angebot auf Hilfe in der Erickson-Sache in Anspruch nehmen.«

»Okay.« Wallace klang argwöhnisch, aber er war immer schon ein äußerst vorsichtiger Mann gewesen.

Ich gab ihm schnell eine Liste von Namen durch, darunter auch Ripinskys, die er im Bundeskriminalregister und bei der staatlichen Justizbehörde überprüfen lassen sollte. Wallace versprach, sie gleich auf den Weg zu bringen. Ich bedankte mich und sagte, ich würde morgen wieder anrufen. Als ich einhängte, kam Rae zur Tür herein.

»He, mit Peggy Hopwood, das war gute Arbeit«, sagte ich und beschloß, die Geschichte mit dem aufgelegten Telefon für den Augenblick zu vergessen. »Du mußt heute ja ganz schön herumgerannt sein.«

Sie gab keine Antwort. Ihre blauen Augen schauten starr auf

mein übel zugerichtetes Gesicht, und ihre Sommersprossen gerieten in einen scharfen Kontrast zu ihrer plötzlich blaß gewordenen Haut.

Sie sagte: »Nicht schon wieder!«

»Wie bitte?« Ich sah auf meinen Schreibtisch und fing an, Papiere und Ordner einzusammeln, die ich mitnehmen wollte.

»Sieh dich nur an!«

»Das habe ich schon, danke, und einmal hat mir gereicht.«

»Machst du Witze über so was?« Sie trat ganz ins Zimmer und stellte sich mitten auf meine Orientbrücke, die Hände in die Hüften gestemmt, das kleine Kinn vorgeschoben.

Ich war nicht in der Stimmung, eine weitere Moralpredigt über mich ergehen zu lassen, und gab in lockerem Ton zurück: »Wenn ich nicht scherzte, müßte ich wimmern, und was hätte ich davon?« Ich stand auf und packte meinen Aktenkoffer voll.

Rae sah mir einige Augenblicke zu und fragte dann: »Was ist passiert?«

Ich brachte sie auf den neuesten Stand meiner Ermittlungen, aber bei der Stelle, wo Margot Erickson mich angriff, wurde sie nervös. Sie ging hin und her und folgte dabei dem geometrischen Muster der Brücke, streckte die Arme aus und rief: »So kannst du nicht weitermachen!«

»Was? Jemanden observieren? Verfolgen? Mit zwei linken Füßen über die Treppe stolpern?«

»Siehst du? Du blödelst schon wieder. Das ist aber nicht komisch, Sharon.«

Ich schloß den Aktenkoffer und legte meine Hände darauf. »Rae, wenn du keinen Sinn für die Komik –«

»Komik!« Sie blieb stehen und sah mich an, die Arme vor der Brust gekreuzt und die Hände um die gegenüberliegenden Ellbogen gelegt. In ihren Augen standen Empörung und ein anderes Gefühl, nur halbwegs verborgen. Überrascht stellte ich fest, daß Ted recht hatte: Rae hatte Angst – und ich wußte, wovor.

Ich sagte: »Du denkst an vergangenen Sommer, nicht wahr? Damals habe ich dir einen Schrecken eingejagt.«

»Mir einen *Schrecken* eingejagt?« Mit einem ›Pah!‹ wischte sie das weg, doch da sie schnell den Blick abwandte, erkannte ich, daß ich ins Schwarze getroffen hatte.

»Ja, dir einen Schrecken eingejagt. Du hast Angst, daß du wirst wie ich, wenn du in diesem Job bleibst.«

Sie schwieg und sah auf ihre verschränkten Arme.

»Das ist der wahre Grund deiner Moralpredigten und Nörgeleien«, sagte ich. »Du wirst mit dieser durchaus berechtigten Angst nicht fertig, deshalb bist du so wütend auf mich.«

Ich dachte, sie würde das leugnen, aber statt dessen sah sie auf, und Erleichterung breitete sich über ihr Gesicht. Und gleich darauf wieder neue Angst. »Berechtigte Angst?«

»Genau. Wenn du jahrelang in einem Beruf arbeitest, dessen wesentliche Aufgabe darin besteht, tief im Morast menschlichen Verhaltens herumzuwühlen, dann bist du zwangsläufig eines Tages desillusioniert und zornig. Wie du mit diesen Gefühlen umgehst, hängt von deiner Persönlichkeit ab.«

»Und du glaubst, du kannst mit ihnen umgehen?«

»Das habe ich nicht gesagt. Ich gehe nur so damit um, wie ich es kann.«

»Vergangenen Sommer hast du fast jemanden getötet –«

»Aber ich habe ihn nicht getötet.« Hy Ripinsky mochte ein Lügner und Betrüger sein, aber er hatte mir geholfen, der Wahrheit ins Gesicht zu sehen: Das einzige, was zählte, war, daß ich niemandem das Leben genommen hatte, ganz gleich, wie sehr ich es gewollt hatte.

Rae sagte: »Aber bis dahin hast du immer so ruhig gewirkt, so beherrscht.«

»Das ist nur meine äußere Schale.« Ich schwieg und dachte daran zurück, was meine Mutter mir gestern abend gesagt hatte. »Weißt du, ich habe immer behauptet, daß alle unerwünschten Veränderungen in meinem Verhalten – Zynismus, Wut und was sonst noch – ein Ergebnis dessen sind, was ich im Verlauf meiner Arbeit erfahren und getan habe. Aber jetzt bin ich nicht mehr so sicher, daß das die ganze Wahrheit ist. Vielleicht verändern uns unsere Erfahrungen im Älterwerden gar nicht so sehr, sondern sie betonen nur stärker, wer und was wir wirklich sind.«

»Und was bedeutet das? Daß du tief in deinem Innern, wo es darauf ankommt, nichts anderes bist als eine wütende alte Zynikerin?«

»Ich hoffe, nicht. Doch ehrlich gesagt, ich weiß es nicht.«

»Meinst du nicht, du solltest inzwischen wissen, wer und was du bist?«

»Ach, Rae.« Plötzlich berührte es mich, wie furchtbar jung sie war. »Niemand weiß das je genau. Unser ganzes Leben ist nur eine Annäherung daran, und jedesmal, wenn wir glauben, wir hätten es heraus, wird plötzlich wieder alles anders.«

»Das ist ja nicht gerade tröstlich.«

»Tut mir leid, Kleines – das ist alles, was ich dir bieten kann.«

Raes Gesichtsausdruck blieb deprimiert, als sie darüber nachdachte. Erst als ich meinen Aktenkoffer aufhob und um den Schreibtisch herumkam, sprach sie wieder. »Ehm, Shar... Es tut mir leid, daß ich aufgelegt habe.«

»Das ist okay – ich kann es verstehen.«

»Wohin rennst du übrigens so eilig weg? Du hast mir noch gar nicht alles über den Fall erzählt.«

Aber ich hatte jetzt keine Zeit mehr. Außerdem war ich immer noch ein wenig aufgebracht über Raes Verhalten. Nachdem sie aber so wild darauf war, ihre Fähigkeiten als Detektivin unter Beweis zu stellen, sollte sie eine Nuß zu knacken bekommen.

»Ich mache mich auf zu den feuerspeienden Bergen«, sagte ich.

*D*ritter *T*eil
*D*er *f*euerspeiende *B*erg

21

Es war kalt in Reno. Als mich der erste frostige Windstoß traf, war ich froh, meine gewohnte Wildlederjacke gegen eine wollene Stoffjacke vertauscht zu haben. Während ich die Gangway hinunterstieg, entdeckte ich Ripinsky unten auf der Rollbahn, wo er sich mit einem Mann vom Bodenpersonal unterhielt. Auch er hatte sich eingepackt, und zwar in eine lederne Bomberjacke mit Schaffellkragen, und die Hand, mit der er mir zuwinkte, steckte in einem Handschuh.

Ich schwenkte aus der Reihe der Passagiere aus und ging zu ihm. Der Mann, der mit ihm gesprochen hatte, klopfte ihm auf den Rücken und wandte sich ab. Hy nahm mir die Reisetasche ab und betrachtete mich aus der Nähe. »In eine Kneipenschlägerei geraten, McCone?«

»Daran ist nur meine eigene Unbeholfenheit schuld.«

Er glaubte mir offenbar nicht, fragte aber nur noch: »Guten Flug gehabt?«

»Alles bestens.« In Wirklichkeit hatte ich mir die meiste Zeit Gedanken gemacht: über Georges' Reaktion auf den abgesagten Theaterbesuch heute abend und darüber, wie ich Hy jetzt entgegentreten sollte. Vor allem fürchtete ich, etwas in meiner Stimme oder meinem Benehmen könnte Ripinsky verraten, daß ich einen Verdacht gegen ihn und seine Beziehung zu Lionel Ong und seinen Geologen hegte. Es konnte auch sein, daß Alvin Knight ihn gewarnt hatte. In diesem Fall war nicht abzusehen, was er unternehmen würde.

Aber Ripinsky wirkte ungezwungen und einfach froh, mich zu sehen. Mit einer Hand auf meiner Schulter führte er mich vom Flughafengebäude weg. »He«, sagte ich, »wohin geht's?«

»Ein Kumpel von mir fährt uns rüber zu den Privatmaschinen.« Er zeigte auf das Wartungsfahrzeug, das ein paar Meter weiter entfernt stand. Die gelben Warnlichter blinkten, und der Auspuff spie weißen Qualm in die kalte Luft.

»Wieso?«

Er blieb stehen und sah mit gerunzelter Stirn auf mich herab. »Hat Anne-Marie nicht gesagt, daß wir zum See zurückfliegen?«

»Sie sagte, daß Sie mich abholen, sonst nichts.«

»Na gut, da bin ich – mit meinem Flugzeug.« Unter seinem hängenden Schnurrbart verzog er amüsiert die Lippen.

Als ich mich zum erstenmal mit Anne-Marie über ihn unterhielt, hatte sie irgendwie erwähnt, daß er ein Flugzeug habe. Doch das war mir entfallen. Und nun sollte ich nachts mit einem Mann über die Sierra Nevada fliegen, von dem ich keineswegs wußte, ob ich ihm trauen konnte. Ich runzelte die Stirn und fragte mich, ob ich Angst vor kleinen Flugzeugen vortäuschen und so aus der Sache herauskommen könnte.

Hy sagte: »Angst können Sie nicht haben. Anne-Marie hat mir erzählt, daß Sie vor einer Weile selbst ein paar Flugstunden genommen haben.«

Das war einige Jahre her. Ich war damals in einen Fluglehrer an der Alameda Naval Air Station verliebt, und der hatte mich umsonst unterrichtet. Als er nach Pensacola versetzt wurde und ich merkte, wie teuer eine Fortsetzung ohne seine Großzügigkeit sein würde, hörte ich mit den Stunden auf. Jetzt verfluchte ich Anne-Maries gutes Gedächtnis. »Ich habe genug mitbekommen, um zu wissen, wie gefährlich Flüge über die Berge sind«, sagte ich zu Hy. »Vor allem bei Dunkelheit.«

»Kein Grund zur Sorge – ich bin ein alter Hase.« Er schob mich auf den wartenden Wagen zu. »Ich fliege, seit ich groß genug bin, an die Schalter und Hebel zu kommen. Mein Vater war Flieger bei der Schädlingsbekämpfung und hat es mir gut beigebracht – zumindest, bis er südlich von Fresno in einer Hochspannungsleitung hängenblieb.«

»Danke für diese ermutigende Information.«

Hy zuckte mit den Schultern. »Verglichen mit der Fliegerei über den Feldern ist so ein Flug über die Berge ein Kinderspiel.«

Wir erreichten den Servicewagen und zwängten uns zu seinem Freund, den er mir als Dan vorstellte, ins Führerhaus. Während wir über das Flugfeld auf einen Hangar zurasten, wo kleinere Flugzeuge festgezurrt waren, unterhielten sie sich über Dans neue Freundin, eine Kassiererin bei Bally's. Ich hörte nicht zu und versuchte, die Gefährlichkeit der Situation abzuschätzen.

Inzwischen würde Anne-Marie Hy erzählt haben, daß ich möglicherweise einen Weg gefunden hatte, das Golden-Hills-Projekt von Transpacific zu stoppen. Angesichts seiner offensichtlichen Verwicklung in die Geschichte konnte das eine persönliche Bedrohung für ihn bedeuten. Aber wie sehr fühlte er sich bedroht, und wie weit würde er gehen, um mich aufzuhalten?

Nehmen wir den schlimmsten Fall, daß er so weit ginge, mich zu töten. Er könnte meine Leiche nicht einfach aus dem Flugzeug werfen und behaupten, ich sei nie in Reno aufgetaucht. Die Fluglinie hatte meinen Namen auf der Passagierliste. Leute wie Dan hatten uns hier zusammen gesehen. Wollte er meinen Tod als Unfall darstellen, müßte er seine Maschine zerstören und selbst Verletzungen in Kauf nehmen. Das verminderte die Risikofaktoren für mich.

Natürlich konnte er auch versuchen, mich einzuschüchtern, wenn wir erst einmal in der Luft waren. Die Aussicht schmeckte mir gar nicht, aber schließlich wäre es nicht das erste Mal, daß jemand Terrormethoden gegen mich anwandte, und ich war mir sicher, die Probe unversehrt zu überstehen. Doch irgendwie hatte ich meine Zweifel, daß eines der beiden Szenarios zum Zuge kommen würde. Nichts an Ripinskys Verhalten deutete darauf hin, daß sich an dem Auf und Ab unserer Beziehung etwas geändert hatte – zumindest aus seiner Sicht. Als der Wagen neben einem erleuchteten Büro an der einen Seite des Hangars anhielt, hatte ich meinen Entschluß gefaßt: Gefährde deine Ermittlungen nicht, lehn dich einfach zurück und genieße den Flug.

Wir stiegen aus und bedankten uns bei Dan für die Fahrt. Er revanchierte sich mit einem halbmilitärischen Gruß und fuhr davon. Hy sagte: »Warten Sie hier«, und ging ins Büro. Kurz darauf war er wieder da. »Alles klar – gehen wir.«

Alle Flugzeuge um den Hangar waren mit Ketten am Boden verankert. Der kalte Wind blies heftig, und als Hy mich zwischen den Maschinen hindurchführte, knarrten und zitterten die Flügel. Vor uns glitzerten die Lichter von Reno, breiteten sich über die Ebene die Hügel hinauf aus. Hinter uns dröhnten die Triebwerke eines landenden Jets. Ich hörte den Gummi der Reifen aufjaulen, als sie den Boden berührten, und spürte förmlich das Rütteln, das durch das Flugzeug ging. Wir umrundeten eine sechssitzige Cessna, und dann streckte Hy den Arm aus.

Neben der Cessna sah die winzige Maschine, auf die er zeigte, aus wie ein Spielzeug: ein weißer Hochdecker, dessen Schwanz fast den Boden berührte. Ein blauer Doppelstreifen mit der Nummer 77289 zierte die Seiten, und auf dem Schwanz sah man die blaue Silhouette einer fliegenden Seemöwe – das Zeichen der ›Freunde des Tufa Lake‹.

»Na, was halten Sie von meinem Baby?« fragte Hy.

»Was ist das für ein Typ?«

»Eine Citabria Decathlon.« In seiner Stimme schwang kaum verhohlener Stolz mit.

Ich hatte erfahrene Piloten neidvoll über die Citabria reden gehört, eine einmotorige, stoffbespannte Maschine, nur für spezielle Zwecke und in begrenzter Auflage hergestellt. »Eine Kunstflugmaschine, nicht?«

»Hm. Der Name ist das rückwärts buchstabierte und etwas abgewandelte Wort für Kunstflug – ›airbatic‹.«

»Ich bin beeindruckt.«

Er duckte sich unter die Tragfläche, öffnete die Tür und warf meine Reisetasche nach hinten. »Also, keine Bange – wir machen heute keine Rollen und Loopings. Das Flugzeug hat zwar seine hundertachtzig Pferdestärken, aber die Höhe, in der wir fliegen müssen – zwölf- bis dreizehntausend Fuß –, ist an der Obergrenze der Sicherheit.«

Ich schluckte.

Hy drehte sich zu mir, zog die Handschuhe aus und sah mir direkt ins Gesicht. »Ach, um Gottes willen, McCone«, sagte er, »wir haben noch immer genug Reserve, um gegen die Fallwinde anzukommen. Also, steigen Sie ein?«

Er half mir hinauf. Die Sitze lagen hintereinander, und die ganze Kanzel war nicht viel breiter als mein Schreibtischsessel bei All Souls. Ich sagte: »Man fühlt sich wie in einer Streichholzschachtel mit Flügeln.«

»Aber stromlinienförmiger.« Er entwirrte den Sicherheitsgurt und legte ihn mir um. Der Steuerknüppel ragte von hinten zum Pilotensitz vor, zwischen meinen hochgezogenen Knien hindurch. »Nicht berühren«, sagte Hy.

»Ich weiß.«

Er nahm einen Kopfhörer von der Wand und klemmte ihn mir auf die Ohren. »Wenn Sie mit mir reden wollen, die Lippen ganz nah ans Mikro halten.«

»Hy –«

»Keine Sorge. Ich bin die Route schon häufiger geflogen, als ich zählen kann.« Er schob sich wieder rückwärts aus der Tür und grinste mich an. »Hören Sie, McCone, dieses Flugzeug ist so ein tolles Ding, daß Bellanca, der Erbauer, es nicht einmal Lindbergh für seinen Atlantikflug verkaufen wollte. Er fürchtete nämlich, es könnte seinem Prestige abträglich sein. Schließlich war Lindbergh nur ein unerfahrener Postflieger auf der Route Saint Louis – Chicago.«

»Was hat denn Lindbergh zu tun mit –«

»Wie gesagt, die Decathlon ist das Spitzenmodell der Citabria-Reihe. Neben dem verstärkten Motor hat sie eine stärkere Profilwölbung an der Unterseite der Tragflächen – damit hat sie in Rückenlage bessere Flugeigenschaften.«

»In Rückenlage?« sagte ich kläglich.

»Ich verspreche Ihnen – heute abend nicht.« Er blinzelte mich an und drehte sich um.

Ich beobachtete seine lange, schlanke Gestalt, als er sich bückte und die Kette von der rechten Tragfläche löste, Benzin- und Ölstand kontrollierte und nach vorn zum Propeller ging, den er mit erfahrener Hand prüfte. Ripinsky mochte zwar nichts von dem wissen, was ich über ihn in San Francisco herausbekommen hatte, aber etwas ganz Persönliches von mir wußte er – ich gebe gern vor, tapferer zu sein, als ich in Wirklichkeit bin. Hätte ich nicht im Gurt und an den Kabeln des Kopfhörers gehangen, wäre ich aus der Kanzel geklettert und hätte ihm einen netten kleinen Tritt gegeben für seinen sichtlichen Spaß daran, mich zu piesacken.

Er kletterte nun selbst auf den Pilotensitz, griff an eine Instrumententafel links von mir und sah mich an. »Fertig?«

»Ja«, sagte ich möglichst cool. Ich wollte ganz locker wirken, als ich durch das gläserne Kanzeldach zum Himmel schaute.

Er legte ein paar Schalter um.

Ich zuckte zusammen.

Er grinste niederträchtig und widmete seine Aufmerksamkeit den Kontrollinstrumenten.

Nachdem es bisweilen das Beste ist, zu ignorieren, was einen nervös macht, konzentrierte ich mich noch mehr auf den schwarzen Himmel. Hy ließ den Motor an. Er starb ab. Hy versuchte es noch einmal. Er starb wieder ab. Ein dritter Versuch. Das gleiche Ergebnis.

Ich klammerte mich an seine Rückenlehne und starrte jetzt direkt geradeaus.

»Immer mit der Ruhe, McCone«, hörte ich seine Stimme über den Kopfhörer. »In dieser Höhe ist die Luft dünn. Da braucht es ein bißchen, bis er anspringt.«

Ich ließ seinen Sitz los und legte meine Hände zwischen die Knie, ohne den Steuerknüppel zu berühren.

Der Motor zündete und fing an zu brummen. Der Propeller drehte sich, wurde schneller – ein silbriger Schleier vor dem nächtlichen Himmel.

Ich sah auf und versuchte, etwas zu finden, auf das ich mich konzentrieren konnte, etwas, das nichts mit dem Startvorgang zu tun hatte. George? O Gott, George...

Ich hatte versucht, ihn von zu Hause aus anzurufen, aber ohne Erfolg. Erst wenige Minuten vor dem Abflug aus San Francisco hatte ich ihn erreicht. Obwohl er vom plötzlichen Umwerfen unserer Pläne enttäuscht war, hatte er auf seine typisch faire Art darauf reagiert.

»Du hast mich ja vor den Unvorhersehbarkeiten deines Jobs gewarnt«, hatte er gesagt.

Sein ruhiges Verständnis hatte mich dummerweise ein wenig gereizt. »Ich wäre wütend, wenn du das mit mir machtest.«

»Das liegt daran, daß du zu den Unkonventionellen gehörst.« Das war die kleine Gruppe, in die ich seiner Meinung nach neuerdings am besten paßte. (Verflucht sei der Versuch meiner Mutter, in Georges Persönlichkeitsklassifikationen herumzupfuschen! Jetzt würde ich sie mir nie mehr anders vorstellen können.) Zu den eher unglücklichen Zügen meiner Gruppe gehörten demnach eine äußerst starke Empfindsamkeit, eine Mißachtung des gesellschaftlichen Sittenkodex und ein Hang zu Depressionen.

»Nein«, hatte ich gesagt und mich bemüht, einen lockeren Ton beizubehalten, »du bist deswegen so nett, weil du etwas vom Helfersyndrom an dir hast.« Die ›Gehilfen‹ waren in seinem Schema die Versager.

Normalerweise hätte George jetzt gelacht, aber er war ein Meister im Heraushören von Untertönen bei mir. »Sharon, was ist los?«

Ich hatte gezögert und mit einem Ohr den ersten Aufruf zum Boarding mitbekommen. Mein Verdruß war so dumm wie unlogisch. Sicher würde er verflogen sein, bis ich ihn das nächste Mal sah. »Ich bin nur böse, daß ich absagen mußte«, hatte ich schließlich gesagt.

Aber es muß sich wenig überzeugend angehört haben. »Wir müssen darüber reden, wenn du zurück bist«, hatte er gesagt.

»Ja, wir reden darüber«, hatte ich zugestimmt.

Jetzt gefiel mir die Erinnerung an das Gespräch so wenig, daß ich mich nicht länger damit beschäftigen wollte. Während Hy in das Funkgerät der Citabria sprach, wandte ich meine Gedanken meinen Ermittlungen zu.

Zuerst Mick Erickson. Er erfuhr von den Goldvorkommen im Stone Valley von seinem alten Mitarbeiter, Ned Sanderman. Da er an der Bergbauschule von Colorado studiert hatte, wußte er vielleicht, daß man über das Eintragen von Claims Bundesland erwerben konnte. Augenblick mal – könnte Erickson nicht schon vorher über das Stone Valley Bescheid gewußt haben? Schließlich war sein Schwiegervater Besitzer der aufgelassenen Mine von Promiseville.

»Reno Bodenkontrolle, hier Citabria sieben-sieben-zwei-acht-neun...«

Also gut, Ericksons Unterhaltung mit Sanderman mochte ihn wieder daran erinnert haben, und er hatte einen Erwerb des Landes im Stone Valley erwogen. Sanderman könnte ihm sogar unwissentlich den Namen von Alvin Knight geliefert haben, als er Mick davon erzählt hatte, daß die Coalition gegen den Geologen eine Beschwerde wegen angeblicher Fälschung eines mineralogischen Gutachtens eingebracht habe.

»Zwei-acht-neun, Kennung null-eins-drei-fünf...«

Wahrscheinlich wußte Erickson, daß Ong an attraktiven Stellen in großem Umfang Land für Transpacific-Feriencenter aufkaufen wollte. Also ist er mit der Idee einer Erschließung des Stone Valley zu Ong gegangen. Natürlich gegen Provision. Er – oder vielleicht auch Margot – überredete seinen Schwiegervater, seinen Besitz an Transpacific zu verkaufen, und mit Alvin Knights Hilfe gelang es ihm, die angrenzenden siebenhundert Acres zu erwerben.

»Bitte um Starterlaubnis, hier ist zwei-acht-neun. Gehe auf südlichen Kurs nach Tufa Lake mit Delta...«

Alles war nach Plan verlaufen. Das Bundesland wurde dem nicht existierenden Tarbeaux überschrieben. Von ihm kaufte es dann Transpacific. Knight spielte seine Rolle als Chefgeologe, simulierte Bodenproben und legte das Ganze dann still. Meiner Ansicht nach wollte Transpacific den Winter abwarten und dann bekanntgeben, man sei gelinkt worden. Bequemerweise war der Verursacher, nämlich Tarbeaux, abgängig. Dann würden die PR-Leute der Gesellschaft die Wege ebnen und die Pläne des Golden-Hills-Projekts publik machen. Dabei würde man zweifellos den neuen Wohlstand betonen, den die Bautätigkeit am Center und später die Dienstleistungen nach Mono County bringen würden.

»Bodenkontrolle, hier zwei-acht-neun. Bitte um Rollerlaubnis zur Startposition.«

»Zwei-acht-neun, nehmen Sie Taxiway 34 rechts.«

Das kleine Flugzeug setzte sich in Bewegung. Wir glitten an den anderen kleinen Maschinen vorbei. Dann drehten wir, und ich sah einen Jet auf dem Weg zur Parallel-Rollbahn. Seine Größe verursachte mir selbst auf diese Distanz ein Gefühl von Verwundbarkeit. Ich preßte meine Hände fester zusammen und wandte mich wieder meinem Fall zu.

Okay, dachte ich, alles lief, wie geplant. Doch dann unternahm Erickson eine geheime Reise zum Tufa Lake – so geheim, daß er es niemanden wissen ließ, nicht einmal seine Frau... seine von ihm getrennt lebende Frau. Ein paar Tage später wurde er erschossen und in den See geworfen. Hopwood war auch bereits mehr oder weniger verschwunden, und jetzt noch Ong. Obendrein hatte gestern jemand Margot Erickson übel zugerichtet. Auch sie hatte sich auf den Weg zum Tufa Lake gemacht.

Das würde einen richtigen Auflauf geben, wenn Ong jetzt auf

der Szene erschiene – wie Knight und Ripinsky das ja offenbar annahmen. Wenn dann noch Hopwood wiederauftauchte und Knight sich ebenfalls auf die Reise machte, würde das regelrecht eine Wiedersehensfeier unter Verschwörern und Mitverschwörern werden.

»Reno, Tower, hier zwei-acht-neun. Bin auf Taxiway 34 rechts.«

»Okay, zwei-acht-neun. Start frei. Fallwinde von rechts in Startrichtung.«

Hy beschleunigte weiter. Die kleine Maschine zitterte vor Anstrengung. Ich grub meine Fingernägel in die Handflächen. Das Flugzeug machte einen Satz nach vorn und raste über die Rollbahn. Das Rütteln und Stoßen der Räder spürte ich bis ins Rückgrat. Ich schloß die Augen und fühlte den Ruck, als die Räder vom Boden abhoben. Die Maschine stellte die Nase steil. Ich wurde in meinen Sitz gedrückt und stemmte die Füße fester gegen den Fußboden. Über mehrere Meilen stiegen wir in steilem Winkel und gingen dann in flacheren Steigflug über. Ich machte die Augen wieder auf.

Hy flog eine Kurve, und ich sah die Neonlichter, die zu meiner Rechten die Hügel und das Flachland überzogen. »He, McCone«, drang seine Stimme an mein Ohr, »sind Sie noch da?«

Ich drehte mich seitwärts und preßte die Nase an das Fenster. »Ich bin hier.«

»Hübsch, nicht?«

»Sicher.« Die Maschine geriet in eine Turbulenz, wurde durchgeschüttelt. Mein Magen hob sich, aber ich hielt die Nase gegen die Plastikscheibe gepreßt und sah, wie Reno immer kleiner wurde. Der nächste Aufwind machte mir nichts mehr aus, dafür spürte ich in meinem Innern ein erregtes Flattern. Das war dieser alte, halbvergessene Schauder, der einen überkommt, wenn man von der Erde abgeschnitten ist. Mehr noch: wenn man losgelöst ist von den Fesseln der Gegenwart, der Vergangenheit und sogar der Zukunft...

Gott, ich hatte vergessen, wie gern ich flog!

Hy sagte: »Auf dieser Route können Sie da vorne Lake Tahoe ausmachen, wenn Sie genau hinsehen. Direkt vor uns, das ist Carson City. Und von dort aus folgen wir einfach der Straße bis nach Hause.«

»Sie meinen dem Highway 395?«

»Hm. Zwischen Carson City und Bridgeport gibt es kaum Orientierungspunkte, nur ein paar kleine Städte. Der Highway ist dagegen deutlich zu erkennen. Warum sollten wir ihn also nicht nutzen?«

Ich lehnte mich zurück, genoß den Flug.

»So, und jetzt wollten Sie mir berichten, was Sie in San Francisco herausgefunden haben?« sagte Hy. »Anne-Marie glaubt anscheinend, wir hätten die Nuß geknackt.«

»...Ich würde es gern nachher euch beiden zugleich erzählen.«

»Wie Sie meinen.«

Wir flogen eine Weile schweigend. Ich schweifte in Gedanken von dem Fall ab, sah zu, wie die Lichter von Carson City vor uns auftauchten und hinter uns wieder verschwanden. Dann herrschte unter uns nur noch Dunkelheit, hin und wieder durchbrochen von schwachen Leuchtfeuern. Ab und zu rüttelte uns ein Aufwind durch. Beim ersten atmete ich scharf ein, und Hy sagte: »He, das macht nichts.« Für ihn war das alles nur ein Kinderspiel. Als gerade die Lichter von Bridgeport auftauchten, traf uns ein besonders heftiger Schlag, und ich lachte. Hy antwortete mit einem Lachen. Er war wohl angenehm überrascht.

»Kriegen Sie wieder Spaß am Fliegen?«

»Besser nicht – es ist ein zu teurer Spaß. Deswegen hatte ich ja aufgehört.«

»Himmel, ich habe einen Kumpel, der ist Fluglehrer und schuldet mir noch etwas. Ich könnte Ihnen Gratisstunden verschaffen.«

»Aber dann würde ich *Ihnen* etwas schulden.«

Er lachte.

Ich wurde ein bißchen wehmütig. Unsere lockere Plauderei war amüsant, aber ich wußte, Flugstunden würde es für mich nie geben. Und auch keine munteren Gespräche mehr zwischen Ripinsky und mir. Sobald ich mit meinen Ermittlungen fertig war –

Er sagte: »Übrigens, hat Ihnen die Rose gefallen, die ich geschickt habe?«

»...Das waren *Sie*?« Ich war verblüfft.

»Hm. Ich wette, Sie dachten, sie war von Ihrem Freund.«

Ein Glück, daß ich vergessen hatte, mich bei George dafür zu bedanken, vor allem angesichts der Enttäuschung, die ich ihm ohnehin bereitet hatte. »Stimmt. Woher wissen Sie von ihm?«

»Anne-Marie hat es mir erzählt. Scheint ein kluger Bursche zu sein.«

»Das ist er. Warum haben Sie mir die Blume geschickt?«

»Himmel, McCone, warum schickt ein Mann einer Frau eine Rose?«

Ich gab keine Antwort. Doch nachdem Bridgeport wieder in der Dunkelheit versunken war, fragte ich ihn: »Warum eine gelbe?«

»Für eine rote sind Sie nicht konventionell, für eine pinkfarbene nicht sentimental genug. Und jungfräulich sind Sie schließlich auch nicht, also entfällt Weiß.«

»Na gut, danke. Gelb ist meine Lieblingsfarbe.«

»Irgendwie habe ich mir das gedacht.«

Danach redeten wir eine Weile nicht mehr. Ich starrte auf seinen Hinterkopf. Meine Gedanken und Gefühle wirbelten durcheinander. Dann griff er nach hinten, berührte mein Knie und zeigte nach links.

Unter uns breitete sich nach Süden der Tufa Lake aus, und nah am Ufer reihten sich die Lichter der Stadt aneinander. Am Ende der Landzunge erkannte ich Zelda's Leuchtschrift. Die rote Farbe verlief im Wasser wie Blut. Die Rollbahn des Flugfeldes war im Westen mit gelben Begrenzungslichtern gekennzeichnet. In der Ferne schimmerte die Kalisalz-Ebene weiß im Mondlicht, überragt von den schemenhaften schwarzen Kegeln der Vulkane.

Das Flugzeug senkte die Nase und setzte zu einem steilen Sinkflug an. Hy sagte: »Tufa Tower, hier sieben-sieben-zwei-acht-neun. Bitte um Landeerlaubnis.«

22

Als wir auf Hys Ranch ankamen, holte er meine Reisetasche aus dem Kofferraum seines Morgan und stellte sie neben den Landrover. »Sie wollen ganz bestimmt nicht hereinkommen und sich aufwärmen?« fragte er.

Ich schüttelte den Kopf. »Es ist schon spät. Anne-Marie wird sich Sorgen machen.«

»Wie Sie meinen.« Er fummelte an seinem Schlüsselbund und reichte mir einen Schlüssel. »Links unter der Stoßstange ist ein Reserveschlüssel in so einem magnetischen Kästchen. Wagenpapiere im Handschuhfach. Streicheln Sie ihn ein wenig, wenn Sie ihn morgens früh starten – er ist genausowenig ein Frühaufsteher wie ich.«

»Danke. Und danke fürs Abholen.«

»War mir ein Vergnügen. Morgen unterhalten wir uns über das, was Sie herausgefunden haben.«

Ohne eine Antwort warf ich meine Reisetasche auf den Sitz des Landrovers und kletterte hinterher. Der Motor kam sofort, und ich legte den Gang ein und wendete. Als ich losfuhr, sah ich in den Rückspiegel. Hy hatte sich nicht von der Stelle gerührt und blickte mir melancholisch nach.

Auf der Straße bog ich nach rechts in Richtung Vernon ab, aber nach der ersten Kurve wendete ich und hielt am Rand in der Nähe der Schafhürde an. Der Mond schwebte als leuchtende Scheibe über den Bergspitzen. Sein kalter Schein lag wie Reif auf der öden Landschaft. Die Schafe drängten sich zusammen. Ihr Fell erinnerte an Schneewehen. Der Stacheldrahtzaun hob sich von der bleichen Wiese ab wie eine Radierung im Eis.

Die grünen Ziffern der Digitaluhr auf dem Armaturenbrett zeigten nach elf an. Ich lehnte mich zurück und wartete – fünf, zehn, fünfzehn Minuten. Dann warf ich den Motor wieder an und fuhr schnell in Richtung Stone Valley. Als ich an Ripinskys Haus vorbeikam, sah ich, daß die Fenster dunkel waren und der Morgan an seinem Platz stand. Dennoch hielt ich ein wachsames Auge auf den Rückspiegel, bis ich sicher war, daß er den Landrover nicht bemerkt hatte und mir nicht folgte.

Auf der Anhöhe oberhalb der Ruinen von Promiseville wurde ich langsamer und ließ meinen Blick über das Tal wandern.

Keine Lichter auf der Mesa oder in der Stadt. Im eisigen Mondlicht standen die zerklüfteten Berge wie eine Erinnerung an die selbstzerstörerischen Kräfte, die in der Erde schlummerten. Das verbogene Gerippe der alten Stampfmühle, das sich am Rand der Mesa spreizte, und die zusammengesackten Häuser unten im Tal erzählten beredt, was diese Kräfte den Menschen, die sie zu zähmen versucht hatten, anzutun wußten.

Die weite Leere und die Stille drohten, mich zu überwältigen. Ich packte das Steuer, trat auf das Gaspedal. Fuhr ins Tal hinunter und schob die Hinweise auf Vergeblichkeit und Sterblichkeit beiseite. Und als ich am Friedhof vorbeikam, hielt ich den Blick auf die Straße vor mir gerichtet.

Der Landrover nahm mühelos die holperige Strecke entlang dem Bachbett. Als ich mich dem kleinen Canyon näherte, ging ich mit der Geschwindigkeit herunter und schaltete auf Standlicht. Kurz davor hielt ich an und ging zu Fuß weiter.

Bevor ich Hopwoods Hütte sehen konnte, hörte ich das Rauschen des Wasserfalls. Mondstrahlen spielten auf den Strudeln des Bachs und erhellten mir den Weg. Die felsigen Wände rückten von beiden Seiten immer näher, und dann erkannte ich die Konstruktion aus rohem Kiefernholz unter dem überhängenden Felsen. Es standen weder ein Lastwagen noch ein Miata davor, und in den Fenstern war kein Licht zu sehen.

Wo also war Margot Erickson?

Ich blieb in ungefähr sechs Metern Entfernung stehen und ließ den Blick über die Hütte im Dunkeln wandern. Das gleiche Gefühl wie am Samstagnachmittag überkam mich, daß nämlich etwas nicht stimmte – und diesmal war es noch stärker. Ich ging zur Tür und klopfte. Wie erwartet keine Antwort. Dann umrundete ich sie und sah mich um, ob ich neulich vielleicht etwas übersehen hatte. Zögerte und machte mir klar, was ich da gerade vorhatte.

Seit meinem ersten Besuch hier hatte die Lage sich verändert. Mick Erickson war ermordet worden, und möglicherweise war der Mörder auch hinter Hopwood her. Margot hatte heute früh San Francisco verlassen und mußte eigentlich schon hier sein. Man hatte sie bereits übel zugerichtet, und vielleicht war sie ebenso in Gefahr. Im Grunde hätte ich dem Sheriffbüro meine Vermutungen mitteilen müssen, aber bis zum nächsten Telefon war es weit. Außerdem arbeitete ich ja für sie…

Ich entdeckte eine Metalltrommel im Müllhaufen unter dem Felsüberhang und zog sie unter ein Fenster. Stülpte sie um, stieg hinauf und versuchte, einen Blick ins Innere zu werfen. Schmutzig-weiße Vorhänge versperrten mir die Sicht. Ich versuchte, den Fensterrahmen nach oben zu schieben, aber das Schloß hielt.

Ich kletterte wieder hinunter und suchte im Abfall herum, bis ich eine Spitzhacke mit abgebrochenem Griff fand. Ich trug sie hinüber, nahm sie in beide Hände und zerschlug die Scheibe. Ich zog die größeren Glaszacken aus dem Rahmen und schob den Vorhang zur Seite. Es war das Küchenfenster. Ich löste den Riegel, schob den Rahmen hoch, zog mich auf das Sims und landete auf dem Holzfußboden.

Meine Handtasche hatte ich im Landrover eingeschlossen, aber die kleine Taschenlampe hatte ich bei mir. Ich zog sie aus der Jackentasche und ließ ihren dünnen Strahl durch den Raum wandern. Die Küche war noch primitiver als die von Lily Nickles und zeigte, wie wenig Hopwood von einem geordneten Haushalt hielt: Auf einem Tisch neben dem Propanbrenner standen schmutziges Geschirr und ein Topf mit verkrustetem Inhalt. Ein Laib Brot lag verschimmelt in seiner ausgefransten Plastikverpackung. Offenbar hatten sich Nagetiere daran zu schaffen gemacht.

Eine Tür führte in ein zweites Zimmer. Ich konnte ein altmodisches, üppig gepolstertes Sofa erkennen, wie das bei All Souls. Ich ging hinein, sah einen Holzofen und einen Schaukelstuhl. Und ich sah, daß einer der kleinen Sofatische umgekippt war. Eine Öllampe lag zerbrochen auf dem Fußboden, daneben ein mit dunklen Flecken übersäter Flickenteppich.

Ich hockte mich neben den Teppich und richtete den Strahl meiner Lampe darauf. Die Flecken waren braun und angetrocknet. Es sah aus, als wäre der kleine Teppich zum Abwischen des Fußbodens benutzt worden. Ich sah mir die Bretter genauer an und entdeckte verschmierte Stellen und eine verkrustete braune Substanz in den Fugen. Ein Teil des beigefarbenen Sofas war voll feiner Spritzer.

Blut, dachte ich, altes Blut. Aber wie alt?

Ich drehte mich um und richtete den Lichtstrahl auf die Flekken auf dem Sofa. Ihre geringe Größe ließ darauf schließen, daß sie von einem schnell oder halbschnell geführten Schlag herrührten. Das konnte alles bedeuten – vom Schlag mit einem Hammer oder einer Axt bis zu einem Schuß aus einer Waffe. Wenn sich auch ihre Form durch die Absorption des Stoffes etwas verzogen hatte, schienen sie doch aus einem leicht schrägen Winkel von oben aufgetroffen zu sein.

Nun gut, dachte ich und richtete mich auf. Jemand hatte hier vor dem Sofa gestanden, als er oder sie von dem Schlag oder Schuß getroffen worden war. Das Opfer fiel zu Boden und riß Tisch und Lampe mit. Doch wer? Und wann? Von wem? Und warum? Das waren Fragen, die auch eine noch so gründliche Untersuchung der Blutspritzer nicht beantworten würde. Ich mußte im Sheriffbüro anrufen, damit die Spurensicherung alles untersuchen konnte. Doch solange ich hier war...

Schnell untersuchte ich den Rest der Hütte und nahm mich in acht, nichts zu verrücken oder mögliche Fingerabdrücke zu verwischen. Das war nicht schwierig, denn es gab nur noch einen weiteren Raum. Und als ich mich umsah, erhielt ich ein paar Einblicke in das einsame Leben, das hier geführt worden war und vielleicht auch hier geendet hatte.

Auf der Kommode im kleinen Schlafzimmer stand ein gerahmtes Foto von der jungen Margot Erickson. Dunkelblondes, toupiertes Haar, über den Schultern diese Art Umhang aus schwarzem Samt, wie sie damals bei Abschlußfeiern der High-School getragen wurden. Die hübsche Peggy, wie man sie laut Ripinsky genannt hatte, lachte in die Kamera. Aber ihr Mund zeigte eine Spannung, die – jedenfalls im nachhinein – ein fast verzweifeltes Verlangen verriet, sich von ihrem Vater, der sich an sie klammerte, und der kleinen Stadt, die sie beengte, loszureißen. Ich fragte mich, ob Margot wohl heute noch der Meinung war, die darauffolgenden Jahre seien diesen Preis wert gewesen.

Die Schubladen der Kommode enthielten nichts als Kleidung. Zum großen Teil war sie ungetragen, und einige Sachen befanden sich noch in den Schachteln von so teuren Läden in San Francisco wie Bullock & Jones – nicht benötigte und nicht gewünschte Geschenke von einer Tochter, die versuchte, so ihre

Schuldgefühle gegenüber dem verlassenen Vater zu besänftigen. In einem Schrank hingen die Sachen, die Hopwood wirklich trug – Jeans, Khakihemden und -hosen und ein paar sportliche Kleidungsstücke aus Kunstfaser, die er trug, wenn er durch die Casinos von Nevada zog. Das einzige Buch im Haus war eine Bibel, die aufgeschlagen und umgekehrt auf dem Nachttisch neben der eisernen Bettstelle lag.

Ich hob sie auf. Hopwood hatte in der Offenbarung gelesen. Oben auf der rechten Seite fiel mir ein Zitat auf: »Und der Teufel, der sie verführte, ward geworfen in den Pfuhl von Feuer und Schwefel, da auch das Tier und der falsche Prophet war, und werden gequält werden Tag und Nacht von Ewigkeit zu Ewigkeit.«

Eine tröstliche Bettlektüre, dachte ich, als ich den zerfledderten Band zurücklegte. Ich habe den Reiz der verschiedenen Feuer- und Schwefelvarianten in den verschiedenen Religionen nie verstanden. Das Leben ist schwierig genug, auch ohne das allgegenwärtige Schreckgespenst der Verdammnis, das immer dann über uns schwebt, wenn wir vom geraden und vorherbestimmten Weg abweichen. Vielleicht lag es daran, daß ich mich nie zu den Gerechten gezählt habe, auf die vor den Toren der heiligen Stadt, wie sie der heilige Evangelist Johannes vorausgesehen hat, der ausgebreitete Teppich wartet. Ganz bestimmt aber hätte ich mir für ein Leben in der öden Verlassenheit des Stone Valley eine fröhlichere Lektüre ausgesucht als diese apokalyptischen Rasereien.

Ich ging noch einmal kurz durch das Wohnzimmer und die Küche, schloß das Fenster und verließ die Hütte. Jetzt mußte ich nach Vernon fahren und im Sheriffbüro von den Blutflekken berichten – und ich hoffte, daß sie meine Erklärung für den Einbruch akzeptieren würden.

Neben der Tankstelle, die Hopwood früher betrieben hatte, befand sich eine beleuchtete Telefonzelle. Ich hielt und rief von dort aus an, statt den ganzen Weg bis zur Feriensiedlung zu fahren. Kristen Lark war nicht im Dienst. Ich fragte nach ihrem Kollegen Dwight Gifford, doch der war in Urlaub. Der diensttuende Hilfssheriff wollte mir Kristen Larks private Nummer nicht geben. Doch nach einigem Drängen und Schmeicheln schrieb er sich meine Nummer auf und sagte, er werde sie anrufen. Wenn sie mit mir sprechen wolle, könne sie ja zurückrufen.

Ich schob die Tür der Telefonzelle auf, damit das Licht ausging, und wartete im Dunkeln. In Vernon war jetzt nach Mitternacht ziemlich alles zu, obwohl Zelda's Schild noch immer rot gegen den nächtlichen Himmel strahlte. Ich erinnerte mich, wie das Neonlicht von oben ausgesehen hatte, als wären Blutflekken im See, und meine Gedanken wanderten zurück zu den nur allzu realen Blutflecken draußen im Stone Valley. Das Telefon läutete.

Kristen Lark sagte: »McCone, wo sind Sie? Das ist eine Nummer in Vernon, nicht?«

»Stimmt.« Ich erzählte ihr von meinem schnellen Flug hierher und von meinem Fund in der Hütte.

Sie schwieg einen Augenblick. »Warum sind Sie dorthin gefahren?« fragte sie schließlich.

»Das ist eine komplizierte Geschichte. Die erzähle ich Ihnen lieber persönlich.«

»Hm. Und diese angeblichen Blutflecke – Sie sagen, sie befinden sich im Wohnzimmer?«

»Ja. Und übrigens, ich bin dort eingebrochen. Die Situation erschien mir so ernst, daß ich es für gerechtfertigt hielt.«

»Hm.«

Ich wartete. Als sie nichts weiter sagte, fragte ich: »Und?«

»Ich denke nach. Der Anruf aus dem Revier hat mich aus dem Schlaf gerissen. Ich habe gerade zwei Dienste hintereinander gemacht, ohne Dwight – der Bastard steckt in Idaho –, und ich hatte ziemlich tief geschlafen.«

»Es tut mir leid.«

»Gehört zum Job. Ich meine, wenn es hell ist, soll sich die Spurensicherung das Ganze anschauen. Was ich brauche, ist eine Vollmacht. Aber das ist kein Problem, weil wir eine Menge möglicher Gründe haben und Richter Sims schon immer um neun in seinem Amtszimmer ist. Können wir uns an der Hütte treffen? Sagen wir mittags um zwölf?«

»Sicher.«

»Bis dann. Noch etwas, McCone.«

»Ja?«

»Schlafen Sie jetzt auch eine Runde.«

Als ich in der Feriensiedlung ankam, war der Mond untergegangen. Das Wäldchen lag in völliger Dunkelheit, die Weiden schmiegten sich an den Hang, und ihre Zweige hingen wie riesige Schirme über den Hütten. Ich stellte Ripinskys Landrover neben Anne-Maries Wagen ab und leuchtete beim Aussteigen mit der Taschenlampe über den Boden.

In der Hütte war kein Licht. Ich griff in meinen Jeans nach dem Schlüssel, den Hy mir in Anne-Maries Auftrag gegeben hatte, schloß die Tür auf und trat ein. Als ich die scheußliche Deckenbeleuchtung anknipste, entdeckte ich auf dem mittleren Sofapolster einen gelben Zettel, von der Brandyflasche beschwert. »Weck mich!« stand darauf.

Das wird einige Mühe kosten, dachte ich. Anne-Marie hatte einen gesegneten Schlaf. Sie hatte mir erzählt, daß sie nicht einmal als kleines Kind fröhlich aus dem Bett springen konnte. Während ihres Jurastudiums hatte sie sich dazu erzogen, bei jeder sich bietenden Gelegenheit ein paar Augenblicke wegzutreten – in der Klasse, bevor der Unterricht begann, im Bus und sogar beim Anstehen in der Schlange. Um mich auf meine schwere Aufgabe vorzubereiten, ging ich in die Küche und setzte Kaffee in der kleinen elektrischen Maschine auf. Dann ging ich in ihr Schlafzimmer und fing an, sie zu schütteln.

Es dauerte volle fünf Minuten, bis ich sie in einen Sessel im Schlafzimmer bugsiert hatte, einen Kaffeebecher in der Hand. Sie brauchte weitere zwei Minuten, ehe sie die Verletzungen in meinem Gesicht bemerkte. Sie gab ein paar besorgte Schnaufer von sich, doch verschlafen, wie sie war, klangen die eher komisch. Ich erzählte ihr die Geschichte der letzten Tage, während das Koffein seine Wirkung bei ihr tat.

Als ich zu Ende war, war sie völlig wach. Sie stellte mir ein paar Fragen zu dem mineralogischen Gutachten, das Alvin Knight gefälscht hatte. Dann lief sie zum Tisch in der Eßecke und wühlte in den Papieren herum, die dort ausgebreitet lagen. »Ich glaube wirklich, du hast gefunden, was wir brauchen, um diese Entwicklung zu stoppen«, sagte sie. »Ich gehe diese Einschreibungsanträge durch, setze mich dann mit dem Landvergabebüro in Verbindung und frage dort, was für Schritte wir unternehmen sollten. Wir müssen vielleicht Klage einreichen...« Dann fiel ihr das Kinn herab. »Oh, Scheiße!«

»Was ist?«

»Das habe ich vergessen.« Sie legte den Ordner wieder hin und kam zum Sofa zurück, wobei sie den Gürtel ihres Bademantels über den Boden hinter sich her schleppte. »Ich soll ja morgen wegfahren.«

»Müßtest du denn nicht sowieso nach Sacramento, um mit dem Büro zu reden?«

»Ja, aber ich unterbreche dort nur die Fahrt, um ein paar saubere Kleider einzupacken. Die Coalition braucht mich in Humboldt County – ein Protest gegen das Abholzen von Bäumen. Einige Gruppen drohen zu weit zu gehen. Wir müssen ihnen die rechtlichen Folgen auseinandersetzen.«

»Seit wann weißt du das?«

»Seit heute nachmittag um drei, als Ned endlich aus Sacramento zurückkam. Es war seine Entscheidung, mich von hier abzuziehen und nach Humboldt zu schicken. Er scheint zu glauben, daß er Stone Valley selbst erledigen kann.«

»Kann er das?«

Sie zuckte mit den Achseln.

»Ist er jetzt hier? Können wir ihm ausreden, dich nach Humboldt zu schicken, wenn wir ihm die neue Lage erklären?«

»Das bezweifle ich. Außerdem, wenn wir etwas von ihm wollen, dürfen wir auf gar keinen Fall seinen Schönheitsschlaf zu stören wagen.«

»Das hört sich an, als wärst du wütend auf ihn.«

»Warum auch nicht? Fast die ganze Woche war er in Sacramento. Die halbe Zeit habe ich ihn nicht einmal ans Telefon bekommen. Und dann kreuzt er hier wieder auf und erteilt Befehle, als wären wir beim Militär.«

»Hat Ripinsky ihm vorgehalten, daß er Mick Erickson von dem Goldvorkommen hier erzählt hat?«

»Nein. Ich glaube, er hat beschlossen, daß wir hier keine Meinungsverschiedenheiten mehr gebrauchen können.«

»Oder ihm gehen andere Fragen durch den Kopf.« Ich berichtete ihr schnell, was ich in Alvin Knights Haus am Nebenanschluß mitgehört hatte.

Anne-Maries Augen verengten sich nachdenklich. Nach einer Weile schüttelte sie den Kopf. »Ich kann mir nicht vorstellen, daß Hy etwas mit Transpacific zu tun hat.«

»Wie erklärst du dir dann, daß Knight ihn angerufen und gefragt hat, wo Ong steckt?«

»Das kann ich nicht.«

»Aber du möchtest noch immer nicht glauben, daß Hy mit denen unter einer Decke steckt.«

»Nein. Ich weiß, was für ein Mensch er ist.«

»Das dachte ich auch. Aber was wissen wir denn tatsächlich über ihn? Da gibt es die lange, leere Periode, in der er nicht in Vernon war – und den Umstand, daß er mit einem Haufen Geld heimgekehrt ist. Die Leute hier mögen behaupten, daß er bei der CIA war, aber ich halte das nur für eine Romantisierung. Agenten machen nicht soviel Geld. Woher hat er es also?«

»Keine Ahnung.«

»Also, ich habe heute nachmittag bei der Mordkommission in San Francisco angerufen und den Mann vom Archiv gebeten, die Kartei nach Ripinsky und einigen anderen durchzuforsten. Er hat versprochen, sich zu beeilen. Vielleicht höre ich schon morgen von ihm. Dann wissen wir möglicherweise mehr. Inzwischen sollten wir Hy keineswegs erzählen, was ich herausgefunden habe.«

»Du meinst, daß du das nicht tun wirst. Ich trage diese Akten« – sie zeigte auf den Tisch – »in der Frühe zu Ned hinüber, und dann bin ich weg.«

»Auch gut. Ich kann mich auf Ned berufen, mich jeder Diskussion enthalten und Hy einfach aus dem Wege gehen.«

»Und was unternimmst du?«

»Das weiß ich erst, wenn ich mich mit Kristen Lark in Hopwoods Hütte getroffen habe.«

»Shar, es könnte da, was deine Bezahlung durch die Coalition angeht, ab heute ein Problem geben. Ned war immer schon dagegen, Ermittler von außen beizuziehen. Und nachdem er jetzt die Verantwortung hat –«

»Ich bleibe so oder so. Es ist ja fast schon Wochenende.«

Sie stand auf und zog den Bademantel gegen die Kälte im Raum fest um sich. »Verdammt, ich habe überhaupt keine Lust, jetzt mitten in der Geschichte wegzufahren! Es gefällt mir ganz und gar nicht, daß die Coalition glaubt, mich hierhin und dorthin schieben zu können.«

»Vielleicht kannst du bei deinem Stopp in Sacramento über Neds Kopf hinweg mit jemandem sprechen. Außerdem wird es in Humboldt County ja nicht so lange dauern. Danach kommst du ins Hauptquartier zurück und setzt dich mit dem Landvergabebüro auseinander.«

Der Gedanke schien sie aufzuheitern. »Vielleicht«, sagte sie – und gähnte.

»Geh doch wieder ins Bett«, schlug ich ihr vor. »Du hast morgen eine lange Fahrt vor dir.«

»Das sollte ich wohl. Und du?«

»Ich habe in letzter Zeit nicht viel geschlafen, aber ich bin überhaupt nicht müde. Ich genehmige mir einen Drink. Vielleicht entspanne ich mich dann.«

Sie nickte und ging in ihr Zimmer zurück. Ich hatte keine Zweifel, daß sie binnen weniger Minuten wieder eingeschlafen war.

Ich goß mir einen Brandy ein und trank ihn, aber das schäbige Wohnzimmer deprimierte mich schon bald. Es ähnelte zu sehr dem in Hopwoods Hütte, und meine Gedanken kreisten um das, was dort passiert sein mochte. Schließlich trug ich mein Glas auf die Veranda und setzte mich auf die Stufen.

Es war jetzt nach zwei. Ein starker Wind war aufgekommen. Er riß die welken Blätter von den überhängenden Bäumen und ließ die Zweige gegeneinanderschlagen. Ich dachte an den Mark-Twain-Satz über Mono Lake unten im Süden, den Hy zitiert hatte, der aber auch für diese Gegend zutraf: »Wild, düster und schlimme Ahnungen hervorrufend… gemahnt er an Sterilität und Tod.«

Vielleicht hatte Twain doch recht.

23

Als ich dann endlich schlief, tat ich das natürlich exzessiv. Die Folge war, daß ich eine halbe Stunde zu spät zu meiner Verabredung mit Kristen Lark durch das Stone Valley raste. Als ich am Bach etwas Merkwürdiges sah, trat ich auf die Bremse, schwenkte nach rechts und fuhr näher.

Bayard, der Alt-Hippie, und eine Frau mit wirrem, mattdunklem Haarwust hockten am Ufer. Mit zusammengesteckten Köpfen bastelten sie an etwas wie einer Maschine herum. Drei unterernährte Kinder spielten nebenan teilnahmslos im Dreck. Ich sah mich nach seinem Gewehr um, und als ich es nicht entdeckte, stieg ich aus dem Landrover und ging zu ihnen. Mein erster Eindruck hatte gestimmt: Die Maschine sah so ähnlich aus wie Lily Nickles' hydraulische Pumpe. Ich konnte mir nicht vorstellen, daß sie die irgend jemandem ausleihen würde, schon gar nicht einem so unbeholfenen Menschen wie Bayard.

Als ich näher kam, drehte sich die Frau zu mir um. Ihr schmales Gesicht war sonnengebräunt, aber mit einem ungesunden Stich ins Gelbe. In ihren dunklen Augen flackerte Neugier auf, und sie stieß Bayard in die Rippen. Er sah zu mir hoch, ohne mich wiederzuerkennen.

»He, Bayard«, sagte ich, »erinnern Sie sich? Ich bin Lily Nickles' Freundin.«

Er nickte bedächtig.

»Von ihr geliehen?« Ich zeigte auf die Pumpe.

Die Antwort kam von der Frau. »Hat sie uns verkauft, zusammen mit dem Rest ihrer Schürfausrüstung. Und jetzt ist das Scheißding kaputt.«

»Verkauft? Wann?«

»Gestern abend, bevor sie abgehauen ist.«

»Abgehauen? Wohin?«

Die Frau zuckte mit den Schultern und kratzte sich in der Achselhöhle.

Bayard starrte die Pumpe an. »Die Schlampe hat uns den letzten Cent abgenommen, den wir von meiner Rente noch übrig hatten, und jetzt ist das Ding kaputt.« Aber er klang gar nicht übermäßig wütend. Von dergleichen Problemen wurde das Paar offenbar regelmäßig heimgesucht. Er schlug auf die Maschine und versuchte, sie anzuwerfen. Der Motor hustete einmal schwach.

»Bayard«, sagte ich, »ich glaube, er braucht Benzin.«

»Benzin.«

»Ja, er klingt so trocken.«

»Benzin«, sagte er noch einmal, als sei ihm eine göttliche Eingebung gekommen. Ohne ein weiteres Wort stand er auf und folgte den Windungen des Bachs zu seiner Hütte.

Die Frau sah ihm nach. In ihren dunklen Augen war nichts zu lesen. »Bay ist nicht der Schlaueste«, sagte sie nach einer Weile. »Ich wußte, woran es lag, aber von seiner Frau mag er sich nicht sagen lassen, was er tun soll. Sie jetzt – das ist etwas anderes.«

»Lily hat nicht gesagt, wohin sie geht?«

»Nee. Aber sie ist für immer weg. Sonst hätte sie nicht ihre Ausrüstung verkauft und ihren Jeep mit ihrem ganzen übrigen Zeug vollgepackt.«

»Wie wirkte sie? War sie glücklich? Traurig? Ängstlich?«

Die Frau dachte nach und biß sich innen auf die Lippe. »Ach, ich würde sagen, sie hatte Angst.«

»Wovor?«

»Ich weiß nicht. Ganz normal, sich hier draußen zu fürchten.« Sie sah zu den zackigen Granitspitzen auf. »Was mich angeht, ich habe immer Angst.«

Dazu konnte ich nichts sagen, also bedankte ich mich nur und ging zurück zum Landrover. Doch statt weiter zu Hopwoods Hütte zu fahren, machte ich mich auf den Weg zu Lily Nickles' Haus hinauf.

Ein Haufen Abfall, der vorher dort nicht gewesen war, lag am Fuß der kürzlich ausgebesserten Stufen. Ich ging auf das Haus zu und rief Lily Nickles' Namen. Keine Antwort. Als ich die Stufen hinaufstieg, merkte ich, daß der Schaukelstuhl und die ganze Schürfausrüstung von der Veranda verschwunden waren. Drinnen stieß ich auf noch mehr Abfall und auf die Möbel, die noch von den ersten Besitzern des Hauses stammten. Eine einsame Bierdose lag im trockenen Spülbecken. Lily Nickles war tatsächlich auf und davon.

Warum? Am Sonntag hatte sie mir gesagt, sie wolle noch eine Saison im Stone Valley bleiben. Sie hatte zwar zugegeben, daß sie sich fürchtete vor dem, was auf der Mesa passieren könnte, aber selbst nach dem Fund von Mick Ericksons Leiche hatte sie relativ wenig Angst gezeigt. Was war inzwischen geschehen und hatte sie vertrieben?

Ich eilte zum Landrover zurück und fuhr zu Hopwoods Hütte.

Die Tür stand offen, und von drinnen hörte ich Stimmen. Kristen Lark stand neben dem Sheriffwagen und unterhielt sich mit jemandem von der Spurensicherung. Sie drehte sich um und sah mich finster an.

»Mein Gott, McCone«, sagte sie, »ich meinte zwar, Sie sollten etwas schlafen, aber doch nicht so lange.«

»Tut mir leid. Ich wäre früher hier gewesen, wenn ich unterwegs nicht mit Bayard geredet hätte. Ich sah nämlich, daß er Lilys Hydraulikpumpe hatte, und dabei hat sich herausgestellt, daß Lily das Tal verlassen hat.«

»Wie bitte – Sie haben unterwegs mit *wem* geredet, und *was* hatte er von Lily?«

»Da gibt es noch eine Menge Dinge, die ich Ihnen erzählen muß.«

»Ich weiß.« Sie wandte sich wieder an den Labormenschen. »Haben Sie alles verstanden?«

Er nickte.

»Gut. Ich bin hier, wenn Sie mich brauchen.« Zu mir sagte sie: »Sie haben wohl nicht ein Bier bei sich, drüben im Wagen?«

»Leider, nein.«

»Na ja, ich habe zufällig einen Sechserpack mit.« Auf meinen erstaunten Blick erklärte sie: »Eigentlich habe ich ja dienstfrei, und hier wird sich niemand beschweren. Außerdem stellen sie sich im Sheriffbüro nicht besonders an, wenn wir unseren Lebensmittelvorrat im Dienstwagen mit uns herumfahren.«

Wir gingen zum Streifenwagen, und sie holte das Bier. Dann setzten wir uns auf die Steine am Bachrand. Der Nachmittag war jetzt heiß geworden, aber eine hohe Dunstschicht machte das Sonnenlicht verwaschen und blaß. Ich sah zum Himmel hinauf.

Kristen Lark sagte: »Das ist hier immer so, wenn es auf den Winter zugeht. In ein paar Wochen liegt hier Schnee. Zu Weihnachten liegt er so dick, daß viele Straßen, auch diese hier ins Tal, großenteils unpassierbar sind, außer für Snowmobile.«

»Was machen die Leute dann?«

»Durchhalten oder in die Stadt ziehen. Dann müssen wir für unser Geld was tun. Die Leute werden gereizt, wenn sie hier eingepfercht sind. Es geht ihnen auf die Nerven. Wir müssen eine Menge Bar-Schlägereien schlichten – auch Familienfehden. Mein erster Totschlag war eine Frau, die ihrem Mann mit einer Eisenpfanne den Kopf eingeschlagen hatte. Hatte vorher nicht einmal die Eier aus der Pfanne geholt.«

»Wie sind Sie Polizistin geworden?«

»Mein Vater war vor Jahren mal Sheriff im County, und mein Bruder ist Hilfssheriff. Ich bin nie auf die Idee gekommen, daß ich etwas anderes tun könnte. Und Sie?«

»Ich wurde vor allem deswegen Detektivin bei einer der großen Versicherungsgesellschaften in San Francisco, weil ich nach dem College keinen anderen Job fand. Als ich dann so weit war, daß ich meine Lizenz bekam, wußte ich, daß ich nichts anderes tun wollte.«

»Seltsam, wie man in so etwas hineinstolpert. Lassen Sie hören, was Sie herausbekommen haben.«

Ich faßte zusammen, was seit Montag nach dem Verlassen ihres Büros alles passiert war. Kristen Lark zog einen Block aus ihrer Hemdtasche, machte sich Notizen und unterbrach mich hin und wieder mit Zwischenfragen. Als ich zu Ende war, runzelte sie die Stirn und zupfte an einer kurzen, verschwitzten Haarlocke.

»Also«, sagte sie schließlich, »ich kann nicht sagen, ich wäre traurig, daß sie auf der Mesa nicht nach Gold graben. Und wenn das stimmt, was Sie über diesen faulen Zauber beim Landvergabebüro sagen, dann gibt es auch kein Erholungsgebiet. Aber der Rest...«

»Der Rest ist ein heilloses Durcheinander. Ich wünschte, Lily Nickles wäre nicht weggefahren, bevor ich mit ihr reden konnte. Ich wüßte gern, was sie so verschreckt hat. Könnten Sie eine Suchmeldung nach ihr absetzen?«

»Sicher. Aber es wäre leichter, wenn ich wüßte, wohin sie gefahren ist.«

»Am Sonntag sagte sie mir, wenn sie das Tal verließe, würde sie wieder nach Nevada gehen. Ich nehme an, das hat sie getan.«

»Na gut, ich werde die Behörden dort bitten, sie festzuhalten. Sie ist eine unentbehrliche Zeugin und hätte nicht wegfahren dürfen, ohne sich mit uns in Verbindung zu setzen.«

Ich streckte meine Beine aus und stützte mich auf die ausgestreckten Arme. Das steife Gefühl nach meinem Sturz am Tel Hill war größtenteils verschwunden, und auch mein Gesicht hatte am Morgen eine deutliche Besserung im Spiegel gezeigt. »Was haben Sie da drinnen gefunden?« fragte ich und zeigte mit dem Kinn zur Hütte.

»Genau das, was Sie vorausgesagt haben. Mehr erfahre ich auch erst, wenn das Labor seinen Bericht fertig hat. Aber ich habe den Verdacht, die Flecken werden mit Ericksons Blutgruppe übereinstimmen.«

»Oder sie passen zu Hopwoods. Oder zu jemand anderem, an den wir noch gar nicht gedacht haben.«

»Das stimmt. Ich versuche nur, mir die Arbeit wieder mal leichter zu machen.«

»Denken Sie daran: Hopwood und Erickson waren verwandt.«

»Nur durch Heirat, und die Ehe war, wie Sie sagten, ziemlich zerrüttet. Denken Sie außerdem an die Frau mit der Pfanne voller Eier – auch eine reine Familienangelegenheit.«

Eine Familienangelegenheit. Die Worte riefen eine verschwommene Erinnerung in mir hervor.

»Jedenfalls«, fügte sie hinzu, »werde ich auch Suchmeldungen nach Hopwood und seiner Tochter herausgeben.«

Eine Familienangelegenheit. Das war die Erklärung, die mir Margot Erickson für die Trennung von ihrem Mann gegeben hatte – die gleiche Erklärung, die Mick gegenüber seiner Sekretärin, Connie Grobe, benutzt hatte. Connie hatte das auf die Frage nach Kindern bezogen, weil sie Mick und Margot eigentlich nicht als Familie im üblichen Sinne ansah. Aber wenn man auch andere Verwandte mit einbezog, wie zum Beispiel den Vater der Frau…

»McCone? Sie träumen ja?«

»Irgendwie schon. Wie bald werden Sie wohl den Laborbericht in Händen haben?«

»Nicht so bald. Immerhin haben wir Freitag nachmittag. Ich fürchte, wir müssen bis nächste Woche warten.«

»Verdammt.«

Einer von der Spurensicherung kam aus der Hütte und nickte Kristen Lark zu. Sie rappelte sich hoch und sagte zu mir: »Gehen Sie noch nicht.« Ich blieb am Ufer sitzen, trank mein Bier aus und dachte darüber nach, was für eine Familienangelegenheit das sein mochte, die einen so ernsten Riß in der Ehe der

Ericksons verursacht hatte. Als Kristen Lark nach fünf Minuten wieder aus der Hütte trat, winkte sie mir aufgeregt zu.

»Sehen Sie, was wir hier haben.« Sie hielt einen kleinen Plastikbeutel für Beweisstücke in der Hand.

Ich trat näher heran und erkannte eine Kugel.

»Steckte in der Wand hinter der Couch«, sagte sie, »und rundherum waren schwache Blutspritzer. Da die Kugel relativ wenig verformt ist – Kiefer ist ein wirklich weiches Holz –, würde ich sagen, es war ein Durchschuß im Muskelbereich.«

»Was bedeutet, daß die Person, auf die geschossen wurde, nur verwundet war.«

»Oder von einer zweiten Kugel getötet wurde, die im Körper steckengeblieben ist.«

»Was ist mit der Schußrichtung?«

»Das ist interessant. Nach den Blutspuren auf der Couch und dem Einschlagwinkel der Kugel würde ich sagen, der Schütze befand sich in Bodennähe. Das könnte meist darauf hinweisen, daß er oder sie vielleicht mit dem Opfer gekämpft hat und niedergeschlagen wurde, bevor er oder sie schoß.«

»Notwehr?«

»Möglich.«

»Was für ein Kaliber?«

»Sieht nach vierundvierzig aus.«

»Das gleiche Kaliber wie bei der Magnum, die Sie im Handschuhfach von Ericksons Bronco gefunden haben – die, aus der geschossen worden ist.«

»Hm. Und wir haben nicht feststellen können, auf wen sie registriert ist.« Kristen Lark schaute nachdenklich und fügte hinzu: »Eine durchschlagskräftige Waffe – verdammt zu durchschlagskräftig, als daß sie für etwas anderes gebraucht werden könnte, als Menschen umzubringen. Es gibt viele davon hier in der Gegend. Eine ganze Menge von Macho-Ärschen bildet sich ein, sie zu benötigen, aber es ist einfach nur blöd, so eine Kanone mit sich herumzuschleppen. Sie haben ja gesehen, was dabei herauskommt.« Sie bewegte den Kopf in Richtung Hütte.

Ich nickte zustimmend. »Ich nehme an, das schließt die Hütte als Tatort für den Mord an Erickson aus.«

»Ja. Was wir hier haben, ist ein zweites Opfer. Und ich hatte gerade gedacht, meine Arbeit könnte vielleicht etwas leichter werden.« Kristen Lark schaute finster auf den Beutel mit der Kugel. »Also«, setzte sie hinzu, »kann ich jetzt nur noch nach Bridgeport zurückfahren und den Leuten vom Labor im Nakken sitzen, bis ich zumindest schon mal einen inoffiziellen Bericht bekomme – Wochenende hin oder her. Wo kann ich Sie erreichen?«

»Im Willow Grow Lodge, wenigstens bis einschließlich Sonntag.«

Sie machte mir ein Zeichen mit erhobenem Daumen und ging zurück in die Hütte.

Ich befuhr, was einmal die Hauptstraße dieser Stadt gewesen war, als ich Ripinskys Morgan am anderen Ende stehen sah. Es sah so aus, als warte er auf mich. Als ich auf gleicher Höhe war, beugte er sich aus dem Fenster und sagte: »Habe Sie kommen gesehen und beschlossen, meine Stoßdämpfer zu schonen.«

»Ich bin überrascht, daß Sie in diesem Wagen herkommen.«

»Er hält mehr aus, als man meint. Außerdem ist ein Wagen ja zum Fahren da, nicht? Warum hat man ihn sonst? Was ist mit den Leuten vom Sheriff? Ich sah sie hierherfahren, als ich in die Stadt fuhr. Neue Probleme?«

»Keine wirklich neuen.« Bei der Leistungsfähigkeit des örtlichen Nachrichten- und Gerüchtesystems würde er so oder so von der Spurensicherung in der Hütte erfahren. »Sie untersuchen Hopwoods Haus. Im Wohnzimmer sind ein paar Blutflecke, und es scheint, daß da jemandem übel mitgespielt wurde.«

Ripinsky runzelte die Stirn. »Großer Gott, ich hoffe, nicht. Ich bin in den alten Kerl zwar nicht vernarrt, aber ich habe immer so etwas wie verwandtschaftliche Gefühle für ihn gehegt.«

»Wie das?«

Er machte eine kurze abwehrende Geste. »Das kann ich nicht so leicht erklären. Wohin soll es jetzt gehen?«

»Ich denke, zurück in die Stadt.«

»Darf ich Ihnen bei mir zu Hause einen Lunch servieren? Dann können Sie mir erzählen, was Sie noch in San Francisco ermittelt haben. Denn es sieht nicht so aus, als gelänge es uns mal, uns alle zusammen an einen Tisch zu setzen.«

»Wieso nicht?«

»Anne-Marie muß jede Minute nach Humboldt County aufbrechen. Als ich in der Stadt war, saß sie mit Ned im Coalition-Wohnwagen bei einer abschließenden Besprechung. Es herrschte eine spürbar frostige Atmosphäre, darum habe ich mich verzogen. Was gibt es denn? Bin ich plötzlich Persona non grata?«

»Die Frostigkeit herrschte zwischen Anne-Marie und Ned, glaube ich. Sie ist nicht glücklich, daß er meint, hier ohne sie auszukommen.«

Ripinsky nickte, wirkte aber nicht überzeugt. Ich verstand, warum. Wahrscheinlich hatte Anne-Marie meinen Verdacht gegen Hy Sanderman weitererzählt, und wie erwartet hatten beide nicht richtig dichtgehalten.

»Wie ist es?« fragte Hy. »Reden wir miteinander?«

Ich konnte ihn nicht weiter hinhalten. Aber ich brauchte noch etwas Zeit, um mir zu überlegen, welche Fakten ich ihm nannte. Bei sorgfältiger Auswahl könnte ich ihm damit einiges Brauchbare entlocken, ohne selbst viel preiszugeben. Ich suchte nach einer Verzögerungstaktik.

»Okay«, sagte ich, »aber zuerst müssen Sie mir einen Gefallen tun. Zeigen Sie mir wohl einmal Hopwoods kleines Museum?«

»Sicher. Wäre gar nicht schlecht, wenn ich selbst einen Blick hineinwürfe. Stellen wir die Wagen drüben im Mietstall ab. Dann müssen wir hinterher nicht in einen Backofen steigen.«

Ich folgte dem Morgan die Staubstraße hinunter zu einem Gebäude mit offenstehendem Tor. Zwischen dem Durcheinander von verrosteten Wagenrädern, Müll und einem alten Lieferwagen war gerade noch genug Platz für unsere beiden Wagen. Dann ging es weiter über den löcherigen Holzgehsteig. Ripinsky ging voraus. Um ihn von Fragen nach meinen Ermittlungen abzuhalten, fragte ich ihn nach verschiedenen Gebäuden, die mich interessierten, und er antwortete mir mit Eifer.

»Das war die Schule, und hinter dem freien Platz dort liegt das Beerdigungsinstitut. Drinnen warten immer noch ein paar leere Särge.«

»Und da drüben – das Haus, das ganz allein steht? Warum ist es so isoliert?«

»Das heutige Stadtbild täuscht. Vor dem Brand standen die

Häuser dicht an dicht. Gott weiß, warum das Feuer einige vernichtet und andere verschont hat. Wäre es mit rechten Dingen zugegangen, dann hätte das Haus jedenfalls brennen müssen. Es war der übelste Puff im Ort.«

»Gab es viele davon?«

»Eine ganze Menge. Und dazu Saloons und Spielhallen. Promiseville war nie so freizügig und offen wie Bodie, die Geisterstadt unten in der Nähe des Mono Lake, die man zu einem Statepark gemacht hat. Aber zu seiner Blütezeit gab es zwanzig Saloons, zahllose Mädchen für die Nacht und eine Menge recht heruntergekommener Typen.« Er blieb stehen und warf einen Blick die Straße hinunter. »Die Friends bemühen sich um die offizielle Erklärung von Promiseville zum historischen Distrikt. Wir würden es nicht herausputzen oder gar restaurieren, aber es stünde dann Geld von der Regierung für Erhaltungsmaßnahmen zur Verfügung. Wenn Sie mit etwas aufwarten könnten, was uns hülfe, diese Schweinehunde von der Mesa fernzuhalten, dann hätten wir vielleicht eine Chance. Aber wenn die erst anfangen, Erz abzubauen…« Er zuckte mit den Schultern und ging weiter.

»Mag sein, daß es sich wie Geldverschwendung anhört«, setzte er nach einer Weile hinzu, »wenn man solche alten Ruinen erhält, während Menschen hungern und kein Dach über dem Kopf haben. Doch wie sonst sollen künftige Generationen wissen, wie es früher war? Wie sollen wir wissen, wer *wir* sind, wenn wir keine Ahnung von denen haben, die vor uns da waren?«

Ich verstand seine widerstrebenden Gefühle sehr gut. Es gab so viele Dinge, für die man sich engagieren mußte: den Hungrigen zu essen geben, gefährdete Tierarten schützen, den Drogenhandel stoppen, die Kunst fördern, nach Heilungsmethoden für zahllose Krankheiten suchen, etwas für die Literatur tun, für die Berufsförderung, die Umwelt schützen, Vergangenes erhalten…

Die Liste war endlos, und die Vertreter jeder Richtung bestanden darauf, daß ihre Sache an erster Stelle stehen müsse. Und in einem sogenannten Land des Überflusses war doch nicht genug Geld für alles vorhanden. Manchmal stellte ich mir unser Land wie ein Schlachtfeld vor, voller Armeen aus wohlmeinenden Soldaten, die aber nur immer für ein bestimmtes Ziel kämpften und sich am Ende gegenseitig ausrotteten. Und die Menschen, in deren Händen sich Geld und Macht tatsächlich konzentrierten und die auch an nichts anderes dachten als an Geld und Macht, sahen amüsiert zu.

Ich folgte Ripinsky über den Gehsteig und fragte mich, wie derselbe Mann, der so leidenschaftlich für die Erhaltung von Promiseville plädierte, es gleichzeitig verschachert haben sollte. Tat ich ihm unrecht, wie Anne-Marie behauptete?

Das Gebäude, vor dem wir schließlich ankamen, war der Laden, der mir schon bei meinem ersten Besuch aufgefallen war. Er hatte eine hohe falsche Fassade und große, staubige Fenster zur Straße. Die aufgerissene Fliegentür hing lose in den Angeln. Die Innentür scheuerte über die buckligen Dielen, als Hy sie aufstieß. »Nach Ihnen«, sagte er.

Der Laden des gehängten Chinesen war ein einziger, düsterer, höhlenartiger Raum. Über Kopfhöhe lag alles im Dunkeln. Seltsame sperrige Gegenstände lauerten im Schatten. Die Luft war modrig, die eingeschlossene Hitze drückend. Ich blieb auf der Schwelle stehen, bis meine Augen sich an das dämmrige Licht gewöhnt hatten, das durch die schmutzigen Fenster drang.

Vor mir lag ein Labyrinth, dessen Gänge, Windungen und Sackgassen mich zwischen planlos aufgehäuften Gegenständen herumführten. Als ich es betrat, sah ich verschiedene Schichten: Am Boden standen und lagen die großen Teile – Möbel, Maschinen für die Arbeit in der Goldmine, Holzkisten und Fässer. Auf ihnen lagen Haushaltsgegenstände, Kleidung, Werkzeug, Laternen, Flaschen, irdene Töpfe und Blechdosen. Und über allem lag eine dicke Schicht Staub.

»Mein Gott«, sagte ich, »wie kann Hopwood das ein Museum nennen?«

Hinter mir ließ Ripinsky einen leicht erstaunten Grunzton hören.

Ich quetschte mich in einen der Gänge und an einem Klavier vorbei, das in mottenzerfressene Felle gewickelt war. Die Glasaugen im Kopf eines Fuchskragens verfolgten mich. Der Gang war eng und gewunden. Ich sah ängstlich nach oben auf einen Stapel vergilbter Zeitungen auf einem Schrank, der auf mich herabzustürzen drohte. Nach ein paar Schritten landete ich am Ende eines Ganges vor einem hölzernen Pfosten, wie sie früher an Friseurläden angebracht waren.

Ich ging wieder rückwärts und wendete mich nach rechts. Vorsichtig wich ich den Schienen einer Spielzeugeisenbahn aus, die sich unter einer Kommode hervorschlängelte. Ein angeschlagener Indianer, der einmal vor einem Zigarrenladen gestanden hatte, stellte sich mir mit gebrochener Nase in den Weg.

»Das ist kein Museum«, sagte ich. »Das ist das Nest einer Packratte – einer verrückten Packratte.«

Ripinsky gab keine Antwort.

Ich machte noch ein paar Wendungen nach rechts und nach links und landete schließlich im vorderen Teil des Ladens vor einem eisernen Herd, der mit Büchern und vergilbten Zeitungen überhäuft war. Ripinsky lehnte am Türrahmen, das Gesicht mitsamt der Hakennase im Schatten. Ich konnte kaum mehr als seinen Umriß und den Lichtreflex in seinen Augen erkennen. Hinter ihm schimmerte das eigentümlich weiße Nachmittagslicht der Hochwüste und legte einen matten Heiligenschein um seine dunkelblonden Locken. Er bewegte sich nicht und sprach kein Wort, sah mir nur zu. Plötzlich wurde mir die Ruhe bewußt, die in diesem Mausoleum der Vergangenheit herrschte, und wieder einmal traf mich die große Stille hier im Tal.

Der Mund wurde mir trocken. Ich fuhr mit der Zunge über die Lippen und trat zurück, bis meine Hände den Rand des Herdes zu fassen bekamen. Ein seltsames Bild blitzte in mir auf: Ripinsky und ich gingen durch die verlassene Straße in diesem blassen, verwaschenen Sonnenlicht, so unwirklich wie die Figuren auf einem überbelichteten Foto. Während wir gingen, lösten sich zuerst die Stadt und dann wir beide in nichts auf.

Ripinsky sah mich noch immer an.

Ich schluckte, würgte fast wegen der Trockenheit.

Er stieß sich vom Türrahmen ab und ließ die Fliegentür hinter sich zuklappen. Kam in lockeren, gemächlichen Schritten auf mich zu. Meine Finger klammerten sich um den Rand des Herdes.

Ripinsky legte beide Hände um mein Gesicht und schob es

vorsichtig zu sich hoch. Ich spürte seine rauhen Finger auf meiner Haut. Seine Augen fixierten die meinen. Die Fältchen um seine Augenwinkel waren gespannt. Ich hielt den Atem an. Und wartete.

Nach einer Weile verengten sich seine Augen. Er rieb mit dem Daumen über die Prellung auf meiner Wange, dann ließ er die Hände fallen. Als er sich von mir wegdrehte, sagte er: »Das ist noch nicht unsere Zeit, McCone.«

Ich streckte die Hand nach ihm aus, griff aber nur ins Leere. »Wie bitte?«

»Sie haben schon verstanden.«

Ich drehte mich blind um und stieß gegen einen Garderobenständer voller staubiger Kleidungsstücke. Kämpfte mich niesend durch sie hindurch. Während ich in meinen Taschen nach einem Taschentuch wühlte, ging ich weiter auf die gegenüberliegende Wand zu. Ich wollte Abstand zu ihm gewinnen.

»McCone«, sagte er, »sind Sie okay?«

Ich nieste noch einmal und putzte mir die Nase. »Ja.« Ich betrachtete die Wand vor mir. An ihr hingen zerfetzte und vergilbte Karten. Sie zeigten offenbar Minenanlagen. Daneben hing ein frisches weißes Blatt Papier mit den gleichen Markierungen. Es sah aus, als hätte jemand versucht, die Originale zu kopieren, und dann aufgegeben. Hopwood als Hersteller von Souvenirs, die er in seinem »Museum« verkaufen wollte?

»Hy«, sagte ich, »kommen Sie mal her und sehen Sie sich das an.«

Er kam und stellte sich neben mich, nah, aber ohne mich zu berühren. »Das ist die alte Mine«, sagte er nach einem kurzen Augenblick. »Das hier ist der Hauptschacht mit den verschiedenen abzweigenden Stollen. Hopwood muß sie hier aufgehängt haben, bevor ihm sein sogenanntes Museum ernsthaft außer Kontrolle geriet.«

Ich drehte mich um und warf einen Blick über das Chaos im Raum. »Wovon war er so besessen?«

Hy zuckte mit den Schultern. »Wahrscheinlich glaubte er, dies alles der Nachwelt erhalten zu müssen, aber das Zeug nahm einfach überhand.«

Ich dachte an das Foto von dem alten Mann, das er mir gegeben hatte, und an seine brennenden Augen. Dann sah ich zu

Hy auf und entdeckte die gleiche Intensität in seinem Blick – gebändigt zwar, aber mit einem stetigen Glimmen.

Ich sagte: »Gehen wir raus hier.«

24

Weil ich erst noch ein paar Anrufe erledigen mußte, schlug ich Ripinsky einen gemeinsamen Drink um halb fünf bei Zelda's vor. Allzu begeistert war er davon nicht. Aber ich ließ ihn merken, daß er keine andere Wahl hatte. Dann machte ich mich auf den Weg nach Vernon.

Ich wollte mich mit Bart Wallace in San Francisco kurzschließen und ihn fragen, ob bei der Überprüfung der Polizeiakten, um die ich ihn gebeten hatte, etwas herausgekommen war. Es fragte sich nur, welches Telefon ich dazu benutzen sollte: Im Coalition-Wohnwagen konnte Ripinsky auftauchen, bevor ich fertig war. Die Zelle an der Tankstelle war laut, und man konnte sich keine Notizen machen. Schließlich beschloß ich, der Neugier von Rose Wittington tapfer die Stirn zu bieten, und fuhr zur Feriensiedlung.

Anne-Maries Wagen war fort. Nachdem ich ihn auch nicht beim Wohnwagen gesehen hatte, war sie wohl schon unterwegs. Der Chevy stand auch heute wie gewöhnlich vor dem Hauptgebäude, und Rose war damit beschäftigt, Blätter auf einem kleinen Rasenstück zwischen dem Haus und dem Highway zusammenzuharken. Ich stellte den Landrover neben ihrem Wagen ab und ging zu ihr.

Überraschenderweise schien Rose nicht übermäßig glücklich, mich noch immer als Gast zu haben. Sie begrüßte mich mit einem Stirnrunzeln und war ungewohnt kurz angebunden. »Wieso sind Sie noch hier, nachdem Anne-Marie fort ist?«

»Ich dachte, ich nutze dieses Wochenende zu einem Mini-Urlaub.«

»Aha«, war Roses einziger Kommentar, und sie harkte weiter.

»Kann ich mal das Telefon benutzen?« fragte ich. »Natürlich per Kreditkarte.«

»Offen gesagt, ich hätte es lieber, wenn Sie es nicht täten. Die Leute haben mein Entgegenkommen ausgenutzt, und deshalb habe ich es mir zum Prinzip gemacht, meinen Gästen die Benutzung nicht mehr zu erlauben.«

»Ich hoffe, Anne-Marie oder Ned haben sich da nichts vorzuwerfen.«

»Ich spreche nicht von den beiden, sondern von den Gästen im allgemeinen.«

Es hatte keine anderen Gäste gegeben, vielleicht schon seit Wochen nicht. Aber die Bemerkung verkniff ich mir. »Na gut, ich verstehe Ihr Prinzip. Ich fahre zurück in die Stadt und rufe von dort aus an.« Doch auf halbem Weg zurück zum Landrover blieb ich stehen, weil mir eine Frage wieder einfiel, die ich ihr stellen wollte. »Rose, wenn jemand eine notärztliche Versorgung wegen... einer Verletzung brauchte, an wen würde er sich hier wenden?«

»Haben Sie sich weh getan?« Besorgt sah sie sich mein Gesicht an.

»Äh, ja. Der Kratzer auf der Stirn fühlt sich an, als hätte er sich entzündet.«

»Mit solchen Dingen soll man wirklich nicht spaßen. In der Stadt gibt es keine Klinik und kein Hospital und nur einen Doktor – Gene Mahoney. Seine Praxis hat er im eigenen Haus in der D Street, zwei Häuser nach der katholischen Kirche. Gelbes Haus mit grünem Eisenzaun. Draußen ist ein Schild. Sie können es nicht verfehlen.«

Ich dankte ihr und stieg in den Landrover. Als sie sich wieder ihrer Arbeit zuwandte, machte Rose einen leicht schuldbewußten Eindruck, als bedaure sie nun, mir die Benutzung des Telefons versagt zu haben, wo ich doch einen Arzt brauchte.

Die D Street kreuzte vom Swifty Mart aus den Highway. Die Kirche mit dem weißen Turm an ihrem Ende, die ich letzten Freitag schon gesehen hatte, war umgeben von einem Meer goldener Blätter von den Espen, die an den Hängen des Hügels dahinter wuchsen. Die Bäume waren jetzt fast entlaubt und ihre Zweige zerbrechlich wie die Arme eines Skeletts. Überrascht stellte ich fest, daß der Herbst hier fast schon vorüber war. In der Luft lag eine Frische, die Kristen Larks Schneevorhersage bestärkte.

Ein Schild auf einem eisernen Pfosten vor dem gelben Haus wies mir den Weg durch das Tor und am Haus entlang zum Praxiseingang. Als ich eintrat, erklang hinter dem geschlossenen Empfangsfenster ein Summer. Das Wartezimmer war leer bis auf ein Schaukelpferd mit ramponiertem Schweif, mit dem sich offensichtlich die jüngeren Patienten vergnügen sollten. Nach einer Weile wurde die Milchglasscheibe am Empfangsfenster zur Seite geschoben. Ein Mann mit dünnem weißem Haar sah mich an. »Kann ich etwas für Sie tun, Miss?«

»Ich würde gern Dr. Mahoney sprechen?«

»Ich bin Mahoney. Was kann ich für Sie tun?«

Ich ging zum Fenster und zeigte ihm meinen Ausweis. Sein schmales Gesicht spannte sich, und seine blassen Augen wurden wachsam und wissend. Er sagte: »Weswegen kommen Sie?«

»Wegen Earl Hopwood.«

»Aha.«

»Wo könnten wir uns unterhalten?«

»Einen Augenblick. Ich komme zu Ihnen hinaus.« Die Scheibe glitt wieder zu, und kurz darauf trat Gene Mahoney durch die Tür daneben. Er hatte seinen weißen Mantel ausgezogen und stand nun im grellbunt karierten Sporthemd vor mir. Es hing, genau wie seine dunklen Hosen, wie ein Sack an ihm herunter, und er bewegte sich, als leide er unter chronischen Schmerzen. »Setzen Sie sich bitte, Miss McCone«, sagte er und wies auf den Sitz eines schäbigen Ledersofas.

Ich setzte mich. Mahoney nahm einen Stuhl neben dem Schaukelpferd und fingerte an den schmuddeligen Wollfäden seiner Mähne herum. »Ich sollte wohl dankbar sein, daß Sie eine Privatdetektivin sind und nicht jemand vom Sheriffbüro«, sagte er.

»Dann haben Sie also Earl Hopwood an einer Schußwunde behandelt?«

Er nickte.

»Ich hatte erwartet, Sie würden sich heftig wehren, darüber zu reden.«

Er machte eine schwache Handbewegung. »Im allgemeinen bin ich ein gesetzestreuer Mann. In meinen vierzig Jahren als praktizierender Arzt habe ich ein paar Dinge getan, die man als unethisch oder sogar als illegal bezeichnen könnte, obwohl sie das nicht für mich waren. Das waren zwei Abtreibungen, und zwar vor der Legalisierung – beides eindeutig Schwangerschaften nach Vergewaltigungen. Und das waren Behandlungen von Schußwunden, die ich der Polizei nicht gemeldet habe, weil deren Eingreifen mehr Schaden als Nutzen gebracht hätte.«

»Und bei Earl Hopwood…?«

»Sieht es schlecht für mich aus. Ich will nicht nach Entschuldigungsgründen suchen, nur eins: Ich bin alt und nicht bei bester Gesundheit.«

»Warum schlecht für Sie?«

»Weil Earl in einem äußerst aufgeregten Zustand war und mir nicht erklären wollte, was passiert war. Seine Hauptsorge schien zu sein, daß er seine Pistole verloren hatte. Ich hätte darauf bestehen müssen, daß er mir die Einzelheiten erzählte.«

»Wie hat er die Waffe verloren?«

»Ich weiß nicht.«

»Und Sie haben keine Ahnung, wer auf ihn geschossen hat?«

»Nein, aber ich meine, es muß wohl sein Schwiegersohn gewesen sein.«

»Wieso?«

Mahoney schien die Frage zu überraschen. »Na ja, er ist tot. Ich nehme an, Earl hat sich gerächt.«

»Ist es allgemein bekannt in Vernon, daß Mick Erickson der Mann von Peggy Hopwood war?«

»O nein. Als ich das erste Mal von dem Mord hörte, hatte ich keine Vorstellung, wer der Mann im See sein könnte. Aber Peggy – sie nennt sich jetzt selbst Margot – kam gestern abend zu mir, und sie hat es mir erzählt.«

»Margot Erickson war hier? Warum?«

»Die arme Frau war außer sich. Das ist nur natürlich. Sie hat ihren Mann verloren, und ich vermute, sie weiß, daß ihr Vater ihn umgebracht hat. Dann kam sie hierher und suchte Earl, konnte ihn aber nicht finden. Und zu allem Überfluß war sie heftig geschlagen worden. Eine Frau wie Peggy… Also, ich bezweifle, daß je zuvor jemand gewagt hat, sie anzurühren. Sie wollte, daß ich ihr etwas zum Einschlafen gebe. Ich hielt es bei ihrer Gemütsverfassung nicht für klug, ihr etwas zu verschreiben, aber ich habe ihr Seconal für eine Nacht gegeben.«

»Hat sie gesagt, wer sie geschlagen hat?«

Mahoney schüttelte den Kopf.

»Oder wo sie hier wohnt?«

»Ja, im Willow Grove Lodge natürlich. Sonst ist zu dieser Jahreszeit hier nichts offen, und Rose Wittington ist seinerzeit wie eine Mutter zu ihr gewesen. Man kann ja auch kaum erwarten, daß sie in dieser Bruchbude bleibt, die Earl für sich im Stone Valley gebaut hat.«

Das war also der Grund, warum Rose sie nicht drinnen ans Telefon gelassen hatte. Wahrscheinlich hatte Margot Erickson sie gefragt, ob noch andere Gäste da seien, und als sie meinen Namen hörte, wird sie Rose wohl gebeten haben, ihre Anwesenheit geheimzuhalten. Aber warum hatte ich Margots Miata nicht gesehen? Ich führte mir die Ferienanlage vor Augen und erinnerte mich an eine kleine Garage ganz weit auf der linken Seite.

»Dr. Mahoney«, sagte ich, »wann genau kam Earl Hopwood zu Ihnen, um sich behandeln zu lassen?«

»Samstag morgen gegen zehn.«

»War es eine frische Wunde?«

»Sie war ihm kurz zuvor zugefügt worden.«

»Und er machte keine Andeutungen, wohin er anschließend wollte und was er vorhatte?«

»Nein. Er hat kaum etwas gesagt, nur gejammert über den Verlust der Waffe.«

»Haben Sie ihn seitdem noch einmal gesehen?«

»Nein. Am Samstagabend fing ich an, mir seinetwegen Sorgen zu machen. Also fuhr ich ins Stone Valley, um nach ihm zu sehen. Die Hütte war verschlossen.«

»In welcher Verfassung war er, als er von hier wegging?«

Mahoney dachte nach. »Es ging ihm recht gut. Earl ist ein zäher alter Knabe.«

Ich schwieg und versuchte, diese neuen Fakten mit denen in Einklang zu bringen, über die ich bereits verfügte.

Mahoney setzte hinzu: »Ich nehme an, Sie müssen das dem Sheriff melden. Guten Gewissens kann ich Sie nicht bitten, es nicht zu tun.« In seinen blassen, sorgenvollen Augen stand zu lesen, was für Folgen das für ihn haben würde.

Mir fiel ein anderer, ebenso altmodischer und engagierter Arzt ein, den ich kannte: Er hatte mich auf die Welt geholt, hatte in meiner Jugend, als ich nicht wußte, an wen ich mich wenden sollte, offen mit mir geredet, mir dann ein Rezept für die Pille ausgestellt und gesagt, damit hätten meine Eltern nichts zu tun. Er war auch einer von denen gewesen, die noch Hausbesuche machten, und er hatte nach dem Motorradunfall meines Bruders John die Nacht an dessen Krankenhausbett gewacht, als meine Familie nicht in der Stadt war. Es gibt noch immer ein paar dieser seltenen Mediziner – wenn auch längst nicht so viele, wie wir brauchen –, die ihren Beruf zum Wohle ihrer Patienten betreiben und nicht um des Profits willen. Durch mich sollte es jetzt nicht noch einer weniger werden.

Also sagte ich: »Ich glaube, es ist nicht nötig, den Sheriff zu unterrichten.«

Ich konnte Mahoneys Telefon am Empfang benutzen und erreichte Bart Wallace gerade noch, als er Feierabend machen und die Hall of Justice verlassen wollte. Er nörgelte ein wenig, bis ich ihn daran erinnerte, daß ich ihm schließlich im Mordfall Erickson die Zusammenarbeit mit Mono County abnahm. Jetzt sah er bereitwillig nach, was bei den Nachforschungen für mich herausgekommen war.

»Von den Bundesbehörden ist natürlich noch nichts dabei«, bemerkte er. »Von denen kann man nicht erwarten, daß sie sich beeilen. Das Strafregister hat keine Eintragungen über Hopwood, über die Ericksons oder über Lionel Ong. Aber weil das nur das kalifornische ist, könnte in einem anderen Staat etwas vorliegen. Dafür hat Ripinsky eine ganze Latte, und zwar seit Anfang der Siebziger. Soll ich von vorn anfangen?«

»Bitte.«

»Einundsiebzig Verurteilung in Bridgeport. Die Anklage lautete auf« – Wallace kicherte – »Umreißen einer Straßenlaterne mit dem Lasso.«

»*Wie bitte?*«

»Eigentlich war das nur eine Sachbeschädigung. Er hat dreißig Tage gesessen und mußte die Wiederaufrichtung des Laternenmasts bezahlen.«

»Guter Gott. Und danach?«

»Nichts bis Mitte der Achtziger. Ab dann gibt es eine Serie von Festnahmen und Verurteilungen zwischen L. A. County und Siskiyou, alle im Zusammenhang mit Demonstrationen für den Umweltschutz. Wollen Sie die Einzelheiten?«

»Nein, wenn sonst nichts zwischen einundsiebzig und dieser Phase vorliegt. Was gibt es über Lily Nickles?«

»Vierundachtzig zwei Verurteilungen in Sacramento wegen Anstiftung zu einer Ordnungswidrigkeit. Längst nicht so interessant wie Ripinsky. Aber Sanderman – den Sie mir noch nachträglich genannt haben – hat einiges auf dem Kerbholz.«

Ich setzte mich gerade auf und griff nach meinem Notizblock. »Ja?«

»Neunzehndreiundachtzig verurteilt wegen Industriespionage. Hat seinem Arbeitgeber im Silicon Valley Computerpläne gestohlen und an die Konkurrenz verkauft. Verbrachte einige Zeit in einem dieser äußerst freizügigen Gefängnisse, in die man sogar seine Golfschläger mitnehmen kann.«

»In Sandermans Fall war es wahrscheinlich sein PC.«

»Wie?«

»Schon gut. War es das?«

»Nein. Während er auf Kaution wieder raus war und auf die Berufung wartete, reichte seine Frau die Scheidung ein. Sanderman ging mit einer Kanone auf sie los. Hat nicht geschossen, sie aber ganz schön verdroschen. Sie klagte auf Schmerzensgeld, hat dann die Klage aber wieder zurückgezogen – wahrscheinlich als Gegenleistung für eine bessere Abfindung.«

»Sonst noch was?«

»Das wär's. Geben Sie mir eine Nummer, unter der ich Sie erreichen kann, wenn die Bundesbehörden sich melden – falls sie das überhaupt tun.«

Ich hatte meine Zweifel, ob das FBI sich zum Wochenende noch rühren würde. »Rufen Sie einfach bei All Souls an. Wenn ich nicht da bin, frage ich jedenfalls nach.«

Ich dankte Bart, hängte ein und starrte auf die nackte, cremefarbene Wand der Empfangsloge. Ich dachte über die konstruierte Lebensgeschichte nach, mit der mich Ned Sanderman gefüttert hatte – uns alle. Kein Wunder, daß er so viel über sich selbst redete. Diese Flut von falschen und unwichtigen Einzelheiten zu seiner Person sollte schlimmere Details verschleiern. Würde ein Mann, der seinen Arbeitgeber verkauft hatte, auch die Umweltschützer verkaufen? Würde ein Mann, der seine

Frau, die sich von ihm trennen wollte, schwer verprügelt hatte, eine andere Frau auf ähnliche Weise attackieren?

Mahoney war irgendwo hinter einer Tür im rückwärtigen Teil seiner Praxis verschwunden. Ich rief ihm ein Danke für das Benutzen des Telefons zu und fuhr zurück zum Lodge.

Rose Wittingtons Chevy stand nicht mehr an seinem gewohnten Platz, und das Hauptgebäude war verschlossen. Niemand antwortete, als ich gegen die Tür schlug. Ich ging zur Garage und versuchte auch dort ohne Erfolg hineinzukommen. Sie hatte keine Fenster, und so konnte ich nicht erkennen, ob Margots Miata da war. Als nächstes ging ich außen am Haus entlang und eilte den Hang hinunter zu Sandermans Hütte. Die Tür stand offen, und auf dem Tisch im Wohnzimmer lag der Schlüssel. Nach einer schnellen Runde durch die anderen Räume wußte ich, daß er fort war.

Soweit keine Überraschung, dachte ich. Die Coalition brauchte vor Ort niemanden mehr. Sanderman würde jetzt mit dem Landvergabebüro in Sacramento verhandeln. Dennoch war es seltsam, daß Anne-Marie von seiner Absicht, Vernon zu verlassen, nichts wußte und daß man Ripinsky nicht Bescheid gesagt hatte.

Auf die geringe Chance hin, daß Sanderman im Wohnwagen war, fuhr ich zurück in die Stadt. Als ich den Standplatz erreichte, sah ich, daß die kalifornische Fahne von der Seitenwand des Wohnwagens verschwunden war, und die Tür war abgeschlossen. Als ich vorher vorbeigefahren war, hing die Fahne noch an ihrem Platz. Offensichtlich hatte ich Sanderman um weniger als eine Stunde verpaßt.

Während ich noch auf den Stufen zum Wohnwagen stand, sah ich Ripinskys Morgan herankommen und in Zelda's Parkplatz abbiegen. Ein Blick auf die Uhr sagte mir, daß es kurz vor halb fünf war. Gäste strömten ins Restaurant. Vernon richtete sich auf ein neues Wochenende ein. Schlagartig wurde mir klar, daß ich schon eine ganze Woche an dem Fall saß.

Eine Woche war genug, verdammt noch mal. Es wurde Zeit, Wahrheit von Unwahrheit zu trennen. Und Ripinsky war genau der Richtige, um damit anzufangen.

25

Ich stellte den Landrover neben dem verlassenen Wohnwagen ab und ging den Highway entlang zu Zelda's. Ripinsky saß in der Lounge am selben Fenstertisch, an dem letzten Freitag Anne-Marie auf mich gewartet hatte. Ich arbeitete mich mit den Ellbogen durch die Menge an der Bar zu ihm durch.

Er lächelte, stand auf und zog einen zusätzlichen Stuhl heran. Ich grüßte kurz angebunden. Er wollte gerade etwas sagen, da trat die Kellnerin mit zwei Bier an den Tisch. Als sie gegangen war, fragte er: »Hatten Sie einen schlechten Nachmittag?«

»Warum fragen Sie?«

»Weil Sie hier zwei unschöne kleine Falten haben.« Er tippte mit dem Finger auf meine Nasenwurzel.

Ich zog den Kopf weg und guckte noch finsterer. »Macht nichts. Was ich von Ihnen will, ist zur Abwechslung mal ein offenes Gespräch.«

Jetzt legte er die Stirn in Falten. Trank von seinem Bier und wartete.

»Was ist das für eine Verbindung zwischen Ihnen, Alvin Knight und Lionel Ong?«

»Verbindung? Ong ist der oberste Chef von Transpacific. Knight... das ist ihr Chefgeologe, nicht?«

»Das muß ich Ihnen doch nicht erzählen.«

»Ich hatte es für einen Augenblick vergessen. Was meinen Sie damit, eine Verbindung zwischen ihm und mir?«

»Lassen Sie den Scheiß, Hy.«

»McCone, ich weiß nicht, wovon Sie reden. Ich bin dem Kerl einmal begegnet, draußen auf dem Minengelände, als mich dieser PR-Bursche von Transpacific hinausgefahren hatte. Seitdem habe ich nichts mehr von ihm gehört und gesehen.«

»Sie haben am Mittwochabend mit ihm gesprochen, gegen halb sieben. Ich weiß das, weil ich da in Knights Haus war und am Nebenapparat mitgehört habe. Knight suchte Ong. Sie sagten, Sie wüßten nicht, wo er sei, wollten ihn aber zurückrufen, wenn er hier auftauche.«

»McCone, haben Sie vielleicht ein Kraut geraucht, das Sie lieber nicht hätten rauchen sollen?«

Ich beugte mich über den Tisch und gab mir Mühe, mit gedämpfter Stimme zu reden. »Mir ist nicht nach Scherzen zumute. Warum hat Knight Sie angerufen?«

Er sah, wie ernst es mir war und schaute mich ein paar Sekunden mit zusammengekniffenen Augen an. »Mittwoch, halb sieben«, sagte er, »da war ich im Coalition-Wohnwagen.« Dann sah man ihm an, daß er kapierte. »Das also war dieser Al.«

Ich wartete mit hochgezogenen Augenbrauen.

»Ich weiß nicht, an welcher Stelle Lionel in die Geschichte hineinkommt, aber folgendes ist vor sich gegangen. Ich war jeden Nachmittag im Wohnwagen, um Anrufe für Ned entgegenzunehmen. Er hatte sich nämlich nicht die Mühe gemacht, irgendwen darüber zu informieren, wo er war oder was er tat. Anne-Marie war gerade hereingekommen und fragte, ob ich etwas zu essen holen würde. Sie nahm den Hörer ab. Es war wieder ein Anruf für Ned. Sie sagte, sie hätte ihn am Wochenende nicht gesehen, und er würde wohl bald zurück sein. Aber vielleicht wüßte ich Genaueres. Damit reichte sie mir den Hörer. Der Kerl – Al – war richtig aufdringlich und sagte, es sei dringend. Doch ich konnte ihm auch nicht mehr sagen als Anne-Marie. Er bat mich, Ned auszurichten, er solle ihn anrufen, und ich versprach es ihm.«

Ich rief mir den Teil des Gesprächs ins Gedächtnis zurück, den ich mitbekommen hatte: *Er muß Ihnen doch etwas gesagt haben... Nein, er hätte müssen, aber er hat nicht... Aber sie sagt, sie hat ihn getroffen – Wissen Sie, es tut mir leid, aber ich kann Ihnen nicht helfen. Ich wüßte gern selber, wann er herkommt.*

Es konnte so oder so sein, aber ich mußte zugeben, daß Ripinskys Version weit überzeugender klang – und er hatte Anne-Marie als Zeugin.

Hy beobachtete mich. Dann winkte er der Kellnerin. »Wollen Sie das nicht trinken?« Er zeigte auf das Bier vor mir.

Ich schüttelte verwirrt den Kopf und versuchte, das, was er mir gerade gesagt hatte, in meine Gedanken einzuordnen.

»Wollen Sie etwas anderes?«

»Einen Weißwein, bitte.«

»Wird gemacht.« Er zog mein unberührtes Bier zu sich herüber und bestellte den Wein.

Ich entzog mich seinem prüfenden Blick und starrte durch das Fenster auf den See. Es dämmerte. Der Schatten legte seine langen Finger auf das Wasser. Die Vögel flogen zurück zu ihren Nestern in den Tufa-Türmen.

Es war mir, weiß Gott, nicht das erste Mal passiert, daß ich in einem Fall vorschnell unzulässige Schlüsse über ein wichtiges Motiv zog, aber diesmal war es besonders übereilt und wohl leicht paranoid gewesen. Es schien, als hätte ich Hy verdächtigen *wollen* und hätte tatsächlich gehofft, ihn eines abgekarteten Spiels mit Transpacific überführen zu können. Warum?

Um zwischen mich und diesen Mann, von dem ich mich stark angezogen fühlte, einen Puffer zu schieben? Jemanden aus meinem Leben zu drängen, zu dem ich eine sehr grundlegende Beziehung spürte? Hy verstand meine dunklere Seite, die ich George nie zu enthüllen gewagt hatte. Er verstand sie, ohne sie zu billigen oder zu verurteilen. Akzeptierte meine gewalttätigen Ansätze und gefährlichen Impulse, weil er früher einmal selbst Opfer solcher Impulse gewesen war.

Ich fürchtete mich vor dieser Art Verwandtschaft mit ihm. Sie könnte meinen gerade erst gefundenen und so bequemen Status quo erschüttern – nein, für immer zerstören.

Als die Kellnerin das Weinglas vor mir abstellte, wandte ich mich wieder Hy zu. Ich wußte, daß mir die Verwirrung anzusehen war und daß er in meinen Augen mehr lesen würde, als ich preiszugeben bereit gewesen wäre. Er legte seine Hand auf meine und sagte: »Es ist okay, McCone.«

»Nein, es ist nicht okay.«

»Machen Sie sich deswegen keine Gedanken. Wir machen einen Strich und fangen von vorn an. Einverstanden?«

»Einverstanden.« Ich hob mein Glas, und wir tranken uns feierlich zu.

»In Ordnung«, sagte ich und stellte das Glas ab. »Knight wollte sich mit Ong in Verbindung setzen. Das klappte nicht, weil Ong verschwunden war. Also rief er Ned an. Das bedeutet, daß Ned in die Sache verwickelt ist –«

»Augenblick.« Hy nahm seine Hand von meiner und hielt sie hoch. »Ong ist verschwunden?«

»Ja, entweder entführt oder... oh.« Ich unterbrach, erneut verwirrt. »Ich habe Ihnen das alles ja noch nicht erzählt.«

»Nein, es ist Ihnen prima gelungen, mich hinzuhalten, und jetzt verstehe ich auch, warum.«

»Hy, ich bin –«

»Noch eine Entschuldigung, und Sie bekommen nie mehr eine zweite Chance bei mir.«

»Chance wozu?«

Er sah mich nur an – lange, ruhig und vielsagend.

Ich spürte ein angenehmes Kribbeln die Wirbelsäule entlang und sagte: »Dann überspringe ich also die Entschuldigung und erzähle Ihnen alles.«

Als ich fertig war, bestellte uns Hy eine neue Runde, die Augen zusammengekniffen, den Blick nach innen gerichtet. »Lassen Sie mich einen Moment darüber nachdenken, McCone.« Als die Drinks kamen, überlegte er noch immer. Nachdem die Kellnerin gegangen war, sagte er: »Ich hatte meine Vorbehalte gegen Sanderman seit dem Tag, als er hier auftrat. Nichts Eindeutiges, aber er schien die Dinge nur pro forma zu tun, und er war nie greifbar. Auf dem Weg nach Sacramento und zurück, meistens nicht zu erreichen. Und einen Tag, bevor Sie kamen – das war Donnerstag – und ich einen letzten Versuch unternahm, Hopwood zu finden, entdeckte ich Neds Wagen auf der Zufahrtsstraße zum Minengelände, wo er gar nichts zu suchen hatte. Als ich ihn fragte, was er da gemacht habe, meinte er, ich müsse mich irren. Aber dabei war er verdammt nervös.« Er machte eine Pause. »Und was ist nun mit Lionel Ong? Hat sich irgend etwas getan? Lösegeldforderungen?«

»Ich habe die Nachrichten verfolgt, aber es ist nichts bekanntgeworden. Vor kurzem habe ich mit einem Polizeiinspektor in San Francisco gesprochen, den ich um die Überprüfung von ein paar Namen gebeten hatte. Ongs war auch darunter, und ich glaube, er hätte ganz anders reagiert, wenn ihm ein Kidnapping zu Ohren gekommen wäre.«

»Nicht, wenn statt der Stadtpolizei das FBI gerufen wurde.«

»Ich kenne eine Frau, die in Ongs Büro eine Quelle anzapfen kann.« Ich sah auf die Uhr. Halb sechs, aber eine mit Arbeit überhäufte Angestellte wie Marcy Cheung war vielleicht noch in ihrem Büro. »Ich versuche, sie zu erreichen.«

In der Nähe der Toiletten gab es eine Telefonzelle. Ich wählte die Nummer der Sino-American Alliance, nannte der Vermittlung meine Kreditkartennummer und war nicht überrascht, als Marcy selbst sich meldete. »He«, sagte sie, »ich hoffte, Sie hätten meine Nachricht bekommen.«

Verdammt – ich hatte den ganzen Tag lang vergessen, All Souls anzurufen! »Was ist los?«

»Ich habe noch einmal mit meiner Freundin Lynn, Ongs Sekretärin, geredet. Keine Lösegeldforderungen, aber Ong hat sich auch noch nicht wieder gemeldet, und bei Transpacific macht sich langsam Panik breit. Seine Frau kommt aus Hongkong zurückgeflogen, und der Vorstand tritt zusammen und berät gerade, ob man die Polizei einschalten soll.«

»Um Himmels willen, warum müssen sie denn darüber noch nachdenken? Der Mann wird jetzt schon seit zwei Tagen vermißt.«

»Das hat etwas mit einer umfangreichen Emission von Transpacific-Wertpapieren an der Börse von Tokio zu tun. Wenn das mit Ong ruchbar wird, sieht es aus, als stecke die Gesellschaft in Schwierigkeiten, und das drückt den Aktienkurs. Außerdem fordert die Polizei eine Frist von zweiundsiebzig Stunden, bevor sie Ermittlungen einleitet.«

»Bei Ongs Einfluß in der Stadt könnte die Familie sicherlich eine sofortige Fahndung bewirken. Sagen Sie mir Bescheid, wenn Sie Neues erfahren?«

»Sicher. Wo erreiche ich Sie?«

Ich dachte nach, zog dann mein Notizbuch heraus und las ihr Hys Privatnummer und die vom Wohnwagen der Friends vor. Ich hängte ein und fragte anschließend bei All Souls nach Nachrichten für mich. Aber die von Marcy Cheung war die einzige. Ted teilte mir mit, daß er sich gerade auf den Weg zu mir nach Hause mache, um Ralphie und Allie zu füttern, und daß ich ihm fünf Dollar für Katzenmedizin gegen die Haarknäuel im Magen schulde. Ich schrieb es auf die letzte Seite in meinem Notizbuch, wo ich eine Liste über die kleinen Summen führte, die ich Freunden schuldete. Dann ging ich zurück in die Lounge.

Hy hatte seinen Stuhl so gerückt, daß er auf den See hinausschauen konnte. Seine Füße standen auf der Leiste unterhalb des Fensters. Das Wasser war jetzt rot von der untergehenden Sonne, die sich auf der Oberfläche spiegelte. Die dunklen Spiegelungen der Tufa-Türme schienen bis auf den Grund des Sees zu reichen. Unwillkürlich kam mir wieder das Zitat, das ich in Hopwoods Bibel gelesen hatte: »Und der Teufel, der sie verführte, ward geworfen in den Pfuhl von Feuer und Schwefel...«

Als ich mich setzte, drehte sich Hy wieder zum Tisch. Ich berichtete ihm schnell Marcys Neuigkeiten. Er nickte nachdenklich und trank sein Bier aus. »Also, die Situation entzieht sich unserem Einfluß.«

»Ja, und wir haben keine Möglichkeit, Sanderman zu erreichen, bis er wieder in Sacramento ist – wenn das überhaupt sein Ziel ist.« Ich nippte an meinem Wein und dachte über den Feuerwehrmann der Coalition nach. »Hy, haben Sie Ned immer genau beobachtet?«

»Hm. Wie gesagt, ich hatte von Anfang an den Verdacht, daß bei ihm etwas nicht stimmt.«

»Gehen wir mal durch, was er in der letzten Woche gemacht hat, soweit Sie es wissen. Angefangen beim vergangenen Freitagmorgen.«

»Er ist mit Anne-Marie nach Lee Vining gefahren, um mit den Leuten vom Mono-Lake-Komitee zu reden. Aß im Wohnwagen eine Pizza – ich glaube, er ernährt sich nur von dem Zeug. Dann hatten wir unser Treffen. Am Samstag...« Er zuckte mit den Schultern. »Da habe ich ihn erst gesehen, als er nachts in Ihre Hütte kam. Anne-Marie hatte ihn geweckt, weil wir mit ihm über den Mord reden wollten.«

Ich sah Sanderman vor mir, wie er frisch geduscht in die Hütte kam. »Okay, am nächsten Morgen sprach ich mit ihm in der Frühe draußen auf dem Steg über Erickson und daß er ihn von früher kannte. Die Geschichte wie auch all die privaten Dinge, die er mir erzählt hatte, waren größtenteils erlogen.«

»Und am Sonntagnachmittag packte er seinen Computer ein und fuhr unter dem Vorwand zurück nach Sacramento, sich Zugang zu ein paar Akten verschaffen zu müssen.«

»Wann kam er zurück?«

»Erst gestern nachmittag.«

»Und er war die ganze Zeit in Sacramento?«

Er runzelte die Stirn. »Das haben wir angenommen. Anne-Marie hat Montag und Dienstag mehrmals mit ihm telefoniert, doch am Mittwoch war er anscheinend nicht zu erreichen. Er könnte eigentlich überall gewesen sein.«

Überall, dachte ich, also auch in San Francisco, um Margot Erickson zusammenzuschlagen oder Lionel Ong zu entführen. Doch welche Motive mochte Sanderman für das eine oder das andere haben?

»Denken Sie noch einmal an den Samstag«, sagte ich zu Hy. »Sie kamen an dem Morgen in die Stadt, und wir haben uns am Wohnwagen unterhalten. Ned war nicht da. Was haben Sie getan, nachdem ich gegangen war?«

»Bin zum Flugfeld gefahren und habe die Citabria gewartet. Habe ein paar Bier mit dem Burschen getrunken, der den Platz verwaltet. Bin in die Stadt zurück und habe ein paar Lebensmittel gekauft. Habe Anne-Marie und einen von den Friends vor dem Swifty Mart getroffen. Sie waren auf dem Weg zum Dinner nach Bridgeport und haben Rose Wittington mit zu ihrer Bibelgruppe genommen. Anne-Marie fragte mich, wo Sie steckten, und ich sagte ihr, ich wisse es nicht. Dann lud sie mich auch ein mitzukommen, aber ich hatte keine Lust. Ich machte mich auf den Heimweg, und ein paar Stunden später sind Sie gekommen.«

»Das war also etwa um ... «

»Vier Uhr, ungefähr.«

»Sind Sie sicher, daß Ned nicht dabei war?«

»O Gott, nein. Er hat kein besonderes Interesse am Umgang mit den Leuten hier. Scheint, als wären wir unter seinem Niveau.«

»Eigentlich hält er alle Leute für unter seinem Niveau. Mir hat er einmal gesagt, er zöge seine eigene Gesellschaft der Gesellschaft anderer vor.« Ich schwieg und ging im Geist noch einmal den Zeitplan durch, den wir aufgestellt hatten. »Hy, könnten Sie mir wohl einen Gefallen tun?«

»Sicher – was für einen?«

»Erkundigen Sie sich in der Stadt, ob jemand Earl Hopwood gesehen hat, nachdem er Dr. Mahoneys Praxis am Samstagmorgen verlassen hat. Und dann gehen Sie zum Wohnwagen der Friends und warten auf mich. Meine Kontaktfrau in San Francisco hat mir versprochen, mich dort anzurufen, wenn sie Neues über Ong erfährt.«

»Und wo finde ich Sie, wenn ich Sie brauche?«

»Im Lodge. Ich möchte etwas nachprüfen, und dann werde ich mich mal mit Margot Erickson unterhalten.«

26

Roses Wagen stand wieder vor dem Lodge, und hinter den Vorhängen des Aufenthaltsraums brannte Licht. Ich stellte den Landrover unter einer Weide ab und ging den Hang hinunter, als wollte ich zu meiner Hütte. Im Schutz des Wäldchens wandte ich mich dann zu der Hütte, die Sanderman bewohnt hatte.

Die Tür stand noch immer offen, und der Schlüssel lag auf dem Kaffeetisch. Da Rose ihn bis jetzt nicht geholt und abgeschlossen hatte, nahm ich an, sie wußte noch nicht, daß Ned endgültig fort war. Ich zog alle Vorhänge zu, schaltete die Lampen ein und durchsuchte die Räume.

In einem der beiden Schlafzimmer lag der Staub so dick, daß Sanderman zweifellos nie einen Fuß hineingesetzt hatte. Im Badezimmer lag ein riesiger Haufen feuchter Handtücher, im Waschbecken schwamm einsam ein aufgelöstes Aspirin. Das Bettzeug im größeren Schlafzimmer war zerwühlt, die Bügel im Schrank leer. Im Papierkorb lag nur die Speisekarte der Pizzeria beim Swifty Mart.

Im Wohnzimmer gab es noch weniger Spuren von Sandermans vorübergehender Anwesenheit: eine geschwärzte Birne auf einem kleinen Couchtisch, ein Packen Hefte *Sacramento Bees* neben der Brennholzkiste. Ich schaute in den Kanonenofen. Er sah aus, als habe Sanderman ihn nie benutzt. Ich hob die Polster auf der Couch und dem Sessel hoch. Nicht einmal eine herrenlose Münze war daruntergerutscht. Schließlich ging ich in die Küche und wußte schon, daß ich dort auch nichts finden würde. Sanderman hatte seinen Widerwillen gegen die Küche deutlich genug zum Ausdruck gebracht: »Ich würde mir dort nicht einmal Wasser heiß machen. Gott weiß, was für Bazillen da überall auf der Lauer liegen.«

Der Raum sah keineswegs unhygienisch aus. Rose Wittington war stolz auf ihre Hütten. Als ich ankam, hatte sie gesagt, sauberere Ferienhütten würde ich nirgends finden. Doch für das Auge war die Küche schon eine Zumutung: die gleichen orangefarbenen Kacheln wie bei mir. Türkis lackierte Schränke, der gallegrüne Fußboden und die ebenso grün getünchten Wände bissen sich auf das wildeste mit den Kacheln.

Außer der Farbenkombination kam mir etwas anderes ungewöhnlich vor. Doch ich kam zunächst nicht darauf, was es war. Dann merkte ich, daß der Kühlschrank und ein Eisenschränkchen ein wenig verrückt waren. Ich ging näher und sah Kratzer vom Verschieben auf dem Linoleum. Ich zog das Schränkchen ein Stück weiter von der Wand fort, fand aber nichts dahinter. Ich holte meine Taschenlampe heraus und leuchtete hinter den Kühlschrank. Auch dort nichts. Dann untersuchte ich den ganzen Raum, zuerst die Wände und den Fußboden. Sie waren peinlich sauber, aber ein Bereich bei der Tür zum Wohnzimmer wirkte noch sauberer, als wäre er gerade erst geschrubbt worden. Rose konnte das nicht gewesen sein – sie stellte keine Raumpflege.

Wie in meiner Hütte war es auch hier eine Schwingtür, die an der Küchenwand festgehakt werden konnte. Ich ließ sie zufallen und sah mir den Fußboden und die Scheuerleiste dahinter an. Eine bräunliche Substanz war in die Fuge zwischen Linoleum und Scheuerleiste gesickert, dort getrocknet und verklumpt, genau wie das Blut, das zwischen die Fußbodenbretter in Earl Hopwoods Wohnzimmer gesickert war.

Selbst die penibelsten Putzfrauen übersehen Dinge, vor allem dann, wenn sie eine unangenehme Aufgabe und die auch noch in Eile zu verrichten haben. Jemand hatte sorgfältig Blut vom Linoleum und von der Wand gewischt, aber nicht damit gerechnet, daß die Neigung des Fußbodens es in die Fuge zur Scheuerleiste fließen ließ.

Ich stand schnell auf und überblickte den Raum. Angenommen, auf den Menschen, dessen Blut hier geflossen war, war geschossen worden. Wo würde der Schütze dann gestanden haben? Drüben am Spülbecken oder neben dem Kühlschrank. Jedenfalls am Ende der Küchenbar. Was hatte der Schütze –

Nein, Ned Sanderman. Wer sonst? Und das Opfer? Mick Erickson.

Also gut, was hatte Ned in der Küche gemacht? Vielleicht einen Drink für seinen Gast geholt. Und wo war die Waffe? Hatte er sie bei sich, oder war sie irgendwo in diesem Raum? Wie dem auch sei, er hatte hier in diesem Bereich gestanden.

Ich blieb, wo ich war, und warf einen prüfenden Blick zur anderen Küchenseite. Dann ging ich hinüber und in die Hocke, um mir das Ende der Küchenbar genauer anzusehen. Etwa in Bauchhöhe gab es eine Kachel mit einer angeschlagenen Stelle. Während die Bruchstellen und Kratzer an vielen anderen Stellen mit der Zeit grau geworden waren, war diese Beschädigung weiß – also neu.

Ich richtete mich auf, streckte die Hand aus, als zielte ich mit einer Waffe, und verglich die Höhe zwischen ihr und der Küchenbar. Sanderman war nicht größer als ich. Er hätte die Waffe auf gleicher Höhe gehalten.

Es paßte. Er war in die Küche gegangen. Erickson war ihm gefolgt. Er hatte die Waffe gezogen, sich umgedreht und geschossen. Aber er hatte sich nicht gegen den Rückstoß abgestützt. Seine Hand wurde zur Seite gerissen… so. Die Pistole schlug gegen die Kachel, und ein Splitter sprang ab.

Doch warum hatte er den Kühlschrank und das eiserne Schränkchen verschoben? Um das Blut wegzuwischen, wäre es nicht nötig gewesen. Und wäre er derart umsichtig gewesen, dann hätte er sicher auch die Verkrustungen hinter der Schwingtür entdeckt. Warum sonst hatte er sich die Mühe gemacht –

Und da fiel mir ein, daß auf Mick Erickson zweimal mit einer 22er Automatic geschossen worden war. Automatische Waffen warfen die leeren Patronenhülsen aus. Und wenn eine irgendwo gelandet war, wo Sanderman sie nicht hatte fallen sehen, und er sie suchen mußte?

Ich lehnte mich an die Küchenbar und dachte nach. Der Polizeiarzt hatte den Zeitpunkt von Ericksons Tod auf Sonntag abend gegen sieben Uhr festgesetzt. Das Lodge lag relativ einsam, und da Mrs. Wittington und Anne-Marie in Bridgeport waren, hatte niemand den Schuß gehört. Es hatte Sanderman sicher einige Zeit gekostet, die Leiche loszuwerden, selbst wenn er sie bloß zum See geschleppt und ins Wasser geworfen hatte. Dann mußte er Ericksons geliehenen Bronco am Highway in der Nähe von Zelda's abstellen, die Fingerabdrücke wegwischen und zu Fuß zurückmarschieren. Selbst wenn das bis halb neun oder neun gedauert hatte, blieben immer noch drei Stunden bis Mitternacht, bis Anne-Marie kam und ihn abholte – mehr Zeit als genug, um das Blut aufzuwischen und alle sonstigen Indizien zu entfernen.

Selbst nach Anne-Maries Einladung hatte sich Sanderman noch Zeit zum Duschen genommen, und als er dann in unserer Hütte auftauchte, hatte er ausnehmend lebhaft gewirkt für einen Mann, der angeblich aus tiefem Schlaf gerissen worden war. Lebhaft und irgendwie erregt. Warum?

Ich dachte noch einmal über die Patronenhülsen nach. Es mußten mindestens zwei gewesen sein. Ein Mann, der so eine Hülse suchte, würde alles verrückt haben, was nicht festgeschraubt war. Die Suche würde neben der Reinigung weitere Zeit gekostet haben. Und wenn er sie nicht gefunden hatte, dann war sie vielleicht noch hier.

Also fing ich nun selbst an zu suchen: zuerst an den nahe liegenden Stellen, dann an denen, die möglich, aber nicht wahrscheinlich waren. In den verblaßten Kattun-Vorhängen am Fenster hatte sich nichts verfangen. Das Sieb im Ablauf des Spülbeckens war zu fein, da gingen nur Krümel durch. Der Fettfang unter den Gasbrennern des Herdes war leer. In den Schubladen lagen nur Küchengegenstände. Die Geschirrschränke waren leer bis auf das Notwendigste. Ich kippte das Eisenschränkchen zurück und leuchtete mit der Taschenlampe darunter. Vielleicht hatte es eine Leiste, gegen die die Hülse geprallt war. Ich sah in den Ofen, prüfte das Innere des Eisschranks. Die Platte der Küchenbar war leer bis auf eine kleine Kaffeemaschine, die gleiche wie in meiner Hütte...

Die Maschine sah ich mir genauer an. Sah, daß der Einfüllöffnung für das Wasser die gewohnte Plastikkappe fehlte. Sie konnte nicht mehr allzugut funktioniert haben. Es mußte immer eine Menge Wasser verdampft sein.

Und da kam mir der Gedanke, daß Sanderman sie vielleicht nie benutzt hatte. Wahrscheinlich wußte er nicht einmal, wie man sie bediente, denn er trank weder Kaffee noch Tee. Warum sollte ihm also diese kleine Öffnung aufgefallen sein?

Ich zog die Maschine näher, kippte sie ein wenig und sah in

den Wasserbehälter. Am Boden lag die metallgraue Geschoßhülse. Eine 22er Patronenhülse, ganz sicher.

»*Na also*«, sagte ich leise.

Ich nahm die Hülse nicht heraus und stellte die Kaffeemaschine an ihren ungefähren Platz auf der Küchenbar zurück. Schaltete das Küchenlicht aus und eilte ins Badezimmer. Die meisten Handtücher, die dort herumhingen, waren vom normalen Gebrauch feucht, aber drei große waren über die Duschvorhangstange gehängt worden, und sie waren beim Trocknen steif geworden, als wären sie mit einem Reinigungsmittel in Berührung gekommen. Unter dem Waschbecken fand ich eine große, fast leere Flasche Formula 409.

Wahrscheinlich hatte er angenommen, ein Reiniger würde alle Blutspuren beseitigen. Aber im Kriminallabor würde man sie ohne Probleme zum Vorschein bringen.

Mir war klar, daß ich keine Zeit zu verlieren hatte. Also schaltete ich alle übrigen Lichter in der Hütte aus, verschloß die Tür und sprintete den Hügel zum Haupthaus hinauf.

Rose Wittington wollte mich nicht hereinlassen. Sie blieb hinter der verschlossenen Tür stehen und sagte ganz ruhig, ich solle morgen wiederkommen.

Ich schrie zurück, daß ich nicht gehen würde. Daß ich den Sheriff anrufen müsse. Daß ich wisse, Margot sei bei ihr im Haus, und wenn sie nicht mit mir reden wolle, dann könne sie das verdammt noch mal auch mit der Polizei tun. Und dann trat ich gegen die Tür.

Der Riegel wurde umgelegt, und Rose stand vor mir. Ein harter, mißbilligender Blick verunzierte ihre sonst so freundlichen Züge. Sie sagte: »Nicht so laut, junge Dame. Man hörte Sie ja bis hinüber nach Nevada. Und ruinieren Sie mir ja nicht meine Tür mit Ihren Füßen.«

Ich starrte sie an und stiefelte hinein.

Margot Erickson kauerte in einem der Sofas vor dem großen TV-Schirm, eine kleine Gestalt in einem blauen Samtkaftan. Die schwarzroten Schwellungen hoben sich gegen ihre aschgraue Haut ab. Ich war darauf gefaßt, daß sie ausreißen würde, aber sie schien zu einer neuerlichen Flucht nicht mehr fähig. Sie starrte mich wortlos an.

»Ich habe keine Zeit zu erklären, was passiert ist«, sagte ich. »Hören Sie zu, wenn ich jetzt telefoniere.« Ich ging zum Apparat und wählte die Nummer des Sheriffbüros in Bridgeport.

Kristen Lark war noch im Dienst. Sie wollte schon anfangen, mir von dem Laborbericht aus Hopwoods Hütte zu berichten, aber ich schnitt ihr das Wort ab. »Kristen, ich habe herausgefunden, wer Mick Erickson erschossen hat. Wie schnell können Sie im Willow Grove Lodge sein?«

Margot wollte aufstehen. Ich deutete ihr, sie solle sitzen bleiben.

Kristen Lark sagte: »So schnell wohl nicht, fürchte ich. Zwischen uns hier und Ihnen hat es eine Massenkarambolage auf der Dreifünfundneunzig gegeben. Wir haben alle unsere Leute hingeschickt, und ich bezweifle, daß ich da durchkomme. Sagen Sie mir, was Sie wissen.«

Ich erzählte ihr, was ich in Sandermans Hütte gefunden hatte und beobachtete, wie Margots Gesichtsausdruck zwischen Schock und Verwirrung wechselte. »Er ist zwischen drei und vier hier abgefahren«, schloß ich, »möglicherweise heim nach Sacramento, aber wetten würde ich darauf nicht.«

»Ich gebe einen Fahndungsbefehl heraus. Kennen Sie seine Autonummer?«

Ich fragte Rose, und sie schrieb sie aus ihrer Gästeliste ab.

»Okay, ich kümmere mich«, sagte Kristen Lark. »Ist der Tatort gesichert?«

»Abgeschlossen, und ich habe den Schlüssel.«

»Ich komme so schnell ich kann.«

Ich legte den Hörer auf und ging zu Margot. Sie hatte die nackten Füße auf das Sofa gezogen und die Arme schützend um die Knie gelegt. Nach einer Weile fuhr sie sich mit der Zunge über die Lippen und fragte: »Mick ist wirklich in einer von diesen Hütten hier ermordet worden?«

Ich nickte.

»Und dieser... Ned Sanderman... Wer ist das?«

»Sie kennen ihn nicht?«

»Nein.«

Ich setzte mich neben sie. »Ein Umweltschützer von der California Coalition for Environmental Preservation. Er hatte mit Mick und Lionel Ong und dem Golden-Hills-Projekt zu tun. Er war es wahrscheinlich, der ausgetüftelt hat, wie sie an das Land auf der Ostseite der Mesa herankommen konnten.«

Sie legte ihr Gesicht auf die angezogenen Knie. »Dieses verdammte Projekt. Es hat alles zerstört.«

»Margot, ich weiß, daß Earl Hopwood Ihr Vater ist und daß Sie an dem Projekt irgendwie beteiligt sind. Erzählen Sie mir – von Anfang an?«

Sie sah wieder auf. Sie hatte geweint, und unter dem nassen Glanz der Tränen wirkten die Blutergüsse noch brutaler. Rose drückte ihr ein paar Papiertaschentücher in die Hand, zog sich dann schweigend zu dem Sessel neben ihr zurück und hockte sich besorgt auf seine Kante.

Margot sagte: »Gut, aber vorher möchte ich mich für das entschuldigen, was ich Ihnen neulich abends angetan habe. Ich war in Panik geraten und habe nicht gemerkt –«

»Angenommen. Jetzt erzählen Sie mir über Golden Hills.«

»Dafür muß ich einige Jahre zurückgehen, als Mick sich noch bemühte, Daddy zu gefallen. Daddys ganzes Leben hatte sich reduziert auf das Stone Valley und auf diese Mine. Er war davon überzeugt, wenn er jemanden fände, der sie wieder in Betrieb setzte, würde Promiseville wieder zu dem werden, was es einmal gewesen war. Natürlich war das unmöglich – in mehrfacher Hinsicht –, aber um ihn aufzumuntern, nahm Mick ein paar Proben, doch die zeigten, daß die Mine erschöpft war. Er hat ihm die Ergebnisse allerdings nicht mitgeteilt, weil Daddy ihm das sowieso nicht geglaubt hätte.«

»Wann sind er und Ong auf die Idee gekommen, dort ein Ferienzentrum aufzuziehen?«

»Ein Ferienzentrum?« sagte Rose.

Ich achtete nicht auf sie und konzentrierte mich auf Margot.

»Ich weiß nicht.« Sie wickelte sich die Taschentücher um die Finger. »Weihnachten vor ein paar Jahren unterhielt sich Mick mit Daddy über den Verkauf des Geländes. Er sagte ihm, er habe einen Kunden mit einer Menge Geld, das er in die Staaten transferieren und in den Goldabbau stecken wolle. Daddy war hell begeistert, aber ich habe Mick nicht geglaubt. Zudem stehe ich auf seiten der Umweltschützer, und ich wußte, was moderne Abbaumethoden in der Gegend anrichten würden. Doch als ich versuchte, das ins Gespräch zu bringen, da... sagte

Mick, ich solle mich um meine eigenen Angelegenheiten kümmern.«

Rose schnaufte höhnisch.

»Was passierte als nächstes?«

Margot warf die Taschentücher weg und griff nach einem Päckchen Zigaretten, das auf dem Couchtisch neben einem vollen Aschenbecher lag. Sie zündete sich eine an, verzog das Gesicht und sagte: »Ich weiß nicht. Ich beschloß, mich herauszuhalten. Was konnte ich gegen eine Gesellschaft wie Transpacific schon ausrichten? Wie hätte ich die Zerstörung des letzten Traums meines Vaters rechtfertigen können? Außerdem ging es Mick nicht gut: Er war furchtbar überarbeitet, und die letzte Zahlung an seine frühere Frau für die Übernahme der Firma war fällig. Er konnte nicht noch mehr Streß gebrauchen.«

Und diese Abschlußzahlung, dachte ich, gab Erickson neben simpler Geldgier noch ein zusätzliches Motiv, dem Golden-Hills-Projekt Erfolg zu wünschen.

»Eines Tages«, fuhr Margot fort, »merkte Mick, daß ich ihm keine Steine in den Weg legen wollte, und deshalb bat er mich, ihm bei dem Projekt zu helfen. Von seiner Exfrau hatte er einen Zahlungsaufschub bekommen, und er steckte all seine Energie in den Versuch, die Umsätze der Gesellschaft zu steigern. Ich hatte das Gefühl, ich könnte ihm das nicht abschlagen.«

»Wie haben Sie ihm geholfen?«

»Bei der Büroarbeit. Er sagte mir, sie müßten weiteres Gelände aufkaufen, um das Gold in der Mesa abzubauen. Ein Mann namens Franklin Tarbeaux, der einen Claim auf der Ostseite abgesteckt hatte, sei einverstanden, das Land auf sich eintragen zu lassen und es dann zu einem guten Preis an Transpacific weiterzuverkaufen. So etwa hat Mick es mir erzählt. Ich habe die Anträge vorbereitet und die geologischen Gutachten, und ich habe die ganze Post von Tarbeaux erledigt.«

»Die Post war an das Haus am Telegraph Hill adressiert, das Transpacific gehört?«

»Ja. Lionel bringt in dem Haus auch Firmengäste unter und benutzt es für private Konferenzen.« Sie schaute schuldbewußt weg, als sie daran dachte, was zwischen uns vor diesem Haus passiert war und drückte ihre Zigarette aus. »Ich hatte einen Schlüssel zu dem Penthouse und wollte nach der eingegangenen

Post sehen. Dort ging nur Post ein, die mit der Landvergabe zu tun hatte.«

Doch ihre häufige und unerklärliche Anwesenheit hatte zu dem Gerücht geführt, daß Ong sich dort eine Mätresse halte. »Wann ist Ihnen klargeworden, daß es einen Tarbeaux gar nicht gab?«

»Nie, bis Sie mich nach dem Namen fragten und mir sagten, Mick habe einen zweiten Ausweis bei sich gehabt, als er erschossen wurde. Da ging mir auf, daß ich belogen worden war.«

»Und wann hat Ihr Vater herausgefunden, daß aus der Mesa ein Ferienzentrum und nicht wieder eine neue Goldmine werden sollte?« Das war nämlich meiner Meinung nach der eigentliche Auslöser der ganzen Affäre gewesen.

»Vor etwa einem Monat. Er trieb sich in der Mesa herum und war ganz aufgeregt wegen des baldigen Betriebsbeginns der Mine – und er ging allen ziemlich auf die Nerven, wie Mick sich ausdrückte.« Sie brach ab und schien ihren eigenen Worten nachzulauschen. »Man hatte dem Mann seine Träume geraubt, auch wenn er das zu dem Zeitpunkt noch nicht wußte, und das einzige, was mein Mann dazu sagte, war, daß er ihm auf die Nerven ging.« Ihr Blick wurde düster und nach innen gerichtet. Ich wußte, was sie sah: Was für ein gefühlloser Mensch ihr Mann gewesen – oder geworden – war, zu was für einer Farce er ihre Ehe gemacht hatte.

Margot seufzte und griff nach der nächsten Zigarette. Rose ließ einen leisen Protest hören, sagte aber nichts.

»Und als Ihr Vater es dann erfuhr...?«

»Daddy war kein Bergarbeiter, doch er merkte sehr wohl, daß in der Mesa etwas nicht stimmte. Er gewann das Vertrauen eines Arbeiters vor Ort und erfuhr so, was Transpacific in Wirklichkeit vorhatte. Dann kam er in die City und verlangte, daß Mick das Projekt stoppte. Mick hat Daddy hinausgeworfen. Da hat es mir gereicht. Ich habe drei Ehemänner gehabt, aber nur einen Vater. Also warf ich nun meinerseits Mick aus dem Haus und sagte ihm, er solle erst wiederkommen, wenn er das getan habe, worum Daddy ihn gebeten hatte.« Sie sah mich an. »Natürlich ist das nie geschehen«, fügte sie leise hinzu.

»Ihr Vater hat dann im Minengebiet einigen Wirbel gemacht, nicht?«

»Ja. Sie haben es eingezäunt und Wachtposten aufgestellt, aber das hat ihn nicht gebremst.« Sie lächelte grimmig. »Daddy kennt die Mesa von innen und außen. Man kommt auf allen möglichen Wegen hinein, durch Stollen und Schächte, von denen die Transpacific-Leute noch gar nichts wissen und die sie schon gar nicht blockieren konnten.«

Ich erinnerte mich an die alten Karten in Hopwoods »Museum« und auch an die neuere, halb fertige. Sie zeigte wahrscheinlich, welche Stollen noch existierten. »Was haben sie dann unternommen?«

»Ich nehme an, Mick ist hierhergekommen, um Daddy gut zuzureden. Das hatte ich sofort vermutet, als ich erfuhr, daß er am Tufa Lake erschossen worden war. Warum sonst sollte er sich solche Mühe gegeben haben, daß es aussah, als wäre er in Japan? Er wußte, daß ich dazwischengehen würde, wenn ich erfuhr, was er vorhatte.«

Und sie hatte gedacht, ihr Vater sei der Mörder ihres Mannes. Das erklärte auch die fast greifbare Angst, die ich am Dienstagmorgen in ihrem Haus gespürt hatte. »Wissen Sie mit Sicherheit, daß er Ihren Vater auch getroffen hat?«

»O ja.« Ihr Gesicht zog sich zusammen wie in Erinnerung an einen starken Schmerz. »Ich habe es am Mittwoch sicher erfahren.«

»Was passierte dann?«

Sie sah von mir weg.

»Ihr Vater kam wieder in die City, nicht?«

Sie neigte ihr Kinn ein wenig – eine kleine Bestätigung.

»Er war es, der Sie geschlagen hat.«

Keine Antwort von Margot, aber Rose gab ein seltsames Geräusch von sich – halb überrascht, halb verneinend.

Nach einer Weile sagte Margot: »Er kam an dem Nachmittag in die City. Ein paar Tage vorher war auf ihn geschossen worden – eine Fleischwunde. Er erzählte mir, Mick sei am Sonntagmorgen in seine Hütte gekommen und habe ihn bedroht. Daddy richtete seine Pistole auf ihn, um ihn zu erschrecken, aber Mick nahm sie ihm weg, schoß auf ihn und rannte davon.«

»Haben Sie ihn gefragt, ob er Mick aus Rache getötet hat?«

»Wie fragt man den eigenen Vater so etwas?« Als ich keine Antwort gab, fuhr sie fort: »So oder so, er hat mir gar keine

Gelegenheit gegeben, ihn das zu fragen. Er wollte Lionel Ongs Privatadresse und Telefonnummer von mir. Ich habe mich geweigert, sie ihm zu geben. Ich hatte Angst vor dem, was er tun könnte...«

Sie sprach nicht weiter, und so sagte ich: »Und er hat sie aus Ihnen herausgeprügelt.«

Ihr »Ja« war kaum ein Flüstern.

Rose stöhnte mitleidig auf und wollte zu ihr gehen. Margot gab ihr ein Zeichen, zu bleiben, wo sie war. Sie drückte den Rest ihrer Zigarette aus und fügte hinzu: »Daddy gab mir wie Mick die Schuld an dem, was passiert war. Er sagte, ich hätte mit den anderen gegen ihn konspiriert. Ich vergesse nie, wie er mich dabei angesehen hat... diesen Haß...«

»Margot«, sagte ich, »haben Sie versucht, Ong zu warnen, bevor Sie an dem Abend zu seinem Haus und zu der Wohnung am Tel Hill gefahren sind?«

»Nein. Zuerst hatte ich das Gefühl... Ich war wie gelähmt. Der Mann, der mir das angetan hatte, war nicht der Vater, den ich mein Leben lang gekannt hatte. Mick war tot, und jetzt war auch der Rest meiner Welt... Ich blieb einfach zu Hause und wartete, bis es dunkel wurde. Dann wurde ich wach und versuchte, Lionel anzurufen. Als ich ihn nicht erreichte, fuhr ich los, um nach ihm zu suchen, und da...« Wieder sah sie schuldbewußt drein.

Ich fragte: »Wie kam Ihnen Ihr Vater an dem Nachmittag vor, abgesehen von der an ihm völlig fremden Gewalttätigkeit? Glauben Sie, daß er wußte, was er tat und sich unter Kontrolle hatte?«

Rose sagte: »Weiß man denn, was man tut, wenn man als guter Christ die eigene Tochter verprügelt?«

Ich ignorierte sie und sah nur Margot an.

Sie überlegte. »Er ging zielstrebig vor, falls Sie darauf anspielen, ob er sich unauffällig verhielt. Er sprach normal und so weiter. Und er schien bei der Schußwunde unter keinen schlimmen Folgen zu leiden, bis auf eine leichte Steifheit. Aber dann tobte er und warf mit diesem biblischen Unsinn um sich.« Sie sah entschuldigend zu Rose hinüber. »Ich kann es nicht anders beschreiben.«

»War Ihr Vater schon immer religiös?«

»Erst in den letzten Jahren.«

Rose sagte: »Seit ich ihn für meine Bibelgruppe interessieren konnte. Zuerst dachte ich, er wolle nur den Intellektuellen herauskehren und uns ›naiven Bibelgläubigen‹, wie er uns gern nannte, einmal zeigen, wo es wirklich langgeht. Aber eines Tages sah er das Licht.«

Ich fragte Margot: »Erinnern Sie sich an Sätze, die er zu Ihnen sagte?«

»Oh…« Sie schob sich das Haar aus der Stirn und ließ die Hand auf dem Kopf ruhen. »Da war die Rede von einem Erdbeben. Und Blut. Ich kann es nicht so zitieren wie er, aber es war etwas vom Mond und vom Meer, das zu Blut wird, und von der Sonne, die sich verdunkelt, und von einem Berg, der brennt.«

»Noch etwas?«

»Als er ging… Das habe ich nur noch vage im Gedächtnis, weil ich Schmerzen und so etwas wie einen Schock hatte. Er sagte etwas in der Art: ›Sie werden sterben, wie Christus starb, am fünften Tag.‹ Ergibt das für Sie einen Sinn?«

Ich sah Rose an. »Hopwood las in jüngster Zeit die Offenbarung, wenn Ihnen das hilft.«

Sie stand auf, ging zum Schreibtisch in der Lobby und kehrte mit einer Bibel zurück. Als sie sich setzte und das letzte Buch der Heiligen Schrift durchblätterte, seufzte Margot und ließ die Hand vom Kopf an ihre Seite herabfallen. Die Augen hielt sie halb geschlossen, und ihr Gesicht war schlaff, als hätte sie mit der Schilderung der letzten gewalttätigen Begegnung mit ihrem Vater alle Kraft verbraucht, die ihr noch geblieben war.

Nach ein paar Minuten sah Rose auf, ihr Gesicht leuchtete rosig vor Freude über die Entdeckung. »Offenbarung sechs, zwölf«, sagte sie. »›Da ward ein großes Erdbeben, und die Sonne ward finster wie ein schwarzer Sack, und der Mond ward wie Blut.‹«

Ich wartete. Rose schien von meiner Reaktion enttäuscht und überflog die Seiten noch einmal, wobei sie stumm die Lippen bewegte.

Ich stand auf und ging unruhig im Zimmer auf und ab. Verdammt noch mal, das, was sie mir vorgelesen hatte, sagte mir nicht das geringste, aber Hopwoods Wüten mußte in einem Zusammenhang mit seinen weiteren Plänen bezüglich Ong stehen…

»Hören Sie hier«, sagte Rose. »Offenbarung acht, acht: ›Und es fuhr wie ein großer Berg mit Feuer brennend ins Meer, und der dritte Teil des Meeres ward Blut.‹«

Und? Ich sah zu Margot hinüber. Vielleicht ergab sich für sie ein Sinn daraus, aber ihre Augen waren jetzt ganz geschlossen. »Was soll das mit diesem fünften Tag?« fragte ich Rose.

Sie schenkte mir einen Blick, als wäre ich ein armes Heidenkind. »›Wie Christus starb, am fünften Tag‹« zitierte sie Hopwood. »Christus starb am Karfreitag. Gott vollendete am siebten Tag seine Werke und ruhte am siebten Tag – am Sonntag.«

»Freitag. Das ist heute.« Und wie ging es weiter? »Sie werden sterben.« Mir fiel das andere Zitat aus der Offenbarung ein, das ich in Hopwoods Bibel gelesen hatte: »Der Teufel, der sie verführte.«

Dann dachte ich über Hopwood nach, einen Mann, dem ich nie begegnet war, den ich aber in gewisser Hinsicht sehr genau kannte: ein einsamer Mann, seit einiger Zeit durchdrungen von der biblischen Kunde von Untergang und Erlösung. Ein Mann, der beherrscht war von einer übermächtigen Leidenschaft – und den man betrogen und seiner Passion beraubt hatte.

Und mir ging durch den Kopf: *Ein Berg mit Feuer… ein feuerspeiender Berg… am fünften Tag…*

27

Ich fuhr direkt zum Wohnwagen der Friends und erzählte Hy, was ich vermutete. Zuerst meinte er wieder, ich hätte wohl etwas Verbotenes geraucht. Doch als ich ihn an die Karten in Hopwoods »Museum« und die Reste der Dynamitkiste erinnerte, die ich auf dem Abfallhaufen entdeckt hatte, wirkte er ernüchtert und fiel in nachdenkliches Schweigen.

Schließlich sagte er: »Es paßt irgendwie zu einem Sachverhalt, auf den ich gekommen bin, als ich mich heute abend in der Stadt nach dem alten Knaben erkundigte. Er ist die ganze Zeit über hier gewesen. Wir haben nur an den falschen Stellen nach ihm gesucht.«

»Wie ist das möglich?«

»Denken Sie mal nach, McCone. Bevor Sie hier ankamen, hatte ich in seiner Hütte nachgeschaut und die Leute im Stone Valley gefragt, ob sie ihn gesehen hätten. Dadurch kam ich zu dem Schluß, daß er fort war. Sie taten das gleiche, und nachdem sie mit Lily Nickles geredet hatten, nahmen Sie an, er sei über die Staatsgrenze zum Spielen gefahren. Sogar als Sie erfuhren, daß er sich in Reno nicht hatte blicken lassen und daß Rose und der alternde Hippie ihn hier in der Gegend gesehen hatten, blieben wir weiter der Meinung, er müsse irgendwo anders sein und nicht gerade hier. Aber heute abend habe ich herausbekommen, daß er ziemlich regelmäßig im Swifty Mart ein und aus gegangen ist und sich außerdem hin und wieder an der Tankstelle gezeigt hat.«

»Wann?«

»Im Swifty Mart dreimal im letzten Monat, was normal für ihn ist. An der Tankstelle erst letzten Freitagnachmittag, wo er sich nach einer Frau in einem roten Sportwagen erkundigte, die vom Parkplatz mit den Bürowagen gekommen war und sich nach der Richtung zum Tufa-Wald erkundigt hatte.«

»Dann war es also Hopwood, der mir dort nachspioniert hat?«

»Nehme ich an. Er wollte wissen, was Sie den Tankwart gefragt hatten und wohin Sie wollten. Und heftete sich dann an Ihre Fersen.«

»Warum, frage ich mich.«

»Na, Sie waren eine Fremde in dieser Gegend, und Sie hatten gerade mit mir geredet. Ich glaube, er hat uns alle sehr genau beobachtet – anfangs, weil wir gegen die Wiederinbetriebnahme der Mine waren, und später, weil er wußte, daß Ned Sanderman mit hinter dem Golden-Hills-Projekt steckte. Das muß ihn total aus der Fassung gebracht haben.«

Die Erwähnung von Neds Namen erinnerte mich daran, daß Hy noch gar nicht wußte, wie ich unseren Feuerwehrmann als Mick Ericksons Mörder überführt hatte. Doch dafür war jetzt keine Zeit, und außerdem störte mich etwas an Sandermans Motiv – etwas, über das ich mir erst selber klarwerden wollte.

»Es muß Hopwood gewesen sein, der in Ihr Haus, in die Wohnwagen hier und in die Hütten eingebrochen ist und der sich bei All Souls nach mir erkundigt hat.«

Hy nickte.

»Es ist kaum zu glauben, daß er in diese Stadt hineinschleichen konnte und wieder hinaus, und nur ganz wenige Leute haben das bemerkt.«

»So unglaublich ist das nicht, wenn Sie genau darüber nachdenken. Erinnert mich an die Goldforellen, die wir hier in den Bächen haben. Man sieht in das langsam strömende Wasser, wo man sie vermutet, und da sind sie dann auch. Doch wenn sie mit schnellen Bewegungen zwischen den bemoosten Steinen im Sonnenlicht hin und her schwimmen, übersieht man sie zwangsläufig.«

»Aber wo hat Hopwood gewohnt? Nicht in seiner Hütte. Und auch sonst an keinem besonders augenfälligen Platz, denn dann hätten die Leute im Tal ihn entdeckt.«

»Earl kennt jeden Winkel und jede Spalte im Tal, und er ist an ein spartanisches Leben gewöhnt. Die Frau im Swifty Mart hat gesagt, er hat eine Menge Campingsachen gekauft.«

Ich dachte daran, was Margot über ihren Vater gesagt hatte. »Er kennt auch die Mesa in- und auswendig.«

»Darauf würde ich wetten.«

»Aber das alles beweist meine Theorie noch nicht.«

»Noch etwas. Während ich auf Sie wartete, dachte ich über Hopwood nach und über das Brett, das Sie auf seinem Abfallhaufen gefunden haben. Ich habe ein paar Telefongespräche geführt und hatte bei einem Laden für Bergbauausrüstung unten in Lee Vining Erfolg. Seit einem Monat ist er dort mehrmals aufgekreuzt. Zuerst hat er nur neue Pickel und Schaufeln gekauft. Dann brauchte er Winden und Stempel, wie sie für das Abstützen von Stollen verwendet werden. Struck Del – das ist der Kerl, der den Laden betreibt – kam das seltsam vor, denn er hatte noch nicht erlebt, daß Earl auch im Felsen abgebaut hatte. Dann, das ist erst wenige Wochen her, fragte er nach Dynamit – und ob Del jemanden kenne, der es ihm ohne diesen ganzen behördlichen Hokuspokus besorgen könne.«

»Hat Del ihm einen vermittelt?«

»Er sagt, ›möglicherweise‹.«

»Hm. Und ich wette, die Kiste, von der ich das Brett gefunden habe, war nicht die einzige, die er gekauft hat.«

»Wahrscheinlich nicht.«

»Was machen wir nun?«

»Damit zum Sheriff gehen?« Hy schien nicht allzu begeistert zu sein.

Ich schüttelte den Kopf. »Erst einmal hat es auf der Dreifünfundneunzig eine große Massenkarambolage gegeben. Sie haben alle ihre Leute dorthin geschickt, und niemand kommt durch. Zum zweiten frage ich mich, wieso man mir denn im Sheriffbüro meine Theorie glauben soll, wenn nicht einmal Sie es tun? Die Polizei braucht mehr für einen Einsatz.«

»Dann sollten Sie für mehr sorgen.«

»Was heißt *Sie*?«

»Es war mir nicht klar, daß ich hinzugezogen bin.«

»Und ich kenne Sie gut genug, um zu wissen, daß ich Sie da gar nicht heraushalten kann.«

Auf dem Weg ins Tal fuhren wir bei Hy vorbei, weil wir noch einige Dinge benötigten. Während er hineinging, warf ich einen Blick auf die Uhr am Armaturenbrett des Landrover: kurz vor acht, vom »fünften Tage« war nicht mehr viel übrig.

Jetzt erst ging mir die Gefahr auf, in die wir uns da begaben. Meine Theorie über Hopwoods Wahnvorstellungen stand auf höchst wackeligen Beinen, und die Sache mit dem fünften Tag war der schwächste Teil davon. Aber wer konnte wissen, was er vorhatte und für wann? Ich konnte durchaus verstehen, warum Hy ins Tal fahren und der Sache nachgehen wollte: Das hier war seine Heimat. Er liebte sie, und er hatte ein Interesse daran, was mit ihr geschah. Doch ich andererseits...

Er kam aus dem Haus und lud ein Seil und ein paar große Stablampen in den Landrover. »Kommen Sie mit einem Achtunddreißiger zurecht?«

Es war das Kaliber meiner eigenen Pistole. Ich nickte und nahm den Colt, den er mir durch das Fenster reichte.

Hy studierte meinen Gesichtsausdruck. »Bedenken?«

»Einige.«

»Das hier ist nicht Ihr Kampf, McCone.«

Ich zuckte mit den Schultern. »Einerseits nicht. Aber andererseits schon.«

Er nickte. »Dann machen wir uns auf den Weg. Wir nehmen am besten diesen Wagen und den Morgan dazu, oder? Vielleicht brauchen wir beide.«

»Stimmt. Wir stellen sie im Mietstall ab und machen noch kurz bei Hopwoods Museum halt, um noch einen Blick auf die Karten zu werfen. Wir treffen uns dort.« Ich startete den Landrover.

Die Nacht war kalt, und der Mond stand hoch am Himmel. Wieder zeigte die Landschaft diese kristallklaren, scharfen Kontraste. Ich fuhr die kurvige und holprige und stetig ansteigende Straße bis zum Kamm über dem Tal hinauf. Wie gestern nacht schienen auch heute keine Lichter herauf, und auf der Mesa markierten nur ein paar schwache Sicherheitsleuchten den Maschendrahtzaun. Aber jetzt war ich mir des Lebens, das dort in der Dunkelheit herrschte, nur allzu bewußt: auf der Talsohle Bayard mit seiner Familie und die anderen Wüstenratten in ihren Höhlen und weiter oben die Transpacific-Wachmannschaften in ihren Wohnwagen. Und ein aus dem Gleichgewicht geratener Mann mit einem tödlichen Plan und mit einer angsterfüllten Geisel in seiner Gewalt.

Der Mond schien so hell, daß ich mit Standlicht weiterfahren konnte. Im Rückspiegel sah ich, daß Hy das gleiche tat. Im Leerlauf rollten wir den Hang in die Stadt hinunter und über die Hauptstraße zum Mietstall. Doch als wir ankamen, stand schon ein Wagen darin, mit der Nase zur Ausfahrt. Nach Bayards Beschreibung war es Hopwoods alter Lieferwagen. Ein Lieferwagen in demselben Gelb wie der, den ich am Mittwoch zu Lionel Ongs Haus hatte hinauffahren sehen und den ich für das Botenauto gehalten hatte.

Ich blockierte das Stalltor mit dem Landrover, und Hy stellte sich hinter mich. Die Hände am Revolver, näherten wir uns vorsichtig dem Lieferwagen. Ich hielt die Hand an die Motorhaube: kalt. Hy öffnete die Fahrertür und leuchtete mit der Taschenlampe hinein. Ich sah an ihm vorbei.

Im Lieferwagen lag lauter für wenig pingelige Fahrer typisches Zeug herum: Papierschnitzel, zerrissene Landkarten, zerdrückte Aluminiumdosen. Hinten fand ich eine zusammengeknautschte graue Decke und ein paar dicke Stücke Seil.

Hy und ich tauschten einen Blick. Ich ging um das Fahrzeug

herum, öffnete die Beifahrertür und beugte mich hinein, um besser sehen zu können. Auf dem Boden vor dem Sitz ein zusammengeballter Lappen. Ich hockte mich hin und schnupperte. Er roch ein bißchen medizinisch. Mit einem Taschentuch öffnete ich das Handschuhfach. Drinnen lag eine Flasche: Chloroform.

»Wir sollten lieber nichts anrühren.« Meine Stimme klang sehr laut. Zwischen den Dachbalken über uns protestierte ein Vogel.

Hy gab keine Antwort. Als ich mich aufrichtete, sah ich ihn über den Fahrersitz gebeugt. Sein Blick war starr auf etwas gerichtet, das in einer Rille neben dem Kardantunnel klemmte. Ich ging hinten um den Wagen herum, um es besser erkennen zu können.

Es waren ein paar schwere goldene Glieder, die aussahen, als seien sie aus einer Kette herausgerissen. So eine massive Goldkette hatte ich erst kürzlich gesehen. Natürlich – es war das Uhrarmband, das Ong getragen hatte, als ich ihn interviewte.

»Na also, da hätten wir unseren Beweis«, sagte ich. »Sie stammen von Ongs Uhrarmband. Die Seilstücke, die Decke, diese Glieder – außerdem liegt vorn auf dem Boden ein Lappen und im Handschuhfach Chloroform. Hopwood hat ihn gekidnappt.«

»Sagten Sie nicht, er könnte sich für einen Boten mit Verträgen aus Ongs Büro ausgegeben haben?«

»Ja.«

»Na also. Hier ist noch mehr Beweismaterial.«

Ich ging um den Lieferwagen herum und sah mir an, worauf er deutete. Im Fach an der Fahrertür steckte eine Dienstmütze mit der gestickten Aufschrift »Ace Botendienste«. »Also hat Ong ihn wirklich für einen Boten gehalten«, sagte ich. »Er muß eine Waffe gezogen haben, sobald er durch das Tor war – ich habe Ong rufen gehört: ›Das ist absurd!‹ Dann hat er ihn in den Wagen geschoben und chloroformiert.«

»Mein Gott.« Hy trat von der Tür zurück. »Ich wünschte, der Lieferwagen hätte früher hier gestanden.«

»Wo mag er jetzt stecken?«

»Wer weiß? Bei so einem Verrückten.«

»Wir sollten uns diese Karten ansehen.«

Unsere Schritte klangen wie Pistolenschüsse, als wir über die durchhängenden Planken des Gehsteigs gingen. Also wechselten wir schnell auf den weichen Boden der Straße. Schweigend erreichten wir die falsche Fassade des Ladens vom gehängten Chinesen. Als ich die Tür öffnete, wurde ich wieder von der eingeschlossenen Hitze und der Dunkelheit umfangen. Ich nahm die Taschenlampe, die Hy mir hinhielt, schaltete sie ein und leuchtete durch den Raum.

Hopwoods chaotische Antiquitätensammlung hatte bei Tag schon bizarr gewirkt, die Nacht ließ sie surrealistisch erscheinen. Das in Felle verpackte Klavier verwandelte sich in ein großes Untier mit einem Dutzend Tatzen und glasigen Augen. Über die Wand im Hintergrund breitete sich der schreckenerregende Schatten eines Riesen. Mir stockte der Atem, bis ich merkte, daß es sich nur um den Indianer vom Zigarrenladen handelte. Auch Geräusche hörte ich: das Kratzen von Nagetierpfoten, die über den Holzfußboden huschten, und ein Rascheln und Seufzen, wenn der leichte Wind zur offenen Tür hereinfuhr. Hinter mir war Hy wie erstarrt stehengeblieben. Als ich mich umsah, glitzerten seine Augen hart im Licht der Taschenlampe, und sein Gesicht war äußerst angespannt. Ich fragte mich, wie die Szene vor uns wohl durch den Filter seiner ganz persönlichen Sichtweise erscheinen mochte.

Ich lenkte seine Aufmerksamkeit auf mich und bewegte mich auf den Gang weiter vorn zu. Er schenkte mir ein kurzes, schiefes Lächeln und folgte mir. Die Karten der Mesa hingen unberührt an der Wand. Ich zog die neuere Zeichnung herunter. Hy tat das gleiche mit den zerfetzten und braun gewordenen. Wir breiteten sie auf dem Fußboden aus und richteten unsere Taschenlampen darauf.

»Hier ist der Hauptschacht«, flüsterte er und fuhr mit seinem Zeigefinger über das Papier. »Es heißt, daß er schon seit Jahrzehnten zugeschüttet ist. Dieser Stollen und dieser hier sind auch schon lange wieder zu.«

»Welche Seite der Mesa zeigt die Karte?«

»Soweit ich das sehe, ist das eine Übersichtskarte. Warten Sie – die hier ist besser.« Er zog eine zweite Karte über die erste. »Dieser Stollen hier und die anderen beiden finden sich auch auf der neuen Karte, die Sie da haben.«

»Ich kann noch immer nicht... Ist das die Stampfmühle?«
»Hm.«
»Jetzt verstehe ich. Dann verläuft dieser Tunnel... dieser Stollen« – ich verfolgte ihn auf Hopwoods neuer Karte – »in der Nähe der Zufahrtsstraße.«
»Und ist wahrscheinlich beim Planieren eingestürzt.«
»Und dieser zusammen mit dem kleineren –«
»Die kleineren nennt man Querschläge. Sie gehen im rechten Winkel von den Stollen ab und führen dorthin, wo die Goldadern lokalisiert wurden.«
»Okay, dieser Stollen und dieser Querschlag verlaufen auf der Nordseite der Mesa. Wenn Hopwood sich von außen dorthin vorarbeiten wollte, konnte er das außerhalb des Sichtbereichs der Wachhütte und der Wohnwagen tun.«
»Wahrscheinlich hat er sich auf die Weise Zugang verschafft.«
»Wohin kann er gegangen sein, wenn er erst einmal drinnen war?«
Hy zuckte mit den Schultern. »Wie diese alte Karte zeigt, war die Mesa einmal voll von Stollen und Querschlägen, und es ist einfach unmöglich zu sagen, welche noch existieren. Zudem gibt es dort noch hunderte Strossen – das sind Ausgrabungen, die stufenförmig vom Stollen nach oben oder nach unten zu den Erzablagerungen führten. Er kann sich überall hier in einer dieser Höhlen verkrochen haben.«
»Und wie können wir ihn dann finden?«
»Aufs Geratewohl und mit Beten, McCone. Raten und beten.«
Wir waren gerade auf der Höhe von Lily Nickles' verlassenem Haus angekommen, da wurde mir klar, was mich verfolgte, seit wir den Laden des Chinesen verlassen hatten. Ich winkte Hy, und wir traten unter das Schutzdach der Veranda.
»Ich mache mir Sorgen um die Leute auf der Mesa.«
»Die Transpacific-Wachen?«
»Ja. Da sind zumindest drei Menschenleben in Gefahr –«
»Die Typen wußten, worauf sie sich einließen.«
»Wirklich?«
»... Dies hier bestimmt nicht.«
»Hy, wenn etwas schiefgeht, wenn dieser Unsinn mit dem fünften Tag gar nicht so unsinnig ist –«

»Das ist nicht unser Problem. Außerdem haben wir nicht die Zeit –«

»Wie würden Sie sich fühlen, wenn Sie wüßten, Sie hätten sie hier herausholen können, haben es aber nicht getan?«

Seine Augen blitzten zornig im Mondlicht, als er den Blick auf mich richtete. »Und das sagt mir eine Person, die den Wunsch eingesteht, daß sie selbst mal zwei Leute umlegen wollte?«

»Ich hatte gute Gründe. Außerdem zählt nach Ihrer Aussage nur die Tatsache, daß ich es nicht getan habe.«

Einen Augenblick lang sagte er nichts. Dann: »Ach, verdammt. Schaffen wir sie da raus. Los.« Er ging zur Treppe.

»Sie machen das.«

»Wie bitte?«

»Ich nehme an, sie hören eher auf Sie als auf uns beide. Wenn Sie ein Funkgerät haben, können Sie der Polizei wegen Ong Bescheid sagen. Wenn nicht, schicken Sie einen von ihnen in die Stadt, daß er es von dort aus tut.«

»Was machen Sie währenddessen?«

»Ich versuche, den Eingang zu diesem Tunnel zu finden. Sie können nachkommen –«

»Nein, McCone.«

»Doch, Ripinsky.«

Wir sahen uns an.

Hy sagte: »Nicht zweimal in einem Leben.«

»Wie bitte?«

»Sie gehören zur gleichen gottverdammten Sorte von Sturschädeln wie meine verstorbene Frau, und zweimal hat ein Mann solchen Kummer nicht verdient.« Er warf wütend die Arme in die Luft. »Sie haben gewonnen – ich schaffe sie raus und komme dann nach. Aber ich warne Sie – versauen Sie die Sache und gehen dabei drauf, dann haben Sie doppelt verloren.«

»Wieso?«

»Weil Sie dann nie herausfinden werden, McCone, wie gut wir beide zusammenpassen.«

Ohne mir eine Chance auf eine Antwort zu geben, ging er die Stufen hinab und zur Zufahrtsstraße.

28

Als ich Hy nicht mehr sah, ging auch ich die Stufen der Veranda hinunter. Doch da der Mond meine ohnehin schon ausgeblichene hellbraune Jacke noch heller erscheinen ließ, konnte ich so nicht weitergehen. Unter der Jacke trug ich ein burgunderrotes Sweatshirt. Es war dunkel genug, daß es mich nicht verriet, aber zu leicht, um die Kälte abzuhalten.

Ich legte Lampe und Seil aus der Hand und ging in Lily Nikles' Haus, um nach einem zurückgelassenen Kleidungsstück zu suchen, das ich statt der Jacke tragen konnte. Die Zimmer waren alle so gut wie ausgeräumt, nur am Haken hinter der Küchentür hing ein schweres schwarzes Wollhemd, das sie wohl vergessen hatte. Ich tauschte es gegen die Jacke.

Hys 38er hatte ich in der tiefen Tasche meiner Jacke transportiert, aber das Hemd hatte keine Tasche, die groß genug dafür war. Weil ich die Hände frei haben mußte, schob ich die Waffe rechts in den Gürtel – weit genug nach hinten, daß sie mir nicht im Weg war, aber immer noch leicht zu greifen. Die Lösung gefiel mir zwar nicht besonders, aber es war die beste, die es im Augenblick gab. Ich ging wieder nach draußen, schlang mir das Seil um die Schultern, hob die Lampe auf und machte mich auf den Weg in den nördlichen Teil der Mesa.

Unterwegs wurde mir immer unbehaglicher. Die überwältigende Stille, die dunklen Schatten, die das Mondlicht warf, die kahle Landschaft, die nur wenig Deckung bot: Das waren lauter schwerwiegende Hindernisse. Dazu kam noch, daß ich die Gegend nicht kannte und nur eine vage Vorstellung davon hatte, wo der Eingang zum Stollen sein konnte; daß sich dort ein verrückt gewordener Mann mit einer Geisel und einer gehörigen Portion Dynamit aufhielt und die Ungewißheit, wie die Wachmannschaft auf Hys Erscheinen reagieren würde – das zusammen sah alles andere als gut aus. Ich beschloß, nicht weiter darüber nachzudenken und mich auf das zu konzentrieren, was jetzt unmittelbar und konkret vor mir lag.

Paß auf, wohin du trittst. Achte auf Gestalten im Schatten. Benutze alle deine Sinne – und deine Intuition.

Ich erreichte den Fuß des verbogenen Stahlgerippes der Stampfmühle, ging daran vorbei und kletterte bergan.

Die angespannte Konzentration ließ verwirrende Gefühle in mir hochkommen: zuerst den heftigen Wunsch, heimzugehen und bekannte Orte und Menschen zu sehen; dann eine Welle der Sehnsucht nach George und dem angenehmen Leben, das wir im großen und ganzen führten. Mir fielen wieder die Worte ein, die ich als letztes zu ihm gesagt hatte: »Wir reden darüber.« Und wenn ich das hier nicht überlebte und das Gespräch nie mehr stattfinden konnte? Wie würde er die Bruchstücke eines Lebens neu zusammensetzen, das erst vor einem knappen Jahr so heftig durcheinandergerüttelt worden war?

Aus der Sehnsucht wurde ein Schuldgefühl, nicht nur gegenüber dem Mann, den ich liebte, sondern auch gegenüber den anderen Menschen, an denen ich hing. Und aus dem Schuldgefühl wurde Angst. Angst ist ganz normal, sagte ich mir.

Doch hinter diesen Gefühlen wurden mir noch andere bewußt, die nicht annähernd so leicht zu akzeptieren waren. Zuerst waren es rein körperliche Empfindungen: Meine Haut kribbelte. Feine Gerüche wurden intensiver. Ferne Geräusche verstärkten sich. Meine Sicht wurde schärfer. Dann spürte ich, wie eine Erregung in mir aufkeimte und mich durchflutete, stärker als die Wirkung einer Droge. Sie kam einer Euphorie näher als alles, was ich bisher erlebt hatte.

Jetzt wußte ich: Es war die Gefahr, die mich erst voll zum Leben erweckte. Sie zu überwinden und mit ihr meine eigene Angst, gab mir die Rechtfertigung, weiterzumachen mit dem, was ich tat – auch angesichts eines zunehmenden Gefühls der Vergeblichkeit. Diese eigentliche Wahrheit hatte ich vor George und den anderen verborgen gehalten, denn sie hätten sie für eine beschämende Abhängigkeit oder Sucht gehalten. Aber Hy hatte sie intuitiv erkannt und akzeptiert.

Ich schob diese Gedanken beiseite und nutzte den Schub, den sie mir gaben, für den Aufstieg auf die Mesa.

Die Nacht war so still, daß ich von der Wachhütte oben Stimmen hörte. Nur rufende Stimmen, nichts Genaueres. Bedeuteten sie, daß Hy die Transpacific-Mannschaft überredet hatte, ihre Posten zu verlassen? Oder riefen sie ihm zu, er solle verschwinden?

Nach einigen Minuten wurden die Stimmen leiser. Ich sah hinauf und stellte fest, daß die Sicherheitsleuchten nicht mehr zu sehen waren. Also hatte ich wohl den äußersten nördlichen Bereich der Mesa erreicht. Sie war hier von einem Felsenmeer begrenzt. Die Brocken waren größer und kantiger als die am Bach. Der Granit am Boden war glattgeschliffen. Ich richtete die Lampe nach unten und sah Spuren, denen ich folgte.

Die Spur stieg stetig an, bog dann nach Osten und verlor sich. Ich ging denselben Weg zurück und suchte im Staub nach weiteren Spuren. Doch ich fand nur meine eigenen Fußabdrücke. Und dann schnitten sie sich mit anderen, die nicht von mir stammten.

Ich richtete den Strahl der Taschenlampe auf den Hang vor mir. Keine Öffnung zu sehen, nichts als nackter Granit und ein Haufen herabgestürzter Felsbrocken. Ich trat näher und untersuchte die Lage der Steine. Irgendwie wirkten sie zu künstlich arrangiert.

Ich tat noch einen Schritt auf sie zu, nahm die Lampe in die linke Hand und zog den Colt aus dem Gürtel. Ging um den Haufen herum. Er reichte nicht ganz bis an die Felswand, sondern ließ einen Streifen von gut einem halben Meter frei. Und dahinter öffnete sich ein Loch in Form eines A, ungefähr einen Meter hoch.

Ich knipste schnell die Lampe aus und trat auf den schmalen Streifen. Lauschte. Nichts zu hören. Darauf ging ich in die Hocke und spähte in das Loch. Völlige Finsternis. Mit der Hand tastete ich den Boden ab, fand einen Kieselstein und warf ihn in die Öffnung. Er sprang laut gegen offenbar felsige Wände und Böden. Ich wartete, bis wieder Stille herrschte.

Schließlich schaltete ich die Lampe wieder ein und leuchtete in die Öffnung. Vor mir lag ein niedriger, enger Stollen. Die Kerben im Gestein waren frisch und roh. Der Stollen war etwa zweieinhalb Meter lang und ging dann in eine größere Höhlung über. Im Schein der Lampe rundherum nur Felsgestein.

Ich biß mir auf die Lippe. Richtete mich auf und dachte nach. Inzwischen hatte Hy diese Männer von der Mesa geschafft – wenn sie sich denn bereit erklärt hatten zu gehen. Wie lange brauchte er, bis er wieder zu mir gefunden hatte?

Lange. Vielleicht würde er auch gar nicht kommen.

»Verdammt«, flüsterte ich.

Ich habe nur wenige Phobien. Zum Beispiel hatte ich immer

Angst vor Vögeln. Doch die lernte ich so weit zu beherrschen, daß ich mich im Zoo ins Vogelhaus wagte. Spinnen, große Höhlen, weite offene Plätze – die machen mir nichts aus. Sperrt mich in einen Schrank, und ich kann mich stundenlang vergnügen! Was ich dagegen überhaupt nicht ausstehen kann, ist der Gedanke, durch einen engen Gang kriechen zu müssen. Wie durch diesen Stollen.

Na ja, sagte ich mir, Pech gehabt. Durch diesen Stollen mußt du einfach.

Ich schob die Waffe wieder in den Gürtel, und zwar etwas weiter nach hinten, wo nichts gegen sie drückte. Trat wieder vor den Steinhaufen und legte ein paar Steine als Markierung für Hy aufeinander. Dann ließ ich mich auf Hände und Knie nieder und schob die Lampe in die Öffnung. Holte tief Luft und kroch hinterher.

Der Stollen verlief schräg abwärts. Zentimeter für Zentimeter kroch ich weiter, schob die Lampe vor mir her und gab mir Mühe, die Wände, die mich bedrückten, zu ignorieren. Ein paarmal verfing sich das Seil. Ich riß es mit einem Ruck wieder los. Das allerletzte Stück des Weges fiel so steil ab, daß ich fast in die größere Kammer hinabgestürzt wäre. Die Lampe rollte mir davon, und ihr Strahl vollführte einen wilden Tanz auf den kantig behauenen Felswänden. Ich richtete mich auf, packte die Lampe und leuchtete in die Runde.

Die Sohle, in der ich mich befand, war ungefähr zwei Meter hoch und fast genauso breit. In die seitlichen Wände führten immer wieder tiefe Höhlen – Strossen, wie Hy sie genannt hatte –, und man konnte sehen, wie das Erz aus einer Ader herausgebrochen worden war. Der Boden war mit der Zeit glattgetreten worden und spiegelte das Licht der Taschenlampe wider, als wäre er naß. Nach siebenhundert Metern verschwand die Sohle in einer Biegung im Dunkeln.

Ich nahm das Seil von den Schultern und machte an einem Ende eine Schlinge. Befestigte sie an einem Vorsprung am Fuß der nächsten Strosse. Dann legte ich mir den Rest des Seils über den Arm und hielt mich nah an der Wand. Knipste die Lampe aus und tastete mich weiter, wobei ich das Seil langsam abwikkelte. Als ich an der Biegung der Wand ankam, blieb ich stehen und lauschte.

Nirgends ein Geräusch. Nur ein tiefes Todesschweigen, das bis zum Mittelpunkt der Erde reichen mußte.

Aber da war etwas… Nein, nur mein eigener Atem. Ich hielt ihn an, hörte deutlich mein Herz schlagen. Dann folgte ich der Biegung. Blieb wieder stehen und glaubte, ich hätte eine Bewegung bemerkt. Und dann hörte ich ein Stöhnen.

Es kam von rechts vorne. Ich ließ noch ein wenig Seil nach und schlich weiter. Der Boden neigte sich und wurde wieder eben. Das Stöhnen wiederholte sich nicht.

Ich wollte die Lampe anmachen, fürchtete mich aber vor dem, der im Finstern lauern konnte. Die Dunkelheit behinderte mich, aber sie schützte mich auch. Ich bewegte mich weiter und merkte, daß das Seil zu Ende ging. Ich hatte kein Gefühl mehr für Entfernungen. Die Zeit war dehnbar, die Wirklichkeit zur Erinnerung geworden.

Ein gleitender Schritt. Der nächste. Das Seil hatte nur noch wenige Meter. Noch ein Schritt, die Hand am eiskalten Felsen. Wenn das Seil zu Ende war, mußte ich das Licht anknipsen, um in diesen schwarzen Eingeweiden der Mesa nicht die Orientierung zu verlieren…

Mein Fuß stieß gegen etwas Weiches. Diesmal folgte ein anderer Ton: eindeutig ein protestierender Seufzer.

Ich schaltete die Taschenlampe ein. Fast unmittelbar zu meinen Füßen lag Lionel Ong, eingewickelt in mehrere Schichten grauer Decken.

Zuerst hielt ich ihn für halb bewußtlos, aber als ich mich prüfend über ihn beugte, riß er angsterfüllt die Augen auf. Ich zog die Decken fort und sah, daß er in Embryo-Haltung gefesselt lag, die Fuß- und Handgelenke zusammengebunden. In seinem Mund steckte ein schmutziger Knebel. In den Mundwinkeln klebte getrocknetes Blut. Er hob den Kopf zu mir hoch, und ich hörte, wie die Knochen in seinem Nacken von der Anspannung knirschten.

Ich hatte vorher mein Schweizermesser aus der Handtasche genommen und in die Jeans gesteckt. Jetzt holte ich es heraus und zerschnitt Ongs Fesseln. Er hielt still, als ich den Knoten in seinem Knebel durchsägte und schwieg auch noch, als ich ihn herausgezogen hatte.

Ich bedeutete ihm, ruhig zu bleiben und half ihm, sich aufzusetzen. Er beugte und streckte die Finger. Ich hielt die Taschenlampe nach oben und untersuchte die Kammer, in der wir uns befanden. Es schien sich um einen Querschlag zwischen der Sohle, die ich gekommen war, und einer parallel laufenden zu handeln. Aus der Wand ragte ein einzelner Kerzenleuchter aus rohem Eisen. Hart gewordenes Wachs in vielen Farben war auf den Felsen darunter getropft. Das war alles bis auf Ong und seinen Kokon aus Decken.

Ong massierte sich Hand- und Fußgelenke. Seine Kiefer arbeiteten, als er sich mit der trockenen Zunge über die aufgesprungenen und blutenden Lippen fuhr. Ich hockte mich neben ihn und hielt den Mund an sein Ohr. »Was hat er vor?«

Ongs Antwort war ein Krächzen. Er schüttelte den Kopf und verzog das Gesicht, als wolle er Speichel sammeln. Er brauchte eine Minute, bis er sprechen konnte. »In die Luft jagen. Sprengladungen hier unten. Und oben auch.«

»Wo steckt er?«

»Überprüft alles. Dann hat er vor, mich noch näher hinzuschaffen.«

Mir prickelte die Haut, und ich richtete mich auf. »Wir müssen hier raus.«

»Kann nicht gehen – alles taub.«

»Doch, Sie können. Ich helfe Ihnen.«

Ich griff ihm unter die Arme und zog ihn hoch. Er sackte gegen mich.

»Sie müssen aber auch mithelfen«, sagte ich.

Er nickte und biß die Zähne zusammen, während er versuchte, einen Fuß vor den anderen zu setzen.

Aus der Parallelsohle kamen Geräusche: Schritte.

Ong zuckte zurück. »Das ist er!«

Ich zog ihn zu meiner Sohle hinüber. Er torkelte zur Seite, und wir krachten gegen die Wand.

Als ich Ong von mir wegstieß, wurde am anderen Ende der Sohle ein Licht sichtbar. Am Zugang tauchte ein Mann auf.

Er ähnelte andeutungsweise dem Earl Hopwood auf dem Foto. Das graue Haar stand ihm in wilden Strähnen vom Kopf. Die Haut hing ihm faltig wie einem Truthahn am Hals. Die Furchen in seinem Gesicht glichen den Riefen in den Felswänden rundum. An den Augen erkannte ich ihn: schwarz und brennend und in Farben sprühend, die aus einem fremden Spektrum zu kommen schienen. Farben aus einer anderen Welt, wo das Meer und der Himmel wie Blut wurden und der Mond wie ein schwarzer Sack.

Ich schob Ong von mir fort und griff nach dem Colt. Aber als meine Finger den Griff berührten, sah ich, daß Hopwood eine Waffe auf uns gerichtet hielt. Ich ließ meine Hand so hinunterfallen, daß er sie sehen konnte.

Einige Sekunden lang bewegte sich keiner von uns. Dann sah Hopwood von mir zu Ong und sagte: »Die Hure und der Frevler.«

»Mr. Hopwood.« Meine Stimme klang dünn und schwach. »Ich komme gerade von Ihrer Tochter. Margot wartet im Willow Grove Lodge auf Sie. Sie möchte Sie sehen.«

»Ich habe keine Tochter namens Margot.«

»Gut, dann Peggy.«

»Margaret, wie ihre Mutter.«

»Ja, Margaret. Sie wartet. Wollen Sie nicht mit mir kommen?«

Die Pistole in Hopwoods Hand bewegte sich hin und her. Ich sah Ong an. Er hockte zusammengekauert am Boden. Konnte man von ihm überhaupt Hilfe erwarten?

Hopwood hielt die Pistole ruhiger. »Sie kommt rechtzeitig hierher. Um von ihrem Verrat reingewaschen zu werden. Alles wird neu erstehen.«

Großer Gott, dachte ich, er ist wirklich ausgerastet. Mit ihm kann man nicht vernünftig reden.

Wieder sah ich zu Ong. Er war noch weiter in sich zusammengesunken, die Arme um den Bauch geschlungen. Von seiner Seite gab es keine Hilfe.

Das Gewicht des Colts lag beruhigend an meiner rechten Hüfte. Ich sagte: »Wie werden die Dinge neu erstehen?« und legte meine Arme auf den Rücken, wie eine aufmerksame Sonntagsschülerin.

Hopwoods irrer Blick schien abgelenkt. Erneut schwankte die Waffe hin und her. Ich maß die Entfernung, die ich überspringen mußte, um sie zu erreichen.

Aber wieder wurde sie ruhig in seiner Hand. »Zuerst müssen die Berge und Felsen einstürzen.«

Meine Finger berührten den Griff des Colts.

»Und der Stern mit Namen Wermut muß herabstürzen.«

Langsam zog ich ihn aus dem Gürtel.

»Viele Menschen starben von den Wassern, denn sie waren bitter geworden.«

Die Trommel des Revolvers blieb an meinem Hosenbund hängen. Ich bekam ihn nicht frei, ohne daß es aufgefallen wäre.

Ich zuckte mit den Schultern, nutzte diese Bewegung, um die Waffe freizubekommen, und sagte: »Die Wasser des Tufa Lake sind immer schon bitter gewesen.«

»Schweig, Mutter der Hurerei!«

Ich hielt den Colt hinter mir – bereit und in Erwartung meiner Chance. Ich beobachtete Hopwood, und er beobachtete mich. Seine fremdartigen Blicke blitzten in ihren fremdartigen Farben –

Und dann hatte Ong sich schließlich doch entschlossen, tapfer zu sein. Er sprang hoch und machte einen Satz auf Hopwood zu, griff nach seiner Waffe. Ich hob den Colt. Sah einen blendenden Blitz. Spürte Steinsplitter auf meine Haut sprühen. Als ich mich duckte, kam der Knall als doppeltes Echo von den Wänden zurück.

Auch Ong war am Boden. Ich rollte herum, packte den Colt mit beiden Händen und schoß, ohne sorgfältig zu zielen, in Hopwoods Richtung. Ich verfehlte ihn, und er drehte sich um die eigene Achse und verschwand in der Sohle hinter ihm. Ich hörte, wie sich seine Schritte entfernten. Er rannte fort, tiefer ins Innere der Erde. Er rannte zu seiner Dynamitladung.

Ong stieß sich vom Boden ab. Er war nicht getroffen worden. Ich packte seinen Arm und zog ihn zur Parallelsohle. Er stolperte. Ich riß ihn heftig weiter.

»Los doch, verdammt noch mal! Er jagt sein Dynamit in die Luft –«

Ong kam auf die Beine und rannte mit mir weiter.

Ich hatte die Taschenlampe im Querschlag auf dem Boden liegengelassen, und als ich jetzt das Seil suchte, das mich zurückführen sollte, fand ich es nicht. Ong torkelte keuchend vor mir durch die Dunkelheit. Ich folgte ihm, stolperte, fiel auf ein Knie, prallte gegen die Wand und dann gegen seinen Rücken. Er stürzte. Ich zog ihn hoch und zerrte ihn weiter.

Dann sah ich vorne einen kleinen Lichtpunkt. Hörte Stimmen. Der Punkt wurde größer: der Eingangsstollen. Draußen waren Menschen, die uns helfen würden.

Ich schob Ong in den engen Gang. Er wehrte sich, und ich schob heftiger. Ong kroch weiter und verdeckte für einen Moment das Licht. Ich krümmte mich zusammen und tauchte hinter ihm in den Gang. Felskanten rissen mir die Haut auf. Ongs Fuß trat nach hinten aus und schrammte mich an der Stirn. Und dann ein Schwall frischer Luft und Hys Stimme, die die anderen übertönte: »Langsam, langsam.«

Ich klammerte mich an den Arm, der mich hochziehen wollte. »Das Dynamit geht gleich hoch!«

»Himmel!« Es war Hys Arm. Er stellte mich auf die Füße und faßte meine Hand. »Weg hier!«

Ich rannte mit ihm, stolpernd und keuchend. Um uns die Schritte der anderen Rennenden und ihre Gestalten, die in der Dunkelheit verschwammen. Mein Atem ging schwer. Ich bekam Seitenstechen. Die Strahlen der Taschenlampen huschten über zackigen Granitbruch. Steine rollten und polterten. Einer der Männer fluchte wild.

Ich stolperte wieder, ließ Hys Hand los und stürzte kopfüber. Er fing mich auf, rollte mit mir weiter. Wir blieben auf hartem, ebenem Boden liegen. In der Nähe hörte ich Wasser rauschen.

Ich lag still und keuchte. Hy beugte sich über mich. Zwischen Atemstößen sagte er: »Sie waren verdammt nah am Doppelverlust, McCone.«

Ich sah zu ihm auf. Sein Gesicht war grimmig. Wilde Locken hingen ihm in die schweißbedeckte Stirn. Ich setzte mich auf, ließ meine Stirn gegen sein Kinn fallen.

Hy richtete sich auf. Ich sah, daß wir auf dem unteren Hang waren, nicht weit vom Bach entfernt. Die Mesa hing schemenhaft über uns, und die Sicherheitsleuchten brannten.

»Hopwood«, sagte ich. »Er ist da drinnen. Wir müssen ihn aufhalten!«

»Wir können nichts tun. Wir müssen es ihn in die Luft jagen lassen.«

Ich versuchte, auf die Füße zu kommen. Er zog mich herunter.

»Ich sagte: »Wir könnten –«

»Auf keinen Fall.«

»Ich könnte –«

»Dorthin zurückzugehen, das bedeutet, Ihre Todessehnsucht ist noch größer als meine.«

Ich sah ihm in die Augen und dann zurück zur Mesa.

Todessehnsucht.

Sie hat viele Formen: die Nadel und die Flasche; Bergsteigen bei Lawinengefahr; spielen, wenn man weiß, daß die Karten gegen einen gemischt sind; wilde Rasereien mit dem Auto bei Nacht. Aus was für Gründen auch immer, Hys private Hölle, aus der ihn seine Frau gerettet hatte, hatte wahrscheinlich auch die Todessehnsucht eingeschlossen. Wie meine Sucht nach der Gefahr…

Viele Formen, aber dies hier gehörte nicht dazu. »Nein«, sagte ich, »so stark ist sie bei keinem von uns.«

Ich wandte den Blick von der Mesa. Ließ mir von ihm aufhelfen. Als wir standen, bemerkte ich Ong ein paar Meter entfernt. Zwei andere Asiaten stützten ihn.

Ich hoffe nur, dachte ich, daß er euch armen Schweinen eine fette Extraprämie gibt.

Langsam gingen wir den Hang hinunter, eine angeschlagene und verwundete kleine Armee, und folgten dem Bachbett zurück in die Stadt, in der so viele Träume gestorben waren. Als wir am ersten Haus ankamen, hörte ich über uns einen Hubschrauber. Ich sah hinauf und dann zu Hy.

»Vom Sheriff geschickt« sagte er. »Die Wachen haben oben eine von Hopwoods Dynamitladungen entdeckt und Bridgeport angefunkt, bevor sie abgezogen sind.«

Der Hubschrauber kreiste und stieß herab, als sein Pilot nach einer Stelle zum Landen suchte. Dann hörte ich ein tiefes Grummeln in der Erde und spürte ein Zittern, wie am Beginn eines Erdbebens. Es breitete sich aus und nahm zu.

Eine Serie von Explosionen, heftig, aber doch gedämpft.

Ich warf meinen Kopf herum, schaute zur Mesa hinauf und sah gerade noch den Ausbruch des Feuers. Und dann wurden Mond und Himmel zu Blut.

29

Ein Hubschrauber der Highway Patrol brachte Hy und mich nach Bridgeport. Die Hubschrauberflotte des County war herbeordert worden, um das Transpacific-Personal, Lionel Ong – der sich inzwischen zum Heldes des Tages ausgerufen hatte, wenn uns seine heroische Tat auch beide fast das Leben gekostet hatte –, und Bayard mit seiner Familie zu evakuieren. Ihre Hütte war von herabfallender Schlacke in Brand gesetzt worden.

Als wir das Tal verließen, war das Feuer oben auf der Mesa fast von selbst wieder erloschen. Flugzeuge hatten feuerhemmende chemische Mittel in eine Schneise entlang der Hauptstraße von Promiseville gesprüht. Ein paar Gebäude waren den Flammen zum Opfer gefallen. Ihr zundertrockenes Holz war bestes Futter für die vom Wind herangewehten Funken gewesen. Lily Nickles' Haus war darunter. (Zusammen mit meiner Jacke.) Als wir beobachteten, wie sie Feuer fingen und in sich zusammenfielen, sah ich den Schmerz in Hys Zügen. Aber als ich ihn ansprach, drehte er sich weg und heuchelte Gleichgültigkeit.

Außer der Eindämmung der Flammen blieb den Rettungsmannschaften nicht viel zu tun übrig. Bis auf Bayard und seine Brut hatten sich die Wüstenratten zerstreut. Die Mannschaften würden natürlich versuchen, Hopwoods Leiche zu orten, aber ich bezweifelte ernsthaft, daß sie auch nur eine Spur von ihm fänden. Selbst von der Talsohle aus hatten sich die Explosionen im Innern der Mesa so gewaltig angehört, daß sie mit Sicherheit alle verbliebenen brüchigen Stollen und Gänge der alten Mine zum Einsturz gebracht hatten. In gewisser Weise schien mir die Mesa auch der passende Grabdeckel für einen Mann, dem sie zu einem Symbol von Harmagedon geworden war.

Kristen Lark erwartete uns am Eingang zum Sheriffbüro. Sie war wie elektrisiert, knisterte vor nervöser Energie, und als erstes sagte sie zu mir: »Sharon, Sie sehen ja furchtbar aus.«

»Danke.«

Ihr sommersprossiges Gesicht wurde rot. »So habe ich es nicht gemeint. Die Toilette ist dort am Ende des Flurs. Wir sind im ersten Vernehmungszimmer.«

Ich ging durch den Flur zur Toilette und wusch mir Gesicht und Hände. Auf Stirn und Wangen hatte ich ein paar neue Kratzer. Meine Haare waren wirr und zerzaust. Noch immer trug ich Lily Nickles' Wollhemd, aber es war schmutzverkrustet, und ein Ärmel war zur Hälfte an der Schulter abgerissen.

Ich hatte meine Tasche aus dem Landrover gerettet, bevor sie uns aus Promiseville evakuierten. Also holte ich meine Haarbürste heraus und ging ans Werk. Ich machte das Beste aus meiner langen Mähne und band sie im Nacken mit einem Gummi zusammen, den ich auf der Ablage gefunden hatte. Dann beugte ich mich vor und inspizierte die frischen Wunden in meinem Gesicht, aber da schien sich der ganze Raum zu kippen. Ich hielt mich am Waschbecken fest und wartete, bis alles wieder geradestand. Inzwischen hatte mein Gesicht die Farbe von kaltem, erstarrtem Haferschleim angenommen.

Ich ließ das Becken mit kaltem Wasser vollaufen und bespritzte damit Gesicht und Handgelenke so lange, bis ich mich besser fühlte. Nur noch eine kleine Weile, sagte ich mir beim Abtrocknen, dann kannst du heimfahren und mußt nie mehr an diesen schrecklichen Ort zurück.

Ich fand Hy und Kristen im Vernehmungszimmer beim Kaffeetrinken. Auch er hatte sich frisch gemacht und seine wilden Locken gebändigt. An seinem stoppeligen Kinn glänzte ein Wassertropfen. Ich nahm die angebotene Tasse Kaffee an, setzte sie aber gleich wieder ab. Er war mir zu stark und drehte mir den Magen um.

Kristen Lark schnitt unsere Aussagen auf Band mit, stellte dann das Tonbandgerät ab und lehnte sich nachdenklich in ihrem Sessel zurück. »Paßt zu dem, was die Nickles drüben im Washoe County erzählt hat«, sagte sie.

»Sie haben Lily in Nevada aufgelesen?« fragte ich.

Kristen nickte. »In Reno. Sie hatten recht mit Ihrer Annahme, daß sie abgehauen ist, weil sie etwas beobachtet hat – und zwar Hopwood, wie er eine Kiste Dynamit zu dem Stollen schleppte, den er in die alte Mine gegraben hatte. Scheinbar war sie mal wieder neugierig geworden, hatte sich umgesehen und ihn entdeckt. Sie konnte sich ausmalen, daß da ein größeres Ding im Schwange war, und so machte sie sich auf und davon.«

»Das war nur gut so«, sagte ich. »Ihr Haus gehörte zu denen, die es erwischt hat.«

»Vielleicht wäre es nicht verbrannt, wenn sie jemandem von ihren Beobachtungen erzählt hätte«, sagte Hy.

Kristen stellte ihre Sessellehne gerade und stand auf. »Alsdann, damit wäre die Sache wohl erledigt. Eine verdammte Schande, das Ganze. Dieser verdammte religiöse Spinner. Das ist das Dumme mit diesen Fanatikern: Jedem geht es nur um die Sache, der Rest kann getrost zur Hölle fahren.«

»Manchmal werden Leute zu solchen Spinnern wie Hopwood, weil sie einfach zu weit getrieben werden«, bemerkte Hy.

Sie sah ihn streng an. »Das ist keine Entschuldigung. Und ich rede nicht nur von Leuten, die glauben, sie haben einen direkten Draht zum lieben Gott. Ihr Umweltschützer seid kaum besser.«

Ich hätte erwartet, daß nun er ärgerlich würde, aber er zuckte bloß mit den Schultern und stellte seine leere Kaffeetasse auf den Tisch. »Besser, man glaubt an eine Sache, als ohne Leidenschaft und Liebe durch das Leben zu gehen.«

»Das ist ja schön und gut, aber man muß auch ein wenig seinen Verstand gebrauchen.«

»Verstand ist in Ordnung bis zu einem bestimmten Punkt. Aber was machen Sie, wenn niemand zuhört?«

Jetzt standen sie patt. Ich unterbrach sie. »Kristen, was ist mit Ned Sanderman?«

Ihr Gesicht hellte sich auf, als wäre ihr gerade erst eingefallen, daß sie *das* Geschenk für mich hatte. »Er ist im Zimmer nebenan. Der Schweinehund kam hier vor ungefähr drei Stunden hereinmarschiert und hat sich gestellt.«

»Was hatte er zu sagen?«

»Nicht viel. Kaum hatten wir ihm seine Rechte vorgelesen, war er überhaupt nicht mehr kooperativ und verlangte einen Anwalt. Der einzige greifbare war Tom Lindsay, der Winkeladvokat unserer Stadt. Er ist jetzt bei ihm, und Sanderman sagt kein Wort. Aber wenigstens haben wir ihn.«

»Kann ich mit ihm sprechen?«

»Sicher.« Sie winkte mir, ihr zu folgen. »Aber wenn Sie glauben, Sie kriegen etwas aus ihm heraus, dann vergessen Sie es.«

Sanderman und sein Anwalt saßen an einem Tisch in einem

Raum, der genauso aussah wie der, den wir gerade verlassen hatten. Im grellen Neonlicht sah Sanderman müde aus, verängstigt und irgendwie krank. Lindsay, der Anwalt, war ein fetter Mann in taubenblauem Anzug mit einer Schicht Schuppen auf den Schultern. Er sah wie einer dieser Anwälte aus, denen es Spaß machte, einem das Wort im Mund herumzudrehen.

Als Sanderman mich sah, bekam er große Augen und wollte aufstehen.

Lindsay bedeutete ihm, sitzen zu bleiben. »Detective Lark, wir warten nun schon eine geraume Zeit. Würden Sie wohl –«

Ich trat vor. »Herr Rechtsanwalt, ich bin Sharon McCone und als Privatdetektivin von Mr. Sandermans Organisation engagiert.«

Lindsay übersah meine ausgestreckte Hand. »Falls Sie sich Sorgen um Ihr Honorar machen sollten –«

»Ich mache mir Sorgen um Ned, Mr. Lindsay.« Ich zog einen Stuhl heran und setzte mich. Kristen lehnte sich mit verschränkten Armen und leicht amüsiertem Blick an die Wand hinter mir.

Ich wandte mich an Sanderman. »Wie geht es Ihnen?«

Er zuckte mit den Schultern.

»Warum haben Sie sich gestellt?«

Lindsay sagte: »Ich habe meinen Mandanten darüber unterrichtet, daß –«

Ich sah ihn an und gab mir keine Mühe, meine Verachtung zu verbergen. »Warum sind Sie nicht einfach ruhig? Ich versuche, Ihrem Mandanten zu helfen.«

Lindsay stotterte: »Detective Lark, ich protestiere –«

»Um es etwas weniger höflich zu sagen, Herr Rechtsanwalt – halten Sie den Mund, Ihr Mandant ist kein Schwerverbrecher. Er hat niemanden getötet. Er ist nur der unerlaubten Beseitigung einer Leiche schuldig.«

Kristen gab einen überraschten Laut von sich und stieß sich von der Wand ab. »Wovon reden Sie da, McCone?«

Ich ignorierte sowohl sie als auch den Anwalt. Sagte zu Sanderman: »Das stimmt doch, nicht?«

Man sah ihm die Erleichterung an, als er nickte.

»In Ordnung«, sagte Kristen, »wenn das so ist, wer hat denn dann Mick Erickson umgebracht?«

»Ich bin mir nicht ganz sicher, aber ich glaube, es war Earl Hopwood. Was meinen Sie, Ned?«

»Ja, er war es.«

Lindsay starrte mich an, die fetten Lippen geschürzt, die Backen gebläht vor Enttäuschung. Ich hatte den Eindruck, daß er gerade ein gewaltiges Honorar davonschwimmen sah.

Kristen fragte mich: »Wie kommen Sie darauf?«

»Je länger ich mir Gedanken über den Mord an Erickson machte, desto klarer wurde mir, daß Ned überhaupt kein Motiv hatte, ihn zu erschießen. Selbst wenn alle Indizien auf ihn hinweisen, er hatte keinen Grund, mit seinem Mitverschwörer zu streiten oder ihn zu töten.«

Kristen wandte sich an Sanderman. »Wollen Sie eine Aussage machen?«

»Deswegen war ich eigentlich hergekommen. Aber als Sie sagten, Sie beschuldigen mich des Mordes –«

Lindsay sagte: »Jetzt aber kein Wort mehr –«

Sanderman unterbrach ihn. »Kann ich meinen Anwalt jetzt und auf der Stelle rausschmeißen?«

»Wie? Was?«

Kristen Lark lächelte. »Vielleicht behalten Sie ihn besser – wenn er verspricht, ruhig zu sein. Überlegen Sie es sich, ich hole inzwischen ein Tonbandgerät.« Sie eilte aus dem Raum und sprühte fast Funken vor nervöser Energie.

Lindsay sagte zu Sanderman: »Sie sind ein Dummkopf.«

»Wenn Sie hierbleiben wollen, seien Sie ruhig.«

»Ich möchte das im Protokoll haben, daß Sie dies hier gegen den Rat Ihres Anwalts tun.«

»In Ordnung. Wir nehmen es mit aufs Band.«

Kristen kam mit dem Tonbandgerät herein, gefolgt von Ripinsky, der die Tür hinter ihnen zuzog. Kristen stellte es auf, sprach eine Vorbemerkung ins Mikrophon und sagte dann zu Sanderman: »Erzählen Sie uns bitte in Ihren eigenen Worten, was letzten Samstagabend passiert ist.«

Ned fuhr sich mit der Zunge über die Lippen und schaute auf das Bandgerät. Er wischte sich die feuchten Handflächen an den Jeans ab und fing an. »Es ging gegen sechs Uhr los. Da erschien Mick Erickson vor meiner Hütte im Willow Grove Lodge und wollte mit mir über Earl Hopwood reden.«

Erickson habe ihm erzählt, fuhr Sanderman fort, daß er die letzten Tage in einem der Wohnwagen bei der Goldmine zugebracht und seinen Schwiegervater zweimal in dessen Hütte im Stone Valley aufgesucht habe, um vernünftig mit ihm zu reden. Es sei schwer gewesen, Hopwood zu erreichen, denn er habe dort nicht mehr gewohnt, sondern irgendwo draußen gezeltet und fortwährend die Transpacific auf ihrem Besitz belästigt und geschädigt. Bei der zweiten Gelegenheit – an jenem Morgen – hätten sie gestritten, und Hopwood habe seine Waffe gegen ihn gezogen. Erickson habe sie ihm weggenommen und ihm dabei versehentlich eine Fleischwunde zugefügt.

»Das hat Mick ganz schön mitgenommen«, sagte Sanderman. »Er hat den alten Mann gemocht und hatte nie vor, ihm weh zu tun. Und er fürchtete, die Aussichten auf eine mögliche Versöhnung mit seiner Frau könnten sinken. Zugleich sei ihm aber auch der Gedanke gekommen, daß Hopwood vielleicht, wie er es ausdrückte, einen Unfall erleiden könnte. Jedenfalls haben wir die Vorstellung eine Zeitlang diskutiert, doch so richtig konnten wir uns beide nicht dafür erwärmen. Ich war trotzdem nervös. Ich hätte mich mit der Coalition überworfen – mit der gesamten Umweltbewegung sogar –, wenn der Handel danebengegangen wäre und sie erfahren hätten, daß ich es war, der Promiseville verkauft hat.«

»Warum haben Sie das getan?« fragte Kristen. »Brauchten Sie Geld?«

»Ja. Eine Menge.«

Hinter mir zischte Ripinsky.

Sanderman sah ihn an. »Aber nicht für mich – es war für die Coalition. Transpacific hat mir zweimal eine erhebliche Summe in bar ausgezahlt, die ich als Spende weitergegeben habe, und sie haben mir eine weit größere Summe in Aussicht gestellt, sobald mit dem Bau begonnen würde. Einige Leute« – er warf einen vorwurfsvollen Blick auf Hy – »machen sich nicht klar, was die Durchführung unserer Kampagnen kostet. Allein die Verwaltungskosten... Manchmal müssen sie eine Sache für eine andere, die mehr wert ist, über Bord werfen.«

Ripinsky blieb still, aber ich spürte, wie sein Zorn wuchs.

»Und was passierte an dem Abend dann weiter?« fragte Kristen Sanderman.

»Wir haben uns ungefähr eine Stunde unterhalten. Jemand klopfte an die Tür, und ich sah nach. Zuerst dachte ich, es sei einer von diesen Männern aus den Bergen – bei dem wilden Blick und dem zerzausten Haar –, aber Mick kam dazu und nannte ihn ›Mr. Hopwood‹.«

Nach Sandermans Eindruck hatte Hopwood auch getrunken, doch bald wurde ihm klar, daß er ernstlich aus dem Gleichgewicht war. Zwischen ihm und Erickson brach gleich wieder der alte Streit aus, und bald rannte Hopwood nur noch in der Hütte auf und ab, tobte und erhob seltsame Anschuldigungen.

»Was für Anschuldigungen?« fragte Kristen.

»Urtümlich klingende Dinge, als zitiere er aus der Bibel. Er nannte Mick einen Frevler und eine bissige Schlange. Sagte, er sei ein Diener Satans.«

»War Mr. Hopwood bewaffnet?«

»Nein, Mick hatte die Waffe behalten, nachdem er auf ihn geschossen hatte. Hatte sie irgendwo eingeschlossen.«

»Und weiter?«

»Die Lage geriet jetzt außer Kontrolle. Hopwood rannte in die Küche. Mick ging ihm nach und schrie etwas von Messern. Dann fiel ein Schuß. Mick ging zu Boden. Noch ein Schuß, und dann sprang Hopwood über ihn weg. Er hatte meine Zweiundzwanziger in der Hand und rannte aus der Hütte.«

»Woher hatte er die Zweiundzwanziger?«

»Aus dem Kühlschrank. Das ist ein gutes Versteck.«

»Woher wußte Hopwood denn, daß die Pistole dort lag?«

Sanderman sah ihn mit leerem Blick an.

Ich gab Kristen einen Wink. Sie runzelte die Stirn und schaltete das Bandgerät aus. »Was wollen Sie sagen, McCone?«

»Ich glaube, Hopwood hat die Waffe entdeckt, als er in die Hütte einbrach, gleich nachdem Ned hierhergekommen war.«

Sie nickte und sah wieder Sanderman an. »Lag sie die ganze Zeit im Kühlschrank?«

»Bis auf das eine Mal, als ich nach Sacramento zurückfuhr.«

»Okay.« Sie schaltete das Bandgerät wieder ein und rekapitulierte unsere Aussagen. »Also, Mr. Sanderman, was haben Sie getan, nachdem Mr. Hopwood weggerannt war?«

»Ich habe natürlich nachgesehen, ob Mick tot war. Er war tot. Dann... konnte ich eine Zeitlang überhaupt nichts tun.

Schließlich wurde mir klar, daß ich die Leiche wegschaffen mußte. Wenn ich die Polizei anriefe, würde alles herauskommen, und ich wäre ruiniert. Es war äußerst schwierig. Er war schwer, und ich konnte ihn nicht sehr weit wegtransportieren. Schließlich habe ich ihn dann einfach zum See geschleppt.«

Ripinsky gab einen angewiderten Laut von sich. Ich wußte, was er fühlte. Es nutzte Sanderman gar nichts, daß er in einem so selbstmitleidigen Ton geredet hatte.

Kristen Lark gab sich neutral. »Und dann?«

Sandermann seufzte, als strenge das Berichten ihn an und mache ihn müde. »Ich habe den von ihm gemieteten Bronco in die Stadt gefahren und am Rand des Highway abgestellt. Bin dann wieder zurück und habe angefangen, das Blut aufzuwischen. Es war viel Blut da, also fuhr ich wieder in die Stadt und holte ein Putzmittel. Als ich den Fußboden schrubbte, merkte ich, daß eine der Patronenhülsen aus der Pistole fehlte. Ich habe überall gesucht, konnte sie aber nicht finden.«

Nach einer kurzen Pause fragte Kristen Lark: »Gibt es sonst noch etwas, das Sie uns erzählen möchten?«

Sanderman schüttelte mit geschlossenen Augen den Kopf.

Kristen schaltete das Bandgerät aus. »Mr. Sanderman«, sagte sie, »ich möchte Ihnen jetzt gleich in Gegenwart Ihres Anwalts sagen, daß das für Sie gar nicht so gut aussieht. Ihre Geschichte ist durch nichts belegt. Sie geben zu, daß die Waffe Ihnen gehörte, aber Sie können sie uns nicht liefern. Warum sollte ich nicht glauben, daß Sie dieses Verbrechen passenderweise einem Mann anzuhängen versuchen, der tot ist und Ihnen nicht widersprechen kann?«

Ich sagte: »Weil er nicht weiß, was im Stone Valley passiert ist, weiß er auch nicht, daß Hopwood tot ist.«

Die Überraschung in Sandermans Gesicht bewies mir, daß ich recht hatte.

»Außerdem«, fügte ich hinzu, »hatte Hopwood die Zweiundzwanziger im Stollen bei sich.«

Kristen starrte mich an und zuckte mit keiner Wimper. Ihr Gesichtsausdruck sagte mir, daß sie mir nicht glaubte. »Sie haben die Waffe gesehen, McCone?«

»Wie ich schon sagte, hat Hopwood auf Lionel Ong und mich geschossen. Es war eine Zweiundzwanziger Automatic. Wenn

Sie es nachprüfen, werden Sie wahrscheinlich feststellen, daß Hopwood eine solche Waffe nicht besaß.«

»Sie haben vorhin in Ihrer Aussage das Modell der Pistole nicht genannt.«

»Ich habe nicht daran gedacht. Es erschien mir nicht wichtig.«

»Und jetzt liegt sie zusammen mit Hopwood unter Tonnen von Bruchsteinen begraben.«

»Das nehme ich an.«

Kristen sah mich einen Augenblick fest an. »Würden Sie das bezeugen?«

»Wenn nötig, ja.«

»Sanderman«, sagte Kristen zu ihm, »Sie sind ganz schön in McCones Schuld.«

Ich warf ihm schnell einen Blick zu, der ihm sagte: *Bedanke dich nicht bei mir.* Während Kristen ihre Gerätschaften zusammenpackte, fragte ich mich, wie ich dazu kam, Sanderman zu helfen. Ich hatte keine Ahnung, was für eine Pistole Hopwood in diesem Stollen auf Ong und mich gerichtet hatte und konnte ehrlicherweise auch nicht bezeugen, was ich gesagt hatte. Aber ich glaubte Ned seine Geschichte und wollte ihm helfen. *Warum?* Ich konnte den Mann überhaupt nicht leiden. Er gehörte zu dem Menschentyp, dem wir heutzutage immer häufiger begegnen: ein leidenschaftsloser, vorprogrammierter Opportunist, der lügt und betrügt und – ja, wenn er davonkommen kann – auch mordet, und zwar nicht zu seinem persönlichen Vorteil, sondern für ein Programm.

Nicht für eine Sache, für ein *Programm*. Nicht für etwas, an das er zutiefst glaubt, sondern für eine Angelegenheit, bei der er sich bloß in der Kunst des Managens und der Beherrschung einer gestellten Aufgabe übt. Ich habe eine Abneigung gegen diese blutlosen Individuen, mehr noch, ich fürchte mich vor jedem einzelnen von ihnen. Sie sind diejenigen, die eines Tages den Ausverkauf der Welt betreiben werden, wenn sie dabei ihre eigenen, sonderbar intellektuellen Spiele gewinnen können.

Warum also Sanderman helfen?

Vielleicht, weil ich unter all seinen Lügen und Schutzbehauptungen ein Gefühl für Humanität gespürt hatte. Weil unter all diesen falschen Angaben sich doch eine Spur von Wahrhaftigkeit verbarg – und Schmerz. Ich erinnerte mich an sein Gesicht, als er mir gesagt hatte, sein ganzes Leben sei völlig beziehungslos verlaufen. Ich hörte, wie hohl es klang, wenn er stolz von seiner selbstauferlegten Isolation zu erzählen versuchte. Wie ich schon zu Hy gesagt hatte, als wir nachts zusammen auf dem See ruderten: Vielleicht gab es da tatsächlich *irgend etwas*. Vielleicht gab es für Ned Sanderman eine Hoffnung...

Kristen sagte zu mir: »Der Polizeihubschrauber fliegt noch einmal zum Stone Valley hinüber. Wenn Sie beide sich beeilen, nimmt er Sie mit nach Vernon.«

Ich sah Hy an. Er nickte und stand auf. Ich schloß mich an und sah weder Sanderman noch seinen Anwalt noch einmal an. Kristen Lark begleitete uns zur Tür.

»Sharon«, sagte sie und drückte mir die Hand, »auch ich stehe in Ihrer Schuld. Sehr sogar.«

»Vielleicht muß ich die Schuld eines Tages mal einfordern. Wer weiß?«

»Bis dahin kommen Sie mal wieder her. Dann gehen wir fischen, ziehen durch die Bars oder tun dies und das. Okay?«

»Okay«, sagte ich und wußte, daß ich das nie tun würde.

Auf dem Weg nach draußen sah ich Hy an. Seine Kiefermuskeln waren angespannt vor Zorn – ob auf Sanderman oder auf mich, weil ich Neds Geschichte gestützt hatte, wußte ich nicht. Er fragte mich: »Und nun?«

»Ich will nach Hause.«

Er nickte und protestierte nicht. »Ich fliege Sie nach Oakland.«

Auf dem Flugfeld von Vernon angekommen, rief ich Hank an und bat ihn, mich an der General Aviation in Oakland abzuholen. Dann setzte ich mich auf eine Coke zum Besitzer des Platzes, während Hy bei seiner Citabria den Pre-flight-Check machte. Ich hatte nicht in die Feriensiedlung zurückgewollt, um meine Sachen abzuholen. Es wären mir dort zu viele Fragen gestellt worden, und zudem konnte ich Margot Erickson jetzt nicht gegenübertreten. Hy sagte, er werde Rose Wittington bitten, mir meine Reisetasche in die City nachzuschicken.

Der Tag dämmerte rosa über den Bergen im Osten herauf, als wir starteten. Ich sah, wie der See sich pink färbte, warf einen letzten Blick auf die Kalisalz-Ebene und die Krater der Vulkane im Süden. Dann fiel ich in einen unruhigen Schlaf.

Selbst als ich irgendwo über Livermore wieder aufwachte, sprachen Hy und ich kein Wort. Die Vertrautheit zwischen uns schien verflogen. Es war, als hätte die Gefahr, der wir gemeinsam ausgesetzt gewesen waren, diese Nähe aufblühen lassen. In der weniger fruchtbaren Atmosphäre der Sicherheit war sie gewelkt und gestorben.

Als wir in Oakland auf den Besucherbereich zurollten, sah ich Hank am Maschendrahtzaun beim Terminal der General Aviation lehnen. Sein schläfriges Gesicht und sein vom Wind zerzaustes, graumeliertes Haar erinnerten mich an das vertraute, bequeme Leben daheim. Wortlos stieg Hy aus und half mir aus der Maschine. Dann drehte er sich weg und zurrte die Ketten am Boden fest, um die Flügel zu sichern.

Ich wartete. Er ging um die Citabria. »Sie gehen jetzt besser«, sagte er. »Ihr Freund wartet.«

»Er ist nicht mein Freund. Er ist mein Boss, Anne-Maries Mann.«

»Wer auch immer.«

Es gab mir einen Stich, und ich wandte mich ab und ging auf Hank zu.

»McCone.«

Ich ging weiter. Dann schaute ich über die Schulter zurück. Er stand neben dem Flugzeug – Doppelglück-zwei-achtneun –, die linke Hand lag auf der oberen Tragfläche. »Ja?« fragte ich.

Er warf mir einen langen, feierlichen Blick zu und streckte mir den rechten Zeigefinger entgegen, genau wie an dem Tag, als ich ihn kennenlernte. »Bin froh, daß Sie nicht auf Wiedersehen gesagt haben«, meinte er. »Es hat nämlich noch nicht einmal begonnen mit uns.«

Nachwort

Die gelben Rosen kamen regelmäßig ins Büro – jeden Dienstagmorgen eine, und nie hing auch nur eine Karte daran. Wenn ich sie betrachtete, entstanden vor meinem inneren Auge die Bilder von knorrigen Tufa-Türmen und eisblauem Wasser, von Geistergestalten im salzigen Staub und geborstenen Stein. Und immer, wenn sich die Erinnerung nicht mehr fortschieben ließ, waren da der Berggipfel in Flammen und die Asche, die sich über die Stadt legte, in der nun auch der letzte Traum gestorben war.

Diesmal hatten wir zur Abwechslung einen nassen Winter. Feuchtgraue Tage machten mich schon immer depressiv, doch dieses Jahr sank meine Stimmung noch tiefer, und das hielt auch noch länger an als sonst. Die Ereignisse im Stone Valley blieben für Wochen in den Nachrichten. Wie erwartet, versuchte Lionel Ong, aus seiner selbstverkündeten Heldentat den größtmöglichen Nutzen zu ziehen. Die Coalition jedoch setzte dem ein Ende und legte in einer Pressekonferenz Details über die Machenschaften von Transpacific auf den Tisch. Mit dem Nachlassen des Medieninteresses bekam dann auch mein Leben wieder den Anschein von Normalität.

George und ich schoben die Aussprache, die wir einander versprochen hatten, vor uns her. Seit meiner Rückkehr aus Mono County hatte sich ein Schleier von Fragen zwischen uns gelegt, die er besser nicht stellen und auf die ich besser nicht antworten sollte. Selbst unsere guten Stunden waren getrübt von übertriebener Höflichkeit und Vorsicht. Wir trieben ohne Ziel dahin, so wie Hy und ich im Boot auf dem Tufa Lake.

Zum Erntedankfest gaben wir in Georges Wohnung eine große Dinnerparty. Anders als vor meinem Ausflug in die Hochwüste fühlten wir uns jetzt in größerer Gesellschaft wohler als zu zweit. Es kamen drei Kollegen von George, die meisten Leute von All Souls und noch ein paar andere Freunde. Das Aufräumen nahm einen geschlagenen Tag in Anspruch.

Anfang Dezember wurde Ned Sanderman der unbefugten Beseitigung einer Leiche und der unterlassenen Anzeige eines Mordes für schuldig befunden und verurteilt. Dadurch, daß er sich schuldig bekannt hatte, bewahrte er mich davor, noch einmal ins Mono County fahren und an dem Prozeß gegen ihn teilnehmen zu müssen. Mich bewegten in dieser Hinsicht seltsam gemischte Gefühle – und einen Augenblick lang fragte ich mich, warum.

Etwa zur gleichen Zeit kam Anne-Marie nach San Francisco zurück und verkündete, ab jetzt von daheim aus mit der Coalition zusammenzuarbeiten. Ein begeisterter Hank organisierte ein großes Chili-Essen ihr zu Ehren, und gnädigerweise gestanden wir ihm zu, es sei tatsächlich sein drittbestes aller Zeiten gewesen.

Vor den Feiertagen erhielt ich noch Lily Nickles' Adresse in Reno und schickte ihr ein neues Pendleton-Shirt als Ersatz für das, das ich ihr ruiniert hatte. In ihrem Dankesbrief schrieb sie mir, sie habe Angst vor Aids bekommen und sich deswegen für einen ordentlichen Job entschieden. Wenn ich meine Gefühle aber mal wieder durchpusten lassen wollte, sollte ich mich bei ihr melden. Sie sei noch immer »ganz schön shocking«.

Und George und ich trieben weiter dahin. Er fragte, ob ich mit ihm über die Feiertage auf die Bahamas flöge. Doch bei dem Aufruhr, der gerade in meiner Familie herrschte, fühlte ich mich verpflichtet, mich dort sehen zu lassen. George schien nicht allzu enttäuscht und beschloß, allein zu fliegen.

Nach den üblichen Vorfeiern in der City flog ich am Weihnachtsabend nach San Diego und verbrachte ihn, nach anfänglichem Widerstreben, bei Ma und »diesem Mann« in ihrem neuen Haus in der Seniorengemeinschaft von Rancho Bernardo. Melvin Hunt erwies sich als ein charmanter Mann, und Ma so glücklich zu sehen, schob meine meisten Vorbehalte beiseite. Aber als ich sie schüchtern fragte, ob ich mir ein Kleid für die Hochzeit kaufen sollte, sagte sie, ich sei wohl verrückt zu glauben, sie würde in ihrem Alter noch einmal heiraten. Am ersten Weihnachtstag traf ich meinen Bruder John und seine Kinder, Charlene und Ricky und ihre Brut und dazu die halbe Savage-Musikband in unserem alten Familienheim, wo wir für Pa ein Dinner gaben. Er war in guter Verfassung und trieb sich auch den ganzen Tag nicht einmal in der Nähe seiner Garage herum. Und damit verschwanden nun meine letzten Vorbehalte.

Im Januar erhielt Rae vom Staat Kalifornien ihre Lizenz als Privatdetektivin. Das feierten wir alle zusammen im Remedy Lounge, und als wir beide nach einem Toast anstießen, merkte ich, daß die Distanz zwischen uns abzunehmen begann.

Im Februar bat mich George noch einmal, zu ihm zu ziehen, aber ich hatte das Gefühl, sein Vorschlag war bestenfalls halbherzig gemeint. Wir trieben jetzt schon so lange dahin, daß keiner von uns wirklich noch an ein gemeinsames Ziel glaubte. Als ich nein sagte, schien er erleichtert. Am Ende des Monats hatten wir schließlich die lange hinausgeschobene Aussprache. Das Fazit war das Versprechen, Freunde zu bleiben – eines, das wir bisher gehalten haben.

Anfang März wurde Hy Ripinsky bei einer Demonstration gegen das Abholzen von Wäldern im Siskiyou County wegen Ruhestörung festgenommen. Die Anklage wurde später fallengelassen.

Und immer noch kam jeden Dienstagmorgen eine gelbe Rose.

An einem dieser Vormittage, als im Wetterbericht der Zeitung vom einsetzenden Frühjahrstauwetter die Rede war, warf ich meine Reisetasche in den MG und fuhr nach Südwesten über den gerade wieder geöffneten Tioga-Paß zum Tufa Lake – kehrte also doch wieder zurück. Es wurde Zeit herauszufinden, wie gut Hy und ich zusammenpaßten.

Kriminalromane

Sue Grafton
Detektivin, Anfang 30, sucht Aufträge
Kinsey-Millhone-Kriminalstories
Band 10208

Kinsey Millhone betreibt das Detektivgewerbe in Santa Teresa, einer kleinen Stadt nördlich von L. A. 32 Jahre jung, zweimal geschieden und Single aus Überzeugung.
In den Geschichten dieses Bandes erzählt die Detektivin mit der dunklen Strubbelmähne von sieben Fällen aus ihrer Praxis – menschlichen Beziehungsgeflechten mit tödlichem Ausgang.

Sue Grafton
Sie kannte ihn flüchtig
Band 8386

Kinsey Millhones neuester Auftrag führt sie ins kalifornische Floral Beach, wo sie den wahren Täter in einem siebzehn Jahre zurückliegenden Mordfall ermitteln soll und hinter der Fassade einer respektablen Kleinstadtgesellschaft auf alte Verletzungen und mörderische Leidenschaften trifft...

Fischer Taschenbuch Verlag

Kriminalromane

Martine Carton
Medusa und Die grünen Witwen
Band 10917

Medusa ist wirklich eine Schönheit, aber Tonia, die Amsterdamer Journalistin, kann sie nicht ausstehen. Und offensichtlich scheint es noch einer ganzen Reihe von Leuten ebenso zu gehen, denn niemand ist so recht traurig, als Medusa aus dem Fenster ihres Hochhaus-Appartements stürzt. Und das, findet Tonia, macht sie alle verdächtig.

Maureen Moore
Mit gemischten Gefühlen
Band 10289

Marsha, Studentin und alleinerziehende Mutter, wird im Rahmen eines Praktikums bei der städtischen Mordkommission mit der kruden Realität eines Mordfalles konfrontiert. Marsha ist eine Heldin, die gar nicht erst versucht, durch Imitation männlicher Qualitäten zu imponieren, sondern den Beweis erbringt, daß angeblich weibliche Schwächen, zumindest in dieser Geschichte, zuverlässiger zum Ziel führen.

Fischer Taschenbuch Verlag

fi 1366 / 2